Повести и рассказы
Фёдор Достоевский
Selected Short Stories
Fyodor Dostoyevsky

Selected Short Stories: Dostoyevsky
Copyright © JiaHu Books 2014
First Published in Great Britain in 2014 by Jiahu Books – part of
Richardson-Prachai Solutions Ltd, 34 Egerton Gate, Milton Keynes,
MK5 7HH
ISBN: 978-1-78435-090-1
Visit us at: jiahubooks.co.uk

Господин Прохарчин

В квартире Устиньи Федоровны, в уголке самом темном и скромном, помещался Семен Иванович Прохарчин, человек уже пожилой, благомыслящий и непьющий. Так как господин Прохарчин, при мелком чине своем, получал жалованья в совершенную меру своих служебных способностей, то Устинья Федоровна никаким образом не могла иметь с него более пяти рублей за квартиру помесячно. Говорили иные, что у ней был тут свой особый расчет; но как бы там ни было, а господин Прохарчин, словно в отместку всем своим злоязычникам, попал даже в ее фавориты, разумея это достоинство в значении благородном и честном. Нужно заметить, что Устинья Федоровна, весьма почтенная и дородная женщина, имевшая особенную наклонность к скоромной пище и кофею и через силу перемогавшая посты, держала у себя несколько штук таких постояльцев, которые платили даже и вдвое дороже Семена Ивановича, но, не быв смирными и будучи, напротив того, все до единого "злыми надсмешниками" над ее бабьим делом и сиротскою беззащитностью, сильно проигрывали в добром ее мнении, так что не плати они только денег за свои помещения, так она не только жить пустить, но и видеть-то не захотела бы их у себя на квартире. В фавориты же Семен Иванович попал с того самого времени, как свезли на Волково увлеченного пристрастием к крепким напиткам отставного, или, может быть, гораздо лучше будет сказать, одного исключенного человека. Увлеченный и исключенный хотя и ходил с подбитым, по словам его, за храбрость глазом и имел одну ногу, там как-то тоже из-за храбрости сломанную, - но тем не менее умел снискать и воспользоваться всем тем благорасположением, к которому только способна была Устинья Федоровна, и, вероятно, долго бы прожил еще в качестве самого верного ее приспешника и приживальщика, если б не опился, наконец, самым глубоким, плачевнейшим образом. Случилось же это все еще на Песках, когда Устинья Федоровна держала всего только трех постояльцев, из которых, при переезде на новую квартиру, где образовалось заведение на более обширную ногу и пригласилось около десятка новых жильцов, уцелел всего только один господин Прохарчин.

Сам ли господин Прохарчин имел свои неотъемлемые недостатки, товарищи ль его обладали таковыми же каждый, - но дела с обеих сторон пошли с самого начала как будто неладно. Заметим здесь, что все до единого из новых жильцов Устиньи Федоровны жили между собою словно братья родные; некоторые из них вместе служили; все вообще поочередно каждое первое число проигрывали друг другу свои жалованья в банчишку, в преферанс и на биксе; любили под веселый час все вместе гурьбой насладиться, как говорилось у них, шипучими мгновениями жизни; любили иногда тоже поговорить о высоком, и хотя в последнем случае дело редко обходилось без спора, но так как предрассудки были из всей этой компании изгнаны, то взаимное согласие в таких случаях не нарушалось нисколько. Из жильцов особенно замечательны были: Марк Иванович, умный и начитанный человек; потом еще Оплеваниев-жилец; потом еще Преполовенко-жилец, тоже скромный и хороший человек; потом еще был один Зиновий Прокофьевич, имевший непременною целью попасть в высшее общество; наконец, писарь Океанов, в свое время едва не отбивший пальму первенства фаворитства у Семена Ивановича; потом еще другой писарь Судьбин; Кантарев-разночинец; были еще и другие. Но всем этим людям Семен Иванович был как будто не товарищ. Зла ему, конечно, никто не желал, тем более что все еще в самом начале умели отдать Прохарчину справедливость и решили, словами Марка Ивановича, что он, Прохарчин, человек хороший и смирный, хотя и не светский, верен, не льстец, имеет, конечно, своя недостатки, но если пострадает когда, то не от чего иного, как от недостатка собственного своего воображения. Мало того: хотя лишенный таким образом собственного своего воображения, господин Прохарчин фигурою своей и манерами не мог, например, никого поразить с особенно выгодной для себя точки зрения (к чему любят придраться насмешники), но и фигура сошла ему с рук, как будто ни в чем не бывало; причем Марк Иванович, будучи умным человеком, принял формально защиту Семена Ивановича и объявил довольно удачно и в прекрасном, цветистом слоге, что Прохарчин человек пожилой и солидный и уже давным-давно оставил за собой свою пору элегий. Итак, если Семен Иванович не умел уживаться с людьми, то единственно потому, что был сам во всем виноват.

Первое, на что обратили внимание, было, без сомнения, скопидомство и скаредность Семена Ивановича. Это тотчас заметили и приняли в счет, ибо Семен Иванович никак, ни за что и никому не мог одолжить своего чайника на подержание, хотя бы то было на самое малое время; и тем более был несправедлив в этом деле, что сам почти совсем не пил чаю, а пил, когда была надобность, какой-то довольно приятный настой из полевых цветов и некоторых целебного свойства трав, всегда в значительном количестве у него запасенный. Впрочем, он и ел тоже совсем не таким образом, как обыкновенно едят всякие другие жильцы. Никогда, например, он не позволял себе сесть всего обеда, предлагаемого каждодневно Устиньей Федоровной его товарищам. Обед стоил полтину; Семен Иванович употреблял только двадцать пять копеек медью и никогда не восходил выше, и потому брал по порциям или одни щи с пирогом, или одну говядину; чаще же всего не ел ни щей, ни говядины, а съедал в меру ситного с луком, с творогом, с огурцом рассольным или с другими приправами, что было несравненно дешевле, и только тогда, когда уже невмочь становилось, обращался опять к своей половине обеда…

Здесь биограф сознается, что он ни за что бы не решился говорить о таких нестоящих, низких и даже щекотливых, скажем более, даже обидных для иного любителя благородного слога подробностях, если б во всех этих подробностях не заключалась одна особенность, одна господствующая черта в характере героя сей повести; ибо господин Прохарчин далеко не был так скуден, как сам иногда уверял, чтоб даже харчей не иметь постоянных и сытных, но делал противное, не боясь стыда и людских пересудов, собственно для удовлетворения своих странных прихотей, из скопидомства и излишней осторожности, что, впрочем, гораздо яснее будет видно впоследствии. Но мы остережемся наскучить читателю описанием всех прихотей Семена Ивановича и не только пропускаем, например, любопытное и очень смешное для читателя описание всех нарядов его, но даже, если б только не показание самой Устиньи Федоровны, навряд ли упомянули бы мы и о том, что Семен Иванович во всю жизнь свою никак не мог решиться отдать свое белье в стирку или решался, но так редко, что в промежутках можно было совершенно забыть о присутствии белья на Семене Ивановиче. В показании же хозяйкином значилось, что "Семен-от Иванович, млад-голубчик, согрей его душеньку, гноил у ней угол два десятка лет, стыда не имея, ибо не только все время земного жития своего постоянно и с упорством чуждался носков, платков и других подобных предметов, но даже сама Устинья Федоровна собственными глазами видела, с помощью ветхости ширм, что ему, голубчику, нечем было подчас своего белого тельца прикрыть". Такие толки пошли уже по кончине Семена Ивановича. Но при жизни своей (и здесь то был один из главнейших пунктов раздора) он никаким образом не мог потерпеть, несмотря даже на самые приятные отношения товарищества, чтоб кто-нибудь, не спросясь, совал свой любопытный нос к нему в угол, хотя бы то было даже и с помощью ветхости ширм. Человек был совсем несговорчывый, молчаливый и на праздную речь неподатливый. Советников не любил никаких, выскочек тоже не жаловал и всегда, бывало, тут же на месте укорит насмешника или советника-выскочку, пристыдит его, и дело с концом. "Ты мальчишка, ты свистун, а не советник, вот как; знай, сударь, свой карман да лучше сосчитай, мальчишка, много ли ниток на твои онучки пошло, вот как!" Семен Иванович был простой человек и всем решительно говорил ты. Тоже никак не мог он стерпеть, когда кто-нибудь, зная всегдашний норов его, начнет, бывало, из одного баловства приставать и расспрашивать, что у него лежит в сундучке... У Семена Ивановича был один сундучок. Сундук этот стоял у него под кроватью и оберегаем был как зеница ока; и хотя все знали, что в нем, кроме старых тряпиц, двух или трех пар изъянившихся сапогов и вообще всякого случившегося хламу и дрязгу, ровно не было ничего, но господин Прохарчин ценил это движимое свое весьма высоко, и даже слышали раз, как он, не довольствуясь своим старым, но довольно крепким замком, поговаривал завести другой, какой-то особенный, немецкой работы, с разными затеями и с потайною пружиною. Когда же один раз Зиновий Прокофьевич, увлеченный своим молодоумием, обнаружил весьма неприличную и грубую мысль, что Семен Иванович, вероятно, таит и откладывает в свой сундук, чтоб оставить потомкам, то все, кто тут ни были около, принуждены были в столбняк стать от необыкновенных последствий выходки Зиновья Прокофьевича. Во-первых, господин Прохарчин на такую обнаженную и грубую мысль даже выражений приличных не мог сразу найти. Долгое время из уст его сыпались слова без всякого смысла, и наконец только разобрали, что Семен Иванович, во-первых, корит Зиновья Прокофьича одним его давнопрошедшим скаредным делом; потом распознали, будто Семен Иванович предсказывает, что Зиновий Прокофьич ни за что не попадет в высшее общество, а что вот портной, которому он должен за платье, его прибьет, непременно прибьет за то, что долго мальчишка не платит, и что, "наконец, ты, мальчишка, прибавил Семен Иванович, - вишь, там хочешь в гусарские юнкера перейти, так вот не перейдешь, гриб съешь, а что вот тебя, мальчишку, как начальство узнает про все, возьмут да в писаря отдадут; вот, мол, как, слышь ты, мальчишка!" Потом Семен Иванович успокоился, но, полежав часов пять, к величайшему и всеобщему изумлению, как будто надумался и вдруг опять, сначала один, а потом обращаясь к Зиновию Прокофьичу, начал его вновь укорять и стыдить. Но тем дело опять не кончилось, и повечеру, когда Марк Иванович и Преполовенко-жилец затеяли чай, пригласив к себе в товарищи писаря Океанова, Семен Иванович слез с постели своей, нарочно подсел к ним, дав свои двадцать или пятнадцать копеек, и под видом того, что захотел вдруг пить чаю, начал весьма пространно входить в материю и изъяснять, что бедный человек всего только бедный человек, а более ничего, а что, бедному человеку, ему копить не из чего. Тут господин Прохарчин даже признался, единственно потому, что вот теперь оно к слову пришлось, что он, бедный человек, еще третьего дня у него, дерзкого человека, занять хотел денег рубль, а что теперь не займет, чтоб не хвалился мальчишка, что вот, мол, как, а жалованье у меня-де такое, что и корму не купишь; и что, наконец, он, бедный человек, вот такой, как вы его видите, сам каждый месяц своей золовке по пяти рублей в Тверь отсылает, и что не отсылай он в Тверь золовке по пяти рублей в месяц, так умерла бы золовка, а если б умерла бы золовка-нахлебница, то Семен Иванович давно бы себе новую одежу состроил... И так долго и пространно говорил Семен Иванович о бедном человеке, о рублях и золовке, и повторял одно и то же для сильнейшего внушения слушателям, что наконец сбился совсем, замолчал и только три дня спустя, когда уже никто и не думал его задирать и все об нем позабыли, прибавил в заключение что-то вроде того, что когда Зиновий Прокофьич вступит в гусары, так отрубят ему, дерзкому человеку, ногу в войне и наденут ему вместо ноги деревяшку, и придет Зиновий Прокофьич и скажет: "Дай, добрый человек, Семен Иванович, хлебца!" - так не даст Семен Иванович хлебца и не посмотрит на буйного человека Зиновия Прокофьевича, и что вот, дескать, как, мол; поди-ка ты с ним.

Все это, как и следовало тому быть, показалось весьма любопытным и вместе с тем страх как забавным. Долго не думая, все хозяйкины жильцы соединились для дальнейших исследований и, собственно из одного любопытства, решились наступить на Семена Ивановича гурьбою и окончательно. И так как господин Прохарчин в свое последнее время, то есть с самых тех пор, как стал жить в компании, тоже чрезвычайно как полюбил обо всем узнавать, расспрашивать и любопытствовать, что, вероятно, делал для каких-то собственных тайных причин, то сношения обеих враждебных сторон начинались без всяких предварительных приготовлений и без тщетных усилий, но как будто случаем и сами собою. Для начатия сношений у Семена Ивановича был всегда в запасе свой особый, довольно хитрый, а весьма, впрочем, замысловатый маневр, частию уже известный читателю: слезет, бывало, с постели своей около того времени, как надо пить чай, и, если увидит, что собрались другие где-нибудь в кучку для составления напитка, подойдет к ним как скромный, умный и ласковый человек, даст свои законные двадцать копеек и объявит, что желает участвовать. Тут молодежь перемигивалась и, таким образом согласясь меж собой на Семена Ивановича, начинала разговор сначала приличный и чинный. Потом какой-нибудь повострее пускался, как будто ни в чем не бывал, рассказывать про разные новости, и чаще всего о материях лживых и совершенно неправдоподобных. То, например, что будто бы слышал кто-то сегодня, как его превосходительство сказали самому Демиду Васильевичу, что, по их мнению, женатые чиновники "выйдут" посолиднее неженатых и к повышению чином удобнее, ибо смирные и в браке значительно более приобретают способностей, и что потому он, то есть рассказчик, чтоб удобнее отличиться и приобрести, стремится как можно скорее сочетаться браком с какой-нибудь Февроньей Прокофьевной. То, например, что будто бы неоднократно замечено про разных иных из их братьи, что лишены они всякой светскости и хороших, приятных манер, а следовательно, и не могут нравиться в обществе дамам, и что потому, для искоренения сего злоуиотребления, последует немедленно вычет у получающих жалованье, и на складочную сумму устроится такой зал, где будут учить танцевать, приобретать все признаки благородства и хорошее обращение, вежливость, почтение к старшим, сильный характер, доброе, признательное сердце и разные приятные манеры. То, наконец, говорили, что будто бы выходит такое, что некоторые чиновники, начиная с самых древнейших, должны для того, чтоб немедленно сделаться образованными, какой-то экзамен по всем предметам держать и что, таким образом, прибавлял рассказчик, многое выйдет на чистую воду и некоторым господам придется положить и свои карты на стол, - одним словом, рассказывались тысяча таких или тому подобных пренелепейших толков. Для вида все тотчас верили, принимали участие, расспрашивали, на себя смекали, а некоторые, приняв грустный вид, начинали покачивать головами и советов повсюду искать, как будто в том смысле, что, дескать, что же им будет делать, если их постигнет? Само собой разумеется, что и тот человек, который был бы гораздо менее добродушен и смирен, чем господин Прохарчин, смешался и запутался бы от такого всеобщего толка. Кроме того, по всем признакам можно совершенно безошибочно заключить, что Семен Иванович был чрезвычайно туп и туг на всякую новую, для его разума непривычную мысль и что, получив, например, какую-нибудь новость, всегда принужден был сначала ее как будто переваривать и пережевывать, толку искать, сбиваться и путаться и, наконец, разве одолевать ее, но и тут какие-то совершенно особенным, ему только одному свойственным образом... Открылись, таким образом, в Семене Ивановиче вдруг разные любопытные и доселе не подозреваемые свойства... Пошли пересуды и говор, и все это как было и с прибавлениями дошло, наконец, своим путем в канцелярию. Способствовало эффекту и то, что господин Прохарчин вдруг, ни с того ни с сего, быв с незапамятных времен почти все в одном и том же лице, переменил физиономию: лицо стал иметь беспокойное, взгляды пугливые, робкие и немного подозрительные; стал чутко ходить, вздрагивать и прислушиваться и, к довершению всех новых качеств своих, страх как полюбил отыскивать истину. Любовь к истине довел он, наконец, до того, что рискнул раза два справиться о вероятности ежедневно десятками получаемых им новостей даже у самого Демида Васильевича, и если мы здесь умалчиваем о последствиях этой выходки Семена Ивановича, то не от чего иного, как от сердечного сострадания к его репутации. Таким образом, нашли, что он мизантроп и пренебрегает приличиями общества. Нашли потом, что много в нем фантастического, и тут тоже совсем не ошиблись, ибо неоднократно замечено было, что Семен Иванович иногда совсем забывается и, сидя на месте с разинутым ртом и с поднятым в воздух пером, как будто застывший или окаменевший, походит более на тень разумного существа, чем на то же разумное существо. Случалось нередко, что какой-нибудь невинно зазевавшийся господин, вдруг встречая его беглый, мутный и чего-то ищущий взгляд, приходил в трепет, робел и немедленно ставил на нужной бумаге или жида, или какое-нибудь совершенно ненужное слово. Неблагопристойность поведения Семена Ивановича смущала и оскорбляла истинно благородных людей... Наконец никто уже более не стал сомневаться в фантастическом направлении головы Семена Ивановича, когда, в одно прекрасное утро, пронесся по всей канцелярии слух, что господин Прохарчин испугал даже самого Демида Васильевича, ибо, встретив его в коридоре, был так чуден и странен, что принудил его отступить... Проступок Семена Ивановича дошел, наконец, и до него самого. Услышав о нем, он немедленно встал, бережно прошел между столами и стульями, достиг передней, собственноручно снял шинель, надел, вышел - и исчез на неопределенное время. Оробел ли он, влекло ль его что другое - не знаем, но ни дома, ни в канцелярии на время его не нашлось...

Мы не будем объяснять судьбы Семена Ивановича

прямо фантастическим его направлением; но, однако ж, не можем не заметить читателю, что герой наш человек несветский, совсем смирный и жил до того самого времени, как попал в компанию, в глухом, непроницаемом уединении, отличался тихостию и даже как будто таинственностью; ибо все время последнего житья своего на Песках лежал на кровати за ширмами, молчал и сношений не держал никаких. Оба старые его сожителя жили совершенно так же, как он: оба были тоже как будто таинственны и тоже пятнадцать лет пролежали за ширмами. В патриархальном затишье тянулись один за другим счастливые, дремотные дни и часы, и так как все вокруг тоже шло своим добрым чередом и порядком, то ни Семен Иванович, ни Устинья Федоровна уж и не помнили даже хорошенько, когда их и судьба-то свела. "А не то десять лет, не то уж за пятнадцать, не то уж и все те же двадцать пять, - говорила она подчас своим новым жильцам, - как он, голубчик, у меня основался, согрей его душеньку". И потому весьма естественно, что пренеприятно был изумлен непривычный к компании герой нашей повести, когда, ровно год тому назад, очутился он, солидный и скромный, вдруг посреди шумливой и беспокойной ватаги целого десятка молодых ребят, своих новых сожителей и товарищей.

Исчезновение Семена Ивановича наделало немалой суматохи в углах. Одно то, что он был фаворит; во-вторых же, паспорт его, бывший под сохранением хозяйки, оказался на ту пору ненароком затерянным. Устинья Федоровна взвыла, - к чему прибегала во всех критических случаях; ровно два дня корила, поносила жильцов; причитала, что загоняли у ней жильца, как цыпленка, и что сгубили его "все те же злые надсмешники", а на третий выгнала всех искать и добыть беглеца во что бы то ни стало, живого иль мертвого. Повечеру пришел первый писарь Судьбин и объявил, что след отыскался, что видел он беглеца на Толкучем и по другим местам, ходил за ним, близко стоял, но говорить не посмел, а был неподалеку от него и на пожаре, когда загорелся дом в Кривом переулке. Полчаса спустя явились Океанов и Кантарев-разночинец, подтвердили Судьбина слово в слово: тоже недалеко стояли; близко, всего только в десяти шагах от него ходили, но говорить опять не посмели, а заметили оба, что ходил Семен Иванович с попрошайко-пьянчужкой. Собрались наконец и остальные жильцы и, внимательно выслушав, решили, что Прохарчин должен быть теперь недалеко и не замедлит прийти; но что они и прежде все знали, что ходит он с попрошайкой-пьянчужкой. Попрошайка-пьянчужка был человек совсем скверный, буйный и льстивый, и по всему было видно, что он как-нибудь там обольстил Семена Ивановича. Явился он ровно за неделю до исчезновения Семена Ивановича, вместе с Ремневым-товарищем, приживал малое время в углах, рассказал, что страдает за правду, что прежде служил по уездам, что наехал на них ревизор, что пошатнули как-то за правду его и компанию, что явился он в Петербург и пал в ножки к Порфирию Григорьевичу, что поместили его, по ходатайству, в одну канцелярию, но что, по жесточайшему гонению судьбы, упразднили его и отсюда, затем что уничтожилась сама канцелярия, получив изменение; а в преобразовавшийся новый штат чиновников его не приняли, сколько по прямой неспособности к служебному делу, столько и по причине способностн к одному другому, совершенно постороннему делу, - вместе же со всем этим за любовь к правде и, наконец, по козням врагов. Кончив историю, в продолжение которой господин Зимовейкин неоднократно лобызал своего сурового и небритого друга Ремнева, он поочередно поклонился всем бывшим в комнате в ножки, не забыв и Авдотью-работницу, назвал их всех благодетелями и объяснил, что он человек недостойный, назойливый, подлый, буйный и глупый, а чтоб не взыскали добрые люди на его горемычной доле и простоте. Испросив покровительства, господин Зимовейкин оказался весельчаком, стал очень рад, целовал у Устиньи Федоровны ручки, несмотря на скромные уверения ее, что рука у ней подлая, не дворянская, а к вечеру обещал всему обществу показать свой талант в одном замечательном характерном танце. Но назавтра же дело его окончилось плачевной развязкой. Иль оттого, что характерный танец оказался уж слишком характерным, иль оттого, что он Устинью Федоровну, по словам ее, как-то "опозорил и опростоволосил, а ей к тому же сам Ярослав Ильич знаком, и если б захотела она, то давно бы сама была обер-офицерской женой", - только Зимовейкину пришлось уплывать восвояси. Он ушел, опять воротился, был опять с бесчестием изгнан, втерся потом во внимание и милость Семена Ивановича, лишил его мимоходом новых рейтуз и наконец явился теперь опять в качестве обольстителя Семена Ивановича.

Лишь только хозяйка узнала, что Семен Иванович был жив и здоров и что паспорта искать теперь нечего, то немедленно оставила горевать и пошла успокоиться. Тем временем кое-кто из жильцов решились сделать торжественный прием беглецу: испортили задвижку и отодвинули ширмы от кровати пропавшего, немножко поизмяли постель, взяли известный сундук, поместили его на кровати в ногах, а на кровать положили золовку, то есть куклу, форму, сделанную из старого хозяйкина платка, чепца и салопа, но только совершенно наподобие золовки, так что можно было совсем обмануться. Кончив работу, стали ждать, с тем чтоб, по прыбытии Семена Ивановича, объявить ему, что пришла из уезда золовка и поместилась у него за ширмами, бедная. Но ждали-ждали, ждали-ждали… Уже, в ожидании, Марк Иванович прометал и проставил полмесячное жалованье Преполовенке и Кантареву - жильцам; уже весь нос покраснел вспух у Океанова за игрой в носки и в три листика; уже Авдотья-работница почти совсем выспалась и два раза собиралась вставать, дрова таскать, печку топить, и весь до нитки промок Зиновий Прокофьевич, поминутно выбегая во двор наведываться о Семене Ивановиче; но не явилось еще никого - ни Семена Ивановича, ни попрошайки-пьянчужки. Наконец, все спать полегли, оставив на всякий случай золовку за ширмами; и только в четыре часа раздался стук у ворот, но зато такой сильный, что совершенно вознаградил ожидавших за все тяжкие труды, ими понесенные. Это был он, он самый, Семен Иванович, господин Прохарчин, но только в таком положении, что все ахнули и никому и в мысль не пришло о золовке. Пропавший явился без памяти. Его ввели или, лучше сказать, внес его на плечах весь измокший и издрогший, оборванный ночной ванька-извозчик. На вопрос хозяйки, где же он так, горемычный, наклюкался, ванька отвечал: "да не пьян, и маковой не было; это уж тебя заверяю, а, верно, так, омрак нашел, или столбняком, как там ни есть, прихватило, или, може, кондрашка[1] пришиб". Стали рассматривать, для удобства прислонив виноватого к печке, и увидели, что действительно хмелю тут не было, да и кондрашка не трогал, а был другой какой ни есть грех, затем что Семен Иванович и языком не ворочал, а как будто судорогой его какой дергало,

---

1 удар. (Прим. Ф.М.Достоевского.)

и только хлопал глазами, в недоумении установляясь то на того, то на другого ночным образом костюмированного зрителя. Стали потом спрашивать ваньку, отколева взял? "Да от каких-то, отвечал он, - из Коломны, шут их знает, господа не господа, а гулявшие, веселые господа; так-таки вот такого и сдали; подрались они, что ли, или судорогой какой его передернуло, бог знает какого тут было; а господа веселые, хорошие!" Взяли Семена Ивановича, приподняли на пару-другую дюжих плеч и снесли на кровать. Когда же Семен Иванович, помещаясь на постель, ощупал собою золовку и упер ноги в свой заветный сундук, то вскрикнул благим матом, уселся почти на корячки и, весь дрожа и трепеща, загреб и заместил сколько мог руками и телом пространства на своей кровати, тогда как, трепещущим, но странно-решительным взором окидывая присутствующих, казалось, изъяснял, что скорее умрет, чем уступит кому-нибудь хоть сотую капельку из бедной своей благостыни...

Семен Иванович пролежал дня два или три, плотно обставленный ширмами и отделенный таким образом от всего божьего света и всех напрасных его треволнений. Как следует, назавтра же все о нем позабыли; время летело меж тем своим чередом, часы сменялись часами, день другим. Полусон, полубред налегли на отяжелевшую, горячую голову больного; но он лежал смирно, не стонал и не жаловался; напротив, притих, молчал и крепился, приплюснув себя к постели своей, словно как заяц припадает от страха к земле, заслышав охоту. Порой наставала в квартире долгая, тоскливая тишина, - знак, что все жильцы удалялись по должности, и просыпавшийся Семен Иванович мог сколько угодно развлекать тоску свою, прислушиваясь к близкому шороху в кухне, где хлопотала хозяйка, или к мерному отшлепыванию стоптанных башмаков Авдотьи-работницы по всем комнатам, когда она, охая и кряхтя, прибирала, притирала и приглаживала во всех углах для порядка. Целые часы проходили таким образом, дремотные, ленивые, сонливые, скучные, словно вода, стекавшая звучно и мерно в кухне с залавка в лохань. Наконец, приходили жильцы, поочередно или кучками, и Семен Иванович очень удобно мог слышать, как они бранили погоду, хотели есть, как шумели, курили, бранились, дружились, играли в карты и стучали чашками, собираясь пить чай. Семен Иванович машинально делал усилие привстать и присоединиться законным образом для составления напитка, но тут же впадал в усыпление и грезил, что уже давно сидит за чайным столом, участвует и беседует и что Зиновий Прокофьевич успел уже, пользуясь случаем, вклеить в разговор какой-то проект о золовках и о нравственном отношении к ним различных хороших людей. Тут Семен Иванович поспешил было оправдаться и возразить, но разом слетевшая со всех языков могуче-форменная фраза "неоднократно замечено" окончательно осекла все его возражения, и Семен Иванович ничего не мог придумать лучшего, как начать снова грезить о том, что сегодня первое число и что он получает целковики в своей канцелярии. Развернув бумажку на лестнице, он быстро оглянулся кругом и поспешил как можно скорее отделить целую половину из законного возмездия, им полученного, и припрятать эту половину в сапог, потом, тут же на лестнице и вовсе не обращая внимания на то, что действует на своей постели, во сне, решил, пришед домой, немедленно воздать что следует за харчи и постой хозяйке своей, потом накупить кой-чего необходимого и показать кому следует, как будто без намерения и нечаянно, что подвергся вычету, что остается ему и всего ничего и что вот и золовке-то послать теперь нечего, причем погоревать тут же о золовке, много говорить о ней завтра и послезавтра, и дней через десять еще повторить мимоходом об ее нищете, чтоб не забыли товарищи. Решив таким образом, он увидел, что и Андрей Ефимович, тот самый маленький, вечно молчаливый лысый человечек, который помещался в канцелярии за целые три комнаты от места сиденья Семена Ивановича и в двадцать лет не сказал с ним ни слова, стоит тут же на лестнице, тоже считает свои рубля серебром и, тряхнув головою, говорит ему: "денежки-с! Их не будет, и каши не будет-с, - сурово прибавляет он, сходя с лестницы, и уже на крыльце заключает, - а у меня, сударь, семеро-с". Тут лысый человечек, тоже, вероятно, нисколько не замечая, что действует как призрак, а вовсе не наяву и в действительности, показал ровно аршин с вершком от полу и, махнув рукой в нисходящей линии, пробормотал, что старший ходит в гимназию; затем, с негодованием взглянув на Семена Ивановича, как будто бы именно господин Прохарчин виноват был в том, что у него целых семеро, нахлобучил на глаза свою шляпенку, тряхнул шинелью, поворотил налево и скрылся. Семен Иванович весьма испугался, и хотя был совершенно уверен в невинности своей насчет неприятного стечения числа семерых под одну кровлю, но на деле как будто бы именно так выходило, что виноват не кто другой, как Семен Иванович. Испугавшись, он принялся бежать, ибо показалось ему, что лысый господин воротился, догоняет его и хочет, обшарив, отнять все возмездие, опираясь на свое неотъемлемое число семерых и решительно отрицая всякое возможное отношение каких бы то ни было золовок к Семену Ивановичу. Господин Прохарчин бежал, бежал, задыхался... рядом с ним бежало тоже чрезвычайно много людей, и все они побрякивали своими возмездиями в задних карманах своих кургузых фрачишек; наконец весь народ побежал, загремели пожарные трубы, и целые волны народа вынесли его почти на плечах на тот самый пожар, на котором он присутствовал в последний раз вместе с попрошайкой-пьянчужкой. Пьянчужка, - иначе господин Зимовейкин - находился уже там, встретил Семена Ивановича, страшно захлопотал, взял его за руку и повел в самую густую толпу. Так же, как и тогда наяву, кругом них гремела и гудела необозримая толпа народа, запрудив меж двумя мостами всю набережную Фонтанки, все окрестные улицы и переулки; так же, как и тогда, вынесло Семена Ивановича вместе с пьянчужкой за какой-то забор, где притиснули их, как в клещах, на огромном дровяном дворе, полном зрителями, собравшимися с улиц, с Толкучего рынка и из всех окрестных домов, трактиров и кабаков. Семен Иванович видел все так же и по-тогдашнему чувствовал; в вихре горячки и бреда начали мелькать перед ним разные странные лица. Он припомнил из них кой-кого. Один был тот самый, чрезвычайно внушавший всем господин, в сажень ростом и с аршинными усищами, помещавшийся во время пожара за спиной Семена Ивановича и задававший сзади ему поощрения, когда наш герой, с своей стороны, почувствовав нечто вроде восторга, затопал ножонками, как будто желая таким образом аплодировать молодецкой пожарной работе, которую совершенно видел с своего возвышения. Другой - тот самый дюжий парень, от которого герой наш обрел тумака в виде подсадки на другой забор, когда было совсем расположился леть через него, может быть, кого-то спасать. Мелькнула перед ним и фигура того старика с геморроидальным лицом, в ветхом, чем-то подпоясанном ватном халатишке, отлучившегося было еще до пожара в лавочку за сухарями и табаком своему жильцу и пробивавшегося теперь, с молочником и с четверкой в руках, сквозь толпу, до дома, где горели у него жена, дочка и тридцать с полтиною денег в углу под периной. Но всего внятнее явилась ему та бедная, грешная баба, о которой он уже не раз грезил во время болезни своей, - представилась так, как была тогда - в лаптишках, с костылем, с плетеной котомкой за спиною и в рубище. Она кричала громче пожарных и народа, размахивая костылем и руками, о том, что выгнали ее откуда-то дети родные и что пропали при сем случае тоже два пятака. Дети и пятаки, пятаки и дети вертелись на ее языке в непонятной, глубокой бессмыслице, от которой все отступились после тщетных усилий понять; но баба не унималась, все кричала, выла, размахивала руками, не обращая, казалось, никакого внимания ни на пожар, на который занесло ее народом с улицы, ни на весь люд-людской, около нее бывший, ни на чужое несчастие, ни даже на головешки и искры, которые уже начали было пудрить весь около стоявший народ. Наконец, господин Прохарчин почувствовал, что на него начинает нападать ужас; ибо видел ясно, что все это как будто неспроста теперь делается и что даром ему не пройдет. И действительно, тут же недалеко от него взмостился на дрова какой-то мужик, в разорванном, ничем не подпоясанном армяке, с опаленными волосами и бородой, и начал подымать весь божий народ на Семена Ивановича. Толпа густела-густела, мужик кричал, и, цепенея от ужаса, господин Прохарчин вдруг припомнил, что мужик - тот самый извозчик, которого он ровно пять лет назад надул бесчеловечнейшим образом, скользнув от него до расплаты в сквозные ворота и подбирая под себя на бегу свои пятки так, как будто бы бежал босиком по раскаленной плите. Отчаянный господин Прохарчин хотел говорить, кричать, но голос его замирал. Он чувствовал, как вся разъяренная толпа обвивает его подобно пестрому змею, давит, душит. Он сделал невероятное усилие и проснулся. Тут он увидел, что горит, что горит весь его угол, горят его ширмы, вся квартира горит, вместе с Устиньей Федоровной и со всеми ее постояльцами, что горят его кровать, подушка, одеяло, сундук и, наконец, его драгоценный тюфяк. Семен Иванович вскочил, вцепился в тюфяк и побежал, волоча его за собою. Но в хозяйкиной комнате, куда было забежал наш герой так, как был, без приличия, босой и в рубашке, его перехватили, скрутили и победно снесли обратно за ширмы, которые, между прочим, совсем не горели, а горела скорее голова Семена Ивановича, и уложили в постель. Подобно тому укладывает в свой походный ящик оборванный, небритый и суровый артист-шарманщик своего пульчинеля[1], набуянившего, переколотившего всех, продавшего душу черту и наконец оканчивающего существование свое до нового представления в одном сундуке вместе с тем же чертом, с арапами, с Петрушкой, с мамзель Катериной и счастливым любовником ее, капитаном-исправником.

Немедленно все обступили Семена Ивановича, старый и малый, поместившись рядком вокруг его кровати и устремив на больного полные ожидания лица. Между тем он очнулся, но, от совести ль, или иного чего, начал вдруг изо всех сил натягивать на себя одеяло, желая, вероятно, укрыться под ним от внимания сочувствователей. Наконец Марк Иванович первый прервал молчание и, как умный человек, начал весьма ласково говорить, что Семену Ивановичу нужно совсем успокоиться, что болеть скверно и стыдно, что так делают только дети маленькие, что нужно выздоравливать, а потом и служить. Окончил Марк Иванович шуточкой, сказав, что больным не означен еще вполне оклад жалованья, и так как он твердо знает, что и чины идут весьма небольшие, то, по его разумению, по крайней мере такое звание или состояние не приносит больших, существенных выгод. Одним словом, видно было, что все принимали действительное участие в судьбе Семена Ивановича и весьма сердобольничали. Но он с непонятною грубостью продолжал лежать на кровати, молчать и упорно все более и более натягивать на себя одеяло. Марк Иванович, однако, не признал себя побежденным и, скрепив сердце, сказал опять что-то очень сладенькое Семену Ивановичу, зная, что так и должно поступать с больным человеком; но Семен Иванович не хотел и почувствовать; напротив, промычал что-то сквозь зубы с самым недоверчивым видом и вдруг начал совершенно неприязненным образом косить исподлобья направо и налево глазами, казалось, желая взглядом своим обратить в прах всех сочувствователей. Тут уж нечего было

---

1 полишинеля, паяца (итал. pulchinella).

останавливаться: Марк Иванович не вытерпел и, видя, что человек просто дал себе слово упорствовать, оскорбясь и рассердившись совсем, объявил напрямки и уже без сладких околичностей, что пора вставать, что лежать на двух боках нечего, что кричать днем и ночью о пожарах, золовках, пьянчужках, замках, сундуках и черт знает об чем еще - глупо, неприлично и оскорбительно для человека, ибо если Семен Иванович спать не желает, так чтобы другим не мешал и чтоб он, наконец, это все изволил намотать себе на ус. Речь произвела свое действие, ибо Семен Иванович, немедленно обернувшись к оратору, с твердостью объявил, хотя еще слабым и хриплым голосом, что "ты, мальчишка, молчи! празднословный ты человек, сквернослов ты! слышь, каблук! князь ты, а? понимаешь штуку?" Услышав такое, Марк Иванович вспылил, но, заметив, что действует с больным человеком, великодушно перестал обижаться, а, напротив, попробовал его пристыдить, но осекся и тут; ибо Семен Иванович сразу заметил, что шутить с собой не позволит, даром что Марк Иванович стихи сочинил. Последовало двухминутное молчание; наконец, опомнившись от своего изумления, Марк Иванович прямо, ясно, весьма красноречиво, хотя не без твердости, объявил, что Семен Иванович должен знать, что он меж благородных людей и что, "милостивый государь, должны понимать, как поступают с благородным лицом". Марк Иванович умел при случае красноречиво сказать и любил внушить своим слушателям. С своей стороны, Семен Иванович говорил и поступал, вероятно от долгой привычки молчать, более в отрывистом роде, и кроме того, когда, например, случалось ему вести долгую фразу, то, по мере углубления в нее, каждое слово, казалось, рождало еще по другому слову, другое слово, тотчас при рождении, по третьему, третье по четвертому и т. д., так что набивался полон рот, начиналась перхота, и набивные слова принимались наконец вылетать в самом живописном беспорядке. Вот почему Семен Иванович, будучи умным человеком, говорил иногда страшный вздор. "Врешь ты, - отвечал он теперь, - детина, гулявый ты парень! а вот как наденешь суму, - побираться пойдешь; ты ж вольнодумец, ты ж потаскун; вот оно тебе, стихотворец!"

- Да вы это все еще бредите, что ли, Семен Иванович?
- А, слышь, - отвечал Семен Иванович, - бредит дурак,

пьянчужка бредит, пес бредит, а мудрый благоразумному служит. Ты, слышь, дела ты не знаешь, потаскливый ты человек, ученый ты, книга ты писаная! А вот возьмешь, сгоришь, так не заметишь, как голова отгорит, вот, слышал историю?!

- Да... то есть как же... то есть как же вы это говорите, Семен Иванович, что голова отгорит?..

Марк Иванович и не докончил, ибо все увидели ясно, что Семен Иванович еще не отрезвился и бредит; но хозяйка не вытерпела и тут же заметила, что дом в Кривом переулке ономнясь от лысой девки сгорел; что лысая девка там такая была; она свечку зажгла и чулан запалила; а у ней не случится, и что в углах будет цело.

- Да ведь, Семен Иванович! - закричал вне себя Зиновий Прокофьевич, перебивая хозяйку. - Семен Иванович, такой вы, сякой, прошедший вы, простой человек, шутки тут, что ли, с вами шутят теперь про вашу золовку или экзамены с танцами?. так оно, что ли? Этак вы думаете?

- Ну, слышь ты теперь, - отвечал наш герой, приподымаясь с постели, собрав последние силы и вконец озлясь на сочувствователей, - шут кто? Ты шут, пес шут, шутовской человек, а шутки делать по твоему, сударь, приказу не буду; слышь, мальчишка, не твой, сударь, слуга!

Тут Семен Иванович хотел еще что-то сказать, но в бессилии упал на постель. Сочувствователи остались в недоумении, все разинули рты, ибо смекнули теперь, во что Семен Иванович ногой ступил, и не знали с чего начать; вдруг дверь в кухне скрипнула, отворилась и пьянчужка-приятель, иначе господин Зимовейкин, - робко просунул голову, осторожно обнюхивая, по своему обычаю, местность. Его точно ждали; все разом замахали ему. чтоб шел поскорее, и Зимовейкин, чрезвычайно обрадовавшись, не снимая шинели, поспешно и в полной готовности протолкался к постели Семена Ивановича.

Видно было, что Зимовейкин провел всю ночь в бдении и в каких-то важных трудах. Правая сторона его лица была чем-то заклеена; опухшие веки были влажны от гноившихся глаз; фрак и все платье было изорвано, причем вся левая сторона одеяния была как будто опрыскана чем-то крайне дурным, может быть грязью из какой-нибудь лужи. Подмышкой у него была чья-то скрипка, которую он куда-то нес продавать. По-видимому, не ошиблись, призвав его на помощь, ибо тотчас, узнав, в чем вся сила, обратился он к накуролесившему Семену Ивановичу и с видом такого человека, который имеет превосходство и, сверх того, знает штуку, сказал: "Что ты, Сенька? вставай! что ты, Сенька, Прохарчин-мудрец, благоразумию послужи! Не то стащу, если куражиться будешь; не куражься!" Такая краткая, но сильная речь удивила присутствующих; еще более все удивлялись, когда заметили, что Семен Иванович, услышав все это и увидав перед собою такое лицо, до того оторопел и пришел в смущение и робость, что едва-едва и только сквозь зубы, шепотом, решился пробормотать необходимое возражение. "Ты, несчастный, ступай, сказал он, - ты, несчастный, вор ты! слышь, понимаешь? туз ты, князь, тузовый ты человек!"

- Нет, брат, - протяжно отвечал Зимовейкин, сохраняя все присутствие духа, - нехорошо, ты, брат-мудрец, Прохарчин, прохарчинский ты человек! продолжал Зимовейкин, немного пародируя Семена Ивановича и с удовольствием озираясь кругом. - Ты не куражься! Смирись, Сеня, смирись, не то донесу, все, братец ты мой, расскажу, понимаешь?

Кажется, Семен Иванович все разобрал, ибо вздрогнул, когда выслушал заключение речи, и вдруг начал быстро и с совершенно потерянным видом озираться кругом. Довольный эффектом, господин Зимовейкин хотел продолжать, но Марк Иванович тотчас же предупредил его рвение и, выждав время, пока Семен Иванович притих, присмирел и почти совсем успокоился, начал долго и благоразумно внушать беспокойному, что "питать подобные мысли, как у него теперь в голове, во-первых, бесполезно, во-вторых, не только бесполезно, но даже и вредно; наконец, не столько вредно, сколько даже совсем безнравственно; и причина тому та, что Семен Иванович всех в соблазн вводит и дурной пример подает". От такой речи все ожидали благоразумного следствия. К тому же Семен Иванович был теперь совсем тих и возражал умеренно. Начался скромный спор. Адресовались к нему братски, осведомляясь, чего он так заробел? Семен Иванович ответил, но иносказательно. Ему возразили; Семен Иванович возразил. Возразили еще по разу с обеих сторон, а потом уж вмешались все, и старый и малый, ибо речь началась вдруг о таком дивном и странном предмете, что решительно не знали, как это все выразить. Спор наконец дошел до нетерпения, нетерпение до криков, крики даже до слез, и Марк Иванович отошел наконец с пеной бешенства у рта, объявив, что не знал до сих пор такого гвоздя-человека. Оплеваниев плюнул, Океанов перепугался, Зиновий Прокофьевич прослезился, а Устинья Федоровна завыла совсем, причитая, что "уходит жилец и рехнулся, что умрет он, млад, без паспорта, не скажется, а она сирота, и что ее затаскают". Одним словом, все, наконец, увидели ясно, что посев был хорош, что все, что ни вздумалось сеять, сторицею взошло, что почва была благодатная и что Семену Ивановичу удалось отработать в их компании свою голову на славу и на самый безвозвратный манер . Все замолчали, ибо если видели, что Семен Иванович от всего заробел, то на этот раз заробели и сами сочувствователи...

- Как! - закричал Марк Иванович, - да чего ж вы боитесь-то? чего ж вы ряхнулись-то? Кто об вас думает, сударь вы мой? Имеете ли право бояться-то? Кто вы? что вы? Нуль, сударь, блин круглый, вот что! Что вы стучите-то? Бабу на улице придавило, так и вас переедет? пьяница какой-нибудь карман не сберег, так и вам фалды отрежут? Дом сгорел, так и у вас голова отгорит, а? Так, что ли, сударь? Так ли, батюшка? так ли?

- Ты, ты, ты глуп! - бормотал Семен -Иванович. - Нос отъедят, сам с хлебом съешь, не заметишь...

- Каблук, пусть каблук, - кричал Марк Иванович, не вслушавшись, каблуковой я человек, пожалуй. Да ведь мне не экзамен держать, не жениться, не танцам учиться; подо мной, сударь, место не сломится. Что, батюшка? Так вам и места широкого нет? Пол там под вами провалится, что ли?

- А что? тебя, что ли, спросят? Закроют, и нет.

- Нет. Что закроют?! Что там еще у вас, а?

- А вот пьянчужку ссадили...

- Ссадили; да ведь то же пьянчужка, а вы да я человек!

- Ну, человек. А она стоит, да и нет...

- Нет! Да кто она-то?

- Да она, канцелярия... кан-це-ля-рия!!!

- Да, блаженный вы человек! да ведь она нужна, канцелярия-то...

- Она нужна, слышь ты; и сегодня нужна, завтра нужна, а вот послезавтра как-нибудь там и не нужна. Вот, слышал историю...

- Да ведь вам жалованье ж дадут годовое! Фома, Фома вы такой, неверный вы человек! по старшинству в ином месте уважат ...

- Жалованье? А я вот проел жалованье, воры придут, деньги возьмут; а у меня золовка, слышь ты? золовка! гвоздырь ты...

- Золовка! человек вы...

- Человек; а я человек, а ты, начитанный, глуп; слышь, гвоздырь, гвоздыревый ты человек, вот что! А я не по шуткам твоим говорю; а оно место такое есть, что возьмет да и уничтожается место. И Демид, слышь ты, Демид Васильевич говорит, что уничтожается место...

- Ах вы, Демид, Демид! греховодник, да ведь...

- Да, хлоп, да и баста, и будешь без места; подь ты с ним, вот...

- Да вы, наконец, просто врете или ряхнулись совсем! Вы нам просто скажите; уж что? признайтесь, коль грех такой есть! стыдиться-то нечего! ряхнулся, батюшка, а?

- Ряхнулся! с ума сошел! - раздалось кругом, и все ломали руки с отчаяния, а Марка Ивановича уже обхватила в обе руки хозяйка, затем чтоб он не растерзал как-нибудь Семена Ивановича. - Язычник ты, языческая ты душа, мудрец ты! - умолял Зимовейкин. - Сеня, необидчивый ты человек, миловидный, любезный! ты прост, ты добродетельный... слышал? Это от добродетели твоей происходит; а буйный и глупый-то я, побирушка-то я; а вот же добрый человек меня не оставил небось; честь, вишь, делают; вот им и хозяйке спасибо; видишь ты, вот в поклон земной правлю, вот оно, вот; долг, долг исправляю, хозяюшка! - Тут действительно Зимовейкин и даже с каким-то педантским достоинством исполнил кругом свой поклон до земли. После того Семен Иванович хотел было опять продолжать говорить, но в этот раз ему уже не дали; все вступились, стали его умолять, заверять, утешать и достигли того, что Семен Иванович даже устыдился совсем и наконец слабым голосом попросил объясниться.

- Да вот; оно хорошо, - сказал он, - миловидный я, смирный, слышь, и добродетелен, предан и верен; кровь, знаешь, каплю последнюю, слышь ты, мальчишка, туз... пусть оно стоит, место-то; да я ведь бедный; а вот как возьмут его, слышь ты, тузовый, - молчи теперь, понимай, - возьмут, да и того... оно, брат, стоит, а потом и не стоит... понимаешь? а я, брат, и с сумочкой, слышь ты?

- Сенька! - завопил в исступлении Зимовейкин, покрывая в этот раз голосом весь поднявшийся шум. - Вольнодумец ты! Сейчас донесу! Что ты? кто ты? буян, что ли, бараний ты лоб? Буйному, глупому, слышь ты, без абшида[1] с места укажут; ты кто?!

- Да вот оно и того...

- Что того?! Да вот, поди ты с ним!..

- Что поди ты с ним?

- Да вот он вольный, я вольный; а как лежишь-лежишь, и того...

- Чего?

- Ан и вольнодумец...

- Воль-но-ду-мец! Сенька, ты вольнодумец!!

- Стой! - закричал господин Прохарчин, махнув рукою и прерывая начавшийся крик. - Я не того... Ты пойми, ты пойми только, баран ты: я смирный, сегодня смирный, завтра смирный, а потом и несмирный, сгрубил; пряжку тебе, и пошел вольнодумец!..

- Да что ж вы? - прогремел наконец Марк Иванович, вскочив со стула, на котором было сел отдохнуть, и подбежав к кровати весь в волнении, в исступлении, весь дрожа от досады и бешенства, - что ж вы? баран вы! ни кола ни двора. Что вы, один, что ли, на свете? для вас свет, что ли, сделан? Наполеон вы, что ли, какой? что вы? кто вы? Наполеон вы, а? Наполеон или нет?! Говорите же, сударь, Наполеон или нет?..

Но господин Прохарчин уже и не отвечал на этот вопрос. Не то чтоб устыдился, что он Наполеон, или струсил взять на себя такую ответственность, - нет, он уж и не мог более ни спорить, ни дела говорить... Последовал болезненный кризис. Дробные слезы хлынули вдруг из его блистающих лихорадочным огнем серых глаз. Костлявыми, исхудалыми от болезни руками закрыл он свою горячую голову, приподнялся на кровати и, всхлипывая, стал говорить, что он совсем бедный, что он такой несчастный, простой человек, что он глупый и темный, чтоб простили ему добрые люди, сберегли, защитили, накормили б, напоили его, в беде не оставили, и бог знает что еще причитал Семен Иванович. Причитая же, он

---

1 увольнение (нем. Abschied).

с диким страхом глядел кругом, как будто ожидая, что вот-вот сейчас потолок упадет или пол провалится. Всем стало жалко, глядя на бедного, и у всех смягчились сердца. Хозяйка, рыдая, как баба, и причитая про свое сиротство, сама уложила больного в постель. Марк Иванович, видя бесполезность трогать Наполеонову память, тоже немедленно впал в добродушие и начал тоже оказывать помощь. Другие, чтоб что-нибудь в свою очередь сделать, предложили малинный настой, говоря, что он немедленно и от всего помогает и что будет очень приятен больному; но Зимовейкин тотчас же всех опровергнул, включив, что в таком деле нет лучше доброго приема какой-нибудь ромашки забористой. Что же касается до Зиновья Прокофьевича, то, имея доброе сердце, он рыдал и заливался слезами, раскаиваясь, что пугал Семена Ивановича разными небылицами, и, вникнув в последние слова больного, что он совсем бедный и чтоб его накормили, пустился созидать подписку, ограничиваясь ею покамест в углах. Все охали и ахали, всем было и жалко и горько, и все меж тем дивились, что вот как же это таким образом мог совсем заробеть человек? И из чего ж заробел? Добро бы был при месте большом, женой обладал, детей поразвел; добро б его там под суд какой ни есть притянули; а то ведь и человек совсем дрянь, с одним сундуком и с немецким замком, лежал с лишком двадцать лет за ширмами, молчал, свету и горя не знал, скопидомничал, и вдруг вздумалось теперь человеку, с пошлого, праздного слова какого-нибудь, совсем перевернуть себе голову, совсем забояться о том, что на свете вдруг стало жить тяжело... А и не рассудил человек, что и всем тяжело! "Прими он вот только это в расчет, - говорил потом Океанов, - что вот всем тяжело, так сберег бы человек свою голову, перестал бы куролесить и потянул бы свое кое-как, куда следует". Целый день только и толку было, что о Семене Ивановиче. Приходили к нему, справлялись о нем, утешали его; но к вечеру ему стало не до утешений. Открылся у бедного бред, жар; впал он в беспамятство, так что чуть было уж не хотели пуститься за доктором; жильцы все согласились и дали себе взаимное слово охранять и упокоивать Семена Ивановича поочередно всю ночь, и что случится, то всех будить разом. С этою целью, чтоб не заснуть, засели в картишки, приставив к больному пьянчужку-приятеля, который квартировал весь день в углах, у постели больного, и попросился заночевать. Так как игра велась на мелок и не представляла совсем интереса, то скоро соскучились. Игру бросили, потом о чем-то заспорили, потом начали шуметь и стучать, наконец разошлись по углам, долго еще в сердцах перекликались и переговаривались, и так как вдруг все стали сердиты, то уж не захотели дежурить и заснули. Скоро в углах стало тихо, как в пустом погребе, тем более что был холод ужаснейший. Из последних заснувших был Океанов, "и не то, - как говорил он потом, - во сне, не то было оно наяву, но привиделось мне, что близ меня, этак перед самым утренним часом, разговаривали два человека". Океанов рассказывал, что он узнал Зимовейкина и что Зимовейкин стал возле него будить старого друга Ремнева, что они долго шепотом говорили; потом Зимовейкин вышел, и слышно было, как он пытался отпереть в кухне дверь ключом. Ключ же, уверяла потом хозяйка, лежал у нее под подушками и пропал в эту ночь. Наконец, показывал Океанов, слышалось ему, как будто оба они пошли к больному за ширмы и засветили там свечку. Более, говорит, ничего не знаю, глаза завело; а проснулся потом вместе со всеми, когда все, кто ни были в углах, разом повскочили с постелей, затем что за ширмами раздался такой крик, что встрепенулся бы мертвый, - и тут многим показалось, что вдруг там же свечка потухла. Поднялась суматоха; у всех сердце упало; бросились как ни попало на крик, но в это время за ширмами поднялась возня, крик, брань и драка. Вздули огонь и увидели, что дерутся друг с другом Зимовейкин и Ремнев, что оба друг друга корят и ругают; а как осветили их, то один закричал: "Не я, а разбойник!", а другой, именно Зимовейкин, закричал: "Не тронь, неповинен; сейчас присягну!" На обоих образа не было человеческого; но в первую минуту не до них было дело: больного не оказалось на прежнем месте за ширмами. Тотчас же разлучили бойцов, оттащили их и увидели, что господин Прохарчин лежит под кроватью, должно быть в совершенном беспамятстве, стащив на себя и одеяло и подушку, так что на кровати оставался один только голый, ветхий и масляный тюфяк (простыни же на нем никогда не бывало). Вытащили Семена Ивановича, протянули его на тюфяк, но сразу заметили, что много хлопотать было нечего, что капут совершенный; руки его костенеют, а сам еле держится. Стали над ним: он все еще помаленьку дрожал и трепетал всем телом, что-то силился сделать руками, языком не шевелил, но моргал глазами совершенно подобным образом, как, говорят, моргает вся еще теплая, залитая кровью и живущая голова, только что отскочившая от палачова топора.

Наконец все стало тише и тише; замерли и предсмертный трепет и судороги; господин Прохарчин протянул ноги и отправился по своим добрым делам и грехам. Испугался ли Семен Иванович чего, сон ли ему приснился такой, как потом Ремнев уверял, или был другой какой грех - неизвестно; дело только в том, что хотя бы теперь сам экзекутор явился в квартире и лично за вольнодумство, буянство и пьянство объявил бы абшид Семену Ивановичу, если б даже теперь в другую дверь вошла какая ни есть попрошайка-салопница, под титулом золовки Семена Ивановича, если б даже Семен Иванович тотчас получил двести рублей награждения или дом, наконец, загорелся и начала гореть голова на Семене Ивановиче, он, может быть, и пальцем не удостоил бы пошевелить теперь при подобных известиях. Покамест сошел первый столбняк, покамест присутствующие обрели дар слова к бросились в суматоху, предположения, сомнения и крики, покамест Устинья Федоровна тащила из-под кровати сундук, обшаривала впопыхах под подушкой, под тюфяком и даже в сапогах Семена Ивановича, покамест принимали в допрос Ремнева с Зимовейкиным, жилец Океанов, бывший доселе самый недальний, смиреннейший и тихий жилец, вдруг обрел все присутствие духа, попал на свой дар и талант, схватил шапку и под шумок ускользнул из квартиры. И когда все ужасы безначалия достигли своего последнего периода в взволнованных и доселе смиренных углах, дверь отворилась и внезапно, как снег на голову, появились сперва один господин благородной наружности с строгим, но недовольным лицом, за ним Ярослав Ильич, за Ярославом Ильичом его причет и все кто следует и сзади всех - смущенный господин Океанов. Господин строгой, но благородной наружности подошел прямо к Семену Ивановичу, пощупал его, сделал гримасу, вскинул плечами и объявил весьма известное, именно, что покойник уже умер, прибавив только от себя, что то же со сна случилось на днях с одним весьма почтенным и большим господином, который тоже взял да и умер. Тут господин с благородной, но недовольной осанкой отошел от кровати, сказал, что напрасно его беспокоили, и вышел. Тотчас же заместил его Ярослав Ильич (причем Ремнева и Зимовейкина сдали кому следует на руки), расспросил кой-кого, ловко овладел сундуком, который хозяйка уже пыталась вскрывать, поставил сапоги на прежнее место, заметив, что они все в дырьях и совсем не годятся, потребовал назад подушку, подозвал Океанова, спросил ключ от сундука, который нашелся в кармане пьянчужки-приятеля, и торжественно, при ком следует, вскрыл добро Семена Ивановича. Все было налицо: две тряпки, одна пара носков, полуплаток, старая шляпа, несколько пуговиц, старые подошвы и сапожные голенища, - одним словом, шильцо, мыльцо, белое белильцо, то есть дрянь, ветошь, сор, мелюзга, от которой пахло залавком; хорош был один только немецкий замок. Позвали Океанова, сурово переговорили с ним; но Океанов был готов под присягу идти. Потребовали подушку, осмотрели ее: она была только грязна, но во всех других отношениях совершенно походила на подушку. Принялись за тюфяк, хотели было его приподнять, остановились было немножко подумать, но вдруг, совсем неожиданно, что-то тяжелое, звонкое хлопнулось об пол. Нагнулись, обшарили и увидели сверток бумажный, а в свертке с десяток целковиков. "Эге-ге!" - сказал Ярослав Ильич, показывая в тюфяке одно худое место, из которого торчали волосья и хлопья. Осмотрели худое место и уверились, что оно сейчас только сделано ножом, а было в поларшина длиною; засунули руку в изъян и вытащили, вероятно, впопыхах брошенный там хозяйский кухонный нож, которым взрезан был тюфяк. Не успел Ярослав Ильич вытащить нож из изъянного места и опять сказать "эге-ге!" - как тотчас же выпал другой сверток, а за ним поодиночке выкатились два полтинника, один четвертак, потом какая-то мелочь и один старинный здоровенный пятак. Все это тотчас же переловили руками. Тут увидели, что недурно бы было вспороть совсем тюфяк ножницами. Потребовали ножницы ...

Между тем нагоревший сальный огарок освещал чрезвычайно любопытную для наблюдателя сцену. Около десятка жильцов группировалось у кровати в самых живописных костюмах, все неприглаженные, небритые, немытые, заспанные, так, как были, отходя на грядущий сон.

Иные были совершенно бледны, у других на лбу пот показывался, иных дрожь пронимала, других жар. Хозяйка, совсем оглупевшая, тихо стояла, сложив руки и ожидая милостей Ярослава Ильича. Сверху, с печки, с испуганным любопытством глядели головы Авдотьи-работницы и хозяйкиной кошки-фаворитки; кругом были разбросаны изорванные и разбитые ширмы; раскрытый сундук показывал свою неблагородную внутренность; валялись одеяло и подушка, покрытые хлопьями из тюфяка, и, наконец, на деревянном трехногом столе заблистала постепенно возраставшая куча серебра и всяких монет. Один только Семен Иванович сохранил вполне свое хладнокровие, смирно лежал на кровати и, казалось, совсем не предчувствовал своего разорения. Когда же принесены были ножницы и помощник Ярослава Ильича, желая подслужиться, немного нетерпеливо тряхнул тюфяк, чтоб удобнее высвободить его из-под спины обладателя, то Семен Иванович, зная учтивость, сначала уступил немножко места, скатившись на бочок, спиною к искателям; потом, при втором толчке, поместился ничком, наконец еще уступил, и так как недоставало последней боковой доски в кровати, то вдруг совсем неожиданно бултыхнулся вниз головою, оставив на вид только две костлявые, худые, синие ноги, торчавшие кверху, как два сучка обгоревшего дерева. Так как господин Прохарчин уже второй раз в это утро наведывался под свою кровать, то немедленно возбудил подозрение, и кое-кто из жильцов, под предводительством Зиновия Прокофьевича, полезли туда же с намерением посмотреть, не скрыто ли и там кой-чего. Но искатели только напрасно перестукались лбами, и так как Ярослав Ильич тут же прикрикнул на них и велел немедленно освободить Семена Ивановича из скверного места, то двое из благоразумнейших взяли каждый в обе руки по ноге, вытащили неожиданного капиталиста на свет божий и положили его поперек кровати. Между тем волосья и хлопья летели кругом, серебряная куча росла - и боже! чего, чего не было тут... Благородные целковики, солидные, крепкие полуторарублевики, хорошенькая монета полтинник, плебеи-четвертачки, двугривеннички, даже малообещающая, старушечья мелюзга гривенники и пятаки серебром, - всё в особых бумажках, в самом методическом и солидном порядке. Были и редкости: два какие-то жетона, один наполеондор, одна неизвестно какая, но только очень редкая монетка... Некоторые из рублевиков относились тоже к глубокой древности; истертые и изрубленные елизаветинские, немецкие крестовики, петровские монеты, екатерининские; были, например, теперь весьма редкие монетки, старые пятиалтыннички, проколотые для ношения в ушах, все совершенно истертые, но с законным количеством точек; даже медь была, но вся уже зеленая, ржавая... Нашли одну красную бумажку - но более не было. Наконец, когда кончилась вся анатомия и, неоднократно встряхнув тюфячий чехол, нашли, что ничего не гремит, сложили все деньги на стол и принялись считать. С первого взгляда можно было даже совсем обмануться и смекнуть прямо на миллион - такая была огромная куча! Но миллиона не было, хотя и вышла, впрочем, сумма чрезвычайно значительная, - ровно две тысячи четыреста девяносто семь рублей с полтиною, так что если б осуществилась вчера подписка у Зиновия Прокофьевича, то, может быть, было бы всего ровно две тысячи пятьсот рублей ассигнациями. Денежки забрали, к сундуку покойного приложили печать, хозяйкины жалобы выслушали и указали ей, когда и куда следует представить свидетельство насчет должишка покойного. С кого следовало взяли подписку; заикнулись было тут о золовке; но, уверившись, что золовка была в некотором смысле миф, то есть произведение недостаточности воображения Семена Ивановича, в чем, по справкам, не раз упрекали покойного, - то тут же идею оставили, как бесполезную, вредную и в ущерб доброго имени его, господина Прохарчина, относящуюся; тем дело и кончилось. Когда же первый страх поопал, когда схватились за ум и узнали, что был такое покойник, то присмирели, притихнули все и стали как-то с недоверчивостью друг на друга поглядывать. Некоторые приняли чрезвычайно близко к сердцу поступок Семена Ивановича и даже как будто обиделись... Такой капитал! Этак натаскал человек! Марк Иванович, не теряя присутствия духа, пустился было объяснять, почему так вдруг заробелось Семену Ивановичу; но его уж не слушали. Зиновий Прокофьевич что-то был очень задумчив, Океанов подпил немножко, остальные как-то прижались, а маленький человечек Кантарев, отличавшийся воробьиным носом, к вечеру съехал с квартиры, весьма тщательно заклеив и завязав все свои сундучки, узелки и холодно объясняя любопытствующим, что время тяжелое, а что приходится здесь не по карману платить. Хозяйка же без умолку выла, и причитая и кляня Семена Ивановича за то, что он обидел ее сиротство. Осведомились у Марка Ивановича, зачем же это покойник свои деньги в ломбард не носил? - Прост, матушка, был; воображения на то не хватило, - отвечал Марк Иванович.

- Ну да и вы просты, матушка, - включал Океанов, - двадцать лет крепился у вас человек, с одного щелчка покачнулся, а у вас щи варились, некогда было!.. Э-ах, матушка!..

- Ох уж ты мне, млад-млад! - продолжала хозяйка, - да что ломбард! принеси-ка он мне свою горсточку да скажи мне: возьми, млад-Устиньюшка, вот тебе благостыня, а держи ты младого меня на своих харчах, поколе мать сыра земля меня носит, - то, вот тебе образ, кормила б его, поила б его, ходила б за ним. Ах, греховодник, обманщик такой! Обманул, надул сироту!..

Приблизились снова к постели Семена Ивановича. Теперь он лежал как следует, в лучшем, хотя, впрочем, и единственном своем одеянии, запрятав окостенелый подбородок за галстух, который навязан был немножко неловко, обмытый, приглаженный и не совсем лишь выбритый, затем что бритвы в углах не нашлось: единственная, принадлежавшая Зиновию Прокофьевичу, иззубрилась еще прошлого года и выгодно была продана на Толкучем; другие ж ходили в цирюльню. Беспорядок все еще не успели прибрать. Разбитые ширмы лежали по-прежнему и, обнажая уединение Семена Ивановича, словно были эмблемы того, что смерть срывает завесу со всех наших тайн, интриг, проволочек. Начинка из тюфяка, тоже не прибранная, густыми кучами лежала кругом. Весь этот внезапно остывший угол можно было бы весьма удобно сравнить поэту с разоренным гнездом "домовитой" ласточки: все разбито и истерзано бурею, убиты птенчики с матерью, и развеяна кругом их теплая постелька из пуха, перышек, хлопок... Впрочем, Семен Иванович смотрел скорее как старый самолюбец и вор-воробей. Он теперь притихнул, казалось, совсем притаился, как будто и не он виноват, как будто не он пускался на штуки, чтоб надуть и провести всех добрых людей, без стыда и без совести, неприличнейшим образом.

Он теперь уж не слушал рыданий и плача осиротевшей и разобиженной хозяйки своей. Напротив, как опытный, тертый капиталист, который и в гробу не желал бы потерять минуты в бездействии, казалось, весь был предан каким-то спекулятивным расчетам. В лице его появилась какая-то глубокая дума, а губы были стиснуты с таким значительным видом, которого никак нельзя было бы подозревать при жизни принадлежностью Семена Ивановича. Он как будто бы поумнел. Правый глазок его был как-то плутовски прищурен; казалось, Семен Иванович хотел что-то сказать, что-то сообщить весьма нужное, объясниться, да и не теряя времени, а поскорее, затем, что дела навязались, а некогда было... И как будто бы слышалось: " Что, дескать, ты? перестань, слышь ты, баба ты глупая! не хнычь! ты, мать, проспись, слышь ты! Я, дескать, умер; теперь уж не нужно; что, заправду! Хорошо лежать-то... Я, то есть, слышь, и не про то говорю; ты, баба, туз, тузовая ты, понимай; оно вот умер теперь; а ну как этак, того, то есть оно, пожалуй, и не может так быть, а ну как этак, того, и не умер - слышь ты, встану, так что-то будет, а?"

Мужик Марей

Но все эти professions de fois я думаю, очень скучно читать, а потому расскажу один анекдот, впрочем, даже и не анекдот; так, одно лишь далекое воспоминание, которое мне почему-то очень хочется рассказать именно здесь и теперь, в заключение нашего трактата о народе. Мне было тогда всего лишь девять лет от роду... но нет, лучше я начну с того, когда мне было двадцать девять лет от роду.

Был второй день светлого праздника. В воздухе было тепло, небо голубое, солнце высокое, «теплое», яркое, но в душе моей было очень мрачно. Я скитался за казармами, смотрел, отсчитывая их, на пали крепкого острожного тына, но и считать мне их не хотелось, хотя было в привычку. Другой уже день по острогу «шел праздник»; каторжных на работу не выводили, пьяных было множество, ругательства, ссоры начинались поминутно во всех углах. Безобразные, гадкие песни, майданы с картежной игрой под нарами, несколько уже избитых до полусмерти каторжных, за особое буйство, собственным судом товарищей и прикрытых на нарах тулупами, пока оживут и очнутся; несколько раз уже обнажавшиеся ножи, — все это, в два дня праздника, до болезни истерзало меня. Да и никогда не мог я вынести без отвращения пьяного народного разгула, а тут, в этом месте, особенно. В эти дни даже начальство в острог не заглядывало, не делало обысков, не искало вина, понимая, что надо же дать погулять, раз в год, даже и этим отверженцам и что иначе было бы хуже. Наконец в сердце моем загорелась злоба. Мне встретился поляк М-цкий, из политических; он мрачно посмотрел на меня, глаза его сверкнули и губы затряслись: «Je hais ces brigands!» — проскрежетал он мне вполголоса и прошел мимо. Я воротился в казарму, несмотря на то, что четверть часа тому выбежал из нее как полоумный, когда шесть человек здоровых мужиков бросились, все разом, на пьяного татарина Газина усмирять его и стали его бить; били они его нелепо, верблюда можно было убить такими побоями; но знали, что этого Геркулеса трудно убить, а потому били без опаски. Теперь, воротясь, я приметил в конце казармы, на нарах в углу, бесчувственного уже Газина почти без признаков жизни; он лежал прикрытый тулупом, и его все обходили молча: хоть и твердо надеялись, что завтра к утру очнется, «но с таких побоев, не ровен час, пожалуй, что и помрет человек». Я пробрался на свое место, против окна с железной решеткой, и лег навзничь, закинув руки за голову и закрыв глаза. Я любил так лежать: к спящему не пристанут, а меж тем можно мечтать и думать. Но мне не мечталось; сердце билось неспокойно, а в ушах звучали слова М-цкого: «Je hais ces brigands!» Впрочем, что же описывать впечатления; мне и теперь иногда снится это время по ночам, и у меня нет снов мучительнее. Может быть, заметят и то, что до сегодня я почти ни разу не заговаривал печатно о моей жизни в каторге; «Записки же из Мертвого дома» написал, пятнадцать лет назад, от лица вымышленного, от преступника, будто бы убившего свою жену. Кстати прибавлю как подробность, что с тех пор про меня очень многие думают и утверждают даже и теперь, что я сослан был за убийство жены моей.

Мало-помалу я и впрямь забылся и неприметно погрузился в воспоминания. Во все мои четыре года каторги я вспоминал беспрерывно все мое прошедшее и, кажется, в воспоминаниях пережил всю мою прежнюю жизнь снова. Эти воспоминания вставали сами, я редко вызывал их по своей воле. Начиналось с какой-нибудь точки, черты, иногда неприметной, и потом мало-помалу вырастало в цельную картину, в какое-нибудь сильное и цельное впечатление. Я анализировал эти впечатления, придавал новые черты уже давно прожитому и, главное, поправлял его, поправлял беспрерывно, в этом состояла вся забава моя. На этот раз мне вдруг припомнилось почему-то одно незаметное мгновение из моего первого детства, когда мне было всего девять лет от роду, — мгновенье, казалось бы, мною совершенно забытое; но я особенно любил тогда воспоминания из самого первого моего детства. Мне припомнился август месяц в нашей деревне: день сухой и ясный, но несколько холодный и ветреный; лето на исходе, и скоро надо ехать в Москву опять скучать всю зиму за французскими уроками, и мне так жалко покидать деревню. Я прошел за гумна и, спустившись в овраг, поднялся в Лоск — так назывался у нас густой кустарник по ту сторону оврага до самой рощи. И вот я забился гуще в кусты и слышу, как недалеко, шагах в тридцати, на поляне, одиноко пашет мужик. Я знаю, что он пашет круто в гору и лошадь идет трудно, и до меня изредка долетает его окрик: «Ну-ну!» Я почти всех наших мужиков знаю, но не знаю, который это теперь пашет, да мне и все равно, я весь погружен в мое дело, я тоже занят: и выламываю себе ореховый хлыст, чтоб стегать им лягушек; хлысты из орешника так красивы и так непрочны, куда против березовых. Занимают меня тоже букашки и жучки, я их сбираю, есть очень нарядные; люблю я тоже маленьких, проворных, красно-желтых ящериц, с черными пятнышками, но змеек боюсь. Впрочем, змейки попадаются гораздо реже ящериц. Грибов тут мало; за грибами надо идти в березняк, и я собираюсь отправиться. И ничего в жизни я так не любил, как лес с его грибами и дикими ягодами, с его букашками и птичками, ежиками белками, с его столь любимым мною сырым запахом перетлевших листьев. И теперь даже, когда я пишу это, мне так и послышался запах нашего деревенского березняка: впечатления эти остаются на всю жизнь. Вдруг, среди глубокой тишины, я ясно и отчетливо услышал крик: «Волк бежит!» Я вскрикнул и вне себя от испуга, крича в голос, выбежал на поляну, прямо на пашущего мужика.

Это был наш мужик Марей. Не знаю, есть ли такое имя, но его все звали Мареем, — мужик лет пятидесяти, плотный, довольно рослый, с сильною проседью в темно-русой окладистой бороде. Я знал его, но до того никогда почти не случалось мне заговорить с ним. Он даже остановил кобыленку, заслышав крик мой, и когда я, разбежавшись, уцепился одной рукой за его соху, а другою за его рукав, то он разглядел мой испуг.

— Волк бежит! — прокричал я, задыхаясь.

Он вскинул голову и невольно огляделся кругом, на мгновенье почти мне поверив.

— Где волк?

— Закричал... Кто-то закричал сейчас: «Волк бежит»...- пролепетал я.

— Что ты, что ты, какой волк, померещилось; вишь! Какому тут волку быть! — бормотал он, ободряя меня. Но я весь трясся еще крепче уцепился за его зипун и, должно быть, был очень бледен. Он смотрел на меня с беспокойною улыбкою, видимо боясь и тревожась за меня.

— Ишь ведь испужался, ай-ай! — качал он головой. — Полно, родный. Ишь малец, ай!

Он протянул руку и вдруг погладил меня по щеке.

— Ну, полно же, ну, Христос с тобой, окстись. — Но я не крестился; углы губ моих вздрагивали, и, кажется, это особенно его поразило. Он протянул тихонько свой толстый, с черным ногтем, выпачканный в земле палец и тихонько дотронулся до вспрыгивавших моих губ.

— Ишь ведь, ай, — улыбнулся он мне какою-то материнскою и длинною улыбкой, — господи, да что это, ишь ведь, ай, ай!

Я понял наконец, что волка нет и что мне крик: «Волк бежит» — померещился. Крик был, впрочем, такой ясный и отчетливый, но такие крики (не об одних волках) мне уже раз или два и прежде мерещились, и я знал про то. (Потом, с детством, эти галлюцинации прошли.)

— Ну, я пойду, — сказал я, вопросительно и робко смотря на него.

— Ну и ступай, а я те вослед посмотрю. Уж я тебя волку не дам! — прибавил он, все так же матерински мне улыбаясь, — ну, Христос с тобой, ну ступай, — и он перекрестил меня рукой и сам перекрестился. Я пошел, оглядываясь назад почти каждые десять шагов. Марей, пока я шел, все стоял с своей кобыленкой и смотрел мне вслед, каждый раз кивая мне головой, когда я оглядывался. Мне, признаться, было немножко перед ним стыдно, что я так испугался, но шел я, все еще очень побаиваясь волка, пока не поднялся на косогор оврага, до первой риги; тут испуг соскочил совсем, и вдруг откуда ни возьмись бросилась ко мне наша дворовая собака Волчок. С Волчком-то я уж вполне ободрился и обернулся в последний раз к Марею; лица его я уже не мог разглядеть ясно, почувствовал, что он все точно так же мне ласково улыбается и кивает головой. Я махнул ему рукой, он махнул мне тоже и тронул кобыленку.

— Ну-ну! — послышался опять отдаленный окрик его, и кобыленка потянула опять свою соху.

Все это мне разом припомнилось, не знаю почему, но с удивительною точностью в подробностях. Я вдруг очнулся и присел на нарах и, помню, еще застал на лице моем тихую улыбку воспоминания. С минуту еще я продолжал припоминать.

Я тогда, придя домой от Марея, никому не рассказал о моем «приключении». Да и какое это было приключение? Да и об Марее я тогда очень скоро забыл. Встречаясь с ним потом изредка, я никогда даже с ним не заговаривал, не только про волка, да и ни об чем, и вдруг теперь, двадцать лет спустя, в Сибири, припомнил всю эту встречу с такою ясностью, до самой последней черты. Значит, залегла же она в душе моей неприметно, сама собой и без воли моей, и вдруг припомнилась тогда, когда было надо; припомнилась эта нежная, материнская улыбка бедного крепостного мужика, его кресты, его покачиванье головой: «Ишь ведь, испугался, малец!» И особенно этот толстый его, запачканный в земле палец, которым он тихо и с робкою нежностью прикоснулся к вздрагивавшим губам моим. Конечно, всякий бы ободрил ребенка, но тут в этой уединенной встрече случилось как бы что-то совсем другое, и если б я был собственным его сыном, он не мог бы посмотреть на меня сияющим более светлою любовью взглядом, а кто его заставлял? Был он собственный крепостной наш мужик, а я все же его барчонок; никто бы не узнал, как он ласкал меня, и не наградил за то. Любил он, что ли, так уж очень маленьких детей? Такие бывают. Встреча была уединенная, в пустом поле, и только бог, может, видел сверху, каким глубоким и просвещенным человеческим чувством и какою тонкою, почти женственною нежностью может быть наполнено сердце иного грубого, зверски невежественного крепостного русского мужика, еще и не ждавшего, не гадавшего тогда о своей свободе. Скажите, не это ли разумел Константин Аксаков, говоря про высокое образование народа нашего?

И вот, когда я сошел с нар и огляделся кругом, помню, я вдруг почувствовал, что могу смотреть на этих несчастных совсем другим взглядом и что вдруг, каким-то чудом, исчезла совсем всякая ненависть и злоба в сердце моем. Я пошел, вглядываясь в встречавшиеся лица. Этот обритый и шельмованный мужик, с клеймами на лице и хмельной, орущий свою пьяную сиплую песню, ведь это тоже, может быть, тот же самый Марей: ведь я же не могу заглянуть в его сердце. Встретил я в тот же вечер еще раз и М-цкого. Несчастный! У него-то уж не могло быть воспоминаний ни об каких Мареях и никакого другого взгляда на этих людей, кроме «Je hais ces brigands!» Нет, эти поляки вынесли тогда более нашего!

Елка и Свадьба

На днях я видел свадьбу... но нет! Лучше я вам расскажу про елку. Свадьба хороша; она мне очень понравилась, но другое происшествие лучше. Не знаю, каким образом, смотря на эту свадьбу, я вспомнил про эту елку. Это вот как случилось. Ровно лет пять назад, накануне Нового года, меня пригласили на детский бал. Лицо приглашавшее было одно известное деловое лицо, со связями, с знакомством, с интригами, так что можно было подумать, что детский бал этот был предлогом для родителей сойтись в кучу и потолковать об иных интересных материях невинным, случайным, нечаянным образом. Я был человек посторонний; материй у меня не было никаких, и потому я провел вечер довольно независимо. Тут был и еще один господин, у которого, кажется, не было ни роду, ни племени, но который, подобно мне, попал на семейное счастье... Он прежде всех бросился мне на глаза. Это был высокий, худощавый мужчина, весьма серьезный, весьма прилично одетый. Но видно было, что ему вовсе не до радостей и семейного счастья; когда он отходил куда-нибудь в угол, то сейчас же переставал улыбаться и хмурил свои густые черные брови. Знакомых, кроме хозяина, на всем бале у него не было ни единой души. Видно было, что ему страх скучно, но что он выдерживал храбро, до конца, роль совершенно развлеченного и счастливого человека. Я после узнал, что это один господин из провинции, у которого было какое-то решительное, головоломное дело в столице, который привез нашему хозяину рекомендательное письмо, которому хозяин наш покровительствовал вовсе не con amore[1] и которого пригласил из учтивости на свой детский бал. В карты не играли, сигары ему не предложили, в разговоры с ним никто не пускался, может быть издали узнав птицу по перьям, и потому мой господин принужден был, чтоб только куда-нибудь девать руки, весь вечер гладить свои бакенбарды. Бакенбарды были действительно весьма хороши. Но он гладил их до того усердно, что, глядя на него, решительно можно было подумать, что сперва произведены на свет одни

_____
1 con amore – с любовью (итал.)

40

бакенбарды, а потом уж приставлен к ним господин, чтобы их гладить.

Кроме этой фигуры, таким образом принимавшей участие в семейном счастии хозяина, у которого было пятеро сытеньких мальчиков, понравился мне еще один господин. Но этот уже был совершенно другого свойства. Это было лицо. Звали его Юлиан Мастакович. С первого взгляда можно было видеть, что он был гостем почетным и находился в таких же отношениях к хозяину, в каких хозяин к господину, гладившему свои бакенбарды. Хозяин и хозяйка говорили ему бездну любезностей, ухаживали, поили его, лелеяли, подводили к нему для рекомендации своих гостей, а его самого ни к кому не подводили. Я заметил, что у хозяина заискрилась слеза на глазах, когда Юлиан Мастакович отнесся по вечеру, что он редко проводит таким приятным образом время. Мне как-то стало страшно в присутствии такого лица, и потому, полюбовавшись на детей, я ушел в маленькую гостиную, которая была совершенно пуста, и засел в цветочную беседку хозяйки, занимавшую почти половину всей комнаты.

Дети все были до невероятности милы и решительно не хотели походить на больших, несмотря на все увещания гувернанток и маменек. Они разобрали всю елку вмиг, до последней конфетки, и успели уже переломать половину игрушек, прежде чем узнали, кому какая назначена. Особенно хорош был один мальчик, черноглазый, в кудряшках, который все хотел меня застрелить из своего деревянного ружья. Но всех более обратила на себя внимание его сестра, девочка лет одиннадцати, прелестная, как амурчик, тихонькая, задумчивая, бледная, с большими задумчивыми глазами навыкате. Ее как-то обидели дети, и потому она ушла в ту самую гостиную, где сидел я, и занялась в уголку – с своей куклой. Гости с уважением указывали на одного богатого откупщика, ее родителя, и кое-кто замечал шепотом, что за ней уже отложено на приданое триста тысяч рублей. Я оборотился взглянуть на любопытствующих о таком обстоятельстве, и взгляд мой упал на Юлиана Мастаковича, который, закинув руки за спину и наклонив немножечко голову набок, как-то чрезвычайно внимательно прислушивался к празднословию этих господ. Потом я не мог не подивиться мудрости хозяев при раздаче детских подарков. Девочка, уже имевшая триста тысяч рублей приданого, получила богатейшую куклу. Потом следовали подарки понижаясь, смотря по понижению рангов родителей всех этих счастливых детей. Наконец, последний ребенок, мальчик лет десяти, худенький, маленький, весноватенький, рыженький, получил только одну книжку повестей, толковавших о величии природы, о слезах умиления и прочее, без картинок и даже без виньетки.

Он был сын гувернантки хозяйских детей, одной бедной вдовы, мальчик крайне забитый и запуганный. Одет он был в курточку из убогой нанки. Получив свою книжку, он долгое время ходил около других игрушек; ему ужасно хотелось поиграть с другими детьми, но он не смел; видно было, что он уже чувствовал и понимал свое положение. Я очень люблю наблюдать за детьми. Чрезвычайно любопытно в них первое, самостоятельное проявление в жизни. Я заметил, что рыженький мальчик до того соблазнился богатыми игрушками других детей, особенно театром, в котором ему непременно хотелось взять на себя какую-то роль, что решился поподличать. Он улыбался и заигрывал с другими детьми, он отдал свое яблоко одному одутловатому мальчишке, у которого навязан был полный платок гостинцев, и даже решился повозить одного на себе, чтоб только не отогнали его от театра. Но чрез минуту какой-то озорник препорядочно поколотил его. Ребенок не посмел заплакать. Тут явилась гувернантка, его маменька, и велела ему не мешать играть другим детям. Ребенок вошел в ту же гостиную, где была девочка. Она пустила его к себе, и оба весьма усердно принялись наряжать богатую куклу.

Я сидел уже с полчаса в плющовой беседке и почти задремал, прислушиваясь к маленькому говору рыженького мальчика и красавицы с тремястами тысяч приданого, хлопотавших о кукле, как вдруг в комнату вошел Юлиан Мастакович. Он воспользовался скандальзною сценою ссоры детей и вышел потихоньку из залы. Я заметил, что он с минуту назад весьма горячо говорил с папенькой будущей богатой невесты, с которым только что познакомился, о преимуществе какой-то службы перед другою. Теперь он стоял в раздумье и как будто что-то рассчитывал по пальцам.

– Триста... триста, – шептал он. – Одиннадцать... двенадцать... тринадцать и так далее. Шестнадцать – пять лет! Положим, по четыре на сто – 12, пять раз =60, да на эти 60... ну, положим, всего будет через пять лет – четыреста. Да! вот... Да не по четыре со ста же держит, мошенник! Может, восемь аль десять со ста берет. Ну, пятьсот, положим, пятьсот тысяч, по крайней мере, это наверное; ну, излишек на тряпки, гм...

Он кончил раздумье, высморкался и хотел уже выйти из комнаты, как вдруг взглянул на девочку и остановился. Он меня не видал за горшками с зеленью. Мне казалось, что он был крайне взволнован. Или расчет подействовал на него, или что-нибудь другое, но он потирал себе руки и не мог постоять на месте. Это волнение увеличилось до nec plus ultra[1], когда он остановился и бросил другой, решительный взгляд на будущую невесту. Он было двинулся вперед, но сначала огляделся кругом. Потом, на цыпочках, как будто чувствуя себя виноватым, стал подходить к ребенку. Он подошел с улыбочкой, нагнулся и поцеловал ее в голову. Та, не ожидая нападения, вскрикнула от испуга.

– А что вы тут делаете, милое дитя? – спросил он шепотом, оглядываясь и трепля девочку по щеке.

– Играем...

– А? с ним? – Юлиан Мастакович покосился на мальчика.

– А ты бы, душенька, пошел в залу, – сказал он ему.

Мальчик молчал и глядел на него во все глаза. Юлиан Мастакович опять осмотрелся кругом и опять нагнулся к девочке.

– А что это у вас, куколка, милое дитя? – спросил он.

– Куколка, – отвечала девочка, морщась и немножко робея.

– Куколка... А знаете ли вы, милое дитя, из чего ваша куколка сделана?

– Не знаю... – отвечала девочка шепотом и совершенно потупив голову.

– А из тряпочек, душенька. Ты бы пошел, мальчик, в залу, к своим сверстникам, – сказал Юлиан Мастакович, строго посмотрев на ребенка. Девочка и мальчик поморщились и схватились друг за друга. Им не хотелось разлучаться.

– А знаете ли вы, почему подарили вам эту куколку? – спросил Юлиан Мастакович, понижая все более и более голос.

1 nec plus ultra – до крайних пределов (лат.).

– Не знаю.

– А оттого, что вы были милое и благонравное дитя всю неделю .

Тут Юлиан Мастакович, взволнованный донельзя осмотрелся кругом и, понижая все более и более голос, спросил наконец неслышным, почти совсем замирающим от волнения и нетерпения голосом:

– А будете ли вы любить меня, милая девочка, когда я приеду в гости к вашим родителям?

Сказав это, Юлиан Мастакович хотел еще один раз поцеловать милую девочку, но рыженький мальчик, видя, что она совсем хочет заплакать, схватил ее за руки и захныкал от полнейшего сочувствия к ней. Юлиан Мастакович рассердился не в шутку.

– Пошел, пошел отсюда, пошел! – говорил он мальчишке. – Пошел в залу! пошел туда, к своим сверстникам!

– Нет, не нужно, не нужно! подите вы прочь, – сказала девочка, – оставьте его, оставьте его! – говорила она, почти совсем заплакав.

Кто-то зашумел в дверях, Юлиан Мастакович тотчас же приподнял свой величественный корпус и испугался. Но рыженький мальчик испугался еще более Юлиана Мастаковича, бросил девочку и тихонько, опираясь о стенку, прошел из гостиной в столовую. Чтоб не подать подозрений, Юлиан Мастакович пошел также в столовую. Он был красен как рак и, взглянув в зеркало, как будто сконфузился себя самого. Ему, может быть, стало досадно за горячку свою и свое нетерпение. Может быть, его так поразил вначале расчет по пальцам, так соблазнил и вдохновил, что он, несмотря на всю солидность и важность, решился поступить как мальчишка и прямо абордировать свой предмет, несмотря на то что предмет мог быть настоящим предметом по крайней мере пять лет спустя. Я вышел за почтенным господином в столовую и увидел странное зрелище. Юлиан Мастакович, весь покраснев от досады и злости, пугал рыжего мальчика, который, уходя от него все дальше и дальше, не знал – куда забежать от страха.

– Пошел, что здесь делаешь, пошел, негодник, пошел! Ты здесь фрукты таскаешь, а? Ты здесь фрукты таскаешь? Пошел, негодник, пошел, сопливый, пошел, пошел к своим сверстникам!

Перепуганный мальчик, решившись на отчаянное средство, попробовал было залезть под стол. Тогда его гонитель, разгоряченный донельзя, вынул свой длинный батистовый платок и начал им выхлестывать из-под стола ребенка, присмиревшего до последней степени. Нужно заметить, что Юлиан Мастакович был немножко толстенек. Это был человек сытенький, румяненький, плотненький, с брюшком, с жирными ляжками, словом, что называется, крепняк, кругленький, как орешек. Он вспотел, пыхтел и краснел ужасно. Наконец он почти остервенился, так велико было в нем чувство негодования и, может быть (кто знает?), ревности. Я захохотал во все горло. Юлиан Мастакович оборотился и, несмотря на все значение свое, сконфузился в прах. В это время из противоположной двери вошел хозяин. Мальчик вылез из-под стола и обтирал свои колени и локти. Юлиан Мастакович поспешил поднесть к носу платок, который держал, за один кончик, в руках.

Хозяин немножко с недоумением посмотрел на троих нас но, как человек, знающий жизнь и смотрящий на нее с точки серьезной, тотчас же воспользовался тем, что поймал наедине своего гостя.

– Вот-с тот мальчик-с, – сказал он,указав на рыженького, – о котором я имел честь просить...

– А? – отвечал Юлиан Мастакович, еще не совсем оправившись.

– Сын гувернантки детей моих, – продолжал хозяин просительным тоном, – бедная женщина, вдова, жена одного честного чиновника; и потому... Юлиан Мастакович, если возможно...

– Ах, нет, нет, – поспешно закричал Юлиан Мастакович, – нет, извините меня, Филипп Алексеевич, никак невозможно-с. Я справлялся; вакансии нет, а если бы и была, то на нее уже десять кандидатов, гораздо более имеющих право, чем он... Очень жаль, очень жаль...

– Жаль-с, – повторил хозяин, – мальчик скромненький, тихонький...

– Шалун большой, как я замечаю, – отвечал Юлиан Мастакович, истерически скривив рот, – пошел, мальчик, что ты стоишь, пойди к своим сверстникам! – сказал он, обращаясь к ребенку.

Тут он, кажется, не мог утерпеть и взглянул на меня

одним глазом. Я тоже не мог утерпеть и захохотал ему прямо в глаза. Юлиан Мастакович тотчас же отворотился и довольно явственно для меня спросил у хозяина, кто этот странный молодой человек? Они зашептались и вышли из комнаты. Я видел потом, как Юлиан Мастакович, слушая хозяина, с недоверчивостию качал головою.

Нахохотавшись вдоволь, я воротился в залу. Там великий муж, окруженный отцами и матерями семейств, хозяйкой и хозяином, что-то с жаром толковал одной даме, к которой его только что подвели . Дама держала за руку девочку, с которою, десять минут назад, Юлиан Мастакович имел сцену в гостиной. Теперь он рассыпался в похвалах и восторгах о красоте, талантах, грации и благовоспитанности милого дитяти. Он заметно юлил перед маменькой. Мать слушала его чуть ли не со слезами восторга. Губы отца улыбались. Хозяин радовался излиянию всеобщей радости. Даже все гости сочувствовали, даже игры детей были остановлены, чтоб не мешать разговору. Весь воздух был напоен благоговением. Я слышал потом, как тронутая до глубины сердца маменька интересной девочки в отборных выражениях просила Юлиана Мастаковича сделать ей особую честь, подарить их дом своим драгоценным знакомством; слышал, с каким неподдельным восторгом Юлиан Мастакович принял приглашение и как потом гости, разойдясь все, как приличие требовало, в разные стороны, рассыпались друг перед другом в умилительных похвалах откупщику, откупщице, девочке и в особенности Юлиану Мастаковичу.

– Женат этот господин? – спросил я, почти вслух, одного из знакомых моих,стоявшего ближе всех к Юлиану Мастаковичу.

Юлиан Мастакович бросил на меня испытующий и злобный взгляд.

– Нет! – отвечал мне мой знакомый, огорченный до глубины сердца моею неловкостию, которую я сделал умышленно...

Недавно я проходил мимо ***ской церкви; толпа и съезд поразили меня. Кругом говорили о свадьбе. День был пасмурный, начиналась изморось; я пробрался за толпою в церковь и увидал жениха. Это был маленький, кругленький, сытенький человечек с брюшком, весьма разукрашенный. Он бегал, хлопотал и распоряжался. Наконец раздался говор, что привезли невесту. Я протеснился сквозь толпу и увидел чудную красавицу, для которой едва настала первая весна. Но красавица была бледна и грустна. Она смотрела рассеянно; мне показалось даже, что глаза ее были красны от недавних слез. Античная строгость каждой черты лица ее придавала какую-то важность и торжественность ее красоте. Но сквозь эту строгость и важность, сквозь эту грусть просвечивал еще первый детский, невинный облик; сказывалось что-то донельзя наивное, неустановившееся, юное и, казалось, без просьб само за себя молившее о пощаде.

Говорили, что ей едва минуло шестнадцать лет. Взглянув внимательно на жениха, я вдруг узнал в нем Юлиана Мастаковича, которого не видел ровно пять лет. Я поглядел на нее... Боже мой! Я стал протесняться скорее из церкви. В толпе толковали, что невеста богата, что у невесты пятьсот тысяч приданого... и на сколько-то тряпками...

«Однако расчет был хорош!» — подумал я, протеснившись на улицу...

Сон Смешного Человека
Фантастический рассказ

I

Я смешной человек. Они меня называют теперь сумасшедшим. Это было бы повышение в чине, если б я все еще не оставался для них таким же смешным, как и прежде. Но теперь уж я не сержусь, теперь они все мне милы, и даже когда они смеются надо мной — и тогда чем-то даже особенно милы. Я бы сам смеялся с ними, — не то что над собой, а их любя, если б мне не было так грустно, на них глядя. Грустно потому, что они не знают истины, а я знаю истину. Ох как тяжело одному знать истину! Но они этого не поймут. Нет, не поймут.

А прежде я тосковал очень оттого, что казался смешным. Не казался, а был. Я всегда был смешон, и знаю это, может быть, с самого моего рождения. Может быть, я уже семи лет знал, что я смешон. Потом я учился в школе, потом в университете и что же — чем больше я учился, тем больше я научался тому, что я смешон. Так что для меня вся моя университетская наука как бы для того только и существовала под конец, чтобы доказывать и объяснять мне, по мере того как я в нее углублялся, что я смешон. Подобно как в науке, шло и в жизни. С каждым годом нарастало и укреплялось во мне то же самое сознание о моем смешном виде во всех отношениях. Надо мной смеялись все и всегда. Но не знали они никто и не догадывались о том, что если был человек на земле, больше всех знавший про то, что я смешон, так это был сам я, и вот это-то было для меня всего обиднее, что они этого не знают, но тут я сам был виноват: я всегда был так горд, что ни за что и никогда не хотел никому в этом признаться. Гордость эта росла во мне с годами, и если б случилось так, что я хоть перед кем бы то ни было позволил бы себе признаться, что я смешной, то, мне кажется, я тут же, в тот же вечер, раздробил бы себе голову из револьвера. О, как я страдал в моем отрочестве о том, что я не выдержу и вдруг как-нибудь признаюсь сам товарищам. Но с тех пор как я стал молодым человеком, я хоть и узнавал с каждым годом все больше и больше о моем ужасном качестве, но почему-то стал немного спокойнее. Именно почему-то, потому что я и до сих пор не могу определить почему. Может быть, потому что в душе моей нарастала страшная тоска по одному обстоятельству, которое было уже бесконечно выше всего меня: именно — это было постигшее меня одно убеждение в том, что на свете везде все равно. Я очень давно предчувствовал это, но полное убеждение явилось в последний год как-то вдруг. Я вдруг почувствовал, что мне *все равно* было бы, существовал ли бы мир или если б нигде ничего не было. Я стал слышать и чувствовать всем существом моим, что *ничего при мне не было* . Сначала мне все казалось, что зато было многое прежде, но потом я догадался, что и прежде ничего тоже не было, а только почему-то казалось. Мало-помалу я убедился, что и никогда ничего не будет. Тогда я вдруг перестал сердиться на людей и почти стал не примечать их. Право, это обнаруживалось даже в самых мелких пустяках: я, например, случалось, иду по улице и натыкаюсь на людей. И не то чтоб от задумчивости: об чем мне было думать, я совсем перестал тогда думать: мне было все равно. И добро бы я разрешил вопросы; о, ни одного не разрешил, а сколько их было? Но мне стало все равно, и вопросы все удалились.

И вот, после того уж, я узнал истину. Истину я узнал в прошлом ноябре, и именно третьего ноября, и с того времени я каждое мгновение мое помню. Это было в мрачный, самый мрачный вечер, какой только может быть. Я возвращался тогда в одиннадцатом часу вечера домой, и именно, помню, я подумал, что уж не может быть более мрачного времени. Даже в физическом отношении. Дождь лил весь день, и это был самый холодный и мрачный дождь, какой-то даже грозный дождь, я это помню, с явной враждебностью к людям, а тут вдруг, в одиннадцатом часу, перестал, и началась страшная сырость, сырее и холоднее, чем когда дождь шел, и ото всего шел какой-то пар, от каждого камня на улице и из каждого переулка, если заглянуть в него в самую глубь, подальше, с улицы. Мне вдруг представилось, что если б потух везде газ, то стало бы отраднее, а с газом грустнее сердцу, потому что он все это освещает. Я в этот день почти не обедал и с раннего вечера просидел у одного инженера, а у него сидели еще двое приятелей. Я все молчал и, кажется, им надоел. Они говорили об чем-то вызывающем и вдруг даже разгорячились. Но им было все равно, я это видел, и они горячились только так. Я им вдруг и высказал это: «Господа, ведь вам, говорю, все равно». Они не обиделись, а все надо мной засмеялись. Это оттого, что я сказал без всякого упрека, и просто потому, что мне было все равно. Они и увидели, что мне все равно, и им стало весело.

Когда я на улице подумал про газ, то взглянул на небо. Небо было ужасно темное, но явно можно было различить разорванные облака, а между ними бездонные черные пятна. Вдруг я заметил в одном из этих пятен звездочку и стал пристально глядеть на нее. Это потому, что эта звездочка дала мне мысль: я положил в эту ночь убить себя. У меня это было твердо положено еще два месяца назад, и как я ни беден, а купил прекрасный револьвер и в тот же день зарядил его. Но прошло уже два месяца, а он все лежал в ящике; но мне было до того все равно, что захотелось наконец улучить минуту, когда будет не так все равно, для чего так — не знаю. И, таким образом, в эти два месяца я каждую ночь, возвращаясь домой, думал, что застрелюсь. Я все ждал минуты. И вот теперь эта звездочка дала мне мысль, и я положил, что это будет непременно уже в эту ночь. А почему звездочка дала мысль — не знаю.

И вот, когда я смотрел на небо, меня вдруг схватила за локоть эта девочка. Улица уже была пуста, и никого почти не было. Вдали спал на дрожках извозчик. Девочка была лет восьми, в платочке и в одном платьишке, вся мокрая, но я запомнил особенно ее мокрые разорванные башмаки и теперь помню. Они мне особенно мелькнули в глаза. Она вдруг стала дергать меня за локоть и звать. Она не плакала, но как-то отрывисто выкрикивала какие-то слова, которые не могла хорошо выговорить, потому что вся дрожала мелкой дрожью в ознобе. Она была отчего-то в ужасе и кричала отчаянно: «Мамочка! Мамочка!» Я обернул было к ней лицо, но не сказал ни слова и продолжал идти, но она бежала и дергала меня, и в голосе ее прозвучал тот звук, который у очень испуганных детей означает отчаяние. Я знаю этот звук. Хоть она и не договаривала слова, но я понял, что ее мать где-то помирает, или что-то там с ними случилось, и она выбежала позвать кого-то, найти что-то, чтоб помочь маме. Но я не пошел за ней, и, напротив, у меня явилась вдруг мысль прогнать ее. Я сначала ей сказал, чтоб она отыскала городового. Но она вдруг сложила ручки и, всхлипывая, задыхаясь, все бежала сбоку и не покидала меня. Вот тогда-то я топнул на нее и крикнул. Она прокричала лишь: «Барин, барин!..» — но вдруг бросила меня и стремглав перебежала улицу: там показался тоже какой-то прохожий, и она, видно, бросилась от меня к нему.

Я поднялся в мой пятый этаж. Я живу от хозяев, и у нас номера. Комната у меня бедная и маленькая, а окно чердачное, полукруглое. У меня клеенчатый диван, стол, на котором книги, два стула и покойное кресло, старое-престарое, но зато вольтеровское. Я сел, зажег свечку и стал думать. Рядом, в другой комнате, за перегородкой, продолжался содом. Он шел у них еще с третьего дня. Там жил отставной капитан, а у него были гости — человек шесть стрюцких, пили водку и играли в штос старыми картами. В прошлую ночь была драка, и я знаю, что двое из них долго таскали друг друга за волосы. Хозяйка хотела жаловаться, но она боится капитана ужасно. Прочих жильцов у нас в номерах всего одна маленькая ростом и худенькая дама, из полковых, приезжая, с тремя маленькими и заболевшими уже у нас в номерах детьми. И она и дети боятся капитана до обморока и всю ночь трясутся и крестятся, а с самым маленьким ребенком был от страху какой-то припадок. Этот капитан, я наверно знаю, останавливает иной раз прохожих на Невском и просит на бедность. На службу его не принимают, но, странное дело (я ведь к тому и рассказываю это), капитан во весь месяц, с тех пор как живет у нас, не возбудил во мне никакой досады. От знакомства я, конечно, уклонился с самого начала, да ему и самому скучно со мной стало с первого же раза, но сколько бы они ни кричали за своей перегородкой и сколько бы их там ни было, — мне всегда все равно. Я сижу всю ночь и, право, их не слышу, — до того о них забываю. Я ведь каждую ночь не сплю до самого рассвета и вот уже этак год. Я просиживаю всю ночь у стола в креслах и ничего не делаю. Книги читаю я только днем. Сижу и даже не думаю, а так, какие-то мысли бродят, а я их пускаю на волю. Свечка сгорает в ночь вся. Я сел у стола тихо, вынул револьвер и положил перед собою. Когда я его положил, то, помню, спросил себя: «Так ли?», и совершенно утвердительно ответил себе: «Так». То есть застрелюсь. Я знал, что уж в эту ночь застрелюсь наверно, но сколько еще просижу до тех пор за столом, — этого не знал. И уж конечно бы застрелился, если б не та девочка.

II

Видите ли: хоть мне и было все равно, но ведь боль-то я, например, чувствовал. Ударь меня кто, и я бы почувствовал боль. Так точно и в нравственном отношении: случись что-нибудь очень жалкое, то почувствовал бы жалость, так же как и тогда, когда мне было еще в жизни не все равно. Я и почувствовал жалость давеча: уж ребенку-то я бы непременно помог. Почему ж я не помог девочке? А из одной явившейся тогда идеи: когда она дергала и звала меня, то вдруг возник тогда передо мной вопрос, и я не мог разрешить его. Вопрос был праздный, но я рассердился. Рассердился вследствие того вывода, что если я уже решил, что в нынешнюю ночь с собой покончу, то, стало быть, мне все на свете должно было стать теперь, более чем когда-нибудь, все равно. Отчего же я вдруг почувствовал, что мне не все равно и я жалею девочку? Я помню, что я ее очень пожалел; до какой-то даже странной боли и совсем даже невероятной в моем положении. Право, я не умею лучше передать этого тогдашнего моего мимолетного ощущения, но ощущение продолжалось и дома, когда уже я засел за столом, и я очень был раздражен, как давно уже не был. Рассуждение текло за рассуждением. Представлялось ясным, что если я человек, и еще не нуль, и пока не обратился в нуль, то живу, а следовательно, могу страдать, сердиться и ощущать стыд за свои поступки. Пусть. Но ведь если я убью себя, например, через два часа, то что мне девочка и какое мне тогда дело и до стыда, и до всего на свете? Я обращаюсь в нуль, в нуль абсолютный. И неужели сознание о том, что я сейчас *совершенно* не буду существовать, а стало быть, и ничто не будет существовать, не могло иметь ни малейшего влияния ни на чувство жалости к девочке, ни на чувство стыда после сделанной подлости? Ведь я потому-то и затопал и закричал диким голосом на несчастного ребенка, что, «дескать, не только вот не чувствую жалости, но если и бесчеловечную подлость сделаю, то теперь могу, потому что через два часа все угаснет». Верите ли, что потому закричал? Я теперь почти убежден в этом. Ясным представлялось, что жизнь и мир теперь как бы от меня зависят. Можно сказать даже так, что мир теперь как бы для меня одного и сделан: застрелюсь я, и мира не будет, по крайней мере для меня. Не говоря уже о том, что, может быть, и действительно ни для кого ничего не будет после меня, и весь мир, только лишь угаснет мое сознание, угаснет тотчас как призрак, как принадлежность лишь одного моего сознания, и упразднится, ибо, может быть, весь этот мир и все эти люди — я-то сам один и есть. Помню, что, сидя и рассуждая, я обертывал все эти новые вопросы, теснившиеся один за другим, совсем даже в другую сторону и выдумывал совсем уж новое. Например, мне вдруг представилось одно странное соображение, что если б я жил прежде на луне или на Марсе и сделал бы там какой-нибудь самый срамный и бесчестный поступок, какой только можно себе представить, и был там за него поруган и обесчещен так, как только можно ощутить и представить лишь разве иногда во сне, в кошмаре, и если б, очутившись потом на земле, я продолжал бы сохранять сознание о том, что сделал на другой планете, и, кроме того, знал бы, что уже туда ни за что и никогда не возвращусь, то, смотря с земли на луну, — было бы мне *все равно* или нет? Ощущал ли бы я за тот поступок стыд или нет? Вопросы были праздные и лишние, так как револьвер лежал уже передо мною, и я всем существом моим знал, что это будет наверно, но они горячили меня, и я бесился. Я как бы уже не мог умереть теперь, чего-то не разрешив предварительно. Одним словом, эта девочка спасла меня, потому что я вопросами отдалил выстрел. У капитана же между тем стало тоже все утихать: они кончили в карты, устраивались спать, а пока ворчали и лениво доругивались. Вот тут-то я вдруг и заснул, чего никогда со мной не случалось прежде, за столом в креслах. Я заснул совершенно мне неприметно. Сны, как известно, чрезвычайно странная вещь: одно представляется с ужасающею ясностью, с ювелирски-мелочною отделкой подробностей, а через другое перескакиваешь, как бы не замечая вовсе, например, через пространство и время. Сны, кажется, стремит не рассудок, а желание, не голова, а сердце, а между тем какие хитрейшие вещи проделывал иногда мой рассудок во сне! Между тем с ним происходят во сне вещи совсем непостижимые. Мой брат, например, умер пять лет назад. Я иногда его вижу во сне: он принимает участие в моих делах, мы очень заинтересованы, а между тем я ведь вполне, во все продолжение сна, знаю и помню, что брат мой помер и схоронен. Как же я не дивлюсь тому, что он хоть и мертвый, а все-таки тут подле меня и со мной хлопочет? Почему разум мой совершенно допускает все это? Но довольно. Приступаю к сну моему. Да, мне приснился тогда этот сон, мой сон третьего ноября! Они дразнят меня теперь тем, что ведь это был только сон. Но неужели не все равно, сон или нет, если сон этот возвестил мне Истину? Ведь если раз узнал истину и увидел ее, то ведь знаешь, что она истина и другой нет и не может быть, спите вы или живете. Ну и пусть сон, и пусть, но эту жизнь, которую вы так превозносите, я хотел погасить самоубийством, а сон мой, сон мой, — о, он возвестил мне новую, великую, обновленную, сильную жизнь!

Слушайте.

III

Я сказал, что заснул незаметно и даже как бы продолжая рассуждать о тех же материях. Вдруг приснилось мне, что я беру револьвер и, сидя, наставляю его прямо в сердце — в сердце, а не в голову; я же положил прежде непременно застрелиться в голову и именно в правый висок. Наставив в грудь, я подождал секунду или две, и свечка моя, стол и стена передо мною вдруг задвигались и заколыхались. Я поскорее выстрелил.

Во сне вы падаете иногда с высоты, или режут вас, или бьют, но вы никогда не чувствуете боли, кроме разве если сами как-нибудь действительно ушибетесь в кровати, тут вы почувствуете боль и всегда почти от боли проснетесь. Так и во сне моем: боли я не почувствовал, но мне представилось, что с выстрелом моим все во мне сотряслось и все вдруг потухло, и стало кругом меня ужасно черно. Я как будто ослеп и онемел, и вот я лежу на чем-то твердом, протянутый, навзничь, ничего не вижу и не могу сделать ни малейшего движения. Кругом ходят и кричат, басит капитан, визжит хозяйка, — и вдруг опять перерыв, и вот уже меня несут в закрытом гробе. И я чувствую, как колыхается гроб, и рассуждаю об этом, и вдруг меня в первый раз поражает идея, что ведь я умер, совсем умер, знаю это и не сомневаюсь, не вижу и не движусь, а между тем чувствую и рассуждаю. Но я скоро мирюсь с этим и, по обыкновению, как во сне, принимаю действительность без спору.

И вот меня зарывают в землю. Все уходят, я один, совершенно один. Я не движусь. Всегда, когда я прежде наяву представлял себе, как меня похоронят в могиле, то собственно с могилой соединял лишь одно ощущение сырости и холода. Так и теперь я почувствовал, что мне очень холодно, особенно концам пальцев на ногах, но больше ничего не почувствовал.

Я лежал и, странно, — ничего не ждал, без спору принимая, что мертвому ждать нечего. Но было сыро. Не знаю, сколько прошло времени, — час или несколько дней, или много дней. Но вот вдруг на левый закрытый глаз мой упала просочившаяся через крышу гроба капля воды, за ней через минуту другая, затем через минуту третья, и так далее, и так далее, все через минуту. Глубокое негодование загорелось вдруг в сердце моем, и вдруг я почувствовал в нем физическую боль: «Это рана моя, — подумал я, — это выстрел, там пуля…» А капля все капала, каждую минуту и прямо на закрытый мой глаз. И я вдруг воззвал, не голосом, ибо был недвижим, но всем существом моим к властителю всего того, что совершалось со мною:

— Кто бы ты ни был, но если ты есть и если существует что-нибудь разумнее того, что теперь совершается, то дозволь ему быть и здесь. Если же ты мстишь мне за неразумное самоубийство мое — безобразием и нелепостью дальнейшего бытия, то знай, что никогда и никакому мучению, какое бы ни постигло меня, не сравниться с тем презрением, которое я буду молча ощущать, хотя бы в продолжение миллионов лет мученичества!..

Я воззвал и смолк. Целую почти минуту продолжалось глубокое молчание, и даже еще одна капля упала, но я знал, я беспредельно и нерушимо знал и верил, что непременно сейчас все изменится. И вот вдруг разверзлась могила моя. То есть я не знаю, была ли она раскрыта и раскопана, но я был взят каким-то темным и неизвестным мне существом, и мы очутились в пространстве. Я вдруг прозрел: была глубокая ночь, и никогда, никогда еще не было такой темноты! Мы неслись в пространстве уже далеко от земли. Я не спрашивал того, который нес меня, ни о чем, я ждал и был горд. Я уверял себя, что не боюсь, и замирал от восхищения при мысли, что не боюсь. Я не помню, сколько времени мы неслись, и не могу представить: совершалось все так, как всегда во сне, когда перескакиваешь через пространство и время и через законы бытия и рассудка и останавливаешься лишь на точках, о которых грезит сердце. Я помню, что вдруг увидал в темноте одну звездочку. «Это Сириус?» — спросил я, вдруг не удержавшись, ибо я не хотел ни о чем спрашивать. — «Нет, это та самая звезда, которую ты видел между облаками, возвращаясь домой», — отвечало мне существо, уносившее меня. Я знал, что оно имело как бы лик человеческий. Странное дело, я не любил это существо, даже чувствовал глубокое отвращение. Я ждал совершенного небытия и с тем выстрелил себе в сердце. И вот я в руках существа, конечно, не человеческого, но которое есть, существует: «А, стало быть, есть и за гробом жизнь!» — подумал я с странным легкомыслием сна, но сущность сердца моего оставалась со мною во всей глубине: «И если надо быть снова, — подумал я, — и жить опять по чьей-то неустранимой воле, то не хочу, чтоб меня победили и унизили!» — «Ты знаешь, что я боюсь тебя, и за то презираешь меня», — сказал я вдруг моему спутнику, не удержавшись от унизительного вопроса, в котором заключалось признание, и ощутив, как укол булавки, в сердце моем унижение мое. Он не ответил на вопрос мой, но я вдруг почувствовал, что меня, не презирают, и надо мной не смеются, и даже не сожалеют меня, и что путь наш имеет цель, неизвестную и таинственную и касающуюся одного меня. Страх нарастал в моем сердце. Что-то немо, но с мучением сообщалось мне от моего молчащего спутника и как бы проницало меня. Мы неслись в темных и неведомых пространствах. Я давно уже перестал видеть знакомые глазу созвездия. Я знал, что есть такие звезды в небесных пространствах, от которых лучи доходят на землю лишь в тысячи и миллионы лет. Может быть, мы уже пролетали эти пространства. Я ждал чего-то в страшной, измучившей мое сердце тоске. И вдруг какое-то знакомое и в высшей степени зовущее чувство сотрясло меня: я увидел вдруг наше солнце! Я знал, что это не могло быть наше солнце, породившее нашу землю, и что мы от нашего солнца на бесконечном расстоянии, но я узнал почему-то, всем существом моим, что это совершенно такое же солнце, как и наше, повторение его и двойник его. Сладкое, зовущее чувство зазвучало восторгом в душе моей: родная сила света, того же, который родил меня, отозвалась в моем сердце и воскресила его, и я ощутил жизнь, прежнюю жизнь, в первый раз после моей могилы.

— Но если это — солнце, если это совершенно такое же солнце, как наше, — вскричал я, — то где же земля? — и мой спутник указал мне на звездочку, сверкавшую в темноте изумрудным блеском. Мы неслись прямо к ней.

— И неужели возможны такие повторения во вселенной, неужели таков природный закон?.. И если это там земля, то неужели она такая же земля, как и наша... совершенно такая же, несчастная, бедная, но дорогая и вечно любимая и такую же мучительную любовь рождающая к себе в самых неблагодарных даже детях своих, как и наша?.. — вскрикивал я, сотрясаясь от неудержимой, восторженной любви к той родной прежней земле, которую я покинул. Образ бедной девочки, которую я обидел, промелькнул передо мною.

— Увидишь все, — ответил мой спутник, и какая-то печаль послышалась в его слове.

Но мы быстро приближались к планете. Она росла в глазах моих, я уже различал океан, очертания Европы, и вдруг странное чувство какой-то великой, святой ревности возгорелось в сердце моем: «Как может быть подобное повторение и для чего? Я люблю, я могу любить лишь ту землю, которую я оставил, на которой остались брызги крови моей, когда я, неблагодарный, выстрелом в сердце мое погасил мою жизнь. Но никогда, никогда не переставал я любить ту землю, и даже в ту ночь, расставаясь с ней, я, может быть, любил ее мучительнее, чем когда-либо. Есть ли мучение на этой новой земле? На нашей земле мы истинно можем любить лишь с мучением и только через мучение! Мы иначе не умеем любить и не знаем иной любви. Я хочу мучения, чтоб любить. Я хочу, я жажду в сию минуту целовать, обливаясь слезами, лишь одну ту землю, которую я оставил, и не хочу, не принимаю жизни ни на какой иной!..»

Но спутник мой уже оставил меня. Я вдруг, совсем как бы для меня незаметно, стал на этой другой земле в ярком свете солнечного, прелестного как рай дня. Я стоял, кажется, на одном из тех островов, которые составляют на нашей земле Греческий архипелаг, или где-нибудь на прибрежье материка, прилегающего к этому архипелагу. О, все было точно так же, как у нас, но, казалось, всюду сияло каким-то праздником и великим, святым и достигнутым наконец торжеством. Ласковое изумрудное море тихо плескало о берега и лобызало их с любовью, явной, видимой, почти сознательной. Высокие, прекрасные деревья стояли во всей роскоши своего цвета, а бесчисленные листочки их, я убежден в том, приветствовали меня тихим, ласковым своим шумом и как бы выговаривали какие-то слова любви. Мурава горела яркими ароматными цветами. Птички стадами перелетали в воздухе и, не боясь меня, садились мне на плечи и на руки и радостно били меня своими милыми, трепетными крылышками. И наконец, я увидел и узнал людей счастливой земли этой. Они пришли ко мне сами, они окружили меня, целовали меня. Дети солнца, дети своего солнца, — о, как они были прекрасны! Никогда я не видывал на нашей земле такой красоты в человеке. Разве лишь в детях наших, в самые первые годы их возраста, можно бы было найти отдаленный, хотя и слабый отблеск красоты этой. Глаза этих счастливых людей сверкали ясным блеском. Лица их сияли разумом и каким-то восполнившимся уже до спокойствия сознанием, но лица эти были веселы; в словах и голосах этих людей звучала детская радость. О, я тотчас же, при первом взгляде на их лица, понял все, все! Это была земля, не оскверненная грехопадением, на ней жили люди не согрешившие, жили в таком же раю, в каком жили, по преданиям всего человечества, и наши согрешившие прародители, с тою только разницею, что вся земля здесь была повсюду одним и тем же раем. Эти люди, радостно смеясь, теснились ко мне и ласкали меня; они увели меня к себе, и всякому из них хотелось успокоить меня. О, они не расспрашивали меня ни о чем, но как бы все уже знали, так мне казалось, и им хотелось согнать поскорее страдание с лица моего.

IV

Видите ли что, опять-таки: ну, пусть это был только сон! Но ощущение любви этих невинных и прекрасных людей осталось во мне навеки, и я чувствую, что их любовь изливается на меня и теперь оттуда. Я видел их сам, их:

познал и убедился, я любил их, я страдал за них потом. О, я тотчас же понял, даже тогда, что во многом не пойму их вовсе; мне, как современному русскому прогрессисту и гнусному петербуржцу, казалось неразрешимым то, например, что они, зная столь много, не имеют нашей науки. Но я скоро понял, что знание их восполнялось и питалось иными проникновениями, чем у нас на земле, и что стремления их были тоже совсем иные. Они не желали ничего и были спокойны, они не стремились к познанию жизни так, как мы стремимся сознать ее, потому что жизнь их была восполнена. Но знание их было глубже и высшее, чем у нашей науки; ибо наука наша ищет объяснить, что такое жизнь, сама стремится сознать ее, чтоб научить других жить; они же и без науки знали, как им жить, и это я понял, но я не мог понять их знания. Они указывали мне на деревья свои, и я не мог понять той степени любви, с которою они смотрели на них: точно они говорили с себе подобными существами. И знаете, может быть, я не ошибусь, если скажу, что они говорили с ними! Да, они нашли их язык, и убежден, что те понимали их. Так смотрели они и на всю природу — на животных, которые жили с ними мирно, не нападали на них и любили их, побежденные их же любовью. Они указывали мне на звезды и говорили о них со мною о чем-то, чего я не мог понять, но я убежден, что они как бы чем-то соприкасались с небесными звездами, не мыслию только, а каким-то живым путем. О, эти люди и не добивались, чтоб я понимал их, они любили меня и без того, но зато я знал, что и они никогда не поймут меня, а потому почти и не говорил им о нашей земле. Я лишь целовал при них ту землю, на которой они жили, и без слов обожал их самих, и они видели это и давали себя обожать, но стыдясь, что я их обожаю, потому что много любили сами. Они не страдали за меня, когда я, в слезах, порою целовал их ноги, радостно зная в сердце своем, какою силой любви они мне ответят. Порою я спрашивал себя в удивлении: как могли они, все время, не оскорбить такого как я и ни разу не возбудить в таком как я чувство ревности и зависти? Много раз я спрашивал себя, как мог я, хвастун и лжец, не говорить им о моих познаниях, о которых, конечно, они не имели понятия, не желать удивить их ими, или хотя бы только из любви к ним? Они были резвы и веселы как дети. Они блуждали по своим прекрасным рощам и лесам, они пели свои прекрасные песни, они питались легкою пищею, плодами своих деревьев, медом лесов своих и молоком их любивших животных. Для пищи и для одежды своей они трудились лишь немного и слегка. У них была любовь и рождались дети, но никогда я не замечал в них порывов того жестокого сладострастия, которое постигает почти всех на нашей земле, всех и всякого, и служит единственным источником почти всех грехов нашего человечества. Они радовались являвшимся у них детям как новым участникам в их блаженстве. Между ними не было ссор и не было ревности, и они не понимали даже, что это значит. Их дети были детьми всех, потому что все составляли одну семью. У них почти совсем не было болезней, хоть и была смерть; но старики их умирали тихо, как бы засыпая, окруженные прощавшимися с ними людьми, благословляя их, улыбаясь им и сами напутствуемые их светлыми улыбками. Скорби, слез при этом я не видал, а была лишь умножившаяся как бы до восторга любовь, но до восторга спокойного, восполнившегося, созерцательного. Подумать можно было, что они соприкасались еще с умершими своими даже и после их смерти и что земное единение между ними не прерывалось смертию. Они почти не понимали меня, когда я спрашивал их про вечную жизнь, но, видимо, были в ней до того убеждены безотчетно, что это не составляло для них вопроса. У них не было храмов, но у них было какое-то насущное, живое и беспрерывное единение с Целым вселенной; у них не было веры, зато было твердое знание, что когда восполнится их земная радость до пределов природы земной, тогда наступит для них, и для живущих и для умерших, еще большее расширение соприкосновения с Целым вселенной. Они ждали этого мгновения с радостию, но не торопясь, не страдая по нем, а как бы уже имея его в предчувствиях сердца своего, о которых они сообщали друг другу. По вечерам, отходя ко сну, они любили составлять согласные и стройные хоры. В этих песнях они передавали все ощущения, которые доставил им отходящий день, славили его и прощались с ним. Они славили природу, землю, море, леса. Они любили слагать песни друг о друге и хвалили друг друга как дети, это были самые простые песни, но они выливались из сердца и проницали сердца. Да и не в песнях одних, а, казалось, и всю жизнь свою они проводили лишь в том, что любовались друг другом. Это была какая-то влюбленность друг в друга, всецелая, всеобщая. Иных же их песен, торжественных и восторженных, я почти не понимал вовсе. Понимая слова, я никогда не мог проникнуть во все их значение. Оно оставалось как бы недоступно моему уму, зато сердце мое как бы проникалось им безотчетно и все более и более. Я часто говорил им, что я все это давно уже прежде предчувствовал, что вся эта радость и слава сказывалась мне еще на нашей земле зовущею тоскою, доходившею подчас до нестерпимой скорби; что я предчувствовал всех их и славу их в снах моего сердца и в мечтах ума моего, что я часто не мог смотреть, на земле нашей, на заходящее солнце без слез... Что в ненависти моей к людям нашей земли заключалась всегда тоска: зачем я не могу ненавидеть их, не любя их, зачем не могу не прощать их, а в любви моей к ним тоска: зачем не могу любить их, не ненавидя их? Они слушали меня, и я видел, что они не могли представить себе то, что я говорю, но я не жалел, что им говорил о том: я знал, что они понимают всю силу тоски моей о тех, кого я покинул. Да, когда они глядели на меня своим милым проникнутым любовью взглядом, когда, я чувствовал, что при них и мое сердце становилось столь же невинным и правдивым, как и их сердца, то и я не жалел, что не понимаю их. От ощущения полноты жизни мне захватывало дух, и я молча молился на них.

О, все теперь смеются мне в глаза и уверяют меня, что и во сне нельзя видеть такие подробности, какие я передаю теперь, что во сне моем я видел или прочувствовал лишь одно ощущение, порожденное моим же сердцем в бреду, а подробности уже сам сочинил проснувшись. И когда я открыл им, что, может быть, в самом деле так было, — боже, какой смех они подняли мне в глаза и какое я им доставил веселье! О да, конечно, я был побежден лишь одним ощущением того сна, и оно только одно уцелело в до крови раненном сердце моем: но зато действительные образы и формы сна моего, то есть те, которые я в самом деле видел в самый час моего сновидения, были восполнены до такой гармонии, были до того обаятельны и прекрасны, и до того были истинны, что, проснувшись, я, конечно, не в силах был воплотить их в слабые слова наши, так что они должны были как бы стушеваться в уме моем, а стало быть, и действительно, может быть, — я сам, бессознательно, принужден был сочинить потом подробности и, уж конечно, исказив их, особенно при таком страстном желании моем поскорее и хоть сколько-нибудь их передать. Но зато как же мне не верить, что все это было? Было, может быть, в тысячу раз лучше, светлее и радостнее, чем я рассказываю? Пусть это сон, но все это не могло не быть. Знаете ли, я скажу вам секрет: все это, быть может, было вовсе не сон. Ибо тут случилось нечто такое, нечто до такого ужаса истинное, что это не могло бы пригрезиться во сне. Пусть сон мой породило сердце мое, но разве одно сердце мое в силах было породить ту ужасную правду, которая потом случилась со мной? Как бы мог я ее один выдумать или пригрезить сердцем? Неужели же мелкое сердце мое и капризный, ничтожный ум мой могли возвыситься до такого откровения правды! О, судите сами: я до сих пор скрывал, но теперь доскажу и эту правду. Дело в том, что я... развратил их всех!

V

Да, да, кончилось тем, что я развратил их всех! Как это могло совершиться — не знаю, не помню ясно. Сон пролетел через тысячелетия и оставил во мне лишь ощущение целого. Знаю только, что причиною грехопадения был я. Как скверная трихина, как атом чумы, заражающий целые государства, так и я заразил собой всю эту счастливую, безгрешную до меня землю. Они научились лгать и полюбили ложь и познали красоту лжи. О, это, может быть, началось невинно, с шутки, с кокетства, с любовной игры, в самом деле, может быть, с атома, но этот атом лжи проник в их сердца и понравился им. Затем быстро родилось сладострастие, сладострастие породило ревность, ревность — жестокость... О, не знаю, не помню, но скоро, очень скоро брызнула первая кровь: они удивились и ужаснулись, и стали расходиться, разъединяться. Явились союзы, но уже друг против друга. Начались укоры, упреки. Они узнали стыд и стыд возвели в добродетель. Родилось понятие о чести, и в каждом союзе поднялось свое знамя. Они стали мучить животных, и животные удалились от них в леса и стали им врагами. Началась борьба за разъединение, за обособление, за личность, за мое и твое. Они стали говорить на разных языках. Они познали скорбь и полюбили скорбь, они жаждали мучения и говорили, что Истина достигается лишь мучением. Тогда у них явилась наука. Когда они стали злы, то начали говорить о братстве и гуманности и поняли эти идеи. Когда они стали преступны, то изобрели справедливость и предписали себе целые кодексы, чтоб сохранить ее, а для обеспечения кодексов поставили гильотину. Они чуть-чуть лишь помнили о том, что потеряли, даже не хотели верить тому, что были когда-то невинны и счастливы. Они смеялись даже над возможностью этого прежнего их счастья и называли его мечтой. Они не могли даже представить его себе в формах и образах, но, странное и чудесное дело: утратив всякую веру в бывшее счастье, назвав его сказкой, они до того захотели быть невинными и счастливыми вновь, опять, что пали перед желанием сердца своего, как дети, обоготворили это желание, настроили храмов и стали молиться своей же идее, своему же «желанию», в то же время вполне веруя в неисполнимость и неосуществимость его, но со слезами обожая его и поклоняясь ему. И однако, если б только могло так случиться, чтоб они возвратились в то невинное и счастливое состояние, которое они утратили, и если б кто вдруг им показал его вновь и спросил их хотят ли они возвратиться к нему? — то они наверно бы отказались. Они отвечали мне: «Пусть мы лживы, злы и несправедливы, мы знаем это и плачем об этом, и мучим себя за это сами, и истязаем себя и наказываем больше, чем даже, может быть, тот милосердый Судья, который будет судить нас и имени которого мы не знаем. Но у нас есть наука, и через нее мы отыщем вновь истину, но примем ее уже сознательно. Знание выше чувства, сознание жизни — выше жизни. Наука даст нам премудрость, премудрость откроет законы, а знание законов счастья — выше счастья». Вот что говорили они, и после слов таких каждый возлюбил себя больше всех, да и не могли они иначе сделать. Каждый стал столь ревнив к своей личности, что изо всех сил старался лишь унизить и умалить ее в других, и в том жизнь свою полагал. Явилось рабство, явилось даже добровольное рабство: слабые подчинялись охотно сильнейшим, с тем только, чтобы те помогали им давить еще слабейших, чем они сами. Явились праведники, которые приходили к этим людям со слезами и говорили им об их гордости, о потере меры и гармонии, об утрате ими стыда. Над ними смеялись или побивали их каменьями.

Святая кровь лилась на порогах храмов. Зато стали появляться люди, которые начали придумывать: как бы всем вновь так соединиться, чтобы каждому, не переставая любить себя больше всех, в то же время не мешать никому другому, и жить таким образом всем вместе как бы и в согласном обществе. Целые войны поднялись из-за этой идеи. Все воюющие твердо верили в то же время, что наука, премудрость и чувство самосохранения заставят наконец человека соединиться в согласное и разумное общество, а потому пока, для ускорения дела, «премудрые» старались поскорее истребить всех «непремудрых» и не понимающих их идею, чтоб они не мешали торжеству ее. Но чувство самосохранения стало быстро ослабевать, явились гордецы и сладострастники, которые прямо потребовали всего иль ничего. Для приобретения всего прибегалось к злодейству, а если оно не удавалось — к самоубийству. Явились религии с культом небытия и саморазрушения ради вечного успокоения в ничтожестве. Наконец эти люди устали в бессмысленном труде, и на их лицах появилось страдание, и эти люди провозгласили, что страдание есть красота, ибо в страдании лишь мысль. Они воспели страдание в песнях своих. Я ходил между ними, ломая руки, и плакал над ними, но любил их, может быть, еще больше, чем прежде, когда на лицах их еще не было страдания и когда они были невинны и столь прекрасны. Я полюбил их оскверненную ими землю еще больше, чем когда она была раем, за то лишь, что на ней явилось горе. Увы, я всегда любил горе и скорбь, но лишь для себя, для себя, а об них я плакал, жалея их. Я простирал к ним руки, в отчаянии обвиняя, проклиная и презирая себя. Я говорил им, что все это сделал я, я один, что это я им принес разврат, заразу и ложь! Я умолял их, чтоб они распяли меня на кресте, я учил их, как сделать крест. Я не мог, не в силах был убить себя сам, но я хотел принять от них муки, я жаждал мук, жаждал, чтоб в этих муках пролита была моя кровь до капли. Но они лишь смеялись надо мной и стали меня считать под конец за юродивого. Они оправдывали меня, они говорили, что получили лишь то, чего сами желали, и что все то, что есть теперь, не могло не быть. Наконец, они объявили мне, что я становлюсь им опасен и что они посадят меня в сумасшедший дом, если я не замолчу. Тогда скорбь вошла в мою душу с такою силой, что сердце мое стеснилось, и я почувствовал, что умру, и тут… ну, вот тут я и проснулся.

* * *

Было уже утро, то есть еще не рассвело, но было около шестого часу. Я очнулся в тех же креслах, свечка моя догорела вся, у капитана спали, и кругом была редкая в нашей квартире тишина. Первым делом я вскочил в чрезвычайном удивлении; никогда со мной не случалось ничего подобного, даже до пустяков и мелочей: никогда еще не засыпал я, например, так в моих креслах. Тут вдруг, пока я стоял и приходил в себя, — вдруг мелькнул передо мной мой револьвер, готовый, заряженный, — но я в один миг оттолкнул его от себя! О, теперь жизни и жизни! Я поднял руки и воззвал к вечной истине; не воззвал, а заплакал; восторг, неизмеримый восторг поднимал все существо мое. Да, жизнь, и — проповедь! О проповеди я порешил в ту же минуту и, уж конечно, на всю жизнь! Я иду проповедовать, я хочу проповедовать, — что? Истину, ибо я видел ее, видел своими глазами, видел всю ее славу!

И вот с тех пор я и проповедую! Кроме того — люблю всех, которые надо мной смеются, больше всех остальных. Почему это так — не знаю и не могу объяснить, но пусть так и будет. Они говорят, что я уж и теперь сбиваюсь, то есть коль уж и теперь сбился так, что ж дальше-то будет? Правда истинная: я сбиваюсь, и, может быть, дальше пойдет еще хуже. И, уж конечно, собьюсь несколько раз, пока отыщу, как проповедовать, то есть какими словами и какими делами, потому что это очень трудно исполнить. Я ведь и теперь все это как день вижу, но послушайте: кто же не сбивается! А между тем ведь все идут к одному и тому же, по крайней мере все стремятся к одному и тому же, от мудреца до последнего разбойника, только разными дорогами. Старая это истина, но вот что тут новое: я и сбиться-то очень не могу. Потому что я видел истину, я видел и знаю, что люди могут быть прекрасны и счастливы, не потеряв способности жить на земле. Я не хочу и не могу верить, чтобы зло было нормальным состоянием людей. А ведь они все только над этой верой-то моей и смеются. Но как мне не веровать: я видел истину, — не то что изобрел умом, а видел, видел, и живой образ ее наполнил душу мою навеки. Я видел ее в такой восполненной целости, что не могу поверить, чтоб ее не могло быть у людей. Итак, как же я собьюсь? Уклонюсь, конечно, даже несколько раз, и буду говорить даже, может быть, чужими словами, но ненадолго: живой образ того, что я видел, будет всегда со мной и всегда меня поправит и направит. О, я бодр, я свеж, я иду, иду, и хотя бы на тысячу лет. Знаете, я хотел даже скрыть вначале, что я развратил их всех, но это была ошибка, — вот уже первая ошибка! Но истина шепнула мне, что я лгу, и охранила меня и направила. Но как устроить рай — я не знаю, потому что не умею передать словами. После сна моего потерял слова. По крайней мере, все главные слова, самые нужные. Но пусть: я пойду и все буду говорить, неустанно, потому что я все-таки видел воочию, хотя и не умею пересказать, что я видел. Но вот этого насмешники и не понимают: «Сон, дескать, видел, бред, галлюцинацию». Эх! Неужто это премудро? А они так гордятся! Сон? что такое сон? А наша-то жизнь не сон? Больше скажу: пусть, пусть это никогда не сбудется и не бывать раю (ведь уже это-то я понимаю!), — ну, а я все-таки буду проповедовать. А между тем так это просто: в один бы день, в один бы час — все бы сразу устроилось! Главное — люби других как себя, вот что главное, и это все, больше ровно ничего не надо: тотчас найдешь как устроиться. А между тем ведь это только — старая истина, которую биллион раз повторяли и читали, да ведь не ужилась же! «Сознание жизни выше жизни, знание законов счастья — выше счастья» — вот с чем бороться надо! И буду. Если только все захотят, то сейчас все устроится.

***

А ту маленькую девочку я отыскал... И пойду! И пойду!

Скверный Анекдот.
Рассказ

Этот скверный анекдот случился именно в то самое время, когда началось с такою неудержимою силою и с таким трогательно-наивным порывом возрождение нашего любезного отечества и стремление всех доблестных сынов его к новым судьбам и надеждам. Тогда, однажды зимой, в ясный и морозный вечер, впрочем часу уже в двенадцатом, три чрезвычайно почтенные мужа сидели в комфортной и даже роскошно убранной комнате, в одном прекрасном двухэтажном доме на Петербургской стороне и занимались солидным и превосходным разговором на весьма любопытную тему. Эти три мужа были все трое в генеральских чинах. Сидели они вокруг маленького столика, каждый в прекрасном, мягком кресле, и между разговором тихо и комфортно потягивали шампанское. Бутылка стояла тут же на столике в серебряной вазе – со льдом. Дело в том, что хозяин, тайный советник Степан Никифорович Никифоров, старый холостяк лет шестидесяти пяти, праздновал свое новоселье в только что купленном доме, а кстати уж и день своего рождения, который тут же пришелся и который он никогда до сих пор не праздновал. Впрочем, празднование было не бог знает какое; как мы уже видели, было только двое гостей, оба прежние сослуживцы г-на Никифорова и прежние его подчиненные, а именно: действительный статский советник Семен Иванович Шипуленко и другой, тоже действительный статский советник, Иван Ильич Пралинский. Они пришли часов в девять, кушали чай, потом принялись за вино и знали, что ровно в половине двенадцатого им надо отправляться домой. Хозяин всю жизнь любил регулярность. Два слова о нем: начал он свою карьеру мелким необеспеченным чиновником, спокойно тянул канитель лет сорок пять сряду, очень хорошо знал, до чего дослужится, терпеть не мог хватать с неба звезды, хотя имел их уже две, и особенно не любил высказывать по какому бы то ни было поводу свое собственное личное мнение. Был он и честен, то есть ему не пришлось сделать чего-нибудь особенно бесчестного; был холост, потому что был эгоист; был очень не глуп, но терпеть не мог выказывать свой ум; особенно не любил неряшества и восторженности, считая ее неряшеством нравственным, и под конец жизни совершенно погрузился в какой-то сладкий, ленивый комфорт и систематическое одиночество. Хотя сам он и бывает иногда в гостях у людей получше, но еще смолоду терпеть не мог гостей у себя, а в последнее время, если не раскладывал гранпасьянс, довольствовался обществом своих столовых часов и по целым вечерам невозмутимо выслушивал, дремля в креслах, их тиканье под стеклянным колпаком на камине. Наружности был он чрезвычайно приличной и выбритой, казался моложе своих лет, хорошо сохранился, обещал прожить еще долго и держался самого строгого джентльменства. Место у него было довольно комфортное: он где-то заседал и что-то подписывал. Одним словом, его считали превосходнейшим человеком. Была у него одна только страсть или, лучше сказать, одно горячее желанье: это – иметь свой собственный дом, и именно дом, выстроенный на барскую, а не на капитальную ногу. Желанье его наконец осуществилось: он приглядел и купил дом на Петербургской стороне, правда далеко, но дом с садом, и притом дом изящный. Новый хозяин рассуждал, что оно и лучше, если подальше: у себя принимать он не любил, а ездить к кому-нибудь или в должность – на то была у него прекрасная двуместная карета шоколадного цвету, кучер Михей и две маленькие, но крепкие и красивые лошадки. Все это было благоприобретенное сорокалетней, копотливой экономией, так что сердце на все это радовалось. Вот почему, приобретя дом и переехав в него, Степан Никифорович ощутил в своем спокойном сердце такое довольство, что пригласил даже гостей на свое рожденье, которое прежде тщательно утаивал от самых близких знакомых. На одного из приглашенных он имел даже особые виды. Сам он в доме занял верхний этаж, а в нижний, точно так же выстроенный и расположенный, понадобилось жильца. Степан Никифорович и рассчитывал на Семена Ивановича Шипуленко и в этот вечер даже два раза сводил разговор на эту тему. Но Семен Иванович на этот счет отмалчивался. Это был человек тоже туго и долговременно пробивавший себе дорогу, с черными волосами и бакенбардами и с оттенком постоянного разлития желчи в физиономии. Был он женат, был угрюмый домосед, свой дом держал в страхе, служил с самоуверенностию, тоже прекрасно знал, до чего он дойдет, и еще лучше – до чего никогда не дойдет, сидел на хорошем месте и сидел очень крепко. На начинавшиеся новые порядки он смотрел хоть и не без желчи, но особенно не тревожился: он был очень уверен в себе и не без насмешливой злобы выслушивал разглагольствия Ивана Ильича Пралинского на новые темы. Впрочем, все они отчасти подвыпили, так что даже сам Степан Никифорович снизошел до господина Пралинского и вступил с ним в легкий спор о новых порядках. Но несколько слов о его превосходительстве господине Пралинском, тем более что он-то и есть главный герой предстоящего рассказа.

Действительный статский советник Иван Ильич Пралинский всего только четыре месяца как назывался вашим превосходительством, одним словом, был генерал молодой. Он и по летам был еще молод, лет сорока трех и никак не более, на вид же казался и любил казаться моложе. Это был мужчина красивый, высокого роста, щеголял костюмом и изысканной солидностью в костюме, с большим уменьем носил значительный орден на шее, умел еще с детства усвоить несколько великосветских замашек и, будучи холостой, мечтал о богатой и даже великосветской невесте. Он о многом еще мечтал, хотя был далеко не глуп. Подчас он был большой говорун и даже любил принимать парламентские позы. Происходил он из хорошего дома, был генеральский сын и белоручка, в нежном детстве своем ходил в бархате и батисте, воспитывался в аристократическом заведении и хоть вынес из него не много познаний, но на службе успел и дотянул до генеральства. Начальство считало его человеком способным и даже возлагало на него надежды. Степан Никифорович, под началом которого он и начал и продолжал свою службу почти до самого генеральства, никогда не считал его за человека весьма делового и надежд на него не возлагал никаких. Но ему нравилось, что он из хорошего дома, имеет состояние, то есть большой капитальный дом с управителем, сродни не последним людям и, сверх того, обладает осанкой. Степан Никифорович хулил его про себя за избыток воображения и легкомыслие. Сам Иван Ильич чувствовал иногда, что он слишком самолюбив и даже щекотлив. Странное дело: подчас на него находили припадки какой-то болезненной совестливости и даже легкого в чем-то раскаянья. С горечью и с тайной занозой в душе сознавался он иногда, что вовсе не так высоко летает, как ему думается. В эти минуты он даже впадал в какое-то уныние, особенно когда разыгрывался его геморрой, называл свою жизнь une existence manqée,[1] переставал верить, разумеется про себя, даже в свои парламентские способности, называя себя парлером,[2] фразером, и хотя все это, конечно, приносило ему много чести, но отнюдь не мешало через полчаса опять подымать свою голову и тем упорнее, тем заносчивее ободряться и уверять себя, что он еще успеет проявиться и будет не только сановником, но даже государственным мужем, которого долго будет помнить Россия. Из этого видно, что Иван Ильич хватал высоко, хотя и глубоко, даже с некоторым страхом, таил про себя свои неопределенные мечты и надежды. Одним словом, человек он был добрый и даже поэт в душе. В последние годы болезненные минуты разочарованья стали было чаще посещать его. Он сделался как-то особенно раздражителен, мнителен и всякое возражение готов был считать за обиду. Но обновляющаяся Россия подала ему вдруг большие надежды. Генеральство их довершило. Он воспрянул; он поднял голову. Он вдруг начал говорить красноречиво и много, говорить на самые новые темы, которые чрезвычайно быстро и неожиданно усвоил себе до ярости. Он искал случая говорить, ездил по городу и во многих местах успел прослыть отчаянным либералом, что очень ему льстило. В этот же вечер, выпив бокала четыре, он особенно разгулялся. Ему захотелось переубедить во всем Степана Никифоровича, которого он перед этим давно не видал и которого до сих пор всегда уважал и даже слушался. Он почему-то считал его ретроградом и напал на него с необыкновенным жаром. Степан Никифорович почти не возражал, а только лукаво слушал, хотя тема интересовала его. Иван Ильич горячился и в жару воображаемого спора чаще, чем бы следовало, пробовал из своего бокала. Тогда Степан Никифорович брал бутылку и тотчас же добавлял его бокал, что, неизвестно почему, начало вдруг обижать Иван Ильича, тем более что Семен Иваныч Шипуленко, которого он особенно презирал и, сверх того, даже боялся за цинизм и за злость его, тут же

---

1 неудавшейся жизнью (франц.)
2 Болтун

сбоку прековарно молчал и чаще, чем бы следовало, улыбался. «Они, кажется, принимают меня за мальчишку», – мелькнуло в голове Ивана Ильича.

– Нет-с, пора, давно уж пора было, – продолжал он с азартом. – Слишком опоздали-с, и, на мой взгляд, гуманность первое дело, гуманность с подчиненными, памятуя, что и они человеки. Гуманность все спасет и все вывезет...

– Хи-хи-хи-хи! – послышалось со стороны Семена Ивановича.

– Да что же, однако ж, вы нас так распекаете, – возразил наконец Степан Никифорович, любезно улыбаясь. – Признаюсь, Иван Ильич, до сих пор не могу взять в толк, что вы изволили объяснять. Вы выставляете гуманность. Это значит человеколюбие, что ли?

– Да, пожалуй, хоть и человеколюбие. Я...

– Позвольте-с. Сколько могу судить, дело не в одном этом. Человеколюбие всегда следовало. Реформа же этим не ограничивается. Поднялись вопросы крестьянские, судебные, хозяйственные, откупные, нравственные и... и... и без конца их, этих вопросов, и всё вместе, всё разом может породить большие, так сказать, колебанья. Вот мы про что опасались, а не об одной гуманности...

– Да-с, дело поглубже-с, – заметил Семен Иванович.

– Очень понимаю-с, и позвольте вам заметить, Семен Иванович, что я отнюдь не соглашусь отстать от вас в глубине понимания вещей, – язвительно и чересчур резко заметил Иван Ильич, – но, однако ж, все-таки возьму на себя смелость заметить и вам, Степан Никифорович, что вы тоже меня вовсе не поняли.

– Не понял.

– А между тем я именно держусь и везде провожу идею, что гуманность, и именно гуманность с подчиненными, от чиновника до писаря, от писаря до дворового слуги, от слуги до мужика, – гуманность, говорю я, может послужить, так сказать, краеугольным камнем предстоящих реформ и вообще к обновлению вещей. Почему? Потому. Возьмите силлогизм: я гуманен, следовательно, меня любят. Меня любят, стало быть, чувствуют доверенность. Чувствуют доверенность, стало быть, веруют; веруют, стало быть, любят... то есть нет, я хочу сказать, если веруют, то будут верить и в реформу, поймут, так сказать, самую суть дела, так сказать, обнимутся нравственно и решат всё дело дружески, основательно. Чего вы смеетесь, Семен Иванович? Непонятно?

Степан Никифорович молча поднял брови; он удивлялся.

– Мне кажется, я немного лишнее выпил, – заметил ядовито Семен Иваныч, – а потому и туг на соображение. Некоторое затмение в уме-с.

Ивана Ильича передернуло.

– Не выдержим, – произнес вдруг Степан Никифорыч после легкого раздумья.

– То есть как это не выдержим? – спросил Иван Ильич, удивляясь внезапному и отрывочному замечанию Степана Никифоровича.

– Так, не выдержим. – Степан Никифорович, очевидно, не хотел распространяться далее.

– Это вы уж не насчет ли нового вина и новых мехов? – не без иронии возразил Иван Ильич. – Ну, нет-с; за себя-то уж я отвечаю.

В эту минуту часы пробили половину двенадцатого.

– Сидят-сидят да и едут, – сказал Семен Иваныч, приготовляясь встать с места. Но Иван Ильич предупредил его, тотчас встал из-за стола и взял с камина свою соболью шапку. Он смотрел как обиженный.

– Так как же, Семен Иваныч, подумаете? – сказал Степан Никифорович, провожая гостей.

– Насчет квартирки-то-с? Подумаю, подумаю-с.

– А что надумаете, так уведомьте поскорее.

– Все о делах? – любезно заметил господин Пралинский с некоторым заискиванием и поигрывая своей шапкой. Ему показалось, что его как будто забывают.

Степан Никифорович поднял брови и молчал в знак того, что не задерживает гостей. Семен Иваныч торопливо откланялся.

«А... ну... после этого как хотите... коли не понимаете простой любезности», – решил про себя господин Пралинский и как-то особенно независимо протянул руку Степану Никифоровичу.

В передней Иван Ильич закутался в свою легкую дорогую шубу, стараясь для чего-то не замечать истасканного енота Семена Иваныча, и оба стали сходить с лестницы.

– Наш старик как будто обиделся, – сказал Иван Ильич молчавшему Семену Иванычу.

– Нет, отчего же? – отвечал тот спокойно и холодно.

«Холоп!» – подумал про себя Иван Ильич.

Сошли на крыльцо, Семену Иванычу подали его сани с серым неказистым жеребчиком.

– Кой черт! Куда же Трифон девал мою карету! – вскричал Иван Ильич, не видя своего экипажа.

Туда-сюда – кареты не было. Человек Степана Никифоровича не имел об ней понятия. Обратились к Варламу, кучеру Семена Иваныча, и получили в ответ, что все стоял тут, и карета тут же была, а теперь вот и нет.

– Скверный анекдот! – произнес господин Шипуленко, – хотите, довезу?

– Подлец народ! – с бешенством закричал господин Пралинский.

– Просился у меня, каналья, на свадьбу, тут же на Петербургской, какая-то кума замуж идет, черт ее дери. Я настрого запретил ему отлучаться. И вот бьюсь об заклад, что он туда уехал!

– Он действительно, – заметил Варлам, – поехал туда-с; да обещал в одну минуту обернуться, к самому то есть времени быть.

– Ну так! Я как будто предчувствовал! Уж я ж его!

– А вы лучше посеките его хорошенько раза два в части, вот он и будет исполнять приказанья, – сказал Семен Иваныч, уже закрываясь полостью.

– Пожалуйста, не беспокойтесь, Семен Иваныч!

– Так не хотите, довезу.

– Счастливый путь, merci.[1]

Семен Иваныч уехал, а Иван Ильич пошел пешком по деревянным мосткам, чувствуя себя в довольно сильном раздражении.

«Нет уж, я ж тебя теперь, мошенник! Нарочно пешком пойду, чтоб ты чувствовал, чтоб ты испугался! Воротится и узнает, что барин пешком пошел... мерзавец!»

Иван Ильич никогда еще так не ругался, но уж очень он был разбешен, и вдобавок в голове шумело. Он был человек непьющий, и потому какие-нибудь пять-шесть бокалов скоро

---

1 спасибо (франц.)

подействовали. Но ночь была восхитительная. Было морозно, но необыкновенно тихо и безветренно. Небо было ясное, звездное. Полный месяц обливал землю матовым серебряным блеском. Было так хорошо, что Иван Ильич, пройдя шагов пятьдесят, почти забыл о беде своей. Ему становилось как-то особенно приятно. К тому же люди под хмельком быстро меняют впечатления. Ему даже начали нравиться невзрачные деревянные домики пустынной улицы.

"А ведь и славно, что я пешком пошел, – думал он про себя, – и Трифону урок, да и мне удовольствие. Право, надо чаще ходить пешком. Что ж? На Большом проспекте я тотчас найду извозчика. Славная ночь! Какие тут всё домишки. Должно быть, мелкота живет, чиновники... купцы, может быть... этот Степан Никифорович ! и какие все они ретрограды, старые колпаки! Именно колпаки, c'est le mot. [1] Впрочем, он умный человек; есть этот bon sense,[2] трезвое, практическое понимание вещей. Но зато старики, старики! Нет этого... как бишь его! Ну да чего-то нет... Не выдержим ! Что он этим хотел сказать? Даже задумался, когда говорил. Он, впрочем, меня совсем не понял. А и как бы не понять? Труднее не понять, чем понять. Главное то, что я убежден, душою убежден. Гуманность... человеколюбие. Возвратить человека самому себе... возродить его собственное достоинство и тогда... с готовым матерьялом приступайте к делу. Кажется, ясно! Да-с! Уж это позвольте, ваше превосходительство, возьмите силлогизм: мы встречаем, например, чиновника, чиновника бедного, забитого. «Ну... кто ты?» Ответ: «Чиновник». Хорошо, чиновник; далее: «Какой ты чиновник?» Ответ: такой-то, дескать, и такой-то чиновник. «Служишь?» – «Служу!» – «Хочешь быть счастлив? „ – Хочу“. – „Что надобно для счастья?" То-то и то-то. „Почему?" Потому... И вот человек меня понимает с двух слов: человек мой, уловлен, так сказать, сетями, и я делаю с ним все, что хочу, то есть для его же блага. Скверный человек этот Семен Иваныч! И какая у него скверная рожа... Высеки в части, – это он нарочно сказал. – Нет, врешь, сам секи, а я сечь не буду; я Трифона словом дойму, попреком дойму, вот он и будет чувствовать. Насчет розог, гм... вопрос нерешенный, гм... А не заехать ли к Эмеранс. Фу ты, черт, проклятые мостки! –

---

1 хорошо сказано (франц.)
2 здравый смысл (франц.)

вскрикнул он, вдруг оступившись. – И это столица! Просвещение! Можно ногу сломать. Гм. Ненавижу я этого Семена Иваныча; препротивная рожа. Это он надо мной давеча хихикал, когда я сказал: обнимутся нравственно. Ну и обнимутся, а тебе что за дело? Уж тебя-то не обниму; скорей мужика... Мужик встретится, и с мужиком поговорю. Впрочем, я был пьян и, может быть, не так выражался. Я и теперь, может быть, не так выражаюсь... Гм. Никогда не буду пить. С вечеру наболтаешь, а назавтра раскаиваешься. Что ж, я ведь, не шатаясь, иду... А впрочем, все они мошенники!»

Так рассуждал Иван Ильич, отрывочно и бессвязно, продолжая шагать по тротуару. На него подействовал свежий воздух и, так сказать, раскачал его. Минут через пять он бы успокоился и захотел спать. Но вдруг, почти в двух шагах от Большого проспекта, ему послышалась музыка. Он огляделся. На другой стороне улицы в очень ветхом одноэтажном, но длинном деревянном доме задавался пир горой, гудели скрипки, скрипел контрбас и визгливо заливалась флейта на очень веселый кадрильный мотив. Под окнами стояла публика, больше женщины в ватных салопах и в платках на голове; они напрягали все усилия, чтобы разглядеть что-нибудь сквозь щели ставен. Видно, весело было. Гул от топота танцующих достигал другой стороны улицы. Иван Ильич невдалеке от себя заметил городового и подошел к нему.

– Чей это, братец, дом? – спросил он, немного распахивая свою дорогую шубу, ровно настолько, чтобы городовой мог заметить значительный орден на шее.

– Чиновника Пселдонимова, легистратора, – отвечал, выпрямившись, городовой, мигом успевший разглядеть отличие.

– Пселдонимова? Ба! Пселдонимова!.. Что ж он? женится?

– Женится, ваше высокородие, на титулярного советника дочери. Млекопитаев, титулярный советник... в управе служил. Этот дом за невестой ихней идет-с.

– Так что теперь уж это Пселдонимова, а не Млекопитаева дом?

– Пселдонимова, ваше высокородие. Млекопитаева был, а теперь Пселдонимова.

– Гм. Я потому тебя, братец, спрашиваю, что я начальник его. Я генерал над тем самым местом, где

Пселдонимов служит.

– Точно так, ваше превосходительство. – Городовой вытянулся окончательно, а Иван Ильич как будто задумался. Он стоял и соображал...

Да, действительно Пселдонимов был из его ведомства, из самой его канцелярии; он припоминал это. Это был маленький чиновник, рублях на десяти в месяц жалованья. Так как господин Пралинский принял свою канцелярию еще очень недавно, то мог и не помнить слишком подробно всех своих подчиненных, но Пселдонимова он помнил, именно по случаю его фамилии. Она бросилась ему в глаза с первого разу, так что он тогда же полюбопытствовал взглянуть на обладателя такой фамилии повнимательнее. Он припомнил теперь еще очень молодого человека, с длинным горбатым носом, с белобрысыми и клочковатыми волосами, худосочного и худо выкормленного, в невозможном вицмундире и в невозможных даже до неприличия невыразимых. Он помнил, как у него тогда же мелькнула мысль: не определить ли бедняку рублей десяток к празднику для поправки? Но так как лицо этого бедняка было слишком постное, а взгляд крайне несимпатичный, даже возбуждающий отвращение, то добрая мысль сама собой как-то испарилась, так что Пселдонимов и остался без награды. Тем сильнее изумил его этот же самый Пселдонимов не более как неделю назад своей просьбой жениться. Иван Ильич помнил, что ему как-то не было времени заняться этим делом подробнее, так что дело о свадьбе решено было слегка, наскоро. Но все-таки он с точностию припоминал, что за невестой своей Пселдонимов берет деревянный дом и четыреста рублей чистыми деньгами; это обстоятельство тогда же его удивило; он помнил, что даже слегка сострил над столкновением фамилий Пселдонимова и Млекопитаевой. Он ясно припоминал все это.

Припоминал он и все более и более раздумывался. Известно, что целые рассуждения проходят иногда в наших головах мгновенно, в виде каких-то ощущений, без перевода на человеческий язык, тем более на литературный. Но мы постараемся перевесть все эти ощущения героя нашего и представить читателю хотя бы только сущность этих ощущений, так сказать то, что было в них самое необходимое и правдоподобное. Потому что ведь многие из ощущений наших, в переводе на обыкновенный язык, покажутся совершенно неправдоподобными. Вот почему они никогда и на свет не являются, а у всякого есть. Разумеется, ощущения и мысли Ивана Ильича были немного бессвязны. Но ведь вы знаете причину.

"Что же! – мелькало в его голове, – вот мы все говорим, говорим, а коснется до дела, и только шиш выходит. Вот пример, хоть бы этот самый Пселдонимов: он приехал давеча от венца в волнении, в надежде, ожидая вкусить... Это один из блаженнейших дней его жизни... Теперь он возится с гостями, задает пир – скромный, бедный, но веселый, радостный, искренний... Что ж, если б он узнал, что в эту самую минуту я, я, его начальник, его главный начальник, тут же стою у его дома и слушаю его музыку ! А и в самом деле, что бы с ним было? Нет, что бы с ним было, если б я теперь же вдруг взял и вошел? гм... Разумеется, сначала он испугался бы, онемел бы от замешательства. Я помешал бы ему, я расстроил бы, может быть, все... Да, так и было бы, если б вошел всякий другой генерал, но не я... В том-то и дело, что всякий, да только не я.

Да, Степан Никифорович! Вот вы не понимали меня давеча, а вот вам и готовый пример.

Да-с. Мы все кричим о гуманности, но героизма, подвига мы сделать не в состоянии.

Какого героизма? Такого. Рассудите-ка: при теперешних отношениях всех членов общества мне, мне войти в первом часу ночи на свадьбу своего подчиненного, регистратора, на десяти рублях, да ведь это замешательство, это – коловращенье идей, последний день Помпеи, сумбур! Этого никто не поймет. Степан Никифорович умрет – не поймет. Ведь сказал же он: не выдержим. Да, но это вы, люди старые, люди паралича и косности, а я вы-дер-жу! Я обращу последний день Помпеи в сладчайший день для моего подчиненного, и поступок дикий – в нормальный, патриархальный, высокий и нравственный. Как? Так. Извольте прислушать...

Ну... вот я, положим, вхожу: – они изумляются, прерывают танцы, смотрят дико, пятятся. Так-с, но тут-то я и выказываюсь: я прямо иду к испуганному Пселдонимову и с самой ласковой улыбкой, так-таки в самых простых словах говорю: «Так и так, дескать, был у его превосходительства Степана Никифоровича. Полагаю, знаешь, здесь, по соседству...» Ну, тут слегка, в смешном этак виде, рассказываю приключение с Трифоном. От Трифона перехожу к тому, как пошел пешком... «Ну – слышу музыку, любопытствую у городового и узнаю, брат, что ты женишься. Дай, думаю, зайду к подчиненному, посмотрю, как мои чиновники веселятся и... женятся. Ведь не прогонишь же ты меня, полагаю!» Прогонишь! Каково словечко для подчиненного. Какой уж тут черт прогонишь! Я думаю, он с ума сойдет, со всех ног кинется меня в кресло сажать, задрожит от восхищенья, не сообразится даже на первый раз!..

Ну, что может быть проще, изящнее такого поступка! Зачем я вошел? Это другой вопрос! Это уже, так сказать, нравственная сторона дела. Вот тут-то и сок!

Гм... Об чем, бишь, я думал? Да!

Ну уж, конечно, они меня посадят с самым важным гостем, какой-нибудь там титулярный али родственник, отставной штабс-капитан с красным носом... Славно этих оригиналов Гоголь описывал. Ну знакомлюсь, разумеется, с молодой, хвалю ее, ободряю гостей. Прошу их не стесняться, веселиться, продолжать танцы, острю, смеюсь, одним словом – я любезен и мил. Я всегда любезен и мил, когда доволен собой... Гм... то-то и есть, что я все еще, кажется, немного того... то есть не пьян, а так...

...Разумеется, я, как джентльмен, на равной с ними ноге и отнюдь не требую каких-нибудь особенных знаков... Но нравственно, нравственно дело другое: они поймут и оценят... Мой поступок воскресит в них все благородство... Ну и сижу полчаса... Даже час. Уйду, разумеется, перед самым ужином, а уж они-то захлопочут, напекут, нажарят, в пояс кланяться будут, но я только выпью бокал, поздравлю, а от ужина откажусь. Скажу: дела. И уж только что я произнесу «дела», у всех тотчас же станут почтительно строгие лица. Этим я деликатно напомню, что они и я – это разница-с. Земля и небо. Я не то чтобы хотел это внушать, но надо же... даже в нравственном смысле необходимо, что уж там ни говори. Впрочем, я тотчас же улыбнусь, даже посмеюсь, пожалуй, и мигом все ободрятся... Пошучу еще раз с молодой; гм... даже вот что: намекну, что приду опять ровнешенько через девять месяцев в качестве кума, хе-хе! А она, верно, родит к тому времени. Ведь они плодятся, как кролики. Ну и все захохочут, молодая покраснеет; я с чувством поцелую ее в лоб, даже благословлю ее и... и назавтра в канцелярии мой подвиг уже известен. Назавтра я опять строг, назавтра я опять взыскателен, даже неумолим, но все они уже знают, кто я такой. Душу мою знают, суть мою знают: «Он строг как начальник, но как человек – он ангел!» И вот я победил; я уловил каким-нибудь одним маленьким поступком, которого вам и в голову не придет; они уж мои; я отец, они дети... Нутка, ваше превосходительство, Степан Никифорович, подитека сделайте эдак...

...Да знаете ли вы, понимаете ли, что Пселдонимов будет детям своим поминать, как сам генерал пировал и даже пил на его свадьбе! Да ведь эти дети будут своим детям, а те своим внукам рассказывать, как священнейший анекдот, что сановник, государственный муж (а я всем этим к тому времени буду) удостоил их... и т. д. и т. д. Да ведь я униженного нравственно подыму, я самому себе его возвращу... Ведь он десять рублей в месяц жалованья получает!.. Да ведь повтори я это раз пять, али десять, или что-нибудь в этом же роде, так повсеместную популярность приобрету... У всех в сердцах буду запечатлен, и ведь черт один знает, что из этого потом может выйти, из популярности-то!.."

Так или почти так рассуждал Иван Ильич (господа, мало ли что человек говорит иногда про себя, да еще несколько в эксцентрическом состоянии). Все эти рассуждения промелькнули в его голове в какие-нибудь полминуты, и, конечно, он, может, и ограничился бы этими мечтаньицами и, мысленно пристыдив Степана Никифоровича, преспокойно отправился бы домой и лег спать. И славно бы сделал! Но вся беда в том, что минута была эксцентрическая.

Как нарочно, вдруг, в это самое мгновение в настроенном воображении его нарисовались самодовольные лица Степана Никифоровича и Семена Ивановича.

– Не выдержим! – повторил Степан Никифорович, свысока улыбаясь.

– Хи-хи-хи! – вторил ему Семен Иванович своей самой прескверной улыбкой.

– А вот и посмотрим, как не выдержим! – решительно сказал Иван Ильич, и даже жар бросился ему в лицо. Он сошел с мостков и твердыми шагами прямо направился через улицу в дом своего подчиненного, регистратора Пселдонимова.

Звезда увлекала его. Он бодро вошел в отпертую калитку и с презрением оттолкнул ногой маленькую, лохматую и осипшую шавку, которая, более для приличия, чем для дела, бросилась к нему с хриплым лаем под ноги. По деревянной настилке дошел он до крытого крылечка, будочкой выходившего на двор, и по трем ветхим деревянным ступенькам поднялся в крошечные сени. Тут хоть и горел где-то в углу сальный огарок или что-то вроде плошки, но это не помешало Ивану Ильичу, так, как есть, в калошах, попасть левой ногой в галантир,[1] выставленный для остужения. Иван Ильич нагнулся и, посмотрев с любопытством, увидел, что тут стоят еще два блюда с каким-то заливным, да еще две формы, очевидно, с бламанже. Раздавленный галантир его было сконфузил, и на одно самое маленькое мгновение у него промелькнула мысль: не улизнуть ли сейчас же? Но он почел это слишком низким. Рассудив, что никто не видал и на него уж никак не подумают, он поскорее обтер калошу, чтобы скрыть все следы, нащупал обитую войлоком дверь, растворил ее и очутился в премаленькой передней. Одна половина ее была буквально завалена шинелями, бекешами, салопами, капорами, шарфами и калошами. В другой расположились музыканты: две скрипки, флейта и контрбас, всего четыре человека, взятые, разумеется, с улицы. Они сидели за некрашеным деревянным столиком, при одной сальной свечке, и во всю ивановскую допиливали последнюю фигуру кадрили. Из отпертой двери в залу можно было разглядеть танцующих, в пыли, в табаке и в чаду. Было как-то бешено весело. Слышался хохот, крики и дамские взвизги. Кавалеры топали, как эскадрон лошадей. Над всем содомом звучала команда распорядителя танцев, вероятно, чрезвычайно развязного и даже расстегнувшегося человека: «Кавалеры вперед, шен де дам, балансе!»[2] и проч., и проч. Иван Ильич в некотором волнении сбросил с себя шубу и калоши и с шапкой в руке вошел в комнату. Впрочем, он уж и не рассуждал...

В первую минуту его никто не заметил: все доплясывали кончавшийся танец. Иван Ильич стоял как оглушенный и ничего подробно не мог разглядеть в этой каше. Мелькали дамские платья, кавалеры с папиросами в

---

1 студень, заливное
2 названия фигур танца

зубах... Мелькнул светло-голубой шарф какой-то дамы, задевший его по носу. За ней в бешеном восторге промчался медицинский студент с разметанными вихрем волосами и сильно толкнул его по дороге. Мелькнул еще перед ним, длинный как верста, офицер какой-то команды. Кто-то неестественно визгливым голосом прокричал, пролетая и притопывая вместе с другими: «Э-э-эх, Пселдонимушка!» Под ногами Ивана Ильича было что-то липкое: очевидно, пол навощили воском. В комнате, впрочем не очень малой, было человек до тридцати гостей.

Но через минуту кадриль кончилась, и почти тотчас же произошло то же самое, что представлялось Ивану Ильичу, когда он еще мечтал на мостках. По гостям и танцующим, еще не успевшим отдышаться и обтереть с лица пот, прошел какой-то гул, какой-то необыкновенный шепот. Все глаза, все лица начали быстро оборачиваться к вошедшему гостю. Затем все тотчас же стали понемногу отступать и пятиться. Незамечавших дергали за платье и образумливали. Они оглядывались и тотчас же пятились вместе с прочими. Иван Ильич все еще стоял в дверях, не двигаясь ни шагу вперед, а между ним и гостями все более и более очищалось открытое пространство, усеянное на полу бесчисленными конфетными бумажками, билетиками и окурками папирос. Вдруг в это пространство робко выступил молодой человек, в вицмундире, с вихроватыми, белокурыми волосами и с горбатым носом. Он подвигался вперед, согнувшись и смотря на неожиданного гостя совершенно с таким же точно видом, с каким собака смотрит на своего хозяина, зовущего ее, чтоб дать ей пинка.

– Здравствуй, Пселдонимов, узнаешь?.. – сказал Иван Ильич и в то же мгновение почувствовал, что он это ужасно неловко сказал; он почувствовал тоже, что, может быть, делает в эту минуту страшнейшую глупость.

– В-в-ваше прево-сходительство!.. – пробормотал Пселдонимов.

– Ну, то-то. Я, брат, к тебе совершенно случайно зашел, как, вероятно, ты и сам можешь это себе представить...

Но Пселдонимов, очевидно, ничего не мог представить. Он стоял, выпучив глаза, в ужасающем недоумении.

– Ведь не прогонишь же ты меня, полагаю... Рад не рад, а гостя принимай!.. – продолжал Иван Ильич, чувствуя, что конфузится до неприличной слабости, желает улыбнуться, но уже не может; что юмористический рассказ о Степане Никифоровиче и Трифоне становится все более и более невозможным. Но Пселдонимов, как нарочно, не выходил из столбняка и продолжал смотреть с совершенно дурацким видом. Ивана Ильича передернуло, он чувствовал, что еще одна такая минута, и произойдет невероятный сумбур.

– Я уж не помешал ли чему... я уйду! – едва выговорил он, и какая-то жилка затрепетала у правого края его губ...

Но Пселдонимов уже опомнился...

– Ваше превосходительство, помилуйте-с... Честь... – бормотал он, уторопленно кланяясь, – удостойте присесть-с... – И еще более очнувшись, он обеими руками указывал ему на диван, от которого для танцев отодвинули стол...

Иван Ильич отдохнул душою и опустился на диван; тотчас же кто-то кинулся придвигать стол. Он бегло осмотрелся и заметил, что он один сидит, а все другие стоят, даже дамы. Признак дурной. Но напоминать и ободрять было еще не время. Гости все еще пятились, а перед ним, скрючившись, стоял все еще один только Пселдонимов, все еще ничего не понимающий и далеко не улыбающийся. Было скверно, короче: в эту минуту наш герой вынес столько тоски, что действительно его гарун-аль-рашидское нашествие, ради принципа, к подчиненному могло бы почесться подвигом. Но вдруг какая-то фигурка очутилась подле Пселдонимова и начала кланяться. К невыразимому своему удовольствию и даже счастью, Иван Ильич тотчас же распознал столоначальника из своей канцелярии, Акима Петровича Зубикова, с которым он хоть, конечно, и не был знаком, но знал его за дельного и бессловесного чиновника. Он немедленно встал и протянул Акиму Петровичу руку, всю руку, а не два пальца. Тот принял ее обеими ладонями в глубочайшем почтении. Генерал торжествовал; все было спасено.

И действительно, теперь уже Пселдонимов был, так сказать, не второе, а уже третье лицо. С рассказом можно было обратиться прямо к столоначальнику, за нужду приняв его за знакомого и даже короткого, а Пселдонимов тем временем мог только молчать и трепетать от благоговения. Следственно, приличия были соблюдены. А рассказ был необходим; Иван Ильич это чувствовал; он видел, что все гости ожидают чего-то, что в обеих дверях столпились даже все домочадцы и чуть не взлезают друг на друга, чтоб его поглядеть и послушать. Скверно было то, что столоначальник, по глупости своей, все еще не садился.

– Что же вы! – проговорил Иван Ильич, неловко указывая ему подле себя на диване.

– Помилуйте-с... я и здесь-с... – и Аким Петрович быстро сел на стул, подставленный ему почти на лету упорно остававшимся на ногах Пселдонимовым.

– Можете себе представить случай, – начал Иван Ильич, обращаясь исключительно к Акиму Петровичу несколько дрожащим, но уже развязным голосом. Он даже растягивал и разделял слова, ударял на слоги, букву а стал выговаривать как-то на э, одним словом, сам чувствовал и сознавал, что кривляется, но уже совладать с собою не мог; действовала какая-то внешняя сила. Он ужасно много и мучительно сознавал в эту минуту.

– Можете себе представить, я только что от Степана Никифоровича Никифорова, слышали, может быть, тайный советник. Ну... в этой комиссии...

Аким Петрович почтительно нагнулся всем корпусом вперед: «Дескать, как не слыхать-с».

– Он теперь твой сосед, – продолжал Иван Ильич, на один миг, для приличия и для непринужденности, обращаясь к Пселдонимову, но быстро отворотился, увидав тотчас же по глазам Пселдонимова, что тому это решительно все равно.

– Старик, как вы знаете, бредил всю жизнь купить себе дом... Ну и купил. И прехорошенький дом. Да... А тут и его рождение сегодня подошло, и ведь никогда прежде не праздновал, даже таил от нас, отнекивался по скупости, хе-хе! а теперь так обрадовался новому дому, что пригласил меня и Семена Ивановича. Знаете: Шипуленко.

Аким Петрович опять нагнулся. С усердием нагнулся! Иван Ильич несколько утешился. А то уж ему приходило в голову, что столоначальник, пожалуй, догадывается, что он в эту минуту необходимая точка опоры для его превосходительства. Это было бы всего сквернее.

– Ну, посидели втроем, шампанского нам поставил, поговорили о делах... Ну о том о сем... о во-про-сах... Даже пос-по-рили... Хе-хе!

Аким Петрович почтительно поднял брови.

– Только дело не в этом. Прощаюсь с ним наконец, старик аккуратный, ложится рано, знаете, к старости. Выхожу... нет моего Трифона! Тревожусь, расспрашиваю: «Куда девал Трифон карету?» Открывается, что он, понадеясь, что я засижусь, отправился на свадьбу к какой-то своей куме или к сестре... уж бог его знает. Здесь же где-то на Петербургской. Да и карету уж кстати с собою захватил. – Генерал опять для приличия взглянул на Пселдонимова. Того немедленно скрючило, но вовсе не так, как надобно было генералу. «Сочувствия, сердца нет», – промелькнуло в его голове.

– Скажите! – проговорил глубоко пораженный Аким Петрович. Маленький гул удивления прошел по всей толпе.

– Можете себе представить мое положение... (Иван Ильич взглянул на всех.) Нечего делать, иду пешком. Думаю, добреду до Большого проспекта, да и найду какого-нибудь ваньку... хе-хе!

– Хи-хи-хи! – почтительно отозвался Аким Петрович. Опять гул, но уже на веселый лад, прошел по толпе. В это время с треском лопнуло стекло на стенной лампе. Кто-то с жаром бросился поправлять ее. Пселдонимов встрепенулся и строго посмотрел на лампу, но генерал даже не обратил внимания, и все успокоилось.

– Иду... а ночь такая прекрасная, тихая. Вдруг слышу музыку, топот, танцуют. Любопытствую у городового: Пселдонимов женится. Да ты, брат, на всю Петербургскую сторону балы задаешь? ха-ха, – вдруг обратился он опять к Пселдонимову.

– Хи-хи-хи! да-с... – отозвался Аким Петрович; гости опять пошевелились, но всего глупее было то, что Пселдонимов хоть и поклонился опять, но даже и теперь не улыбнулся, точно он был деревянный. «Да он дурак, что ли! – подумал Иван Ильич, – тут-то бы улыбаться ослу, и все бы пошло как по маслу». Нетерпение бушевало в его сердце. – Думаю, дай войду к подчиненному. Ведь не прогонит же он меня... рад не рад, а принимай гостя. Ты, брат, пожалуйста, извини. Если я чем помешал, я уйду... Я ведь только зашел посмотреть...

Но мало-помалу уже начиналось всеобщее движение. Аким Петрович смотрел с услащенным видом: «Дескать, можете ли, ваше превосходительство, помешать?». Все гости пошевеливались и стали обнаруживать первые признаки развязности. Дамы почти все уже сидели. Знак добрый и положительный. Посмелее из них обмахивались платочками. Одна из них, в истертом бархатном платье, что-то нарочно громко проговорила. Офицер, к которому она обратилась, хотел было ей ответить тоже погромче, но так как они были только двое из громких, то спасовал. Мужчины, все более канцеляристы и два-три студента, переглядывались, как бы подталкивая друг друга развернуться, откашливались и даже начали ступать по два шага в разные стороны. Впрочем, никто особенно не робел, а только все были дики и почти все про себя враждебно смотрели на персону, ввалившуюся к ним, чтобы нарушить их веселье. Офицер, устыдясь своего малодушия, начал понемногу приближаться к столу.

– Да послушай, брат, позволь спросить, как твое имя и отчество? – спросил Иван Ильич Пселдонимова.

– Порфирий Петров, ваше превосходительство, – отвечал тот, выпуча глаза, точно на смотру.

– Познакомь же меня, Порфирий Петрович, с твоей молодой женой… Поведи меня… я…

И он обнаружил было желание привстать. Но Пселдонимов кинулся со всех ног в гостиную. Впрочем, молодая стояла тут же в дверях, но, только что услыхала, что о ней идет речь, тотчас спряталась. Через минуту Пселдонимов вывел ее за руку. Все расступались, давая им ход. Иван Ильич торжественно привстал и обратился к ней с самой любезной улыбкой.

– Очень, очень рад познакомиться, – произнес он с самым великосветским полупоклоном, – и тем более в такой день…

Он прековарно улыбнулся. Дамы приятно заволновались.

– Шарме,[1] – произнесла дама в бархатном платье почти вслух.

Молодая стояла Пселдонимова. Это была худенькая дамочка, всего еще лет семнадцати, бледная, с очень маленьким лицом и с востреньким носиком. Маленькие глазки ее, быстрые и беглые, вовсе не конфузились, напротив, смотрели пристально и даже с оттенком какой-то злости. Очевидно, Пселдонимов брал ее не за красоту. Одета она была

_____

1 здесь: очень приятно

в белое кисейное платье на розовом чехле. Шея у нее была худенькая, тело цыплячье, выставлялись кости. На привет генерала она ровно ничего не сумела сказать.

– Да она у тебя прехорошенькая, – продолжал он вполголоса, как будто обращаясь к одному Пселдонимову, но нарочно так, чтоб и молодая слышала. Но Пселдонимов ровно ничего и тут не ответил, даже и не покачнулся на этот раз. Ивану Ильичу показалось даже, что в глазах его есть что-то холодное, затаенное, даже что-то себе на уме, особенное, злокачественное. И, однако ж, во что бы ни стало надо было добиться чувствительности. Ведь для нее-то он и пришел.

«Однако парочка! – подумал он. – Впрочем...»

И он снова обратился к молодой, поместившейся возле него на диване, но на два или на три вопроса свои получил опять только «да» и «нет», да и тех, правда, вполне не получил.

«Хоть бы она поконфузилась, – продолжал он про себя. – Я бы тогда шутить начал. А то ведь мое-то положение безвыходное». И Аким Петрович, как нарочно, тоже молчал, хоть и по глупости, но все же было неизвинительно. «Господа! уж я не помешал ли вашим удовольствиям?» – обратился было он ко всем вообще. Он чувствовал, что у него даже ладони потеют.

– Нет-с... Не беспокойтесь, ваше превосходительство, сейчас начнем, а теперь... прохлаждаемся-с, – отвечал офицер. Молодая с удовольствием на него поглядела: офицер был еще не стар и носил мундир какой-то команды. Пселдонимов стоял тут же, подавшись вперед, и, казалось, еще более, чем прежде, выставлял свой горбатый нос. Он слушал и смотрел, как лакей, стоящий с шубой в руках и ожидающий окончания прощального разговора своих господ. Это сравнение сделал сам Иван Ильич; он терялся, он чувствовал, что ему неловко, ужасно неловко, что почва ускользает из-под его ног, что он куда-то зашел и не может выйти, точно в потемках.

Вдруг все расступились, и появилась невысокая и плотная женщина, уже пожилая, одетая просто, хотя и принарядившаяся, в большом платке на плечах, зашпиленном у горла, и в чепчике, к которому она, видимо, не привыкла. В руках ее был небольшой круглый поднос, на котором стояла непочатая, но уже раскупоренная бутылка шампанского и два бокала, ни больше, ни меньше. Бутылка, очевидно, назначалась только для двух гостей.

Пожилая женщина прямо приблизилась к генералу.

– Уж не взыщите, ваше превосходительство, – сказала она, кланяясь, – а уж коль не погнушались нами, оказали честь к сыночку на свадьбу пожаловать, так уж просим милости, поздравьте вином молодых. Не погнушайтесь, окажите честь.

Иван Ильич схватился за нее, как за спасение. Она была еще вовсе нестарая женщина, лет сорока пяти или шести, не больше. Но у ней было такое доброе, румяное, такое открытое, круглое русское лицо, она так добродушно улыбалась, так просто кланялась, что Иван Ильич почти утешился и начал было надеяться.

– Так вы-ы-ы ро-ди-тель-ница вашего сы-на? – сказал он, привстав с дивана.

– Родительница, ваше превосходительство, – промямлил Пселдонимов, вытягивая свою длинную шею и снова выставляя свой нос.

– А! Очень рад, о-чень рад познакомиться.

– Так не побрезгайте, ваше превосходительство.

– С превеликим даже удовольствием.

Поднос поставили, вино налил подскочивший Пселдонимов. Иван Ильич, все еще стоя, взял бокал.

– Я особенно, особенно рад этому случаю, что могу... – начал он, – что могу... при сем засвидетельствовать... Одним словом, как начальник... желаю вам, сударыня (он обратился к новобрачной), и тебе, мой друг Порфирий, – желаю полного, благополучного и долгого счастья.

И он даже с чувством выпил бокал, счетом седьмой в этот вечер. Пселдонимов смотрел серьезно и даже угрюмо. Генерал начинал мучительно его ненавидеть.

«Да и этот верзила (он взглянул на офицера) тут же торчит. Ну что бы хоть ему прокричать: ура! И пошло бы, и пошло бы...»

– Да и вы, Аким Петрович, выпейте и поздравьте, – прибавила старуха, обращаясь к столоначальнику. – Вы начальник, он вам подчиненный. Наблюдайте сыночка-то, как мать прошу. Да и впредь нас не забывайте, голубчик наш, Аким Петрович, добрый вы человек.

«А ведь какие славные эти русские старухи! – подумал

Иван Ильич. – Всех оживила. Я всегда любил народность...»

В эту минуту к столу поднесли еще поднос. Несла девка, в шумящем, еще не мытом ситцевом платье и в кринолине. Она едва обхватывала поднос руками, так он был велик. На нем стояло бесчисленное множество тарелочек с яблоками, с конфетами, с пастилой, с мармеладом, с грецкими орехами и проч. и проч. Поднос стоял до сих пор в гостиной, для угощения всех гостей, и преимущественно дам. Но теперь его перенесли к одному генералу.

– Не побрезгайте, ваше превосходительство, нашим яством. Чем богаты, тем и рады, – повторяла, кланяясь, старуха.

– Помилуйте... – сказал Иван Ильич и даже с удовольствием взял и раздавил между пальцами один грецкий орех. Он уж решился быть до конца популярным.

Между тем молодая вдруг захихикала.

– Что-с? – спросил Иван Ильич с улыбкой, обрадовавшись признакам жизни.

– Да вот-с, Иван Костенькиныч смешит, – отвечала она потупившись.

Генерал действительно рассмотрел одного белокурого юношу, очень недурного собой, спрятавшегося на стуле с другой стороны дивана и что-то нашептывавшего madame[1] Пселдонимовой. Юноша привстал. Он, по-видимому, был очень застенчив и очень молод.

– Я про «сонник» им говорил, ваше превосходительство, – пробормотал он, как будто извиняясь.

– Про какой же это сонник? – спросил Иван Ильич снисходительно.

– Новый сонник-с есть-с, литературный-с. Я им говорил-с, если господина Панаева во сне увидеть-с, то это значит кофеем манишку залить-с.

«Экая невинность», – подумал даже со злобою Иван Ильич. Молодой человек хоть и очень разрумянился, говоря это, но до невероятности был рад, что рассказал про господина Панаева.

– Ну да, да, я слышал... – отозвался его превосходительство.

– Нет, вот еще лучше есть, – проговорил другой голос подле самого Ивана Ильича, – новый лексикон издается, так,

_____

1 госпоже (франц.)

говорят, господин Краевский будет писать статьи, Алфераки... и абличительная литература...

Проговорил это молодой человек, но уже не конфузливый, а довольно развязный. Он был в перчатках, белом жилете и держал шляпу в руках. Он не танцевал, смотрел высокомерно, потому что был один из сотрудников сатирического журнала «Головешка», задавал тону и попал на свадьбу случайно, приглашенный как почетный гость Пселдонимовым, с которым был на ты и с которым, еще прошлого года, вместе бедствовал у одной немки «в углах». Водку он, однако ж, пил и уже неоднократно для этого отлучался в одну укромную заднюю комнатку, куда все знали дорогу. Генералу он ужасно не понравился.

– И это потому смешно-с, – с радостью перебил вдруг белокурый юноша, рассказавший про манишку и на которого сотрудник в белом жилете посмотрел за это с ненавистью, – потому смешно, ваше превосходительство, что сочинителем полагается, будто бы господин Краевский правописания не знает и думает, что «обличительную литературу» надобно писать абличительная литература...

Но бедный юноша едва докончил. Он по глазам увидал, что генерал давно уже это знает, потому что сам генерал тоже как будто сконфузился и, очевидно, оттого, что знал это. Молодому человеку стало до невероятности совестно. Он успел куда-то поскорее стушеваться и потом все остальное время был очень грустен. Взамен того развязный сотрудник «Головешки» подошел еще ближе и, казалось, намеревался где-нибудь поблизости сесть. Такая развязность показалась Ивану Ильичу несколько щекотливой.

– Да! скажи, пожалуйста, Порфирий, – начал он, чтобы что-нибудь говорить, – почему – я все тебя хотел спросить об этом лично – почему тебя зовут Пселдонимов, а не Псевдонимов? Ведь ты, наверное, Псевдонимов?

– Не могу в точности доложить, ваше превосходительство, отвечал Пселдонимов.

– Это, верно, еще его отцу-с при поступлении на службу в бумагах перемешали-с, так что он и остался теперь Пселдонимов, – отозвался Аким Петрович. – Это бывает-с.

– Неп-ре-менно, – с жаром подхватил генерал, – неп-ре-мен-но, потому, сами посудите: Псевдонимов – ведь это происходит от литературного слова «псевдоним». Ну, а

Пселдонимов ничего не означает.

– По глупости-с, – прибавил Аким Петрович.

– То есть собственно что по глупости?

– Русский народ-с; по глупости изменяет иногда литеры-с и выговаривает иногда по-своему-с. Например, говорят невалид, а надо бы сказать инвалид-с.

– Ну, да... невалид, хе-хе-хе...

– Мумер тоже говорят, ваше превосходительство, – брякнул высокий офицер, у которого давно уже зудело, чтоб как-нибудь отличиться.

– То есть как это мумер?

– Мумер вместо нумер, ваше превосходительство.

– Ах да, мумер... вместо нумер... Ну да, да... хе-хе, хе!... – Иван Ильич принужден был похихикать и для офицера.

Офицер поправил галстук.

– А вот еще говорят: нимо, – ввязался было сотрудник «Головешки». Но его превосходительство постарался этого уж не расслышать. Не для всех же было хихикать.

– Нимо вместо мимо, – приставал «сотрудник» с видимым раздражением.

Иван Ильич строго посмотрел на него.

– Ну, что пристал? – шепнул Пселдонимов сотруднику.

– Да что ж это, я разговариваю. Нельзя, что ль, и говорить, – заспорил было тот шепотом, но, однако ж, замолчал и с тайною яростью вышел из комнаты.

Он прямо пробрался в привлекательную заднюю комнатку, где для танцующих кавалеров, еще с начала вечера, поставлена была на маленьком столике, накрытом ярославскою скатертью, водка двух сортов, селедка, икра ломтиками и бутылка крепчайшего хереса из национального погреба. Со злостью в сердце он налил было себе водки, как вдруг вбежал медицинский студент, с растрепанными волосами, первый танцор и канканер на бале Пселдонимова. Он с торопливою жадностью бросился к графину.

– Сейчас начнут! – проговорил он, наскоро распоряжаясь. – Приходи смотреть: соло сделаю вверх ногами, а после ужина рискну рыбку. Это будет даже идти к свадьбе-то. Так сказать, дружеский намек Пселдонимову... Славная эта Клеопатра Семеновна, с ней все что угодно можно рискнуть.

– Это ретроград, – мрачно отвечал сотрудник, выпивая рюмку.

– Кто ретроград?

– Да вот, особа-то, перед которой пастилу поставили. Ретроград! я тебе говорю.

– Ну уж ты! – пробормотал студент и бросился вон из комнаты, услышав ритурнель кадрили.

Сотрудник, оставшись один, налил себе еще для большего куража и независимости, выпил, закусил, и никогда еще действительный статский советник Иван Ильич не приобретал себе более яростного врага и более неумолимого мстителя, как пренебреженный им сотрудник «Головешки», особенно после двух рюмок водки. Увы! Иван Ильич ничего не подозревал в этом роде. Не подозревал он и еще одного капитальнейшего обстоятельства, имевшего влияние на все дальнейшие взаимные отношения гостей к его превосходительству. Дело в том, что он хоть и дал с своей стороны приличное и даже подробное объяснение своего присутствия на свадьбе у своего подчиненного, но это объяснение в сущности никого не удовлетворило, и гости продолжали конфузиться. Но вдруг все переменилось, как волшебством; все успокоились и готовы были веселиться, хохотать, визжать и плясать, точно так же, как если бы неожиданного гостя совсем не было в комнате. Причиной тому был неизвестно каким образом вдруг разошедшийся слух, шепот, известие, что гость-то, кажется, того... под шефе. И хоть дело носило с первого взгляда вид ужаснейшей клеветы, но мало-помалу стало как будто оправдываться, так что вдруг все стало ясно. Мало того, стало вдруг необыкновенно свободно. И вот в это-то самое мгновение и началась кадриль, последняя перед ужином, на которую так торопился медицинский студент.

И только что было Иван Ильич хотел снова обратиться к новобрачной, пытаясь в этот раз донять ее каким-то каламбуром, как вдруг к ней подскочил высокий офицер и с размаху стал на одно колено. Она тотчас же вскочила с дивана и упорхнула с ним, чтоб встать в ряды кадрили. Офицер даже не извинился, а она даже не взглянула, уходя, на генерала, даже как будто рада была, что избавилась.

«Впрочем, в сущности, она в своем праве, – подумал Иван Ильич, – да и приличий они не знают».

– Гм... ты бы, брат Порфирий, не церемонился, – обратился он к Пселдонимову. – Может, у тебя там есть что-нибудь… насчет распоряжений… или там что-нибудь… пожалуйста, не стесняйся. «Что он сторожит, что ли, меня?» – прибавил он про себя.

Ему становился невыносим Пселдонимов с своей длинной шеей и глазами, пристально на него устремленными. Одним словом, все это было не то, совсем не то, но Иван Ильич далеко еще не хотел в этом сознаться.

Кадриль началась.

– Прикажете, ваше превосходительство? – спросил Аким Петрович, почтительно держа в руках бутылку и готовясь налить в бокал его превосходительства.

– Я… я, право, не знаю, если…

Но уж Аким Петрович с благоговейно сияющим лицом наливал шампанское. Налив бокал, он как будто украдкой, как будто воровским образом, ежась и корчась, налил и себе с тою разницею, что себе на целый палец не долил, что было как-то почтительнее. Он был как женщина в родах, сидя подле ближайшего своего начальника. Об чем в самом деле заговорить? А развлечь его превосходительство следовало даже по обязанности, так как уж он имел честь составить ему компанию. Шампанское послужило выходом, да и его превосходительству даже приятно было, что тот налил, – не для шампанского, потому что оно было теплое и гадость естественнейшая, а так, нравственно приятно.

«Старику самому хочется выпить, – подумал Иван Ильич, – а без меня не смеет. Не задерживать же… Да и смешно, если бутылка так простоит между нами».

Он прихлебнул, и все-таки оно показалось лучше, чем так-то сидеть.

– Я ведь здесь, – начал он с расстановками и ударениями, – я ведь здесь, так сказать, случайно и, конечно, может быть, иные найдут… что мне… так сказать, не-прилично быть на таком… собрании.

Аким Петрович молчал и вслушивался с робким любопытством.

– Но я надеюсь, вы поймете, зачем я здесь… Ведь не вино же в самом деле я пить пришел. Хе-хе!

Аким Петрович хотел было похихикать вслед за его превосходительством, но как-то осекся и опять не ответил ровно ничего утешительного.

– Я здесь... чтобы, так сказать, ободрить... показать, так сказать, нравственную, так сказать, цель, – продолжал Иван Ильич, досадуя на тупость Акима Петровича, но вдруг и сам замолчал. Он увидел, что бедный Аким Петрович даже глаза опустил, точно в чем-то виноватый. Генерал в некотором замешательстве поспешил еще раз отхлебнуть из бокала, а Аким Петрович, как будто все спасение его было в этом, схватил бутылку и подлил снова.

«А немного ж у тебя ресурсов», – подумал Иван Ильич, строго смотря на бедного Акима Петровича. Тот же, предчувствуя на себе этот строгий генеральский взгляд, решился уж молчать окончательно и глаз не подымать. Так они просидели друг перед другом минуты две, две болезненные минуты для Акима Петровича.

Два слова об Акиме Петровиче. Это был человек смирный, как курица, самого старого закала, взлелеянный на подобострастии и между тем человек добрый и даже благородный. Он был из петербургских русских, то есть и отец и отец отца его родились, выросли и служили в Петербурге и ни разу не выезжали из Петербурга. Это совершенно особенный тип русских людей. Об России они почти не имеют ни малейшего понятия, о чем вовсе и не тревожатся. Весь интерес их сужен Петербургом и, главное, местом их службы. Все заботы их сосредоточены около копеечного преферанса, лавочки и месячного жалованья. Они не знают ни одного русского обычая, ни одной русской песни, кроме «Лучинушки», да и то потому только, что ее играют шарманки. Впрочем, есть два существенные и незыблемые признака, по которым вы тотчас же отличите настоящего русского от петербургского русского. Первый признак состоит в том, что все петербургские русские, все без исключения, никогда не говорят: «Петербургские ведомости», а всегда говорят: «Академические ведомости». Второй, одинаково существенный, признак состоит в том, что петербургский русский никогда не употребляет слово «завтрак», а всегда говорит: «фрыштик», особенно напирая на звук фры. По этим двум коренным и отличительным признакам вы их всегда различите; одним словом, это тип смиренный и окончательно выработавшийся в последние тридцать пять лет. Впрочем, Аким Петрович был вовсе не дурак. Спроси его генерал о чем-нибудь подходящем к нему, он бы и ответил и поддержал разговор, а то ведь неприлично подчиненному и отвечать-то на такие вопросы, хотя Аким Петрович умирал от любопытства узнать что-нибудь подробнее о настоящих намерениях его превосходительства...

А между тем Иван Ильич все более и более впадал в раздумье и в какое-то коловращение идей; в рассеянности он неприметно, но поминутно прихлебывал из бокала. Аким Петрович тотчас же и усерднейше ему подливал. Оба молчали. Иван Ильич начал было смотреть на танцы, и вскоре они несколько привлекли его внимание. Вдруг одно обстоятельство даже удивило его...

Танцы действительно были веселы. Тут именно танцевалось в простоте сердец, чтоб веселиться и даже беситься. Из танцоров ловких было очень немного; но неловкие так сильно притопывали, что их можно было принять и за ловких. Отличался, во-первых, офицер: он особенно любил фигуры, где оставался один, вроде соло. Тут он удивительно изгибался, а именно: весь, прямой как верста, он вдруг склонялся набок, так что вот, думаешь, упадет, но с следующим шагом он вдруг склонялся в противоположную сторону, под тем же косым углом к полу. Выражение лица он наблюдал серьезнейшее и танцевал в полном убеждении, что ему все удивляются. Другой кавалер со второй фигуры заснул подле своей дамы, нагрузившись предварительно еще до кадриля, так что дама его должна была танцевать одна. Молодой регистратор, отплясывавший с дамой в голубом шарфе, во всех фигурах и во всех пяти кадрилях, которые протанцованы были в этот вечер, выкидывал все одну и ту же штуку, а именно: он несколько отставал от своей дамы, подхватывал кончик ее шарфа и на лету при переходе визави, успевал влеплять в этот кончик десятка два поцелуев. Дама же, впереди его, плыла, как будто ничего не замечая. Медицинский студент действительно сделал соло вверх ногами и произвел неистовый восторг, топот и взвизги удовольствия. Одним словом, непринужденность была чрезвычайная. Иван Ильич, на которого и вино подействовало, начал было улыбаться, но мало-помалу какое-то горькое сомнение начало закрадываться в его душу: конечно, он очень любил развязность и непринужденность; он желал, он даже душевно звал ее, эту развязность, когда они все пятились, и вот теперь эта развязность уже стала выходить из границ. Одна дама, например, в истертом синем бархатном платье, перекупленном из четвертых рук, в шестой фигуре зашпилила свое платье булавками, так что выходило, как будто она в панталонах. Это была та самая Клеопатра Семеновна, с которой можно было все рискнуть, по выражению ее кавалера, медицинского студента. Об медицинском студенте и говорить было нечего: просто Фокин. Как же это? То пятились, а тут вдруг так скоро эмансипировались! Кажись бы, и ничего, но как-то странен был этот переход: он что-то предвещал. Точно совсем они и забыли, что есть на свете Иван Ильич. Разумеется, он хохотал первый и даже рискнул аплодировать. Аким Петрович почтительно хихикал ему в унисон, хотя, впрочем, с видимым удовольствием и не подозревая, что его превосходительство начинал уже откармливать в сердце своем нового червяка.

– Славно, молодой человек, танцуете, – принужден был Иван Ильич сказать студенту, проходившему мимо: только что кончилась кадриль.

Студент круто повернулся к нему, скорчил какую-то гримасу и, приблизив свое лицо к его превосходительству на близкое до неприличия расстояние, во все горло прокричал петухом. Это уже было слишком. Иван Ильич встал из-за стола. Несмотря на то, последовал залп неудержимого хохоту, потому что крик петуха был удивительно натурален, а вся гримаса совершенно неожиданна. Иван Ильич еще стоял в недоумении, как вдруг явился сам Пселдонимов и, кланяясь, стал просить к ужину. Вслед за ним явилась и мать его.

– Батюшка, ваше превосходительство, – говорила она, кланяясь, – окажите честь, не погнушайтесь нашей бедностью…

– Я… я, право, не знаю… – начал было Иван Ильич, – я ведь не для того… я… хотел было уж идти…

Действительно, он держал в руках шапку. Мало того: тут же, в это самое мгновение, он дал себе честное слово непременно, сейчас же, во что бы то ни стало уйти и ни за что не оставаться и… и остался. Через минуту он открыл шествие к столу. Пселдонимов и мать его шли перед ним и раздвигали ему дорогу. Посадили его на самое почетное место, и опять непочатая бутылка шампанского очутилась перед его прибором. Стояла закуска: селедка и водка. Он протянул руку, сам налил огромную рюмку водки и выпил. Он никогда прежде не пил водки. Он чувствовал, что как будто катится с горы, летит, летит, летит, что надо бы удержаться, уцепиться за что-нибудь, но нет к тому никакой возможности.

Действительно, положение его становилось все более и более эксцентричным. Мало того: это была какая-то насмешка судьбы. С ним бог знает что произошло в какой-нибудь час. Когда он входил, он, так сказать, простирал объятия всему человечеству и всем своим подчиненным; и вот не прошло какого-нибудь часу, и он, всеми болями своего сердца, слышал и знал, что он ненавидит Пселдонимова, проклинает его, жену его и свадьбу его. Мало того: он по лицу, по глазам одним видел, что и сам Пселдонимов его ненавидит, что он смотрит, чуть-чуть не говоря: «А чтоб ты провалился, проклятый! Навязался на шею!..» Все это он уже давно прочел в его взгляде.

Конечно, Иван Ильич даже и теперь, садясь за стол, дал бы себе скорее руку отсечь, чем признался бы искренно, не только вслух, но даже себе самому, что все это действительно точно так было. Минута еще вполне не пришла, а теперь еще было какое-то нравственное балансе. Но сердце, сердце... оно ныло! оно просилось на волю, на воздух, на отдых. Ведь слишком уж добрый человек был Иван Ильич.

Он ведь знал, очень хорошо знал, что еще давно бы надо было уйти, и не только уйти, но даже спасаться. Что все это вдруг стало не тем, ну совершенно не так обернулось, как мечталось давеча на мостках.

«Я ведь зачем пришел? Я разве затем пришел, чтоб здесь есть и пить?» – спрашивал он себя, закусывая селедку. Он даже приходил в отрицание. В душе его шевелилась мгновениями ирония на собственный подвиг. Он начинал даже сам не понимать, зачем, в самом деле, он вошел?

Но как было уйти? Так уйти, не докончив, было невозможно. «Что скажут? Скажут, что я по неприличным местам таскаюсь. Оно даже и в самом деле выйдет так, если не докончить. Что скажет, например, завтра же (потому что ведь везде разнесется) Степан Никифорыч, Семен Иваныч, в канцеляриях, у Шембелей, у Шубиных ? Нет, надо так уйти, чтоб они все поняли, зачем я приходил, надо нравственную цель обнаружить... – А между тем патетический момент никак не давался. – Они даже не уважают меня, – продолжал он. –

Чему они смеются? Они так развязны, как будто бесчувственные... Да, я давно подозревал все молодое поколение в бесчувственности! Надо остаться во что бы то ни стало!.. Теперь они танцевали, а вот за столом будут в сборе... Заговорю о вопросах, о реформах, о величии России... я их еще увлеку! Да! Может быть, еще совершенно ничего не потеряно... Может быть, так и всегда бывает в действительности. С чего бы только с ними начать, чтоб их привлечь? Какой бы это такой прием изобресть? Теряюсь, просто теряюсь... И чего им надо, чего они требуют?.. Я вижу, они там пересмеиваются... Уж не надо мной ли, господи боже! Да чего мне-то надо... я-то чего здесь, чего я-то не ухожу, чего добиваюсь?..» Он думал это, и какой-то – стыд, какой-то глубокий, невыносимый стыд все более и более надрывал его сердце.

Но все уж так и шло, одно к другому.

Ровно две минуты спустя, как он сел за стол, одна страшная – мысль овладела всем существом его. Он вдруг почувствовал, что ужасно пьян, то есть не так, как прежде, а пьян окончательно. Причиною тому была рюмка водки, выпитая вслед за шампанским и оказавшая немедленно действие. Он чувствовал, слышал всем существом своим, что слабеет окончательно. Конечно, куражу прибавилось много, но сознание не оставляло его и кричало ему: «Нехорошо, очень нехорошо, и даже совсем неприлично!» Конечно, неустойчивые пьяные думы не могли остановиться на одной точке: в нем вдруг явились, даже осязательно для него же самого, какие-то две стороны. В одной был кураж, желание победы, ниспровержение препятствий и отчаянная уверенность в том, что он еще достигнет цели. Другая сторона давала себя знать мучительным нытьем в душе и каким-то засосом на сердце. «Что скажут? чем это кончится? что завтра-то будет, завтра, завтра!..»

Прежде он как-то глухо предчувствовал, что между гостями у него уже есть враги. «Это оттого, что я, верно, и давеча был пьян», – подумал он с мучительным сомнением. Каков же был его ужас, когда он действительно, по несомненнейшим признакам, уверился теперь, что за столом действительно были враги его и что в этом уже нельзя сомневаться.

«И за что! за что!» – думал он.

За этим столом поместились все человек тридцать гостей, из которых уже некоторые были окончательно готовы. Другие вели себя с какою-то небрежною, злокачественною независимостью, кричали, говорили все вслух, провозглашали преждевременно тосты, перестреливались с дамами хлебными шариками. Один, какая-то невзрачная личность в засаленном сюртуке, упал со стула, как только сел за стол, и так и оставался до самого окончания ужина. Другой хотел непременно влезть на стол и провозгласить тост, и только офицер, схватив его за фалды, умерил преждевременный восторг его. Ужин был совершенно разночинный, хотя и нанимался для него повар, крепостной человек какого-то генерала: был галантир, был язык под картофелем, были котлетки с зеленым горошком, был, наконец, гусь, и под конец всего бламанже. Из вин было: пиво, водка и херес. Бутылка шампанского стояла перед одним генералом, что принудило его самого налить и Акиму Петровичу, который собственной своей инициативой за ужином уже не смел распорядиться. Для тостов же прочим гостям предназначалось горское или что попало. Самый стол состоял из многих столов, составленных вместе, в число которых пошел даже ломберный. Накрыт он был многими скатертями, в числе которых была одна ярославская цветная. Гости сидели вперемежку с дамами. Родительница Пселдонимова сидеть за столом не захотела; она хлопотала и распоряжалась. Зато явилась одна злокачественная женская фигура, не показывавшаяся прежде, в каком-то красноватом шелковом платье, с подвязанными зубами и в высочайшем чепчике. Оказалось, что это была мать невесты, согласившаяся выйти наконец из задней комнаты к ужину. До сих пор она не выходила по причине непримиримой своей вражды к матери Пселдонимова; но об этом упомянем после. На генерала эта дама смотрела злобно, даже насмешливо и, очевидно, не хотела быть ему представленной. Ивану Ильичу эта фигура показалась до крайности подозрительною. Но кроме нее и некоторые другие лица были подозрительны и вселяли невольное опасение и беспокойство. Казалось даже, что они в каком-то заговоре между собою, и именно против Ивана Ильича. По крайней мере ему самому так казалось, и в продолжение всего ужина он все более и более в том убеждался. А именно: злокачествен был один господин с бородкой, какой-то вольный художник; он даже несколько раз посмотрел на Ивана Ильича и потом, повернувшись к соседу, что-то ему нашептывал. Другой, из учащихся, был, правда, совершенно уж пьян, но все-таки по некоторым признакам подозрителен. Худые надежды подавал тоже и медицинский студент. Даже сам офицер был не совсем благонадежен. Но особенною и видимою ненавистью сиял сотрудник «Головешки»: он так развалился на стуле, он так гордо и заносчиво смотрел, так независимо фыркал! И хоть прочие гости и не обращали никакого особенного внимания на сотрудника, написавшего в «Головешке» только четыре стишка и сделавшегося оттого либералом, даже, видимо, не любили его, но когда возле Ивана Ильича упал вдруг хлебный шарик, очевидно назначавшийся в его сторону, то он готов был дать голову на отсечение, что виновник этого шарика был не кто другой, как сотрудник «Головешки».

Все это, конечно, действовало на него плачевным образом.

Особенно неприятно было и еще одно наблюдение: Иван Ильич совершенно убедился, что он начинает как-то неясно и затруднительно выговаривать слова, что сказать хочется очень много, но язык не двигается. Потом, что вдруг он как будто стал забываться и, главное, ни с того ни с сего вдруг фыркнет и засмеется, тогда как вовсе нечему было смеяться. Это расположение скоро прошло после стакана шампанского, который Иван Ильич хоть и налил было себе, но не хотел пить, и вдруг выпил как-то совершенно нечаянно. Ему вдруг после этого стакана захотелось чуть не плакать. Он чувствовал, что впадает в самую эксцентрическую чувствительность; он снова начинал любить, любить всех, даже Пселдонимова, даже сотрудника «Головешки». Ему захотелось вдруг обняться с ними со всеми, забыть все и помириться. Мало того: рассказать им все откровенно, все, все, то есть какой он добрый и славный человек, с какими великолепными способностями. Как будет он полезен отечеству, как умеет смешить дамский пол и, главное, какой он прогрессист, как гуманно он готов снизойти до всех, до самых низших, и, наконец, в заключение, откровенно рассказать все мотивы, побудившие его, незваного, явиться к Пселдонимову, выпить у него две бутылки шампанского и осчастливить его своим присутствием.

«Правда, святая правда прежде всего и откровенность! Я откровенностью их дойму. Они мне поверят, я вижу ясно; они даже смотрят враждебно, но когда я открою им все, я их покорю неотразимо. Они наполнят рюмки и с криком выпьют за мое здоровье. Офицер, я уверен в этом, разобьет свою рюмку о шпору. Даже можно бы прокричать, „ура!". Даже если б покачать вздумали по-гусарски, я бы и этому не противился, даже и весьма бы хорошо было. Новобрачную я поцелую в лоб; она миленькая. Аким Петрович тоже очень хороший человек. Пселдонимов, конечно, впоследствии исправится. Ему недостает, так сказать, этого светского лоску... И хотя, конечно, нет этой сердечной деликатности у всего этого нового поколения, но... но я скажу им о современном назначении России в числе прочих европейских держав. Упомяну и о крестьянском вопросе, да и... и все они будут любить меня, и я выйду со славою!..»

Эти мечты, конечно, были очень приятны, но неприятно было то, что среди всех этих розовых надежд Иван Ильич вдруг открыл в себе еще одну неожиданную способность: именно плеваться. По крайней мере слюна вдруг начала выскакивать из его рта совершенно помимо его воли. Заметил он это на Акиме Петровиче, которому забрызгал щеку и который сидел, не смея сейчас же утереться из почтительности. Иван Ильич взял салфетку и вдруг сам утер его. Но это тотчас же показалось ему самому до того нелепым, до того вне всего здравого, что он замолчал и начал удивляться. Аким Петрович хоть и выпил, но все-таки сидел как обваренный. Иван Ильич сообразил теперь, что он уже чуть не четверть часа говорит ему о какой-то самой интереснейшей теме, но что Аким Петрович, слушая его, не только как будто конфузился, но даже чего-то боялся. Пселдонимов, сидевший через стул от него, тоже протягивал к нему свою шею и, наклонив набок голову, с самым неприятным видом прислушивался. Он действительно как будто сторожил его. Окинув глазами гостей, он увидал, что многие смотрят прямо на него и хохочут. Но страннее всего было то, что при этом он вовсе не сконфузился, напротив того, он хлебнул еще раз из бокала и вдруг во всеуслышание начал говорить.

– Я сказал уже! – начал он как можно громче, – я сказал

уже, господа, сейчас Акиму Петровичу, что Россия... да, именно Россия... одним словом, вы понимаете, что я хочу ска-ка-зать... Россия переживает, по моему глубочайшему убеждению, гу-гуманность...

– Гу-гуманность! – раздалось на другом конце стола.

– Гу-гу!

– Тю-тю!

Иван Ильич было остановился. Пселдонимов встал со стула и начал разглядывать: кто крикнул? Аким Петрович украдкой покачивал головою, как бы усовещивая гостей. Иван Ильич это очень хорошо заметил, но с мучением смолчал.

– Гуманность! – упорно продолжал он, – и давеча... и именно давеча я говорил Степану Ники-ки-форовичу... да... что... что обновление, так сказать, вещей...

– Ваше превосходительство! – громко раздалось на другом конце стола.

– Что прикажете? – отвечал прерванный Иван Ильич, стараясь разглядеть, кто ему крикнул.

– Ровно ничего, ваше превосходительство, я увлекся, продолжайте! пра-дал-жайте! – послышался опять голос. Ивана Ильича передернуло.

– Обновление, так сказать, этих самых вещей...

– Ваше превосходительство! – крикнул опять голос.

– Что вам угодно?

– Здравствуйте!

На этот раз Иван Ильич не выдержал. Он прервал речь и оборотился к нарушителю порядка и обидчику. Это был один еще очень молодой учащийся, сильно наклюкавшийся и возбуждавший огромные подозрения. Он уже давно орал и даже разбил стакан и две тарелки, утверждая, что на свадьбе будто бы так и следует. В ту минуту, когда Иван Ильич оборотился к нему, офицер строго начал распекать крикуна.

– Что ты, чего орешь? Вывести тебя, вот что!

– Не про вас, ваше превосходительство, не про вас! продолжайте! – кричал развеселившийся школьник, развалясь на стуле, – продолжайте, я слушаю и очень, о-чень, о-чень вами доволен! Па-хвально, па-хвально!

– Пьяный мальчишка! – шепотом подсказал Пселдонимов.

– Вижу, что пьяный, но...

– Это я рассказал сейчас один забавный анекдот-с, ваше

превосходительство! – начал офицер, – про одного поручика нашей команды, который точно так же разговаривал с начальством; так вот он теперь и подражает ему. К каждому слову начальника он все говорил: па-хвально, па-хвально! Его еще десять лет назад за это из службы выключили.

– Ка-кой же это поручик?

– Нашей команды, ваше превосходительство, сошел с ума на похвальном. Сначала увещевали мерами кротости, потом под арест... Начальник родительским образом усовещивал; а тот ему: па-хвально, па-хвально! И странно: мужественный был офицер девяти вершков росту. Хотели под суд отдать, но заметили, что помешанный.

– Значит... школьник. За школьничество можно бы и не так строго... Я, с своей стороны, готов простить...

– Медициной свидетельствовали, ваше превосходительство.

– Как! ана-то-мировали?

– Помилуйте, да ведь он был совершенно живой-с.

Громкий и почти всеобщий залп хохоту раздался между гостями, сначала было державшими себя чинно. Иван Ильич рассвирепел.

– Господа, господа! – закричал он, на первое время даже почти не заикаясь, – я очень хорошо в состоянии различить, что живого не анатомируют. Я полагал, что он в помешательстве был уже не живой... то есть умер... то есть я хочу сказать... что вы меня не любите... А между тем я люблю вас всех... да, и люблю Пор... Порфирия... Я унижаю себя, что так говорю...

В эту минуту преогромная салива[1] вылетела из уст Ивана Ильича и брызнула на скатерть, на самое видное место. Пселдонимов бросился обтирать ее салфеткой. Это последнее несчастье окончательно подавило его.

– Господа, это уж слишком! – прокричал он в отчаянии.

– Пьяный человек, ваше превосходительство, – снова было подсказал Пселдонимов.

– Порфирий! Я вижу, что вы... все... да! Я говорю, что я надеюсь... да, я вызываю всех сказать: чем я унизил себя?

Иван Ильич чуть не плакал.

– Ваше превосходительство, помилуйте-с!

– Порфирий, обращаюсь к тебе... Скажи, если я пришел...

----

1 капля слюны (от лат. saliva – слюна)

да... да, на свадьбу, я имел цель. Я хотел нравственно поднять... я хотел, чтоб чувствовали. Я обращаюсь ко всем: очень я унижен в ваших глазах или нет?

Гробовое молчание. В том-то и дело, что гробовое молчание, да еще на такой категорический вопрос. «Ну, что бы им, что бы им хоть в эту минуту прокричать!» – мелькнуло в голове его превосходительства. Но гости только переглядывались. Аким Петрович сидел ни жив ни мертв, а Пселдонимов, немея от страха, повторял про себя ужасный вопрос, который давно уже ему представлялся:

«А что-то мне за все это завтра будет?»

Вдруг сотрудник «Головешки», уже сильно пьяный, но сидевший до сих пор в угрюмом молчании, обратился прямо к Ивану Ильичу и с сверкающими глазами стал отвечать от лица всего общества.

– Да-с! – закричал он громовым голосом, – да-с, вы унизили себя, да-с, вы ретроград... Рет-ро-град!

– Молодой человек, опомнитесь! с кем вы, так сказать, говорите! – яростно закричал Иван Ильич, снова вскочив с своего места.

– С вами, и, во-вторых, я не молодой человек... Вы пришли ломаться и искать популярности.

– Пселдонимов, что это! – вскричал Иван Ильич.

Но Пселдонимов вскочил в таком ужасе, что остановился как столб и совершенно не знал, что предпринять. Гости тоже онемели на своих местах. Художник и учащийся аплодировали, кричали «браво, браво!».

Сотрудник продолжал кричать с неудержимою яростью:

– Да, вы пришли, чтоб похвалиться гуманностью! Вы помешали всеобщему веселью. Вы пили шампанское и не сообразили, что оно слишком дорого для чиновника с десятью рублями в месяц жалованья, и я подозреваю, что вы один из тех начальников, которые лакомы до молоденьких жен своих подчиненных! Мало того, я уверен, что вы поддерживаете откупа... Да, да, да!

– Пселдонимов, Пселдонимов! – кричал Иван Ильич, простирая к нему руки. Он чувствовал, что каждое слово сотрудника было новым кинжалом для его сердца.

– Сейчас, ваше превосходительство, не извольте беспокоиться! – энергически вскрикнул Пселдонимов, подскочил к сотруднику, схватил его за шиворот и вытащил вон из-за стола. Даже и нельзя было ожидать от тщедушного Пселдонимова такой физической силы. Но сотрудник был очень пьян, а Пселдонимов совершенно трезв. Затем он задал ему несколько тумаков в спину и вытолкал его в двери.

– Все вы подлецы! – кричал сотрудник, – я вас всех завтра же в «Головешке» окарикатурю!..

Все повскакали с мест.

– Ваше превосходительство, ваше превосходительство! – кричали Пселдонимов, его мать и некоторые из гостей, толпясь около генерала, – ваше превосходительство, успокойтесь!

– Нет, нет – кричал генерал, – я уничтожен... я пришел... я хотел, так сказать, крестить. И вот за все, за все!

Он опустился на стул, как без памяти, положил обе руки на стол и склонил на них свою голову, прямо в тарелку с бламанже. Нечего и описывать всеобщий ужас. Через минуту он встал, очевидно желая уйти, покачнулся, запнулся за ножку стула, упал со всего размаха на пол и захрапел...

Это бывает с непьющими, когда они случайно напьются. До последней черты, до последнего мгновенья сохраняют они сознание и потом вдруг падают как подкошенные. Иван Ильич лежал на полу, потеряв всякое сознание. Пселдонимов схватил себя за волосы и замер в этом положении. Гости стали поспешно расходиться, каждый по-своему толкуя о происшедшем. Было уже около трех часов утра.

Главное дело в том, что обстоятельства Пселдонимова были гораздо хуже того, чем можно было их представить, несмотря на всю непривлекательность и одной теперешней обстановки. И покамест Иван Ильич лежит на полу, а Пселдонимов стоит над ним, в отчаянии теребя свои волосы, прервем избранное нами течение рассказа и скажем несколько пояснительных слов собственно о Порфирии Петровиче Пселдонимове.

Еще не далее как за месяц до своего брака он погибал совершенно безвозвратно. Происходил он из губернии, где отец его чем-то когда-то служил и где умер под судом. Когда, месяцев пять до женитьбы, Пселдонимов, целый уже год погибавший в Петербурге, получил свое десятирублевое место, он было воскрес и телом и духом, но вскоре опять принизился обстоятельствами. На всем свете Пселдонимовых осталось только двое, он и мать его, бросившая губернию после смерти мужа. Мать и сын погибали вдвоем на морозе и питались сомнительными материалами. Бывали дни, что Пселдонимов с кружкой сам ходил на Фонтанку за водой, чтоб там и напиться. Получив место, он кое-как устроился вместе с матерью где-то в углах. Она принялась стирать на людей белье, а он месяца четыре сколачивал экономию, чтоб как-нибудь завести себе сапоги и шинелишку. И сколько бедствий он вынес в своей канцелярии: к нему подходило начальство с вопросом, давно ли он был в бане? Про него ходила молва, что у него под воротником вицмундира гнездами заводятся клопы. Но Пселдонимов был характера твердого. С виду он был смирен и тих; образование имел самое маленькое, разговору от него почти не было слышно никогда. Не знаю положительно: мыслил ли он, созидал ли планы и системы, мечтал ли об чем-нибудь? Но взамен того в нем вырабатывалась какая-то инстинктивная, кряжевая, бессознательная решимость выбиться на дорогу из скверного положения. В нем было упорство муравьиное: у муравьев разорите гнездо, и они тотчас же вновь начнут созидать его, разорите другой раз – и другой раз начнут, и так далее без устали. Это было существо устроительное и домовитое. На лбу его было видно, что он добьется дороги, устроит гнездо и, может быть, даже скопит и про запас. Одна только мать и любила его в целом свете и любила без памяти. Женщина она была твердая, неустанная, работящая, а вместе с тем и добрая. Так бы и жили они в своих углах, может быть, еще лет пять или шесть, до перемены обстоятельств, если б не столкнулись они с отставным титулярным советником Млекопитаевым, бывшим казначеем и служащим когда-то в губернии, в последнее же время основавшимся и устроившим себя в Петербурге с своим семейством. Пселдонимова он знал и отцу его был чем-то когда-то обязан. Деньжонки у него водились, конечно небольшие, но они были; сколько их действительно было, – про это никто не знал, ни жена его, ни старшая дочь, ни родственники. Было у него две дочери, а так как он был страшный самодур, пьяница, домашний тиран и, сверх того, больной человек, то и вздумалось ему вдруг выдать одну дочь за Пселдонимова: «Я, дескать, знаю его, отец его был хороший человек, и сын будет хороший человек». Млекопитаев что хотел, то и делал; сказано – сделано. Это был очень странный самодур. Большею частию он проводил время, сидя на креслах, лишившись употребления ног от какой-то болезни, что не мешало ему, однако ж, пить водку. По целым дням он пил и ругался. Человек он был злой; ему надобно было непременно кого-нибудь и беспрерывно мучить. Для этого он держал при себе несколько дальних родственниц: свою сестру, больную и сварливую; двух сестер жены своей, тоже злых и многоязычных; потом свою старую тетку, у которой по какому-то случаю было сломано одно ребро. Держал еще одну приживалку, обрусевшую немку, за талант ее рассказывать ему сказки из «Тысячи одной ночи». Все удовольствие его состояло шпынять над всеми этими несчастными нахлебницами, ругать их поминутно и на чем свет стоит, хотя те, не исключая и жены его, родившейся с зубною болью, не смели пред ним пикнуть слова. Он ссорил их между собою, изобретал и заводил между ними сплетни и раздоры и потом хохотал и радовался, видя, как все они чуть не дерутся между собою. Он очень обрадовался, когда старшая дочь его, бедствовавшая лет десять с каким-то офицером, своим мужем, и наконец овдовевшая, переселилась к нему с тремя маленькими больными детьми. Детей ее он терпеть не мог, но так как с появлением их увеличился матерьял, над которым можно было производить ежедневные эксперименты, то старик был очень доволен. Вся эта куча злых женщин и больных детей вместе с их мучителем теснилась в деревянном доме на Петербургской, недоедала, потому что старик был скуп и деньги выдавал копейками, хотя и не жалел себе на водку; недосыпала, потому что старик страдал бессонницею и требовал развлечений. Одним словом, все это бедствовало и проклинало судьбу свою. В это-то время Млекопитаев и наглядел Пселдонимова. Он был поражен его длинным носом и смиренным видом. Тщедушной и невзрачной младшей дочке его минуло тогда семнадцать лет. Она хотя и ходила когда-то в какую-то немецкую шуле,[1] но из нее почти ничего, кроме азов, не вынесла. Затем росла, золотушная и худосочная, под костылем безногого и пьяного родителя, в содоме домашних сплетней, шпионств и наговоров. Подруг у ней никогда не бывало, ума тоже. Замуж ей давно уже хотелось. При людях была она бессловесна, а дома, возле маиньки и приживалок, зла и сверлива, как

------

1 школу

буравчик. Она особенно любила щипаться и раздавать колотушки детям сестры своей, фискалить на них за утащенный сахар и хлеб, отчего между ней и старшей сестрой ее существовала бесконечная и неутолимая ссора. Старик сам предложил ее Пселдонимову. Как ни бедствовал тот, но, однако, попросил несколько времени на размышленье. Долго они вместе с матерью раздумывали. Но на невестино имя записывали дом, хоть и деревянный, хоть и одноэтажный и гаденький, но все-таки чего-нибудь стоивший. Сверх того, давали четыреста рублей, – когда-то их сам-то накопишь! «Я ведь к чему беру в дом человека? – кричал пьяный самодур. – Во-первых, для того, что все вы бабье, а мне надоело одно бабье. Я хочу, чтоб и Пселдонимов по моей дудке плясал, потому я ему благодетель. Во-вторых, потому беру, что вы все того не хотите и злитесь. Ну так вот назло вам и сделаю. Что сказал, то и сделаю! А ты, Порфирка, ее бей, когда женой тебе будет; в ней семь бесов от рождения сидит. Всех изгони, и клюку изготовлю...»

Пселдонимов молчал, но он уж решился. Их с матерью приняли в дом еще до свадьбы, обмыли, одели, обули, дали денег на свадьбу. Старик их покровительствовал, может быть, именно потому, что все семейство на них злобствовало. Старуха Пселдонимова ему даже понравилась, так что он удерживался и над ней не шпынял. Впрочем, самого Пселдонимова заставил еще за неделю до свадьбы проплясать перед собой казачка. «Ну довольно, я хотел только видеть, не забываешься ли ты передо мной», – сказал он по окончании танца. Денег он дал на свадьбу в обрез и созвал всех родственников и знакомых своих. Со стороны Пселдонимова был только сотрудник «Головешки» и Аким Петрович, почетный гость. Пселдонимов очень хорошо знал, что невеста к нему питает отвращение и что ей очень бы хотелось за офицера, а не за него. Но он все переносил, уж такой у них уговор был с матерью. Весь свадебный день и весь вечер старик ругался скверными словами и пьянствовал. Вся семья по случаю свадьбы приютилась в задних комнатах и стеснилась там до смрада. Передние же комнаты предназначались для бала и ужина. Наконец, когда старик заснул, совершенно пьяный, часов в одиннадцать вечера, мать невесты, особенно злившаяся в этот день на мать Пселдонимова, решилась переменить гнев на милость и выйти к балу и к ужину. Появление Ивана Ильича все перевернуло. Млекопитаева сконфузилась, обиделась и начала ругаться, зачем ее не предуведомили, что звали самого генерала. Ее уверяли, что он пришел сам, незваный, – она была так глупа, что не хотела верить. Потребовалось шампанское. У матери Пселдонимова нашелся один только целковый, у самого Пселдонимова ни копейки. Надо было кланяться злой старухе Млекопитаевой, просить денег на одну бутылку потом на другую. Ей представляли будущность служебных отношений, карьеру, усовещивали. Она дала наконец собственные деньги, но заставила Пселдонимова выпить такую чашу желчи и оцта, что он, уже неоднократно вбегая в комнатку, где приготовлено было брачное ложе, схватывал себя молча за волосы и бросался головой на постель, предназначенную для райских наслаждений, весь дрожа от бессильной злости. Да! Иван Ильич не знал, чего стоили две бутылки джаксона, выпитые им в этот вечер. Каковы же были ужас Пселдонимова, тоска и даже отчаяние, когда дело с Иваном Ильичом окончилось таким неожиданным образом. Опять представлялись хлопоты и, может быть, на целую ночь взвизги и слезы капризной новобрачной, укоры бестолковой невестиной родни. У него и без того уже голова болела, и без того уже чад и мрак застилали ему глаза. А тут Ивану Ильичу потребовалась помощь, надо было искать в три часа утра доктора или карету, чтобы свезти его домой, и непременно карету, потому что на ваньке в таком виде и такую особу нельзя было отправить домой. А где взять денег хотя бы для кареты? Млекопитаева, взбешенная тем, что генерал не сказал с ней двух слов и даже не посмотрел на нее за ужином, объявила, что у ней нет ни копейки. Может быть, и в самом деле не было ни копейки. Где взять? Что делать? Да, было отчего теребить себе волосы.

Между тем Ивана Ильича покамест перенесли на маленький кожаный диван, стоявший тут же в столовой. Покамест убирали со столов и разбирали их, Пселдонимов бросался во все углы занять денег, пробовал даже занять у прислуги, но ни у кого ничего не оказалось. Он даже рискнул было побеспокоить Акима Петровича, остававшегося дольше других. Но тот, хоть и добрый человек, услышав о деньгах, пришел в такое недоуменье и в такой даже испуг, что наговорил самой неожиданной дряни.

– В другое время я с удовольствием, – бормотал он, – а теперь... право, меня извините...

И, взяв шапку, поскорей бежал из дому. Один только добросердечный юноша, рассказывавший про сонник, еще пригодился на что-нибудь, да и то некстати. Он тоже оставался дольше всех, принимая сердечное участие в бедствиях Пселдонимова. Наконец, Пселдонимов, мать его и юноша решили на общем совете не посылать за доктором, а лучше послать за каретой и свезти больного домой, а покамест, до кареты, испробовать над ним некоторые домашние средства, как-то: смачивать виски и голову холодной водой, прикладывать к темени льду и проч. За это уж взялась мать Пселдонимова. Юноша полетел отыскивать карету. Так как на Петербургской даже и ванек в этот час уже не было, то он отправился к извозчикам куда-то далеко на подворье, разбудил кучеров. Стали торговаться, говорили, что в такой час за карету и пяти рублей взять мало. Согласились, однако ж, на трех. Но когда, уже в исходе четвертого часа, юноша прибыл в нанятой карете к Пселдонимовым, у них уже давно переменилось решенье. Оказалось, что Иван Ильич, который был все еще не в памяти, до того разболелся, до того стонал и метался, что переносить его и везти в таком состоянии домой стало совершенно невозможным даже рискованным. «Еще что из этого выйдет?» – говорил совершенно обескураженный Пселдонимов. Что было делать? Возник новый вопрос. Если уж оставить больного дома, то куда перенести его и где положить? Во всем доме было только две кровати: одна огромная, двуспальная, на которой спали старик Млекопитаев с супругою, и другая новокупленная, под орех, двуспальная и назначенная для новобрачных. Все прочие обитатели, или, лучше сказать, обитательницы дома, спали на полу вповалку, более на перинах, отчасти уже попортившихся и продушенных, то есть вовсе неприличных, да и тех было ровно в обрез; даже и того не было. Куда же положить больного? Перина-то бы еще, пожалуй, и нашлась – можно было вытащить под кого-нибудь в крайнем случае, но где и на чем постлать? Оказалось, что постлать надо в зале, так как комната эта была отдаленнейшею от недр семейства и имела свой особый выход. Но на чем постлать? неужели на стульях? Известно, что на стульях стелют только одним гимназистам, когда они приходят с субботы на воскресенье домой, а для особы, как Иван Ильич, это было бы неуважительно. Что сказал бы он назавтра, увидя себя на стульях? Пселдонимов и слышать не хотел об этом. Оставалось одно: перенести его на брачное ложе. Это брачное ложе, как мы сказали, было устроено в маленькой комнатке, тотчас же подле столовой. На кровати был двуспальный, еще не обновленный, купленный матрас, чистое белье, четыре подушки в розовом коленкоре, а сверху в кисейных чехлах, обшитых рюшем. Одеяло было атласное, розовое, выстеганное узорами. Из золотого кольца опускались кисейные занавески. Одним словом, все было как следует, и гости, почти все перебывавшие в спальне, похвалили убранство. Новобрачная, хоть и терпеть не могла Пселдонимова, но в продолжение вечера несколько раз, и особенно украдкой, забегала сюда посмотреть. Каково же было ее негодование, ее злость, когда она узнала, что на ее брачное ложе хотят перенести больного, заболевшего чем-то вроде холерины! Маменька новобрачной вступилась было за нее, бранилась, обещалась назавтра же жаловаться мужу; но Пселдонимов показал себя и настоял: Ивана Ильича перенесли, а новобрачным постлали в зале на стульях. Молодая хныкала, готова была щипаться, но ослушаться не посмела: у папаши был костыль, ей очень знакомый, и она знала, что папаша непременно завтра потребует кой в чем подробного отчета. В утешение ее перенесли в залу розовое одеяло и подушки в кисейных чехлах. В эту-то минуту и прибыл юноша с каретой; узнав, что карета уже не нужна, он ужасно испугался. Приходилось платить ему самому, а у него и гривенника еще никогда не было. Пселдонимов объявил свое полное банкротство. Пробовали уговорить извозчика, Но он начал шуметь и даже стучать в ставни. Чем это кончилось, подробно не знаю. Кажется, юноша отправился в этой карете пленником на Пески, в четвертую Рождественскую улицу, где он надеялся разбудить одного студента, заночевавшего у своих знакомых, и попытаться: нет ли у него денег? Был уже пятый час утра, когда молодых оставили и заперли в зале. У постели страждущего осталась на всю ночь мать Пселдонимова. Она приютилась на полу, на коврике, и накрылась шубенкой, но спать не могла, потому что принуждена была вставать поминутно: с Иваном Ильичом сделалось ужасное расстройство желудка. Пселдонимова, женщина мужественная и великодушная, раздела его сама, сняла с него все платье, ухаживала за ним, как за родным сыном, и всю ночь выносила через коридор из спальни необходимую посуду и вносила ее опять. И, однако ж, несчастия этой ночи еще далеко не кончились.

Не прошло десяти минут, после того как молодых заперли одних в зале, как вдруг послышался раздирающий крик, не отрадный крик, а самого злокачественного свойства. Вслед за криками послышался шум, треск, как будто падение стульев, и вмиг в комнату, еще темную, неожиданно ворвалась целая толпа ахающих и испуганных женщин во всевозможных дезабилье. Эти женщины были: мать новобрачной, старшая сестра ее, бросившая на это время своих больных детей, три ее тетки, приплелась даже и та, у которой было сломанное ребро. Даже кухарка была тут же, даже приживалка-немка, рассказывавшая сказки, из-под которой вытащили силой для новобрачных ее собственную перину, лучшую в доме и составлявшую все ее имение, приплелась вместе с прочими. Все эти почтенные и прозорливые женщины уже с четверть часа как пробрались из кухни через коридор на цыпочках и подслушивали в передней, пожираемые самым необъяснимым любопытством. Между тем кто-то наскоро зажег свечку, и всем представилось неожиданное зрелище. Стулья, не выдержавшие двойной тяжести и подпиравшие широкую перину только с краев, разъехались, и перина провалилась между ними на пол. Молодая хныкала от злости; в этот раз она была до сердца обижена. Нравственно убитый Пселдонимов стоял как преступник, уличенный в злодействе. Он даже не пробовал оправдываться. Со всех сторон раздавались ахи и взвизги. На шум прибежала и мать Пселдонимова, но маинька новобрачной на этот раз одержала полный верх. Она сначала осыпала Пселдонимова странными и по большей части несправедливыми упреками на тему: «Какой ты, батюшка, муж после этого? Куда ты, батюшка, годен, после такого сраму?» – и прочее и, наконец, взяв дочку за руку, увела ее от мужа к себе, взяв лично на себя ответственность назавтра перед грозным отцом, потребующим отчета. За нею убрались и все, ахая и покивая головами своими. С Пселдонимовым осталась только мать его и попробовала его утешить. Но он немедленно прогнал ее от себя.

Ему было не до утешений. Он добрался до дивана и сел в угрюмейшем раздумье, так как был босой и в необходимейшем белье. Мысли перекрещивались и путались в его голове. Порой, как бы машинально, он оглядывал кругом эту комнату, где еще так недавно бесились танцующие и где еще ходил по воздуху папиросный дым. Окурки папирос и конфетные бумажки все еще валялись на залитом и изгаженном полу. Развалина брачного ложа и опрокинутые стулья свидетельствовали о бренности самых лучших и вернейших земных надежд и мечтаний. Таким образом он просидел почти час. Ему приходили в голову все тяжелые мысли, как например: что-то теперь ожидает его на службе? он мучительно сознавал, что надо переменить место службы во что бы ни стало, а оставаться на прежнем невозможно, именно вследствие всего, что случилось в сей вечер. Приходил ему в голову и Млекопитаев, который, пожалуй, завтра же заставит его опять плясать казачка, чтоб испытать его кротость. Сообразил он тоже, что Млекопитаев хоть и дал пятьдесят рублей на свадебный день, которые ушли до копейки, но четыреста рублей приданых и не думал еще отдавать, даже помину о том еще не было. Да и на самый дом еще не было полной формальной записи. Задумывался он еще о жене своей, покинувшей его в самую критическую минуту его жизни, о высоком офицере, становившемся на одно колено перед его женой. Он это уже успел заметить; думал он о семи бесах, сидевших в жене его, по собственному свидетельству ее родителя, и о клюке, приготовленной для изгнания их... Конечно, он чувствовал себя в силах многое перенести, но судьба подпускала, наконец, такие сюрпризы, что можно было, наконец, и усомниться в силах своих.

Так горевал Пселдонимов. Между тем огарок погасал. Мерцающий свет его, падавший прямо на профиль Пселдонимова, отражал его в колоссальном виде на стене, с вытянутой шеей, с горбатым носом и с двумя вихрами волос, торчавшими на лбу и на затылке. Наконец, когда уже повеяло утренней свежестью, он встал, издрогший и онемевший душевно, добрался до перины, лежавшей между стульями, и, не поправляя ничего, не потушив огарка, даже не подложив под голову подушки, всполз на четвереньках на постель и заснул тем свинцовым, мертвенным сном, каким, должно быть, спят приговоренные назавтра к торговой казни.

С другой стороны, что могло сравниться и с той мучительной ночью, которую провел Иван Ильич Пралинский на брачном ложе несчастного Пселдонимова! Некоторое время головная боль, рвота и прочие неприятнейшие припадки не оставляли его ни на минуту. Это были адские муки. Сознание, хотя и едва мелькавшее в его голове, озаряло такие бездны ужаса, такие мрачные и отвратительные картины, что лучше, если бы он и не приходил в сознание. Впрочем все еще мешалось в его голове. Он узнавал, например, мать Пселдонимова – слышал ее незлобивые увещания вроде: «Потерпи, мой голубчик, потерпи, батюшка, стерпится – слюбится», узнавал и не мог, однако, дать себе никакого логического отчета в ее присутствии подле себя. Отвратительные привидения представлялись ему: чаще всех представлялся ему Семен Иваныч, но, вглядываясь пристальнее, он замечал, что это вовсе не Семен Иваныч, а нос Пселдонимова. Мелькали перед ним и вольный художник, и офицер, и старуха с подвязанной щекой. Более всего занимало его золотое кольцо, висевшее над его головою, в которое продеты были занавески. Он различал его ясно при свете тусклого огарка, освещавшего комнату, и все добивался мысленно: к чему служит это кольцо, зачем оно здесь, что означает? Он несколько раз спрашивал об этом старуху, но говорил, очевидно, не то, что хотел выговорить, да и та, видимо, его не понимала, как он ни добивался объяснить. Наконец, уже под утро, припадки прекратились, и он заснул, заснул крепко, без снов. Он проспал около часу, и когда проснулся, то был уже почти в полном сознании, чувствуя нестерпимую головную боль, а во рту, на языке, обратившемся в какой-то кусок сукна, сквернейший вкус. Он привстал на кровати, огляделся и задумался. Бледный свет начинавшегося дня, пробравшись сквозь сквозь щели ставен узкою полоскою, дрожал на стене. Было около семи часов утра. Но когда Иван Ильич вдруг сообразил и припомнил все, что с ним случилось с вечера; когда припомнил все приключения за ужином, свой манкированный подвиг, свою речь за столом; когда представилось ему разом, с ужасающей ясностью все, что может теперь из этого выйти, все, что скажут, теперь про него и подумают; когда он огляделся и увидал, наконец, до какого грустного и безобразного состояния довел он мирное брачное ложе своего подчиненного, – о, тогда такой смертельный стыд, такие мучения сошли вдруг в его сердце, что он вскрикнул, закрыл лицо руками и в отчаянии бросился на подушку. Через минуту он вскочил с постели, увидал тут же на стуле свое платье, в порядке сложенное и уже вычищенное, схватил его и поскорее, торопясь, оглядываясь и чего-то ужасно боясь, начал его напяливать. Тут же на другом стуле лежала и шуба его, и шапка, и желтые перчатки в шапке. Он хотел было улизнуть тихонько. Но вдруг отворилась дверь, и вошла старуха Пселдонимова, с глиняныммм тазом и рукомойником. На плече ее висело полотенце. Он поставил рукомойник и без дальних разговоров объявила, что умыться надобно непременно.

– Как же, батюшка, умойся, нельзя же не умывшись-то...

И в это мгновение Иван Ильич сознал, что если есть на всем свете хоть одно существо, которого он мог бы теперь не стыдиться и не бояться, так это именно эта старуха. Он умылся. И долго потом в тяжелые минуты его жизни припоминалась ему, в числе прочих угрызений совести, и вся обстановка этого пробуждения, в этот глиняный таз с фаянсовым рукомойником, наполненным холодной водой, в которой еще плавали льдинки, и мыло, в розовой бумажке, овальной формы, с какими-то вытравленными на нем буквами, копеек в пятнадцать ценою, очевидно, купленное для новобрачных, но которое пришлось почать Ивану Ильичу; и старуха с камчатным полотенцем на левом плече. Холодная вода освежила его, он утерся и, не сказав ни слова, не поблагодарив даже свою сестру милосердия, схватил шапку, подхватил на плеча шубу, поданную ему Пселдонимовой, и через коридор, через кухню, в которой уже мяукала кошка и где кухарка, приподнявшись на своей подстилке, с жадным любопытством посмотрела ему вслед, выбежал на двор, на улицу и бросился к проезжавшему извозчику. Утро было морозное, мерзлый желтоватый туман застилал еще дома и все предметы, Иван Ильич поднял воротник. Он думал, что на него все смотрят, что его все знают, все узнают...

Восемь дней он не выходил из дому и не являлся в должность. Он был болен, мучительно болен, но более нравственно, чем физически. В эти восемь дней он выжил целый ад, и, должно быть, они зачлись ему на том свете. Были минуты, когда он было думал постричься в монахи. Право, были. Даже воображение его начинало особенно гулять в этом случае. Ему представлялось тихое, подземное пенье, отверзтый гроб, житье в уединенной келье, леса и пещеры; но, очнувшись, он почти тотчас же сознавался, что все это ужаснейший вздор и преувеличения, и стыдился этого вздора. Потом начинались нравственные припадки, имевшие в виду его existence manquée. Потом стыд снова вспыхивал в душе его, разом овладевал ею и все выжигал и растравливал. Он содрогался, представляя себе разные картины. Что скажут о нем, что подумают, как он войдет в канцелярию, какой шепот его будет преследовать целый год, десять лет, всю жизнь. Анекдот его пройдет в потомство. Он впадал даже иногда в такое малодушие, что готов был сейчас же ехать к Семену Ивановичу и просить у него прощения и дружбы. Сам себя он даже и не оправдывал, он порицал себя окончательно: он не находил себе оправданий и стыдился их.

Думал он тоже подать немедленно в отставку и так, просто, в уединении посвятить себя счастью человечества. Во всяком случае надо было непременно переменить всех знакомых и даже так, чтоб искоренить всякое о себе воспоминание. Потом ему приходили мысли, что и это вздор и что при усиленной строгости с подчиненными все дело еще можно поправить. Тогда он начинал надеяться и ободряться. Наконец, по прошествии целых восьми дней сомнений и муки, он почувствовал, что не может более выносить неизвестности, и un beau matin[1] решился отправиться в канцелярию.

Прежде, когда еще он сидел дома, в тоске, он тысячу раз представлял себе, как он войдет в свою канцелярию. С ужасом убеждался он, что непременно услышит за собою двусмысленный шепот, увидит двусмысленные лица, пожнет злокачественнейшие улыбки. Каково же было его изумление, когда на деле ничего этого не случилось. Его встретили почтительно; ему кланялись; все были серьезны; все были заняты. Радость наполнила его сердце, когда он пробрался к

---

1 в одно прекрасное утро (франц.)

себе в кабинет.

Он тотчас же и пресерьезно занялся делом, выслушал некоторые доклады и объясненья, положил решения. Он чувствовал, что никогда еще он не рассуждал и не решал так умно, так дельно, как в это утро. Он видел, что им довольны, что его почитают, что относятся к нему с уважением. Самая щекотливая мнительность не могла бы ничего заметить. Дело шло великолепно.

Наконец явился и Аким Петрович с какими-то бумагами. При появлении его что-то как будто кольнуло Ивана Ильича в самое сердце, но только на один миг. Он занялся с Аким Петровичем, толковал важно, указывал ему, как надо сделать, и разъяснял. Он заметил только, что он как будто избегает слишком долго глядеть на Акима Петровича или, лучше сказать, что Аким Петрович боялся глядеть на него. Но вот Аким Петрович кончил и стал собирать бумаги.

– А вот еще просьба есть, – начал он как можно суше, – чиновника Пселдонимова о переводе его в департамент... Его превосходительство Семен Иванович Шипуленко обещали ему место. Просит вашего милостивого содействия, ваше превосходительство.

– А, так он переходит, – сказал Иван Ильич и почувствовал, что огромная тяжесть отошла от его сердца. Он взглянул на Акима Петровича, и в это мгновение взгляды их встретились.

– Что ж, я с моей стороны... я употреблю, – отвечал Иван Ильич, – я готов.

Аким Петрович, видимо, хотел поскорей улизнуть. Но Иван Ильич вдруг, в порыве благородства, решился высказаться окончательно. На него, очевидно, опять нашло вдохновение.

– Передайте ему, – начал он, устремляя ясный и полный глубокого значения взгляд на Акима Петровича, – передайте Пселдонимову, что я ему не желаю зла; да, не желаю!.. Что, напротив, я готов даже забыть все прошедшее, забыть все, все...

Но вдруг Иван Ильич осекся, смотря в изумлении на странное поведение Акима Петровича, который из рассудительного человека, неизвестно почему, оказался вдруг ужаснейшим дураком. Вместо того чтоб слушать и дослушать, он вдруг покраснел до последней глупости, начал как-то уторопленно и даже неприлично кланяться какими-то маленькими поклонами и вместе с тем пятиться к дверям. Весь вид его его выражал желание провалиться сквозь землю или, лучше сказать, добраться поскорее до своего стола. Иван Ильич, оставшись один, встал в замешательстве со стула. Он смотрел в зеркало и не замечал лица своего.

– Нет, строгость, одна строгость и строгость! – шептал он почти бессознательно про себя, и вдруг яркая краска облила все его лицо. Ему стало вдруг до того стыдно, до того тяжело, как не бывало в самые невыносимые минуты его восьмидневной болезни. «Не выдержал!» – сказал он про себя и в бессилии опустился на стул.

Крокодил
Необыкновенное Событие,
или Пассаж в Пассаже,
справедливая повесть о том, как один господин, известных лет и известной наружности, пассажным крокодилом был проглочен живьем, весь без остатка, и что из этого вышло.

Ohe, Lambert! Ou est Lambert?
As-tu vu Lambert?[1]

I

Сего тринадцатого января текущего шестьдесят пятого года, в половине первого пополудни, Елена Ивановна, супруга Ивана Матвеича, образованного друга моего, сослуживца и отчасти отдаленного родственника, пожелала посмотреть крокодила, показываемого за известную плату в Пассаже. Имея уже в кармане свой билет для выезда (не столько по болезни, сколько из любознательности) за границу, а следственно, уже считаясь по службе в отпуску и, стало быть, будучи совершенно в то утро свободен, Иван Матвеич не только не воспрепятствовал непреодолимому желанию своей супруги, но даже сам возгорелся любопытством. «Прекрасная идея, — сказал он вседовольно, — осмотрим крокодила! Собираясь в Европу, не худо познакомиться еще на месте с населяющими ее туземцами», — и с сими словами, приняв под ручку свою супругу, тотчас же отправился с нею в Пассаж. Я же, по обыкновению моему, увязался с ними рядом — в виде домашнего друга. Никогда еще я не видел Ивана Матвеича в более приятном расположении духа, как в то памятное для меня утро, — подлинно, что мы не знаем заранее судьбы своей! Войдя в Пассаж, он немедленно стал восхищаться великолепием здания, а подойдя к магазину, в котором показывалось вновь привезенное в столицу чудовище, сам пожелал заплатить за меня четвертак крокодильщику, чего прежде с ним никогда не случалось. Вступив в небольшую комнату, мы заметили, что в ней кроме крокодила

---

1 Эй, Ламбер! Где Ламбер?
Видел ли ты Ламбера? (франц.)

заключаются еще попугаи из иностранной породы какаду и, сверх того, группа обезьян в особом шкафу в углублении. У самого же входа, у левой стены, стоял большой жестяной ящик в виде как бы ванны, накрытый крепкою железною сеткой, а на дне его было на вершок воды. В этой-то мелководной луже сохранялся огромнейший крокодил, лежавший, как бревно, совершенно без движения и, видимо, лишившийся всех своих способностей от нашего сырого и негостеприимного для иностранцев климата. Сие чудовище ни в ком из нас сначала не возбудило особого любопытства.

— Так это-то крокодил! — сказала Елена Ивановна голосом сожаления и нараспев, — а я думала, что он... какой-нибудь другой!

Вероятнее всего, она думала, что он бриллиантовый. Вышедший к нам немец, хозяин, собственник крокодила, с чрезвычайно гордым видом смотрел на нас.

— Он прав, — шепнул мне Иван Матвеич, — ибо сознает, что он один во всей России показывает теперь крокодила.

Это совершенно вздорное замечание я тоже отношу к чрезмерно благодушному настроению, овладевшему Иваном Матвеичем, в других случаях весьма завистливым.

— Мне кажется, ваш крокодил не живой, — проговорила опять Елена Ивановна, пикированная неподатливостью хозяина, и с грациозной улыбкой обращаясь к нему, чтоб преклонить сего грубияна, — маневр, столь свойственный женщинам.

— О нет, мадам, — отвечал тот ломаным русским языком и тотчас же, приподняв до половины сетку ящика, стал палочкой тыкать крокодила в голову.

Тогда коварное чудовище, чтоб показать свои признаки жизни, слегка пошевелило лапами и хвостом, приподняло рыло и испустило нечто подобное продолжительному сопенью.

— Ну, не сердись, Карльхен! — ласкательно сказал немец, удовлетворенный в своем самолюбии.

— Какой противный этот крокодил! Я даже испугалась, — еще кокетливее пролепетала Елена Ивановна, — теперь он мне будет сниться во сне.

— Но он вас не укусит во сне, мадам, — галантерейно подхватил немец и прежде всех засмеялся остроумию слов своих, но никто из нас не отвечал ему.

— Пойдемте, Семен Семеныч, — продолжала Елена Ивановна, обращаясь исключительно ко мне, — посмотрите лучше обезьян. Я ужасно люблю обезьян; из них такие душки… а крокодил ужасен.

— О, не бойся, друг мой, — прокричал нам вслед Иван Матвеич, приятно храбрясь перед своею супругою. — Этот сонливый обитатель фараонова царства ничего нам не сделает, — и остался у ящика. Мало того, взяв свою перчатку, он начал щекотать ею нос крокодила, желая, как признался он после, заставить его вновь сопеть. Хозяин же последовал за Еленой Ивановной, как за дамою, к шкафу с обезьянами.

Таким образом, все шло прекрасно и ничего нельзя было предвидеть. Елена Ивановна даже до резвости развлеклась обезьянами и, казалось, вся отдалась им. Она вскрикивала от удовольствия, беспрерывно обращаясь ко мне, как будто не желая и внимания обращать на хозяина, и хохотала от замечаемого ею сходства сих мартышек с ее короткими знакомыми и друзьями. Развеселился и я, ибо сходство было несомненное. Немец-собственник не знал, смеяться ему или нет, и потому под конец совсем нахмурился. И вот в это-то самое мгновение вдруг страшный, могу даже сказать, неестественный крик потряс комнату. Не зная, что подумать, я сначала оледенел на месте; но, замечая, что кричит уже и Елена Ивановна, быстро оборотился и — что же увидел я! Я увидел, — о боже! — я увидел несчастного Ивана Матвеича в ужасных челюстях крокодиловых, перехваченного ими поперек туловища, уже поднятого горизонтально на воздух и отчаянно болтавшего в нем ногами. Затем миг — и его не стало. Но опишу в подробности, потому что я все время стоял неподвижно и успел разглядеть весь происходивший передо мной процесс с таким вниманием и любопытством, какого даже и не запомню. «Ибо, — думал я в ту роковую минуту, — что, если б вместо Ивана Матвеича случилось все это со мной, — какова была бы тогда мне неприятность!» Но к делу. Крокодил начал с того, что, повернув бедного Ивана Матвеича в своих ужасных челюстях к себе ногами, сперва проглотил самые ноги; потом, отрыгнув немного Ивана Матвеича, старавшегося выскочить и цеплявшегося руками за ящик, вновь втянул его в себя уже выше поясницы. Потом, отрыгнув еще, глотнул еще и еще раз. Таким образом Иван Матвеич видимо исчезал в глазах наших. Наконец, глотнув окончательно, крокодил вобрал в себя всего моего образованного друга и на этот раз уже без остатка. На поверхности крокодила можно было заметить, как проходил по его внутренности Иван Матвеич со всеми своими формами. Я было уже готовился закричать вновь, как вдруг судьба еще раз захотела вероломно подшутить над нами: крокодил понатужился, вероятно давясь от огромности проглоченного им предмета, снова раскрыл всю ужасную пасть свою, и из нее, в виде последней отрыжки, вдруг на одну секунду выскочила голова Ивана Матвеича, с отчаянным выражением в лице, причем очки его мгновенно свалились с его носу на дно ящика. Казалось, эта отчаянная голова для того только и выскочила, чтоб еще раз бросить последний взгляд на все предметы и мысленно проститься со всеми светскими удовольствиями. Но она не успела в своем намерении: крокодил вновь собрался с силами, глотнул — и вмиг она снова исчезла, в этот раз уже навеки. Это появление и исчезновение еще живой человеческой головы было так ужасно, но вместе с тем — от быстроты ли и неожиданности действия или вследствие падения с носу очков — заключало в себе что-то до того смешное, что я вдруг и совсем неожиданно фыркнул; но, спохватившись, что смеяться в такую минуту мне в качестве домашнего друга неприлично, обратился тотчас же к Елене Ивановне и с симпатическим видом сказал ей:

— Теперь капут нашему Ивану Матвеичу!

Не могу даже и подумать выразить, до какой степени было сильно волнение Елены Ивановны в продолжение всего процесса. Сначала, после первого крика, она как бы замерла на месте и смотрела на представлявшуюся ей кутерьму, по-видимому, равнодушно, но с чрезвычайно выкатившимися глазами; потом вдруг залилась раздирающим воплем, но я схватил ее за руки. В это мгновение и хозяин, сначала тоже отупевший от ужаса, вдруг всплеснул руками и закричал, глядя на небо:

— О мой крокодиль, о мейн аллерлибстер Карльхен! Муттер, муттер, муттер![1]

На этот крик отворилась задняя дверь и показалась муттер, в чепце, румяная, пожилая, но растрепанная, и с

---

1 о мой милейший Карльхен! Матушка, матушка, матушка! (нем.)

визгом бросилась к своему немцу.

Тут-то начался содом: Елена Ивановна выкрикивала, как исступленная, одно только слово: «Вспороть! вспороть!» — и бросалась к хозяину и к муттер, по-видимому, упрашивая их — вероятно, в самозабвении — кого-то и за что-то вспороть. Хозяин же и муттер ни на кого из нас не обращали внимания: они оба выли, как телята, около ящика.

— Он пропадиль, он сейчас будет лопаль, потому что он проглатиль ганц[1] чиновник! — кричал хозяин.

— Унзер Карльхен, унзер аллерлибстер Карльхен винд штербен![2] — выла хозяйка.

— Мы сиротт и без клеб! — подхватывал хозяин.

— Вспороть, вспороть, вспороть! — заливалась Елена Ивановна, вцепившись в сюртук немца.

— Он дразниль крокодиль, — зачем ваш муж дразниль крокодиль! — кричал, отбиваясь, немец, — вы заплатит, если Карльхен вирд лопаль,[3] — дас вар мейн зон, дас вар мейн айнцигер зон![4]

Признаюсь, я был в страшном негодовании, видя такой эгоизм заезжего немца и сухость сердца в его растрепанной муттер; и не менее беспрерывно повторяемые крики Елены Ивановны: «Вспороть, вспороть!» — еще более возбуждали мое беспокойство и увлекли наконец все мое внимание, так что я даже испугался… Скажу заранее — странные сии восклицания были поняты мною совершенно превратно: мне показалось, что Елена Ивановна потеряла на мгновение рассудок, но тем не менее, желая отмстить за погибель любезного ей Ивана Матвеича, предлагала, в виде следуемого ей удовлетворения, наказать крокодила розгами. А между тем она разумела совсем другое. Не без смущения озираясь на дверь, начал я упрашивать Елену Ивановну успокоиться и, главное, не употреблять щекотливого слова «вспороть». Ибо такое ретроградное желание здесь, в самом сердце Пассажа и образованного общества, в двух шагах от той самой залы, где, может быть, в эту самую минуту господин Лавров читал публичную лекцию, — не только было невозможно, но даже немыслимо и с минуты на минуту могло привлечь на нас

---

1 целого (нем.)

2 наш Карльхен, наш милейший Карльхен умрет! (нем.).

3 лопнет (ломан. нем. и русск.)

4 это был мой сын, это был мой единственный сын! (нем.)

свистки образованности и карикатуры г-на Степанова. К ужасу моему, я немедленно оказался прав в пугливых подозрениях моих: вдруг раздвинулась занавесь, отделявшая крокодильную от входной каморки, в которой собирали четвертаки, и на пороге показалась фигура с усами, с бородой и с фуражкой в руках, весьма сильно нагибавшаяся верхнею частью тела вперед и весьма предусмотрительно старавшаяся держать свои ноги за порогом крокодильной, чтоб сохранить за собой право не заплатить за вход.

— Такое ретроградное желание, сударыня, — сказал незнакомец, стараясь не перевалиться как-нибудь к нам и устоять за порогом, — не делает чести вашему развитию и обусловливается недостатком фосфору в ваших мозгах. Вы немедленно будете освистаны в хронике прогресса и в сатирических листках наших...

Но он не докончил: опомнившийся хозяин, с ужасом увидев человека, говорящего в крокодильной и ничего за это не заплатившего, с яростию бросился на прогрессивного незнакомца и обоими кулаками вытолкал его в шею. На минуту оба скрылись из глаз наших за занавесью, и тут только я наконец догадался, что вся кутерьма вышла из ничего; Елена Ивановна оказалась совершенно невинною: она отнюдь и не думала, как уже заметил я выше, подвергать крокодила ретроградному и унизительному наказанию розгами, а просто-запросто пожелала, чтоб ему только вспороли ножом брюхо и таким образом освободили из его внутренности Ивана Матвеича.

— Как! ви хатит, чтоб мой крокодиль пропадиль! — завопил вбежавший опять хозяин, — нетт, пускай ваш муж сперва пропадиль, а потом крокодиль!.. Мейн фатер[1] показаль крокодиль, мейн гросфатер[2] показаль крокодиль, мейн зон[3] будет показать крокодиль, и я будет показать крокодиль! Все будут показать крокодиль! Я ганц Европа известен, а ви неизвестен ганц Европа и мне платит штраф.

— Я, я! — подхватила злобная немка, — ми вас не пускайт, штраф, когда Карльхен лопаль!

— Да и бесполезно вспарывать, — спокойно прибавил я, желая отвлечь Елену Ивановну поскорее домой, — ибо наш

---

1 мой батюшка (нем.)
2 мой батюшка (нем.)
3 мой сын (нем.)

милый Иван Матвеич, по всей вероятности, парит теперь где-нибудь в эмпиреях.

— Друг мой, — раздался в эту минуту совершенно неожиданно голос Ивана Матвеича, изумивший нас до крайности, — друг мой, мое мнение — действовать прямо через контору надзирателя, ибо немец без помощи полиции не поймет истины.

Эти слова, высказанные твердо, с весом и выражавшие присутствие духа необыкновенное, сначала до того изумили нас, что мы все отказались было верить ушам нашим. Но, разумеется, тотчас же подбежали к крокодильному ящику и столько же с благоговением, сколько и с недоверчивостью слушали несчастного узника. Голос его был заглушенный, тоненький и даже крикливый, как будто выходивший из значительного от нас отдаления. Похоже было на то, когда какой-либо шутник, уходя в другую комнату и закрыв рот обыкновенной спальной подушкой, начинает кричать, желая представить оставшейся в другой комнате публике, как перекликаются два мужика в пустыне или будучи разделены между собою глубоким оврагом, — что я имел удовольствие слышать однажды у моих знакомых на святках.

— Иван Матвеич, друг мой, итак, ты жив! — лепетала Елена Ивановна.

— Жив и здоров, — отвечал Иван Матвеич, — и благодаря всевышнего проглочен без всякого повреждения. Беспокоюсь же единственно о том, как взглянет на сей эпизод начальство; ибо, получив билет за границу, угодил в крокодила, что даже и неостроумно…

— Но, друг мой, не заботься об остроумии; прежде всего надобно тебя отсюда как-нибудь выковырять, — прервала Елена Ивановна.

— Ковыряйт! — вскричал хозяин, — я не дам ковыряйт крокодиль. Теперь публикум будет ошень больше ходиль, а я буду фуфциг[1] копеек просить, и Карльхен перестанет лопаль.

— Гот зей данк![2] — подхватила хозяйка.

— Они правы, — спокойно заметил Иван Матвеич, — экономический принцип прежде всего.

— Друг мой, — закричал я, — сейчас же лечу по начальству и буду жаловаться, ибо предчувствую, что нам

---

1 пятьдесят (от нем. funfzig)
2 Слава богу! (от нем. Gott sei dank!)

одним этой каши не сварить.

— И я то же думаю, — заметил Иван Матвеич, — но без экономического вознаграждения трудно в наш век торгового кризиса даром вспороть брюхо крокодилово, а между тем представляется неизбежный вопрос: что возьмет хозяин за своего крокодила? а с ним и другой: кто заплатит? ибо ты знаешь, я средств не имею...

— Разве в счет жалованья, — робко заметил я, но хозяин тотчас же меня прервал:

— Я не продавайт крокодиль, я три тысячи продавайт крокодиль, я четыре тысячи продавайт крокодиль! Теперь публикум будет много ходиль. Я пять тысяч продавайт крокодиль!

Одним словом, он куражился нестерпимо; корыстолюбие и гнусная алчность радостно сияли в глазах его.

— Еду! — закричал я в негодовании.

— И я! и я тоже! я поеду к самому Андрею Осипычу, я смягчу его моими слезами, — заныла Елена Ивановна.

— Не делай этого, друг мой, — поспешно прервал ее Иван Матвеич, ибо давно уже ревновал свою супругу к Андрею Осипычу и знал, что она рада съездить поплакать перед образованным человеком, потому что слезы к ней очень шли. — Да и тебе, мой друг, не советую, — продолжал он, обращаясь ко мне, — нечего ехать прямо с бухты-барахты; еще что из этого выйдет. А заезжай-ка ты лучше сегодня, так, в виде частного посещения, к Тимофею Семенычу. Человек он старомодный и недалекий, но солидный и, главное, — прямой. Поклонись ему от меня и опиши обстоятельства дела. Так как я должен ему за последний ералаш семь рублей, то передай их ему при этом удобном случае: это смягчит сурового старика. Во всяком случае, его совет может послужить для нас руководством. А теперь уведи пока Елену Ивановну... Успокойся, друг мой, — продолжал он ей, — я устал от всех этих криков и бабьих дрязг и желаю немного соснуть. Здесь же тепло и мягко, хотя я и не успел еще осмотреться в этом неожиданном для меня убежище...

— Осмотреться! Разве тебе там светло? — вскрикнула обрадованная Елена Ивановна.

— Меня окружает непробудная ночь, — отвечал бедный узник, — но я могу щупать и, так сказать, осматриваться руками... Прощай же, будь спокойна и не отказывай себе в развлечениях. До завтра! Ты же, Семен Семеныч, побывай ко мне вечером, и так как ты рассеян и можешь забыть, то завяжи узелок...

Признаюсь, я и рад был уйти, потому что слишком устал, да отчасти и наскучило. Взяв поспешно под ручку унылую, но похорошевшую от волнения Елену Ивановну, я поскорее вывел ее из крокодильной.

— Вечером за вход опять четвертак! — крикнул нам вслед хозяин.

— О боже, как они жадны! — проговорила Елена Ивановна, глядясь в каждое зеркало в простенках Пассажа и, видимо, сознавая, что она похорошела.

— Экономический принцип, — отвечал я с легким волнением и гордясь моею дамою перед прохожими.

— Экономический принцип... — протянула она симпатическим голоском, — я ничего не поняла, что говорил сейчас Иван Матвеич об этом противном экономическом принципе.

— Я объясню вам, — отвечал я и немедленно начал рассказывать о благодетельных результатах привлечения иностранных капиталов в наше отечество, о чем прочел еще утром в «Петербургских известиях» и в «Волосе».

— Как это все странно! — прервала она, прослушав некоторое время, — да перестаньте же, противный; какой вы вздор говорите... Скажите, я очень красна?

— Вы прекрасны, а не красны! — заметил я, пользуясь случаем сказать комплимент.

— Шалун! — пролепетала она самодовольно. — Бедный Иван Матвеич, — прибавила она через минуту, кокетливо склонив на плечо головку, — мне, право, его жаль, ах боже мой! — вдруг вскрикнула она, — скажите, как же он будет сегодня там кушать и... и... как же он будет... если ему чего-нибудь будет надобно?

— Вопрос непредвиденный, — отвечал я, тоже озадаченный. Мне, по правде, это не приходило и в голову, до того женщины практичнее нас, мужчин, при решении житейских задач!

— Бедняжка, как это он так втюрился... и никаких развлечений и темно... как досадно, что у меня не осталось его фотографической карточки... Итак, я теперь вроде вдовы, —

прибавила она с обольстительной улыбкой, очевидно интересуясь новым своим положением, — гм... все-таки мне его жаль!..

Одним словом, выражалась весьма понятная и естественная тоска молодой и интересной жены о погибшем муже. Я привел ее наконец домой, успокоил и, пообедав вместе с нею, после чашки ароматного кофе, отправился в шесть часов к Тимофею Семенычу, рассчитывая, что в этот час все семейные люди определенных занятий сидят или лежат по домам.

Написав сию первую главу слогом, приличным рассказанному событию, я намерен далее употреблять слог хотя и не столь возвышенный, но зато более натуральный, о чем и извещаю заранее читателя.

II

Почтенный Тимофей Семеныч встретил меня как-то торопливо и как будто немного смешавшись. Он провел меня в свой тесный кабинет и плотно притворил дверь: «Чтобы дети не мешали», — проговорил он с видимым беспокойством. Затем посадил меня на стул у письменного стола, сам сел в кресла, запахнул полы своего старого ватного халата и принял на всякий случай какой-то официальный, даже почти строгий вид, хотя вовсе не был моим или Ивана Матвеича начальником, а считался до сих пор обыкновенным сослуживцем и даже знакомым.

— Прежде всего, — начал он, — возьмите во внимание, что я не начальство, а такой же точно подначальный человек, как и вы, как и Иван Матвеич... Я сторона-с и ввязываться ни во что не намерен.

Я удивился, что, по-видимому, он уже все это знает. Несмотря на то, рассказал ему вновь всю историю с подробностями. Говорил я даже с волнением, ибо исполнял в эту минуту обязанность истинного друга. Он выслушал без особого удивления, но с явным признаком подозрительности.

— Представьте, — сказал он, выслушав, — я всегда полагал, что с ним непременно это случится.

— Почему же-с, Тимофей Семеныч, случай сам по себе весьма необыкновенный-с...

— Согласен. Но Иван Матвеич во все течение службы

своей именно клонил к такому результату. Прыток-с, заносчив даже. Все «прогресс» да разные идеи-с, а вот куда прогресс-то приводит!

— Но ведь это случай самый необыкновенный, и общим правилом для всех прогрессистов его никак нельзя положить...

— Нет, уж это так-с. Это, видите ли, от излишней образованности происходит, поверьте мне-с. Ибо люди излишне образованные лезут во всякое место-с и преимущественно туда, где их вовсе не спрашивают. Впрочем, может, вы больше знаете, — прибавил он, как бы обижаясь. — Я человек не столь образованный и старый; с солдатских детей начал, и службе моей пятидесятилетний юбилей сего года пошел-с.

— О нет, Тимофей Семеныч, помилуйте. Напротив, Иван Матвеич жаждет вашего совета, руководства вашего жаждет. Даже, так сказать, со слезами-с.

— «Так сказать со слезами-с». Гм. Ну, это слезы крокодиловы, и им не совсем можно верить. Ну, зачем, скажите, потянуло его за границу? Да и на какие деньги? Ведь он и средств не имеет?

— На скопленное, Тимофей Семеныч, из последних наградных, — отвечал я жалобно. — Всего на три месяца хотел съездить, — в Швейцарию... на родину Вильгельма Телля.

— Вильгельма Телля? Гм!

— В Неаполе встретить весну хотел-с. Осмотреть музей, нравы, животных...

— Гм! животных? А по-моему, так просто из гордости. Каких животных? Животных? Разве у нас мало животных? Есть зверинцы, музеи, верблюды. Медведи под самым Петербургом живут. Да вот он и сам засел в крокодиле...

— Тимофей Семеныч, помилуйте, человек в несчастье, человек прибегает как к другу, как к старшему родственнику, совета жаждет, а вы — укоряете... Пожалейте хоть несчастную Елену Ивановну!

— Это вы про супругу-с? Интересная дамочка, — проговорил Тимофей Семеныч, видимо смягчаясь и с аппетитом нюхнув табаку. — Особа субтильная. И как полна, и головку все так на бочок, на бочок... очень приятно-с. Андрей Осипыч еще третьего дня упоминал.

— Упоминал?

— Упоминал-с, и в выражениях весьма лестных. Бюст, говорит, взгляд, прическа... Конфетка, говорит, а не дамочка, и тут же засмеялись. Молодые они еще люди. — Тимофей Семеныч с треском высморкался. — А между тем вот и молодой человек, а какую карьеру себе составляют-с...

— Да ведь тут совсем другое, Тимофей Семеныч.

— Конечно, конечно-с.

— Так как же, Тимофей Семеныч?

— Да что же я-то могу сделать?

— Посоветуйте-с, руководите, как опытный человек, как родственник! Что предпринять? Идти ли по начальству или...

— По начальству? Отнюдь нет-с, — торопливо произнес Тимофей Семеныч. — Если хотите совета, то прежде всего надо это дело замять и действовать, так сказать, в виде частного лица. Случай подозрительный-с, да и небывалый. Главное, небывалый, примера не было-с, да и плохо рекомендующий... Поэтому осторожность прежде всего... Пусть уж там себе полежит. Надо выждать, выждать...

— Да как же выждать, Тимофей Семеныч? Ну что, если он там задохнется?

— Да почему же-с? Ведь вы, кажется, говорили, что он даже с довольным комфортом устроился?

Я рассказал все опять. Тимофей Семеныч задумался.

— Гм! — проговорил он, вертя табакерку в руках, — по-моему, даже и хорошо, что он там на время полежит, вместо заграницы-то-с. Пусть на досуге подумает; разумеется, задыхаться не надо, и потому надо взять надлежащие меры для сохранения здоровья: ну, там, остерегаться кашля и прочего... А что касается немца, то, по моему личному мнению, он в своем праве, и даже более другой стороны, потому что в *его* крокодила влезли без спросу, а не *он* влез без спросу в крокодила Ивана Матвеичева, у которого, впрочем, сколько я запомню, и не было своего крокодила. Ну-с, а крокодил составляет собственность, стало быть, без вознаграждения его взрезать нельзя-с.

— Для спасения человечества, Тимофей Семеныч.

— Ну уж это дело полиции-с. Туда и следует отнестись.

— Да ведь Иван Матвеич может и у нас понадобиться. Его могут потребовать-с.

— Иван-то Матвеич понадобиться? хе-хе! К тому же ведь он считается в отпуску, стало быть, мы можем и игнорировать, а он пусть осматривает там европейские земли. Другое дело, если он после сроку не явится, ну тогда и спросим, справки наведем...

— Три-то месяца! Тимофей Семеныч, помилуйте!

— Сам виноват-с. Ну, кто его туда совал? Эдак, пожалуй, придется ему казенную няньку нанять-с, а этого и по штату не полагается. А главное — крокодил есть собственность, стало быть, тут уже так называемый экономический принцип в действии. А экономический принцип прежде всего-с. Еще третьего дня у Луки Андреича на вечере Игнатий Прокофьич говорил, Игнатия Прокофьича знаете? Капиталист, при делах-с, и знаете складно так говорит: «Нам нужна, говорит, промышленность, промышленности у нас мало. Надо ее родить. Надо капиталы родить, значит, среднее сословие, так называемую буржуазию надо родить. А так как нет у нас капиталов, значит, надо их из-за границы привлечь. Надо, во-первых, дать ход иностранным компаниям для скупки по участкам наших земель, как везде утверждено теперь за границей. Общинная собственность — яд, говорит, гибель! — И, знаете, с жаром так говорит; ну, им прилично: люди капитальные... да и не служащие. — С общиной, говорит, ни промышленность, ни земледелие не возвысятся. Надо, говорит, чтоб иностранные компании скупили по возможности всю нашу землю по частям, а потом дробить, дробить, дробить как можно в мелкие участки, и знаете — решительно так произносит: дрррробить, говорит, а потом и продавать в личную собственность. Да и не продавать, а просто арендовать. Когда, говорит, вся земля будет у привлеченных иностранных компаний в руках, тогда, значит, можно какую угодно цену за аренду назначить. Стало быть, мужик будет работать уже втрое, из одного насущного хлеба, и его можно когда угодно согнать. Значит, он будет чувствовать, будет покорен, прилежен и втрое за ту же цену выработает. А теперь в общине что ему! Знает, что с голоду не помрет, ну, ленится, и пьянствует. А меж тем к нам и деньги привлекутся, и капиталы заведутся, и буржуазия пойдет. Вон и английская политическая и литературная газета „Теймс“, разбирая наши финансы, отзывалась намедни, что потому и не растут наши финансы, что среднего сословия нет у нас,

кошелей больших нет, пролетариев услужливых нет...»
Хорошо говорит Игнатий Прокофьич. Оратор-с. Сам по
начальству отзыв хочет подать и потом в «Известиях»
напечатать. Это уж не стишки, подобно Ивану Матвеичу...

— Так как же Иван-то Матвеич? — ввернул я, дав
поболтать старику. Тимофей Семеныч любил иногда
поболтать и тем показать, что и он не отстал и все это знает.

— Иван-то Матвеич как-с? Так ведь я к тому и клоню-с.
Сами же мы вот хлопочем о привлечении иностранных
капиталов в отечество, а вот посудите: едва только капитал
привлеченного крокодильщика удвоился через Ивана
Матвеича, а мы, чем бы протежировать иностранного
собственника, напротив, стараемся самому-то основному
капиталу брюхо вспороть. Ну, сообразно ли это? По-моему,
Иван Матвеич, как истинный сын отечества, должен еще
радоваться и гордиться тем, что собою ценность
иностранного крокодила удвоил, а пожалуй, еще и утроил. Это
для привлечения надобно-с. Удастся одному, смотришь, и
другой с крокодилом приедет, а третий уж двух и трех зараз
привезет, а около них капиталы группируются. Вот и
буржуазия. Надобно поощрять-с.

— Помилуйте, Тимофей Семеныч! — вскричал я, — да
вы требуете почти неестественного самоотвержения от
бедного Ивана Матвеича!

— Ничего я не требую-с и прежде всего прошу вас —
как уже и прежде просил — сообразить, что я не начальство и,
стало быть, требовать ни от кого и ничего не могу. Как сын
отечества говорю, то есть говорю не как «Сын отечества», а
просто как сын отечества говорю. Опять-таки кто ж велел ему
влезть в крокодила? Человек солидный, человек известного
чина, состоящий в законном браке, и вдруг — такой шаг!
Сообразно ли это?

— Но ведь этот шаг случился нечаянно-с.

— А кто его знает? И притом из каких сумм заплатить
крокодильщику, скажите-ка?

— Разве в счет жалованья, Тимофей Семеныч?

— Достанет ли-с?

— Недостанет, Тимофей Семеныч, — отвечал я с
грустью. — Крокодильщик сначала испугался, что лопнет
крокодил, а потом, как убедился, что все благополучно,
заважничал и обрадовался, что может цену удвоить.

— Утроить, учетверить разве! Публика теперь прихлынет, а крокодильщики ловкий народ. К тому же и мясоед, склонность к увеселениям и потому, повторяю, прежде всего пусть Иван Матвеич наблюдает инкогнито, пусть не торопится. Пусть все, пожалуй, знают, что он в крокодиле, но не знают официально. В этом отношении Иван Матвеич находится даже в особенно благоприятных обстоятельствах, потому что числится за границей. Скажут, что в крокодиле, а мы и не поверим. Это можно так подвести. Главное — пусть выжидает, да и куда ему спешить?

— Ну, а если...

— Не беспокойтесь, сложения плотного-с...

— Ну, а потом, когда выждет?

— Ну-с, не скрою от вас, что случай до крайности казусный. Сообразиться нельзя-с, и, главное, то вредит, что не было до сих пор примера подобного. Будь у нас пример, еще можно бы как-нибудь руководствоваться. А то как тут решишь? Станешь соображать, а дело затянется.

Счастливая мысль блеснула у меня в голове.

— Нельзя ли устроить так-с, — сказал я, — что уж если суждено ему оставаться в недрах чудовища и, волею провидения, сохранится его живот, нельзя ли подать ему прошение о том, чтобы числиться на службе?

— Гм... разве в виде отпуска и без жалованья...

— Нет-с, нельзя ли с жалованьем-с?

— На каком же основании?

— В виде командировки...

— Какой и куда?

— Да в недра же, в крокодиловы недра... Так сказать, для справок, для изучения фактов на месте. Конечно, это будет ново, но ведь это прогрессивно и в то же время покажет заботливость о просвещении-с...

Тимофей Семеныч задумался.

— Командировать особого чиновника, — сказал он наконец, — в недра крокодила для особых поручений, по моему личному мнению, — нелепо-с. По штату не полагается. Да и какие могут быть туда поручения?

— Да для естественного, так сказать, изучения природы на месте, в живье-с. Нынче все пошли естественные науки-с, ботаника... Он бы там жил и сообщал-с... ну, там о пищеварении или просто о нравах. Для скопления фактов-с.

— То есть это по части статистики. Ну, в этом я не силен, да и не философ. Вы говорите: факты, — мы и без того завалены фактами и не знаем, что с ними делать. Притом же эта статистика опасна...

— Чем же-с?

— Опасна-с. И к тому ж, согласитесь, он будет сообщать факты, так сказать, лежа на боку. А разве можно служить, лежа на боку? Это уж опять нововведение, и притом опасное-с; и опять-таки примера такого не было. Вот если б нам хоть какой-нибудь примерчик, так, по моему мнению, пожалуй, и можно бы командировать.

— Но ведь и крокодилов живых не привозили до сих пор, Тимофей Семеныч.

— Гм, да... — он опять задумался. — Если хотите, это возражение ваше справедливо и даже могло бы служить основанием к дальнейшему производству дела. Но опять возьмите и то, что если с появлением живых крокодилов начнут исчезать служащие и потом, на основании того, что там тепло и мягко, будут требовать туда командировок, а потом лежать на боку... согласитесь сами — дурной пример-с. Ведь эдак, пожалуй, всякий туда полезет даром деньги-то брать.

— Порадейте, Тимофей Семеныч! Кстати-с: Иван Матвеич просил передать вам карточный должок, семь рублей, в ералаш-с...

— Ах, это он проиграл намедни, у Никифор Никифорыча! Помню-с. И как он тогда был весел, смешил, и вот!..

Старик был искренно тронут.

— Порадейте, Тимофей Семеныч.

— Похлопочу-с. От своего лица поговорю, частным образом, в виде справки. А впрочем, разузнайте-ка так, неофициально, со стороны, какую именно цену согласился бы взять хозяин за своего крокодила?

Тимофей Семеныч видимо подобрел.

— Непременно-с, — отвечал я, — и тотчас же явлюсь к вам с отчетом.

— Супруга-то... одна теперь? Скучает?

— Вы бы навестили, Тимофей Семеныч.

— Навещу-с, я еще давеча подумал, да и случай удобный... И зачем, зачем это его дергало смотреть крокодила!

А впрочем, я бы и сам желал посмотреть.

— Навестите-ка бедного, Тимофей Семеныч.

— Навещу-с. Конечно, я этим шагом моим не хочу обнадеживать. Я прибуду как частное лицо... Ну-с, до свиданья, я ведь опять к Никифор Никифорычу; будете?

— Нет-с, я к узнику.

— Да-с, вот теперь и к узнику!.. Э-эх, легкомыслие!

Я распростился с стариком. Разнообразные мысли ходили в моей голове. Добрый и честнейший человек Тимофей Семеныч, а, выходя от него, я, однако, порадовался, что ему был уже пятидесятилетний юбилей и что Тимофеи Семенычи у нас теперь редкость. Разумеется, я тотчас полетел в Пассаж обо всем сообщить бедняжке Ивану Матвеичу. Да и любопытство разбирало меня: как он там устроился в крокодиле и как это можно жить в крокодиле? Да и можно ли действительно жить в крокодиле? Порой мне, право, казалось, что все это какой-то чудовищный сон, тем более что и дело-то шло о чудовище...

III

И, однако ж, это был не сон, а настоящая, несомненная действительность. Иначе — стал ли бы я и рассказывать! Но продолжаю...

В Пассаж я попал уже поздно, около девяти часов, и в крокодильную принужден был войти с заднего хода, потому что немец запер магазин на этот раз ранее обыкновенного. Он расхаживал по-домашнему в каком-то засаленном старом сюртучишке, но сам еще втрое довольнее, чем давеча утром. Видно было, что он уже ничего не боится и что «публикум много ходиль». Муттер вышла уже потом, очевидно затем, чтобы следить за мной. Немец с муттер часто перешептывались. Несмотря на то, что магазин был уже заперт, он все-таки взял с меня четвертак. И что за ненужная аккуратность!

— Ви каждый раз будет платиль; публикум будут рубль платиль, а ви один четвертак, ибо ви добры друк вашего добры друк, а я почитаю друк...

— Жив ли, жив ли образованный друг мой! — громко вскричал я, подходя к крокодилу и надеясь, что слова мои еще издали достигнут Ивана Матвеича и польстят его самолюбию.

— Жив и здоров, — отвечал он, как будто издали или как бы из-под кровати, хотя я стоял подле него, — жив и здоров, но об этом после... Как дела?

Как бы нарочно не расслышав вопроса, я было начал с участием и поспешностию сам его расспрашивать: как он, что он и каково в крокодиле и что такое вообще внутри крокодила? Это требовалось и дружеством и обыкновенною вежливостию. Но он капризно и с досадой перебил меня.

— Как дела? — прокричал он, по обыкновению мною командуя, своим визгливым голосом, чрезвычайно на этот раз отвратительным.

Я рассказал всю мою беседу с Тимофеем Семенычем до последней подробности. Рассказывая, я старался выказать несколько обиженный тон.

— Старик прав, — решил Иван Матвеич так же резко, как и по всегдашнему обыкновению своему в разговорах со мной. — Практических людей люблю и не терплю сладких мямлей. Готов, однако, сознаться, что и твоя идея насчет командировки не совершенно нелепа. Действительно, многое могу сообщить и в научном, и в нравственном отношении. Но теперь это все принимает новый и неожиданный вид и не стоит хлопотать из одного только жалованья. Слушай внимательно. Ты сидишь?

— Нет, стою.

— Садись на что-нибудь, ну хоть на пол, и слушай внимательно.

Со злобою взял я стул и в сердцах, устанавливая, стукнул им об пол.

— Слушай, — начал он повелительно, — публики сегодня приходило целая бездна. К вечеру не хватило места и для порядка явилась полиция. В восемь часов, то есть ранее обыкновенного, хозяин нашел даже нужным запереть магазин и прекратить представление, чтоб сосчитать привлеченные деньги и удобнее приготовиться к завтраму. Знаю, что завтра соберется целая ярмарка. Таким образом, надо полагать, что все образованнейшие люди столицы, дамы высшего общества, иноземные посланники, юристы и прочие здесь перебывают. Мало того: станут наезжать из многосторонних провинций нашей обширной и любопытной империи. В результате — я у всех на виду, и хоть спрятанный, но первенствую. Стану поучать праздную толпу. Наученный опытом, представлю из себя пример величия и смирения перед судьбою! Буду, так сказать, кафедрой, с которой начну поучать человечество. Даже одни естественнонаучные сведения, которые могу сообщить об обитаемом мною чудовище, — драгоценны. И потому не только не ропщу на давешний случай, но твердо надеюсь на блистательнейшую из карьер.

— Не наскучило бы? — заметил я ядовито.

Всего более обозлило меня то, что он почти уже совсем перестал употреблять личные местоимения — до того заважничал. Тем не менее все это меня сбило с толку. «С чего, с чего эта легкомысленная башка куражится! — скрежетал я шепотом про себя. — Тут надо плакать, а не куражиться».

— Нет! — отвечал он резко на мое замечание, — ибо весь проникнут великими идеями, только теперь могу на досуге мечтать об улучшении судьбы всего человечества. Из крокодила выйдет теперь правда и свет. Несомненно изобрету новую собственную теорию новых экономических отношений и буду гордиться ею — чего доселе не мог за недосугом по службе и в пошлых развлечениях света. Опровергну все и буду новый Фурье. Кстати, отдал семь рублей Тимофею Семенычу?

— Из своих, — ответил я, стараясь выразить голосом, что заплатил из своих.

— Сочтемся, — ответил он высокомерно. — Прибавки оклада жду всенепременно, ибо кому же и прибавлять, как не мне? Польза от меня теперь бесконечная. Но к делу. Жена?

— Ты, вероятно, спрашиваешь о Елене Ивановне?

— Жена?! — закричал он даже с каким-то на этот раз визгом.

Нечего было делать! Смиренно, но опять-таки скрежеща зубами, рассказал я, как оставил Елену Ивановну. Он даже и не дослушал.

— Имею на нее особые виды, — начал он нетерпеливо. — Если буду знаменит *здесь*, то хочу, чтоб она была знаменита *там*. Ученые, поэты, философы, заезжие минералоги, государственные мужи после утренней беседы со мной будут посещать по вечерам ее салон. С будущей недели у нее должны начаться каждый вечер салоны. Удвоенный оклад будет давать средства к приему, а так как прием должен ограничиваться одним чаем и нанятыми лакеями, то и делу конец. И здесь и там будут говорить обо мне. Давно жаждал случая, чтоб все говорили обо мне, но не мог достигнуть, скованный малым значением и недостаточным чином. Теперь же все это достигнуто каким-нибудь самым обыкновенным глотком крокодила. Каждое слово мое будет выслушиваться, каждое изречение обдумываться, передаваться, печататься. И я задам себя знать! Поймут наконец, каким способностям дали исчезнуть в недрах чудовища. «Этот человек мог быть иностранным министром и управлять королевством», — скажут одни. «И этот человек не управлял иностранным королевством», — скажут другие. Ну чем, ну чем я хуже какого-нибудь Гарнье-Пажесишки или как их там?.. Жена должна составлять мне пандан[1] — у меня ум, у нее красота и любезность. «Она прекрасна, потому и жена его», — скажут одни. "Она прекрасна, *потому что жена его*", — поправят другие. На всякий случай пусть Елена Ивановна завтра же купит энциклопедический словарь, издававшийся под редакцией Андрея Краевского, чтоб уметь говорить обо всех предметах. Чаще же всего пусть читает premier-политик[2] «С.-Петербургских известий», сверяя каждодневно с «Волосом». Полагаю, что хозяин согласится иногда приносить и меня, вместе с крокодилом, в блестящий салон жены моей. Я буду стоять в ящике среди великолепной гостиной и буду сыпать остротами, которые подберу еще с утра. Государственному мужу сообщу мои проекты; с поэтом буду говорить в рифму; с дамами буду забавен и нравственно-мил, — так как вполне безопасен для их супругов. Всем остальным буду служить примером покорности судьбе и воле провидения. Жену сделаю блестящею литературною дамой; я ее выдвину вперед и объясню ее публике; как жена моя, она должна быть полна величайших достоинств, и если справедливо называют Андрея Александровича нашим русским Альфредом де Мюссе, то еще справедливее будет, когда назовут ее нашей русской Евгенией Тур.

Признаюсь, хотя вся эта дичь и походила несколько на всегдашнего Ивана Матвеича, но мне все-таки пришло в голову, что он теперь в горячке и бредит. Это был все тот же обыкновенный и ежедневный Иван Матвеич, но наблюдаемый в стекло, в двадцать раз увеличивающее.

---

1 украшением (франц. pendant)
2 передовые политические новости (франц.).

— Друг мой, — спросил я его, — надеешься ли ты на долговечность? И вообще скажи: здоров ли ты? Как ты ешь, как ты спишь, как ты дышишь? Я друг тебе, и согласись, что случай слишком сверхъестественный, а следовательно, любопытство мое слишком естественно.

— Праздное любопытство и больше ничего, — отвечал он сентенциозно, — но ты будешь удовлетворен. Спрашиваешь, как устроился я в недрах чудовища? Во-первых, крокодил, к удивлению моему, оказался совершенно пустой. Внутренность его состоит как бы из огромного пустого мешка, сделанного из резинки, вроде тех резиновых изделий, которые распространены у нас в Гороховой, в Морской и, если не ошибаюсь, на Вознесенском проспекте. Иначе, сообрази, мог ли бы я в нем поместиться?

— Возможно ли? — вскричал я в понятном изумлении. — Неужели крокодил совершенно пустой?

— Совершенно, — строго и внушительно подтвердил Иван Матвеич. — И, по всей вероятности, он устроен так по законам самой природы. Крокодил обладает только пастью, снабженною острыми зубами, и вдобавок к пасти — значительно длинным хвостом — вот и все, по-настоящему. В середине же между сими двумя его оконечностями находится пустое пространство, обнесенное чем-то вроде каучука, вероятнее же всего действительно каучуком.

— А ребра, а желудок, а кишки, а печень, а сердце? — прервал я даже со злобою.

— Н-ничего, совершенно ничего этого нет и, вероятно, никогда не бывало. Все это — праздная фантазия легкомысленных путешественников. Подобно тому как надувают геморроидальную подушку, так и я надуваю теперь собой крокодила. Он растяжим до невероятности. Даже ты, в качестве домашнего друга, мог бы поместиться со мной рядом, если б обладал великодушием, и даже с тобой еще достало бы места. Я даже думаю в крайнем случае выписать сюда Елену Ивановну. Впрочем, подобное пустопорожнее устройство крокодила совершенно согласно с естественными науками. Ибо, положим например, тебе дано устроить нового крокодила — тебе, естественно, представляется вопрос: какое основное свойство крокодилово? Ответ ясен: глотать людей. Как же достигнуть устройством крокодила, чтоб он глотал людей? Ответ еще яснее: устроив его пустым. Давно уже решено физикой, что природа не терпит пустоты. Подобно сему и внутренность крокодилова должна именно быть пустою, чтоб не терпеть пустоты, а, следственно, беспрерывно глотать и наполняться всем, что только есть под рукою. И вот единственная разумная причина, почему все крокодилы глотают нашего брата. Не так в устройстве человеческом: чем пустее, например, голова человеческая, тем менее она ощущает жажды наполниться, и это единственное исключение из общего правила. Все это мне теперь ясно, как день, все это я постиг собственным умом и опытом, находясь, так сказать, в недрах природы, в ее реторте, прислушиваясь к биению пульса ее. Даже этимология согласна со мною, ибо самое название крокодил означает прожорливость. Крокодил, Crocodillo, — есть слово, очевидно, итальянское, современное, может быть, древним фараонам египетским и, очевидно, происходящее от французского корня: croquer, что означает съесть, скушать и вообще употребить в пищу. Все это я намерен прочесть в виде первой лекции публике, собравшейся в салоне Елены Ивановны, когда меня принесут туда в ящике.

— Друг мой, не принять ли тебе теперь хоть слабительного! — вскричал я невольно. «У него жар, жар, он в жару!» — повторял я про себя в ужасе.

— Вздор! — отвечал он презрительно, — и к тому же в теперешнем положении моем это совсем неудобно. Впрочем, я отчасти знал, что ты заговоришь о слабительном.

— Друг мой, а как… как же ты теперь употребляешь пищу? Обедал ты сегодня или нет?

— Нет, но сыт и, вероятнее всего, теперь уже никогда не буду употреблять пищи. И это тоже совершенно понятно: наполняя собою всю внутренность крокодилову, я делаю его навсегда сытым. Теперь его можно не кормить несколько лет. С другой стороны, — сытый мною, он естественно сообщит и мне все жизненные соки из своего тела; это вроде того, как некоторые утонченные кокетки обкладывают себя и все свои формы на ночь сырыми котлетами и потом, приняв утреннюю ванну, становятся свежими, упругими, сочными и обольстительными. Таким образом, питая собою крокодила, я, обратно, получаю и от него питание; следовательно — мы взаимно кормим друг друга. Но так как трудно, даже и крокодилу, переваривать такого человека, как я, то уж, разумеется, он должен при этом ощущать некоторую тяжесть в желудке, — которого, впрочем, у него нет, — и вот почему, чтоб не доставить излишней боли чудовищу, я редко ворочаюсь с боку на бок; и хотя бы и мог ворочаться, но не делаю сего из гуманности. Это единственный недостаток теперешнего моего положения, и в аллегорическом смысле Тимофей Семеныч справедлив, называя меня лежебокой. Но я докажу, что и лежа на боку, — мало того, — что только лежа на боку и можно перевернуть судьбу человечества. Все великие идеи и направления наших газет и журналов, очевидно, произведены лежебоками; вот почему и называют их идеями кабинетными, но наплевать, что так называют! Я изобрету теперь целую социальную систему, и — ты не поверишь — как это легко! Стоит только уединиться куда-нибудь подальше в угол или хоть попасть в крокодила, закрыть глаза, и тотчас же изобретешь целый рай для всего человечества. Давеча, как вы ушли, я тотчас же принялся изобретать и изобрел уже три системы, теперь изготовляю четвертую. Правда, сначала надо все опровергнуть; но из крокодила так легко опровергать; мало того, из крокодила как будто это виднее становится... Впрочем, в моем положении существуют и еще недостатки, хотя и мелкие: внутри крокодила несколько сыро и как будто покрыто слизью да, сверх того, еще несколько пахнет резинкой, точь-в-точь как от моих прошлогодних калош. Вот и всё, более нет никаких недостатков.

— Иван Матвеич, — прервал я, — все это чудеса, которым я едва могу верить. И неужели, неужели ты всю жизнь не намерен обедать?

— О каком вздоре заботишься ты, беспечная, праздная голова! Я тебе о великих идеях рассказываю, а ты... Знай же, что я сыт уже одними великими идеями, озарившими ночь, меня окружившую. Впрочем, добродушный хозяин чудовища, сговорившись с добрейшею муттер, решили давеча промеж себя, что будут каждое утро просовывать в пасть крокодила изогнутую металлическую трубочку, вроде дудочки, через которую я бы мог втягивать в себя кофе или бульон с размоченным в нем белым хлебом. Дудочка уже заказана по соседству, но полагаю, что это излишняя роскошь. Прожить же надеюсь по крайней мере тысячу лет, если справедливо, что по стольку лет живут крокодилы, о чем, благо напомнил, справься завтра же в какой-нибудь естественной истории и сообщи мне, ибо я мог ошибиться, смешав крокодила с каким-нибудь другим ископаемым. Одно только соображение несколько смущает меня: так как я одет в сукно, а на ногах у меня сапоги, то крокодил, очевидно, меня не может переварить. Сверх того, я живой и потому сопротивляюсь перевариванию меня всею моею волею, ибо понятно, что не хочу обратиться в то, во что обращается всякая пища, так как это было бы слишком для меня унизительно. Но боюсь одного: в тысячелетний срок сукно сюртука моего, к несчастью русского изделия, может истлеть, и тогда я, оставшись без одежды, несмотря на все мое негодование, начну, пожалуй, и перевариваться; и хоть днем я этого ни за что не допущу и не позволю, но по ночам, во сне, когда воля отлетает от человека, меня может постичь самая унизительная участь какого-нибудь картофеля, блинов или телятины. Такая идея приводит меня в бешенство. Уже по одной этой причине надо бы изменить тариф и поощрять привоз сукон английских, которые крепче, а следственно, и дольше будут сопротивляться природе, в случае если попадешь в крокодила. При первом случае сообщу мысль мою кому-либо из людей государственных, а вместе с тем и политическим обозревателям наших ежедневных петербургских газет. Пусть прокричат. Надеюсь, что не одно это они теперь от меня позаимствуют. Предвижу, что каждое утро целая толпа их, вооруженная редакционными четвертаками, будет тесниться кругом меня, чтоб уловить мои мысли насчет вчерашних телеграмм. Короче — будущность представляется мне в самом розовом свете.

«Горячка, горячка!» — шептал я про себя.

— Друг мой, а свобода? — проговорил я, желая вполне узнать его мнение. — Ведь ты, так сказать, в темнице, тогда как человек должен наслаждаться свободою.

— Ты глуп, — отвечал он. — Люди дикие любят независимость, люди мудрые любят порядок, а нет порядка...

— Иван Матвеич, пощади и помилуй!

— Молчи и слушай! — взвизгнул он в досаде, что я перебил его. — Никогда не воспарял я духом так, как теперь. В моем тесном убежище одного боюсь — литературной критики толстых журналов и свиста сатирических газет наших. Боюсь, чтоб легкомысленные посетители, глупцы и завистники и вообще нигилисты не подняли меня на смех. Но я приму меры. С нетерпением жду завтрашних отзывов публики, а главное — мнения газет. О газетах сообщи завтра же.

— Хорошо, завтра же принесу сюда целый ворох газет.

— Завтра еще рано ждать газетных отзывов, ибо объявления печатаются только на четвертый день. Но отныне каждый вечер приходи через внутренний ход со двора. Я намерен употреблять тебя как моего секретаря. Ты будешь мне читать газеты и журналы, а я буду диктовать тебе мои мысли и давать поручения. В особенности не забывай телеграмм. Каждый день чтоб были здесь все европейские телеграммы. Но довольно; вероятно, ты теперь хочешь спать. Ступай домой и не думай о том, что я сейчас говорил о критике: я не боюсь ее, ибо сама она находится в критическом положении. Стоит только быть мудрым и добродетельным, и непременно станешь на пьедестал. Если не Сократ, то Диоген, или то и другое вместе, и вот будущая роль моя в человечестве.

Так легкомысленно и навязчиво (правда, — в горячке) торопился высказаться передо мной Иван Матвеич, подобно тем слабохарактерным бабам, про которых говорит пословица, что они не могут удержать секрета. Да и все то, что сообщил он мне о крокодиле, показалось мне весьма подозрительным. Ну как можно, чтоб крокодил был совершенно пустой? Бьюсь об заклад, что в этом он прихвастнул из тщеславия и отчасти, чтоб меня унизить. Правда, он был больной, а больному надо уважить; но, признаюсь откровенно, я всегда терпеть не мог Ивана Матвеича. Всю жизнь, начиная с самого детства, я желал и не мог избавиться от его опеки. Тысячу раз хотел было я с ним совсем расплеваться, и каждый раз меня опять тянуло к нему, как будто я все еще надеялся ему что-то доказать и за что-то отмстить. Странная вещь эта дружба! Положительно могу сказать, что я на девять десятых был с ним дружен из злобы. На этот раз мы простились, однако же, с чувством.

— Ваш друк ошень умна шеловек, — сказал мне вполголоса немец, собираясь меня провожать; он все время прилежно слушал наш разговор.

— A propos, — сказал я, — чтоб не забыть, — сколько бы взяли вы за вашего крокодила, на случай если б вздумали у вас его покупать?

Иван Матвеич, слышавший вопрос, с любопытством выжидал ответа. Видимо было, что ему не хотелось, чтоб немец взял мало; по крайней мере он как-то особенно крякнул при моем вопросе.

Сначала немец и слушать не хотел, даже рассердился.

— Никто не смейт покупат мой собственный крокодиль! — вскричал он яростно и покраснел, как вареный рак. — Я не хатит продавайт крокодиль. Я миллион талер не стану браль за крокодиль. Я сто тридцать талер сегодня с публикум браль, я завтра десять тысяч талер собраль, а потом сто тысяч талер каждый день собраль. Не хочу продаваль!

Иван Матвеич даже захихикал от удовольствия.

Скрепя сердце, хладнокровно и рассудительно, — ибо исполнял обязанность истинного друга, — намекнул я сумасбродному немцу, что расчеты его не совсем верны, что если он каждый день будет собирать по сту тысяч, то в четыре дня у него перебывает весь Петербург и потом уже не с кого будет собирать, что в животе и смерти волен бог, что крокодил может как-нибудь лопнуть, а Иван Матвеич заболеть и помереть и проч., и проч.

Немец задумался.

— Я будет ему капли из аптеки даваль, — сказал он, надумавшись, — и ваш друк не будет умираль.

— Капли каплями, — сказал я, — но возьмите и то, что может затеяться судебный процесс. Супруга Ивана Матвеича может потребовать своего законного супруга. Вы вот намерены богатеть, а намерены ли вы назначить хоть какую-нибудь пенсию Елене Ивановне?

— Нет, не мереваль! — решительно и строго отвечал немец.

— Нетт, не мереваль! — подхватила, даже со злобою, муттер.

— Итак, не лучше ли вам взять что-нибудь теперь, разом, хоть и умеренное, но верное и солидное, чем предаваться неизвестности? Долгом считаю присовокупить, что спрашиваю вас не из одного только праздного любопытства.

Немец взял муттер и удалился с нею для совещаний в угол, где стоял шкаф с самой большой и безобразнейшей из всей коллекции обезьяной.

— Вот увидишь! — сказал мне Иван Матвеич.

Что до меня касается, я в эту минуту сгорал желанием, во-первых, — избить больно немца, во-вторых, еще более избить муттер, а в-третьих, всех больше и больнее избить Ивана Матвеича за безграничность его самолюбия. Но все это ничего не значило в сравнении с ответом жадного немца.

Насоветовавшись с своей муттер, он потребовал за своего крокодила пятьдесят тысяч рублей билетами последнего внутреннего займа с лотереею, каменный дом в Гороховой и при нем собственную аптеку и, вдобавок, — чин русского полковника.

— Видишь! — торжествуя, прокричал Иван Матвеич, — я говорил тебе! Кроме последнего безумного желания производства в полковники, — он совершенно прав, ибо вполне понимает теперешнюю ценность показываемого им чудовища. Экономический принцип прежде всего!

— Помилуйте! — яростно закричал я немцу, — да за что же вам полковника-то? Какой вы подвиг совершили, какую службу заслужили, какой военной славы добились? Ну, не безумец ли вы после этого?

— Безумны! — вскричал немец обидевшись, — нет, я ошень умна шеловек, а ви ошень глюп! Я заслужиль польковник, потому што показаль крокодиль, а в нем живой гоф-рат[1] сидиль, а русский не может показаль крокодиль, а в нем живой гоф-рат сидиль! Я чрезвышайно умны шеловек и ошень хочу быль польковник!

— Так прощай же, Иван Матвеич! — вскричал я, дрожа от бешенства, и почти бегом выбежал из крокодильной. Я чувствовал, что еще минута, и я уже не мог бы отвечать за себя. Неестественные надежды этих двух болванов были невыносимы. Холодный воздух, освежив меня, несколько умерил мое негодование. Наконец, энергически плюнув раз до пятнадцати в обе стороны, я взял извозчика, приехал домой, разделся и бросился в постель. Всего досаднее было то, что я попал к нему в секретари. Теперь умирай там от скуки каждый вечер, исполняя обязанность истинного друга! Я готов был прибить себя за это и действительно, уже потушив свечку и закрывшись одеялом, ударил себя несколько раз кулаком по голове и по другим частям тела. Это несколько облегчило меня, и я наконец заснул даже довольно

_____

1 здесь: чиновник (нем. Hofrat)

крепко, потому что очень устал. Всю ночь снились мне только одни обезьяны, но под самое утро приснилась Елена Ивановна...

IV

Обезьяны, как догадываюсь, приснились потому, что заключались в шкафу у крокодильщика, но Елена Ивановна составляла статью особенную.

Скажу заранее: я любил эту даму; но спешу — и спешу на курьерских — оговориться: я любил ее как отец, ни более, ни менее. Заключаю так потому, что много раз случалось со мною неудержимое желание поцеловать ее в головку или в румяненькую щечку. И хотя я никогда не приводил сего в исполнение, но каюсь — не отказался бы поцеловать ее даже и в губки. И не то что в губки, а в зубки, которые так прелестно всегда выставлялись, точно ряд хорошеньких, подобранных жемчужинок, когда она смеялась. Она же удивительно часто смеялась. Иван Матвеич называл ее, в ласкательных случаях, своей «милой нелепостью» — название в высшей степени справедливое и характеристичное. Это была дама-конфетка и более ничего. Посему совершенно не понимаю, зачем вздумалось теперь тому же самому Ивану Матвеичу воображать в своей супруге нашу русскую Евгению Тур? Во всяком случае, мой сон, если не брать в расчет обезьян, произвел на меня приятнейшее впечатление, и, перебирая в голове за утренней чашкой чаю все происшествия вчерашнего дня, я решил немедленно зайти к Елене Ивановне, по дороге на службу, что, впрочем, обязан был сделать и в качестве домашнего друга.

В крошечной комнатке перед спальней, в так называемой у них маленькой гостиной, хотя и большая гостиная была у них тоже маленькая, на маленьком нарядном диванчике, за маленьким чайным столиком, в какой-то полувоздушной утренней распашоночке сидела Елена Ивановна и из маленькой чашечки, в которую макала крошечный сухарик, кушала кофе. Была она обольстительно хороша, но показалась мне тоже и как будто задумчивою.

— Ах, это вы, шалун! — встретила она меня с рассеянной улыбкой, — садитесь, ветреник, пейте кофе. Ну что вы вчера делали? Были в маскараде?

— А разве вы были? Я ведь не езжу... к тому же посещал вчера нашего узника...

Я вздохнул и, принимая кофе, сделал благочестивую мину.

— Кого? Какого это узника? Ах, да! Бедняжка! Ну, что он — скучает? А знаете... я хотела вас спросить... Я ведь могу теперь просить развода?

— Развода! — вскричал я в негодовании и чуть не пролил кофе. «Это черномазенький!» — подумал я про себя с яростью.

Существовал некто черномазенький, с усиками, служивший по строительной части, который слишком уж часто похаживал к ним и чрезвычайно умел смешить Елену Ивановну. Признаюсь, я его ненавидел, и сомнения не было, что он уж успел вчера видеться с Еленой Ивановной или в маскараде, или, пожалуй, и здесь, и наговорил ей всякого вздору!

— Да что ж, — заторопилась вдруг Елена Ивановна, точно подученная, — что ж он там будет сидеть в крокодиле и, пожалуй, всю жизнь не придет, а я здесь его дожидайся! Муж должен дома жить, а не в крокодиле...

— Но ведь это непредвиденный случай, — начал было я в весьма понятном волнении.

— Ах, нет, не говорите, не хочу, не хочу! — закричала она, вдруг совсем рассердившись. — Вы вечно мне напротив, такой негодный! С вами ничего не сделаешь, ничего не посоветуете! Мне уж чужие говорят, что мне развод дадут, потому что Иван Матвеич теперь уже не будет получать жалованья.

— Елена Ивановна! Вас ли я слышу? — закричал я патетически. — Какой злодей мог вам это натолковать! Да и развод по такой неосновательной причине, как жалование, совершенно невозможен. А бедный, бедный Иван Матвеич к вам, так сказать, весь пылает любовью, даже и в недрах чудовища. Мало того — тает от любви, как кусочек сахару. Еще вчера ввечеру, когда вы веселились в маскараде, он упоминал, что в крайнем случае, может быть, решится выписать вас в качестве законной супруги к себе, в недра, тем более что крокодил оказывается весьма поместительным не только для двух, но даже и для трех особ...

И тут я немедленно рассказал ей всю эту интересную

часть моего вчерашнего разговора с Иваном Матвеичем.

— Как, как! — вскричала она в удивлении. — Вы хотите, чтоб и я также полезла туда, к Ивану Матвеичу? Вот выдумки! Да и как я полезу, так в шляпке и в кринолине? Господи, какая глупость! Да и какую фигуру я буду делать, когда буду туда лезть, а на меня еще кто-нибудь, пожалуй, будет смотреть... Это смешно! И что я там буду кушать?.. и... и как я там буду, когда... ах боже мой, что они выдумали!.. И какие там развлечения?.. Вы говорите, что там гуммиластиком пахнет? И как же я буду, если мы там с ним поссоримся, — все-таки рядом лежать? Фу, как это противно!

— Согласен, согласен со всеми этими доводами, милейшая Елена Ивановна, — прервал я, стремясь высказаться с тем понятным увлечением, которое всегда овладевает человеком, когда он чувствует, что правда на его стороне, — но вы не оценили одного во всем этом; вы не оценили того, что он, стало быть, без вас жить не может, коли зовет туда; значит, тут любовь, любовь страстная, верная, стремящаяся... Вы любви не оценили, милая Елена Ивановна, любви!

— Не хочу, не хочу, и слышать ничего не хочу! — отмахивалась она своей маленькой, хорошенькой ручкой, на которой блистали только что вымытые и вычищенные щеткой розовые ноготки. — Противный! Вы доведете меня до слез. Полезайте сами, если это вам приятно. Ведь вы друг, ну и ложитесь там с ним рядом из дружбы, и спорьте всю жизнь о каких-нибудь скучных науках...

— Напрасно вы так смеетесь над сим предположением, — с важностью остановил я легкомысленную женщину, — Иван Матвеич и без того меня звал туда. Конечно, вас привлекает туда долг, меня же только одно великодушие; но, рассказывая мне вчера о необыкновенной растяжимости крокодиловой, Иван Матвеич сделал весьма ясный намек, что не только вам обоим, но даже и мне в качестве домашнего друга можно бы поместиться с вами вместе, втроем, особенно если б я захотел того, а потому...

— Как так, втроем? — вскричала Елена Ивановна, с удивлением смотря на меня. — Так как же мы... так все трое и будем там вместе? Ха-ха-ха! Какие вы оба глупые! Ха-ха-ха! Я вас непременно буду там все время щипать, негодный вы эдакой, ха-ха-ха!

И она, откинувшись на спинку дивана, расхохоталась до слезинок. Все это — и слезы, и смех — было до того обольстительно, что я не вытерпел и с увлечением бросился целовать у ней ручки, чему она не противилась, хотя и выдрала меня легонько, в знак примирения, за уши.

Затем мы оба развеселились, и я подробно рассказал ей все вчерашние планы Ивана Матвеича. Мысль о приемных вечерах и об открытом салоне ей очень понравилась.

— Но только надо будет очень много новых платьев, — заметила она, — и потому надо, чтоб Иван Матвеич присылал как можно скорее и как можно больше жалованья... Только... только как же это, — прибавила она в раздумье, — как же это его будут приносить ко мне в ящике? Это очень смешно. Я не хочу, чтоб моего мужа носили в ящике. Мне будет очень стыдно пред гостями... Я не хочу, нет, не хочу.

— Кстати, чтоб не забыть, был у вас вчера вечером Тимофей Семеныч?

— Ах, был; приехал утешать, и, вообразите, мы с ним все в свои козыри играли. Он на конфеты, а коль я проиграю — он мне ручки целует. Такой негодный и, вообразите, чуть было в маскарад со мной не поехал. Право!

— Увлечение! — заметил я, — да и кто не увлечется вами, обольстительная!

— Ну уж вы, поехали с вашими комплиментами! Постойте, я вас ущипну на дорогу. Я ужасно хорошо выучилась теперь щипаться. Ну что, каково! Да, кстати, вы говорите, Иван Матвеич часто обо мне вчера говорил?

— Н-н-нет, не то чтобы очень... Признаюсь вам, он более думает теперь о судьбах всего человечества и хочет...

— Ну и пусть его! Не договаривайте! Верно, скука ужасная. Я как-нибудь его навещу. Завтра непременно поеду. Только не сегодня; голова болит, а к тому же там будет так много публики... Скажут: это жена его, пристыдят... Прощайте. Вечером вы ведь... там?

— У него, у него. Велел приезжать и газет привезти.

— Ну вот и славно. И ступайте к нему и читайте. А ко мне сегодня не заезжайте. Я нездорова, а может, и в гости поеду. Ну прощайте, шалун.

«Это черномазенький у ней будет вечером», — подумал я про себя.

В канцелярии я, разумеется, не подал и виду, что меня пожирают такие заботы и хлопоты. Но вскоре заметил я, что некоторые из прогрессивнейших газет наших как-то особенно скоро переходили в это утро из рук в руки моих сослуживцев и прочитывались с чрезвычайно серьезными выражениями лиц. Первая попавшаяся уже была — «Листок», газетка без всякого особого направления, а так только вообще гуманная, за что ее преимущественно у нас презирали, хотя и прочитывали. Не без удивления прочел я в ней следующее:

«Вчера в нашей обширной и украшенной великолепными зданиями столице распространились чрезвычайные слухи. Некто N., известный гастроном из высшего общества, вероятно наскучив кухнею Бореля и -ского клуба, вошел в здание Пассажа, в то место, где показывается огромный, только что привезенный в столицу крокодил, и потребовал, чтоб ему изготовили его на обед. Сторговавшись с хозяином, он тут же принялся пожирать его (то есть не хозяина, весьма смирного и склонного к аккуратности немца, а его крокодила) — еще живьем, отрезая сочные куски перочинным ножичком и глотая их с чрезвычайною поспешностью. Мало-помалу весь крокодил исчез в его тучных недрах, так что он собирался даже приняться за ихневмона, постоянного спутника крокодилова, вероятно полагая, что и тот будет так же вкусен. Мы вовсе не против сего нового продукта, давно уже известного иностранным гастрономам. Мы даже предсказывали это наперед. Английские лорды и путешественники ловят в Египте крокодилов целыми партиями и употребляют хребет чудовища в виде бифштекса, с горчицей, луком и картофелем. Французы, наехавшие с Лессепсом, предпочитают лапы, испеченные в горячей золе, что делают, впрочем, в пику англичанам, которые над ними смеются. Вероятно, у нас оценят то и другое. С своей стороны, мы рады новой отрасли промышленности, которой по преимуществу недостает нашему сильному и разнообразному отечеству. Вслед за сим первым крокодилом, исчезнувшим в недрах петербургского гастронома, вероятно, не пройдет и года, как навезут их к нам сотнями. И почему бы не акклиматизировать крокодила у нас в России? Если невская вода слишком холодна для сих интересных чужестранцев, то в столице имеются пруды, а за городом речки и озера. Почему бы, например, не развести крокодилов в Парголове или в Павловске, в Москве же в Пресненских прудах и в Самотеке? Доставляя приятную и здоровую пищу нашим утонченным гастрономам, они в то же время могли бы увеселять гуляющих на сих прудах дам и поучать собою детей естественной истории. Из крокодиловой кожи можно бы было приготовлять футляры, чемоданы, папиросочницы и бумажники, и, может быть, не одна русская купеческая тысяча в засаленных кредитках, преимущественно предпочитаемых купцами, улеглась бы в крокодиловой коже. Надеемся еще не раз возвратиться к этому интересному предмету».

Я хоть и предчувствовал что-нибудь в этом роде, тем не менее опрометчивость известия смутила меня. Не находя, с кем поделиться впечатлениями, я обратился к сидевшему напротив меня Прохору Саввичу и заметил, что тот уже давно следил за мною глазами, а в руках держал «Волос», как бы готовясь мне передать его. Молча принял он от меня «Листок» и, передавая мне «Волос», крепко отчеркнул ногтем статью, на которую, вероятно, хотел обратить мое внимание. Этот Прохор Саввич был у нас престранный человек: молчаливый старый холостяк, он ни с кем из нас не вступал ни в какие сношения, почти ни с кем не говорил в канцелярии, всегда и обо всем имел свое собственное мнение, но терпеть не мог кому-нибудь сообщать его. Жил он одиноко. В квартире его почти никто из нас не был.

Вот что я прочел в показанном месте «Волоса»:

"Всем известно, что мы прогрессивны и гуманны и хотим угоняться в этом за Европой. Но, несмотря на все наши старания и на усилия нашей газеты, мы еще далеко не «созрели», как о том свидетельствует возмутительный факт, случившийся вчера в Пассаже и о котором мы заранее предсказывали. Приезжает в столицу иностранец-собственник и привозит с собой крокодила, которого и начинает показывать в Пассаже публике. Мы тотчас же поспешили приветствовать новую отрасль полезной промышленности, которой вообще недостает нашему сильному и разнообразному отечеству. Как вдруг вчера, в половине пятого пополудни, в магазин иностранца-собственника является некто необычайной толщины и в нетрезвом виде, платит за вход и тотчас же, безо всякого предуведомления, лезет в пасть крокодила, который, разумеется, принужден был проглотить его, хотя бы из чувства самосохранения, чтоб не подавиться. Ввалившись во внутренность крокодила, незнакомец тот час же засыпает. Ни крики иностранца-собственника, ни вопли его испуганного семейства, ни угрозы обратиться к полиции не оказывают никакого впечатления. Из внутри крокодила слышен лишь хохот и обещание расправиться розгами (sic!), а бедное млекопитающее, принужденное проглотить такую массу, тщетно проливает слезы. Незваный гость хуже татарина, но, несмотря на пословицу, нахальный посетитель выходить не хочет. Не знаем, как и объяснить подобные варварские факты, свидетельствующие о нашей незрелости и марающие нас в глазах иностранцев. Размашистость русской натуры нашла себе достойное применение. Спрашивается, чего хотелось непрошеному посетителю? Теплого и комфортного помещения? Но в столице существует много прекрасных домов с дешевыми и весьма комфортными квартирами, с проведенной невской водой и с освещенной газом лестницей, при которой заводится нередко от хозяев швейцар. Обращаем еще внимание наших читателей и на самое варварство обращения с домашними животными: заезжему крокодилу, разумеется, трудно переварить подобную массу разом, и теперь он лежит, раздутый горой, и в нестерпимых страданиях ожидает смерти. В Европе давно уже преследуют судом обращающихся негуманно с домашними животными. Но, несмотря на европейское освещение, на европейские тротуары, на европейскую постройку домов, нам еще долго не отстать от заветных наших предрассудков.

Дома новы, но предрассудки стары — и даже и дома-то не новы, по крайней мере лестницы. Мы уже не раз упоминали в нашей газете, что на Петербургской стороне, в доме купца Лукьянова, забежные ступеньки деревянной лестницы сгнили, провалились и давно уже представляют опасность для находящейся у него в услужении солдатки Афимьи Скапидаровой, принужденной часто всходить на лестницу с водою или с охапкою дров. Наконец предсказания наши оправдались: вчера вечером, в половине девятого пополудни, солдатка Афимья Скапидарова провалилась с суповой чашкой и сломала-таки себе ногу. Не знаем, починит ли теперь Лукьянов свою лестницу; русский человек задним умом крепок, но жертва русского авось уже свезена в больницу. Точно так же не устанем мы утверждать, что дворники, счищающие на Выборгской с деревянных тротуаров грязь, не должны пачкать ноги прохожих, а должны складывать грязь в кучки, подобно тому как в Европе при очищении сапогов... и т. д., и т. д."

— Что же это, — сказал я, смотря в некотором недоумении на Прохора Саввича, — что же это такое?

— А что-с?

— Да помилуйте, чем бы об Иване Матвеиче пожалеть, жалеют о крокодиле.

— А что же-с? Зверя даже, *млекопитающего,* и того пожалели. Чем же не Европа-с? Там тоже крокодилов очень жалеют. Хи-хи-хи!

Сказав это, чудак Прохор Саввич уткнулся в свои бумаги и уже не промолвил более ни слова.

Кроткая
Фантастический рассказ

ОТ АВТОРА

Я прошу извинения у моих читателей, что на сей раз вместо «Дневника» в обычной его форме даю лишь повесть. Но я действительно занят был этой повестью бо́льшую часть месяца. Во всяком случае прошу снисхождения читателей.

Теперь о самом рассказе. Я озаглавил его «фантастическим», тогда как считаю его сам в высшей степени реальным. Но фантастическое тут есть действительно, и именно в самой форме рассказа, что и нахожу нужным пояснить предварительно.

Дело в том, что это не рассказ и не записки. Представьте себе мужа, у которого лежит на столе жена, самоубийца, несколько часов перед тем выбросившаяся из окошка. Он в смятении и еще не успел собрать своих мыслей. Он ходит по своим комнатам и старается осмыслить случившееся, «собрать свои мысли в точку». Притом это закоренелый ипохондрик, из тех, что говорят сами с собою. Вот он и говорит сам с собой, рассказывает дело, *уясняет* себе его. Несмотря на кажущуюся последовательность речи, он несколько раз противуречит себе, и в логике и в чувствах. Он и оправдывает себя, и обвиняет ее, и пускается в посторонние разъяснения: тут и грубость мысли и сердца, тут и глубокое чувство. Мало-помалу он действительно *уясняет* себе дело и собирает «мысли в точку». Ряд вызванных им воспоминаний неотразимо приводит его наконец к *правде;* правда неотразимо возвышает его ум и сердце. К концу даже тон рассказа изменяется сравнительно с беспорядочным началом его. Истина открывается несчастному довольно ясно и определительно, по крайней мере для него самого.

Вот тема. Конечно, процесс рассказа продолжается несколько часов, с урывками и перемежками и в форме сбивчивой: то он говорит сам себе, то обращается как бы к невидимому слушателю, к какому-то судье. Да так всегда и бывает в действительности. Если б мог подслушать его и всё записать за ним стенограф, то вышло бы несколько шершавее, необделаннее, чем представлено у меня, но, сколько мне кажется, психологический порядок, может быть, и остался бы тот же самый. Вот это предположение о записавшем всё стенографе (после которого я обделал бы записанное) и есть то, что я называю в этом рассказе фантастическим. Но отчасти подобное уже не раз допускалось в искусстве: Виктор Гюго, например, в своем шедевре «Последний день приговоренного к смертной казни» употребил почти такой же прием и хоть и не вывел стенографа, но допустил еще большую неправдоподобность, предположив, что приговоренный к казни может (и имеет время) вести записки не только в последний день свой, но даже в последний час и буквально в последнюю минуту. Но не допусти он этой фантазии, не существовало бы и самого произведения — самого реальнейшего и самого правдивейшего произведения из всех им написанных.

ГЛАВА ПЕРВАЯ

I
КТО БЫЛ Я И КТО БЫЛА ОНА

...Вот пока она здесь — еще всё хорошо: подхожу и смотрю поминутно; а унесут завтра и — как же я останусь один? Она теперь в зале на столе, составили два ломберных, а гроб будет завтра, белый, белый гроденапль, а впрочем, не про то... Я всё хожу и хочу себе уяснить это. Вот уже шесть часов, как я хочу уяснить и всё не соберу в точку мыслей. Дело в том, что я всё хожу, хожу, хожу... Это вот как было. Я просто расскажу по порядку. (Порядок!) Господа, я далеко не литератор, и вы это видите, да и пусть, а расскажу, как сам понимаю. В том-то и весь ужас мой, что я всё понимаю!

Это если хотите знать, то есть если с самого начала брать, то она просто-запросто приходила ко мне тогда закладывать вещи, чтоб оплатить публикацию в «Голосе» о том, что вот, дескать, таки так, гувернантка, согласна и в отъезд, и уроки давать на дому, и проч., и проч. Это было в самом начале, и я, конечно, не различал ее от других: приходит как все, ну и прочее. А потом стал различать. Была она такая тоненькая, белокуренькая, средне-высокого роста; со мной всегда мешковата, как будто конфузилась (я думаю, и

154

со всеми чужими была такая же, а я, разумеется, ей был всё равно что тот, что другой, то есть если брать как не закладчика, а как человека). Только что получала деньги, тотчас же повертывалась и уходила. И всё молча. Другие так спорят, просят, торгуются, чтоб больше дали; эта нет, что дадут... Мне кажется, я всё путаюсь... Да; меня прежде всего поразили ее вещи: серебряные позолоченные сережечки, дрянненький медальончик — вещи в двугривенный. Она и сама знала, что цена им гривенник, но я по лицу видел, что они для нее драгоценность, — и действительно, это всё, что оставалось у ней от папаши и мамаши, после узнал. Раз только я позволил себе усмехнуться на ее вещи. То есть, видите ли, я этого себе никогда не позволяю, у меня с публикой тон джентльменский: мало слов, вежливо и строго. «Строго, строго и строго». Но она вдруг позволила себе принести остатки (то есть буквально) старой заячьей куцавейки, — и я не удержался и вдруг сказал ей что-то, вроде как бы остроты. Батюшки, как вспыхнула! Глаза у ней голубые, большие, задумчивые, но — как загорелись! Но ни слова не выронила, взяла свои «остатки» и — вышла. Тут-то я и заметил ее в первый раз *особенно* и подумал что-то о ней в этом роде, то есть именно что-то в особенном роде. Да; помню и еще впечатление, то есть, если хотите, самое главное впечатление, синтез всего: именно что ужасно молода, так молода, что точно четырнадцать лет. А меж тем ей тогда уж было без трех месяцев шестнадцать. А впрочем, я не то хотел сказать, вовсе не в том был синтез. Назавтра опять пришла. Я узнал потом, что она у Добронравова и у Мозера с этой куцавейкой была, но те, кроме золота, ничего не принимают и говорить не стали. Я же у ней принял однажды камей (так, дрянненький) — и, осмыслив, потом удивился: я, кроме золота и серебра, тоже ничего не принимаю, а ей допустил камей. Это вторая мысль об ней тогда была, это я помню.

В этот раз, то есть от Мозера, она принесла сигарный янтарный мундштук — вещица так себе, любительская, но у нас опять-таки ничего не стоящая, потому что мы — только золото. Так как она приходила уже после вчерашнего *бунта*, то я встретил ее строго. Строгость у меня — это сухость. Однако же, выдавая ей два рубля, я не удержался и сказал как бы с некоторым раздражением: «Я ведь это только для вас, а такую вещь у вас Мозер не примет». Слово «для вас» я особенно подчеркнул, и именно в *некотором смысле* . Зол был. Она опять вспыхнула, выслушав это «для вас», но смолчала, не бросила денег, приняла, — то-то бедность! А как вспыхнула! Я понял, что уколол. А когда она уже вышла, вдруг спросил себя: так неужели же это торжество над ней стоит двух рублей? Хе-хе-хе! Помню, что задал именно этот вопрос два раза: «Стоит ли? стоит ли?» И, смеясь, разрешил его про себя в утвердительном смысле. Очень уж я тогда развеселился. Но это было не дурное чувство: я с умыслом, с намерением; я ее испытать хотел, потому что у меня вдруг забродили некоторые на ее счет мысли. Это была третья *особенная* моя мысль об ней.

...Ну вот с тех пор всё и началось. Разумеется, я тотчас же постарался разузнать все обстоятельства стороной и ждал ее прихода с особенным нетерпением. Я ведь предчувствовал, что она скоро придет. Когда пришла, я вступил в любезный разговор с необычайною вежливостью. Я ведь недурно воспитан и имею манеры. Гм. Тут-то я догадался, что она добра и кротка. Добрые и кроткие недолго сопротивляются и хоть вовсе не очень открываются, но от разговора увернуться никак не умеют: отвечают скупо, но отвечают, и чем дальше, тем больше, только сами не уставайте, если вам надо. Разумеется, она тогда мне сама ничего не объяснила. Это потом уже про «Голос» и про всё я узнал. Она тогда из последних сил публиковалась, сначала, разумеется, заносчиво: «Дескать, гувернантка, согласна в отъезд, и условия присылать в пакетах», а потом: «Согласна на всё, и учить, и в компаньонки, и за хозяйством смотреть, и за больной ходить, и шить умею», и т. д., и т. д., всё известное! Разумеется, всё это прибавлялось к публикации в разные приемы, а под конец, когда к отчаянию подошло, так даже и «без жалованья, из хлеба». Нет, не нашла места! Я решился ее тогда в последний раз испытать: вдруг беру сегодняшний «Голос» и показываю ей объявление: «Молодая особа, круглая сирота, ищет места гувернантки к малолетним детям, преимущественно у пожилого вдовца. Может облегчить в хозяйстве».

— Вот, видите, эта сегодня утром публиковалась, а к вечеру наверно место нашла. Вот как надо публиковаться!

Опять вспыхнула, опять глаза загорелись, повернулась и тотчас ушла. Мне очень понравилось. Впрочем, я был тогда уже во всем уверен и не боялся: мундштуки-то никто принимать не станет. А у ней и мундштуки уже вышли. Так и есть, на третий день приходит, такая бледненькая, взволнованная, — я понял, что у ней что-то вышло дома, и действительно вышло. Сейчас объясню, что вышло, но теперь хочу лишь припомнить, как я вдруг ей тогда шику задал и вырос в ее глазах. Такое у меня вдруг явилось намерение. Дело в том, что она принесла этот образ (решилась принести) ... Ах, слушайте! слушайте! Вот теперь уже началось, а то я всё путался... Дело в том, что я теперь всё это хочу припомнить, каждую эту мелочь, каждую черточку. Я всё хочу в точку мысли собрать и — не могу, а вот эти черточки, черточки...

Образ богородицы. Богородица с младенцем, домашний, семейный, старинный, риза серебряная золоченая — стоит — ну, рублей шесть стоит. Вижу, дорог ей образ, закладывает весь образ, ризы не снимая. Говорю ей: лучше бы ризу снять, а образ унесите; а то образ все-таки как-то того.

— А разве вам запрещено?

— Нет, не то что запрещено, а так, может быть, вам самим...

— Ну, снимите.

— Знаете что, я не буду снимать, а поставлю вон туда в киот, — сказал я, подумав, — с другими образами, под лампадкой (у меня всегда, как открыл кассу, лампадка горела), и просто-запросто возьмите десять рублей.

— Мне не надо десяти, дайте мне пять, я непременно выкуплю.

— А десять не хотите? Образ стоит, — прибавил я, заметив, что опять глазки сверкнули. Она смолчала. Я вынес ей пять рублей.

— Не презирайте никого, я сам был в этих тисках, да еще похуже-с, и если теперь вы видите меня за таким занятием... то ведь это после всего, что я вынес...

— Вы мстите обществу? Да? — перебила она меня вдруг с довольно едкой насмешкой, в которой было, впрочем, много невинного (то есть общего, потому что меня она решительно тогда от других не отличала, так что почти безобидно сказала). «Ага! — подумал я, — вот ты какая, характер объявляется, нового направления».

— Видите, — заметил я тотчас же полушутливо-полутаинственно. — «Я — я есмь часть той части целого, которая хочет делать зло, а творит добро...»

Она быстро и с большим любопытством, в котором, впрочем, было много детского, посмотрела на меня:

— Постойте... Что это за мысль? Откуда это? Я где-то слышала...

— Не ломайте головы, в этих выражениях Мефистофель рекомендуется Фаусту. «Фауста» читали?

— Не... невнимательно.

— То есть не читали вовсе. Надо прочесть. А впрочем, я вижу опять на ваших губах насмешливую складку. Пожалуйста, не предположите во мне так мало вкуса, что я, чтобы закрасить мою роль закладчика, захотел отрекомендоваться вам Мефистофелем. Закладчик закладчиком и останется. Знаем-с.

— Вы какой-то странный... Я вовсе не хотела вам сказать что-нибудь такое...

Ей хотелось сказать: я не ожидала, что вы человек образованный, но она не сказала, зато я знал, что она это подумала; ужасно я угодил ей.

— Видите, — заметил я, — на всяком поприще можно делать хорошее. Я конечно не про себя, я, кроме дурного, положим, ничего не делаю, но...

— Конечно можно делать и на всяком месте хорошее, — сказала она, быстрым и проникнутым взглядом смотря на меня. — Именно на всяком месте, — вдруг прибавила она. О, я помню, я все эти мгновения помню! И еще хочу прибавить, что когда эта молодежь, эта милая молодежь, захочет сказать что-нибудь такое умное и проникнутое, то вдруг слишком искренно и наивно покажет лицом, что «вот, дескать, я говорю тебе теперь умное и проникнутое», — и не то чтоб из тщеславия, как наш брат, а таки видишь, что она сама ужасно ценит всё это, и верует, и уважает, и думает, что и вы всё это точно так же, как она, уважаете. О искренность! Вот тем-то и побеждают. А в ней как было прелестно!

Помню, ничего не забыл! Когда она вышла, я разом порешил. В тот же день я пошел на последние поиски и узнал об ней всю остальную, уже текущую подноготную; прежнюю подноготную я знал уже всю от Лукерьи, которая тогда служила у них и которую я уже несколько дней тому подкупил. Эта подноготная была так ужасна, что я и не понимаю, как еще можно было смеяться, как она давеча, и любопытствовать о словах Мефистофеля, сама будучи под таким ужасом. Но — молодежь! Именно это подумал тогда об ней с гордостью и с радостью, потому что тут ведь и великодушие: дескать, хоть и на краю гибели, а великие слова Гете сияют. Молодость всегда хоть капельку и хоть в кривую сторону да великодушна. То есть я ведь про нее, про нее одну. И главное, я тогда смотрел уж на нее как на мою и не сомневался в моем могуществе. Знаете, пресладострастная это мысль, когда уж не сомневаешься-то.

Но что со мной? Если я так буду, то когда я соберу все в точку? Скорей, скорей — дело совсем не в том, о боже!

II
БРАЧНОЕ ПРЕДЛОЖЕНИЕ

«Подноготную», которую я узнал об ней, объясню в одном слове: отец и мать померли, давно уже, три года перед тем, а осталась она у беспорядочных теток. То есть их мало назвать беспорядочными. Одна тетка вдова, многосемейная, шесть человек детей, мал мала меньше, другая в девках, старая, скверная. Обе скверные. Отец ее был чиновник, но из писарей, и всего лишь личный дворянин — одним словом: всё мне на руку. Я являлся как бы из высшего мира: всё же отставной штабс-капитан блестящего полка, родовой дворянин, независим и проч., а что касса ссуд, то тетки на это только с уважением могли смотреть. У теток три года была в рабстве, но все-таки где-то экзамен выдержала, — успела выдержать, урвалась выдержать, из-под поденной безжалостной работы, — а это значило же что-нибудь в стремлении к высшему и благородному с ее стороны! Я ведь для чего хотел жениться? А впрочем, обо мне наплевать, это потом... И в этом ли дело! Детей теткиных учила, белье шила, а под конец не только белье, а, с ее грудью, и полы мыла. Попросту они даже ее били, попрекали куском. Кончили тем, что намеревались продать. Тьфу! опускаю грязь подробностей. Потом она мне всё подробно передала. Всё это наблюдал целый год соседний толстый лавочник, но не простой лавочник, а с двумя бакалейными. Он уж двух жен усахарил и искал третью, вот и наглядел ее: «Тихая, дескать, росла в бедности, а я для сирот женюсь». Действительно, у него были сироты. Присватался, стал сговариваться с тетками, к тому же — пятьдесят лет ему; она в ужасе. Вот тут-то и зачастила ко мне для публикаций в «Голосе». Наконец, стала просить теток, чтоб только самую капельку времени дали подумать. Дали ей эту капельку, но только одну, другой не дали, заели: «Сами не знаем, что жрать и без лишнего рта». Я уж это всё знал, а в тот день после утрешнего и порешил. Тогда вечером приехал купец, привез из лавки фунт конфет в полтинник; она с ним сидит, а я вызвал из кухни Лукерью и велел сходить к ней шепнуть, что я у ворот и желаю ей что-то сказать в самом неотложном виде. Я собою остался доволен. И вообще я весь тот день был ужасно доволен.

Тут же у ворот ей, изумленной уже тем, что я ее вызвал, при Лукерье, я объяснил, что сочту за счастье и за честь... Во-вторых, чтоб не удивлялась моей манере и что у ворот: «Человек, дескать, прямой и изучил обстоятельства дела». И я не врал, что прямой. Ну, наплевать. Говорил же я не только прилично, то есть выказав человека с воспитанием, но и оригинально, а это главное. Что ж, разве в этом грешно признаваться? Я хочу себя судить и сужу. Я должен говорить pro и contra,[1] и говорю. Я и после вспоминал про то с наслаждением, хоть это и глупо: я прямо объявил тогда, без всякого смущения, что, во-первых, не особенно талантлив, не особенно умен, может быть, даже не особенно добр, довольно дешевый эгоист (я помню это выражение, я его, дорогой идя, тогда сочинил и остался доволен) и что — очень, очень может быть — заключаю в себе много неприятного и в других отношениях. Всё это сказано было с особенного рода гордостью, — известно, как это говорится. Конечно, я имел настолько вкуса, что, объявив благородно мои недостатки, не пустился объявлять о достоинствах: «Но, дескать, взамен того имею то-то, то-то и это-то». Я видел, что она пока еще ужасно боится, но я не смягчил ничего, мало того, видя, что боится, нарочно усилил: прямо сказал, что сыта будет, ну а нарядов, театров, балов — этого ничего не будет, разве впоследствии, когда цели достигну. Этот строгий тон решительно увлекал меня. Я прибавил, и тоже как можно вскользь, что если я и взял такое занятие, то есть держу эту кассу, то имею одну лишь цель, есть, дескать, такое одно обстоятельство... Но ведь я имел право так говорить: я действительно имел такую цель и такое обстоятельство. Постойте, господа, я всю жизнь

---

1 За и против *(лат.)*.

ненавидел эту кассу ссуд первый, но ведь, в сущности, хоть и смешно говорить самому себе таинственными фразами, а я ведь «мстил же обществу», действительно, действительно, действительно! Так что острота ее утром насчет того, что я «мщу», была несправедлива. То есть, видите ли, скажи я ей прямо словами: «Да, я мщу обществу», и она бы расхохоталась, как давеча утром, и вышло бы в самом деле смешно. Ну а косвенным намеком, пустив таинственную фразу, оказалось, что можно подкупить воображение. К тому же я тогда уже ничего не боялся: я ведь знал, что толстый лавочник во всяком случае ей гаже меня и что я, стоя у ворот, являюсь освободителем. Понимал же ведь я это. О, подлости человек особенно хорошо понимает! Но подлости ли? Как ведь тут судить человека? Разве не любил я ее даже тогда уже?

Постойте: разумеется, я ей о благодеянии тогда ни полслова; напротив, о, напротив: «Это я, дескать, остаюсь облагодетельствован, а не вы». Так что я это даже словами выразил, не удержался, и вышло, может быть, глупо, потому что заметил беглую складку в лице. Но в целом решительно выиграл. Постойте, если всю эту грязь припоминать, то припомню и последнее свинство: я стоял, а в голове шевелилось: ты высок, строен, воспитан и — и наконец, говоря без фанфаронства, ты недурен собой. Вот что играло в моем уме. Разумеется, она тут же у ворот сказала мне «да». Но... но я должен прибавить: она тут же у ворот долго думала, прежде чем сказала «да». Так задумалась, так задумалась, что я уже спросил было: «Ну что ж?» — и даже не удержался, с этаким шиком спросил: «Ну что же-с?» — с словоерсом.

— Подождите, я думаю.

И такое у ней было серьезное личико, такое — что уж тогда бы я мог прочесть! А я-то обижался: «Неужели, думаю, она между мной и купцом выбирает?» О, тогда я еще не понимал! Я ничего, ничего еще тогда не понимал! До сегодня не понимал! Помню, Лукерья выбежала за мною вслед, когда я уже уходил, остановила на дороге и сказала впопыхах: «Бог вам заплатит, сударь, что нашу барышню милую берете, только вы ей это не говорите, она гордая».

Ну, гордая! Я, дескать, сам люблю горденьких. Гордые особенно хороши, когда... ну, когда уж не сомневаешься в своем над ними могуществе, а? О, низкий, неловкий человек! О, как я был доволен! Знаете, ведь у ней, когда она тогда у ворот стояла задумавшись, чтоб сказать мне «да», а я удивлялся, знаете ли, что у ней могла быть даже такая мысль: «Если уж несчастье и там и тут, так не лучше ли прямо самое худшее выбрать, то есть толстого лавочника, пусть поскорей убьет пьяный до смерти!» А? Как вы думаете, могла быть такая мысль?

Да и теперь не понимаю, и теперь ничего не понимаю! Я сейчас только что сказал, что она могла иметь эту мысль: что из двух несчастий выбрать худшее, то есть купца? А кто был для нее тогда хуже — я аль купец? Купец или закладчик, цитующий Гете? Это еще вопрос! Какой вопрос? И этого не понимаешь: ответ на столе лежит, а ты говоришь «вопрос»! Да и наплевать на меня! Не во мне совсем дело... А кстати, что для меня теперь — во мне или не во мне дело? Вот этого так уж совсем решить не могу. Лучше бы спать лечь. Голова болит...

III
БЛАГОРОДНЕЙШИЙ ИЗ ЛЮДЕЙ, НО САМ ЖЕ И НЕ ВЕРЮ

Не заснул. Да и где ж, стучит какой-то пульс в голове. Хочется всё это усвоить, всю эту грязь. О, грязь! О, из какой грязи я тогда ее вытащил! Ведь должна же она была это понимать, оценить мой поступок! Нравились мне тоже разные мысли, например, что мне сорок один, а ей только что шестнадцать. Это меня пленяло, это ощущение неравенства, очень сладостно это, очень сладостно.

Я, например, хотел сделать свадьбу́ l'anglaise,[1] то есть решительно вдвоем, при двух разве свидетелях, из коих одна Лукерья, и потом тотчас в вагон, например хоть в Москву (там у меня кстати же случилось дело), в гостиницу, недели на две. Она воспротивилась, она не позволила, и я принужден был ездить к теткам с почтением, как к родственницам, от которых беру ее. Я уступил, и теткам оказано было надлежащее. Я даже подарил этим тварям по сту рублей и еще обещал, ей, разумеется, про то не сказавши, чтобы не огорчить ее низостью обстановки. Тетки тотчас же стали шелковые. Был спор и о приданом: у ней ничего не было, почти буквально, но она ничего и не хотела. Мне, однако же, удалось доказать ей, что совсем ничего — нельзя, и приданое

---

1 По-английски *(фр.).*

сделал я, потому что кто же бы ей что сделал? Ну, да наплевать обо мне. Разные мои идеи, однако же, я ей все-таки успел тогда передать, чтобы знала по крайней мере. Поспешил даже, может быть. Главное, она с самого начала, как ни крепилась, а бросилась ко мне с любовью, встречала, когда я приезжал по вечерам, с восторгом, рассказывала своим лепетом (очаровательным лепетом невинности!) всё свое детство, младенчество, про родительский дом, про отца и мать. Но я всё это упоение тут же обдал сразу холодной водой. Вот в том-то и была моя идея. На восторги я отвечал молчанием, благосклонным, конечно… но всё же она быстро увидала, что мы разница и что я — загадка. А я, главное, и бил на загадку! Ведь для того, чтобы загадать загадку, я, может быть, и всю эту глупость сделал! Во-первых, строгость, — так под строгостью и в дом ее ввел. Одним словом, тогда, ходя и будучи доволен, я создал целую систему. О, без всякой натуги сама собой вылилась. Да и нельзя было иначе, я должен был создать эту систему по неотразимому обстоятельству, — что ж я, в самом деле, клевещу-то на себя! Система была истинная. Нет, послушайте, если уж судить человека, то судить, зная дело… Слушайте.

Как бы это начать, потому что это очень трудно. Когда начнешь оправдываться — вот и трудно. Видите ли: молодежь презирает, например, деньги, — я тотчас же налег на деньги; я напер на деньги. И так налег, что она всё больше и больше начала умолкать. Раскрывала большие глаза, слушала, смотрела и умолкала. Видите ли: молодежь великодушна, то есть хорошая молодежь, великодушна и порывиста, но мало терпимости, чуть что не так — и презрение. А я хотел широкости, я хотел привить широкость прямо к сердцу, привить к сердечному взгляду, не так ли? Возьму пошлый пример: как бы я, например, объяснил мою кассу ссуд такому характеру? Разумеется, я не прямо заговорил, иначе вышло бы, что я прошу прощения за кассу ссуд, а я, так сказать, действовал гордостью, говорил почти молча. А я мастер молча говорить, я всю жизнь мою проговорил молча и прожил сам с собою целые трагедии молча. О, ведь и я же был несчастлив! Я был выброшен всеми, выброшен и забыт, и никто-то, никто-то этого не знает! И вдруг эта шестнадцатилетняя нахватала обо мне потом подробностей от подлых людей и думала, что всё знает, а сокровенное между тем оставалось лишь в груди этого человека! Я всё молчал, и особенно, особенно с ней молчал, до самого вчерашнего дня, — почему молчал? А как гордый человек. Я хотел, чтоб она узнала сама, без меня, но уже не по рассказам подлецов, а чтобы сама догадалась об этом человеке и постигла его! Принимая ее в дом свой, я хотел полного уважения. Я хотел, чтоб она стояла предо мной в мольбе за мои страдания — и я стоил того. О, я всегда был горд, я всегда хотел или всего, или ничего! Вот именно потому, что я не половинщик в счастье, а всего захотел, — именно потому я и вынужден был так поступить тогда: «Дескать, сама догадайся и оцени!» Потому что, согласитесь, ведь если б я сам начал ей объяснять и подсказывать, вилять и уважения просить, — так ведь я всё равно что просил бы милостыни... А впрочем... а впрочем, что ж я об этом говорю!

Глупо, глупо, глупо и глупо! Я прямо и безжалостно (и я напираю на то, что безжалостно) объяснил ей тогда, в двух словах, что великодушие молодежи прелестно, но — гроша не стоит. Почему не стоит? Потому что дешево ей достается, получилось не живши, всё это, так сказать, «первые впечатления бытия», а вот посмотрим-ка вас на труде! Дешевое великодушие всегда легко, и даже отдать жизнь — и это дешево, потому что тут только кровь кипит и сил избыток, красоты страстно хочется! Нет, возьмите-ка подвиг великодушия, трудный, тихий, неслышный, без блеску, с клеветой, где много жертвы и ни капли славы, — где вы, сияющий человек, пред всеми выставлены подлецом, тогда как вы честнее всех людей на земле, — ну-тка, попробуйте-ка этот подвиг, нет-с, откажетесь! А я — я только всю жизнь и делал, что носил этот подвиг. Сначала спорила, ух как, а потом начала примолкать, совсем даже, только глаза ужасно открывала, слушая, большие, большие такие глаза, внимательные. И... и кроме того, я вдруг увидал улыбку, недоверчивую, молчаливую, нехорошую. Вот с этой-то улыбкой я и ввел ее в мой дом. Правда и то, что ей уж некуда было идти...

IV
ВСЁ ПЛАНЫ И ПЛАНЫ

Кто у нас тогда первый начал?

Никто. Само началось с первого шага. Я сказал, что я ввел ее в дом под строгостью, однако с первого же шага смягчил. Еще невесте, ей было объяснено, что она займется приемом закладов и выдачей денег, и она ведь тогда ничего не сказала (это заметьте). Мало того, — принялась за дело даже с усердием. Ну, конечно, квартира, мебель — всё осталось по-прежнему. Квартира — две комнаты: одна — большая зала, где отгорожена и касса, а другая, тоже большая, — наша комната, общая, тут и спальня. Мебель у меня скудная; даже у теток была лучше. Киот мой с лампадкой — это в зале, где касса; у меня же в комнате мой шкаф, и в нем несколько книг, и укладка, ключи у меня; ну, там постель, столы, стулья. Еще невесте сказал, что на наше содержание, то есть на пищу, мне, ей и Лукерье, которую я переманил, определяется в день рубль и не больше: «Мне, дескать, нужно тридцать тысяч в три года, а иначе денег не наживешь». Она не препятствовала, но я сам возвысил содержание на тридцать копеек. Тоже и театр. Я сказал невесте, что не будет театра, и, однако ж, положил раз в месяц театру быть, и прилично, в креслах. Ходили вместе, были три раза, смотрели «Погоню за счастьем» и «Птицы певчие», кажется. (О, наплевать, наплевать!) Молча ходили и молча возвращались. Почему, почему мы с самого начала принялись молчать? Сначала ведь ссор не было, а тоже молчание. Она всё как-то, помню, тогда исподтишка на меня глядела; я, как заметил это, и усилил молчание. Правда, это я на молчание напер, а не она. С ее стороны раз или два были порывы, бросалась обнимать меня; но так как порывы были болезненные, истерические, а мне надо было твердого счастья, с уважением от нее, то я принял холодно. Да и прав был: каждый раз после порывов на другой день была ссора.

То есть ссор не было, опять-таки, но было молчание и — всё больше и больше дерзкий вид с ее стороны. «Бунт и независимость» — вот что было, только она не умела. Да, это кроткое лицо становилось всё дерзче и дерзче. Верите ли, я ей становился поган, я ведь изучил это. А в том, что она выходила порывами из себя, в этом не было сомнения. Ну как, например, выйдя из такой грязи и нищеты, после мытья-то полов, начать вдруг фыркать на нашу бедность! Видите-с: была не бедность, а была экономия, а в чем надо — так и роскошь, в белье например, в чистоте. Я всегда и прежде мечтал, что чистота в муже прельщает жену. Впрочем, она не на бедность, а на мое будто бы скаредство в экономии: «Цели, дескать, имеет, твердый характер показывает». От театра вдруг сама отказалась. И всё пуще и пуще насмешливая складка… а я усиливаю молчание, а я усиливаю молчание.

Не оправдываться же? Тут главное — эта касса ссуд. Позвольте-с: я знал, что женщина, да еще шестнадцати лет, не может не подчиниться мужчине вполне. В женщинах нет оригинальности, это — это аксиома, даже и теперь, даже и теперь для меня аксиома! Что ж такое, что там в зале лежит: истина есть истина, и тут сам Милль ничего не поделает! А женщина любящая, о, женщина любящая — даже пороки, даже злодейства любимого существа обоготворит. Он сам не подыщет своим злодействам таких оправданий, какие она ему найдет. Это великодушно, но не оригинально. Женщин погубила одна лишь неоригинальность. И что ж, повторяю, что вы мне указываете там на столе? Да разве это оригинально, что там на столе? О-о!

Слушайте: в любви ее я был тогда уверен. Ведь бросалась же она ко мне и тогда на шею. Любила, значит, вернее — желала любить. Да, вот так это и было: желала любить, искала любить. А главное ведь в том, что тут и злодейств никаких таких не было, которым бы ей пришлось подыскивать оправдания. Вы говорите «закладчик», и все говорят. А что ж что закладчик? Значит, есть же причины, коли великодушнейший из людей стал закладчиком. Видите, господа, есть идеи… то есть, видите, если иную идею произнести, выговорить словами, то выйдет ужасно глупо. Выйдет стыдно самому. А почему? Нипочему. Потому, что мы все дрянь и правды не выносим, или уж я не знаю. Я сказал сейчас «великодушнейший из людей». Это смешно, а между тем ведь это так и было. Ведь это правда, то есть самая, самая правденская правда! Да, я имел право захотеть себя тогда обеспечить и открыть эту кассу: «Вы отвергли меня, вы, люди то есть, вы прогнали меня с презрительным молчанием. На мой страстный порыв к вам вы ответили мне обидой на всю мою жизнь. Теперь я, стало быть, вправе был оградиться от вас стеной, собрать эти тридцать тысяч рублей и окончить жизнь где-нибудь в Крыму, на Южном берегу, в горах и виноградниках, в своем имении, купленном на эти тридцать тысяч, а главное, вдали от всех вас, но без злобы на вас, с идеалом в душе, с любимой у сердца женщиной, с семьей, если бог пошлет, и — помогая окрестным поселянам». Разумеется, хорошо, что я это сам теперь про себя говорю, а то что могло быть глупее, если б я тогда ей это вслух расписал? Вот почему и гордое молчание, вот почему и сидели молча. Потому, что ж бы она поняла? Шестнадцать-то лет, первая-то молодость, — да что могла она понять из моих оправданий, из моих страданий? Тут прямолинейность, незнание жизни, юные дешевые убеждения, слепота куриная «прекрасных сердец», а главное тут — касса ссуд и — баста (а разве я был злодей в кассе ссуд, разве не видела она, как я поступал и брал ли я лишнее?)! О, как ужасна правда на земле! Эта прелесть, эта кроткая, это небо — она была тиран, нестерпимый тиран души моей и мучитель! Ведь я наклевещу на себя, если этого не скажу! Вы думаете, я ее не любил? Кто может сказать, что я ее не любил? Видите ли: тут ирония, тут вышла злая ирония судьбы и природы! Мы прокляты, жизнь людей проклята вообще! (Моя, в частности!) Я ведь понимаю же теперь, что я в чем-то тут ошибся! Тут что-то вышло не так. Всё было ясно, план мой был ясен как небо: «Суров, горд и в нравственных утешениях ни в чьих не нуждается, страдает молча». Так оно и было, не лгал, не лгал! «Увидит потом сама, что тут было великодушие, но только она не сумела заметить, — и как догадается об этом когда-нибудь, то оценит вдесятеро и падет в прах, сложа в мольбе руки». Вот план. Но тут я что-то забыл или упустил из виду. Не сумел я что-то тут сделать. Но довольно, довольно. И у кого теперь прощения просить? Кончено так кончено. Смелей, человек, и будь горд! Не ты виноват!..

Что ж, я скажу правду, я не побоюсь стать пред правдой лицом к лицу: она виновата, она виновата!..

V
КРОТКАЯ БУНТУЕТ

Ссоры начались с того, что она вдруг вздумала выдавать деньги по-своему, ценить вещи выше стоимости и даже раза два удостоила со мной вступить на эту тему в спор. Я не согласился. Но тут подвернулась эта капитанша.

Пришла старуха капитанша с медальоном — покойного мужа подарок, ну, известно, сувенир. Я выдал тридцать рублей. Принялась жалобно ныть, просить, чтоб сохранили вещь, — разумеется, сохраним. Ну, одним словом, вдруг через пять дней приходит обменять на браслет, который не стоил и восьми рублей; я, разумеется, отказал. Должно быть, она тогда же угадала что-нибудь по глазам жены, но только она пришла без меня, и та обменяла ей медальон.

Узнав в тот же день, я заговорил кротко, но твердо и резонно. Она сидела на постели, смотрела в землю, щелкая правым носком по коврику (ее жест); дурная улыбка стояла на ее губах. Тогда я, вовсе не возвышая голоса, объявил спокойно, что деньги мои, что я имею право смотреть на жизнь моими глазами, и — что когда я приглашал ее к себе в дом, то ведь ничего не скрыл от нее.

Она вдруг вскочила, вдруг вся затряслась и — что бы вы думали — вдруг затопала на меня ногами; это был зверь, это был припадок, это был зверь в припадке. Я оцепенел от изумления: такой выходки я никогда не ожидал. Но не потерялся, я даже не сделал движения и опять прежним спокойным голосом прямо объявил, что с сих пор лишаю ее участия в моих занятиях. Она захохотала мне в лицо и вышла из квартиры.

Дело в том, что выходить из квартиры она не имела права. Без меня никуда, таков был уговор еще в невестах. К вечеру она воротилась; я ни слова.

Назавтра тоже с утра ушла, напослезавтра опять. Я запер кассу и направился к теткам. С ними я с самой свадьбы прервал — ни их к себе, ни сами к ним. Теперь оказалось, что она у них не была. Выслушали меня с любопытством и мне же насмеялись в глаза: «Так вам, говорят, и надо». Но я и ждал их смеха. Тут же младшую тетку, девицу, за сто рублей подкупил и двадцать пять дал вперед. Через два дня она приходит ко мне: «Тут, говорит, офицер, Ефимович, поручик, бывший ваш прежний товарищ в полку, замешан». Я был очень изумлен. Этот Ефимович более всего зла мне нанес в полку, а с месяц назад, раз и другой, будучи бесстыден, зашел в кассу под видом закладов и, помню, с женой тогда начал смеяться. Я тогда же подошел и сказал ему, чтоб он не осмеливался ко мне приходить, вспомня наши отношения; но и мысли об чем-нибудь таком у меня в голове не было, а так просто подумал, что нахал. Теперь же вдруг тетка сообщает, что с ним у ней уже назначено свидание и что всем делом орудует одна

168

прежняя знакомая теток, Юлия Самсоновна, вдова, да еще полковница, — «к ней-то, дескать, ваша супруга и ходит теперь».

Эту картину я сокращу. Всего мне стоило это дело рублей до трехсот, но в двое суток устроено было так, что я буду стоять в соседней комнате, за притворенными дверями, и слышать первый rendez-vous[1] наедине моей жены с Ефимовичем. В ожидании же, накануне, произошла у меня с ней одна краткая, но слишком знаменательная для меня сцена.

Воротилась она перед вечером, села на постель, смотрит на меня насмешливо и ножкой бьет о коврик. Мне вдруг, смотря на нее, влетела тогда в голову идея, что весь этот последний месяц, или, лучше, две последние перед сим недели, она была совсем не в своем характере, можно даже сказать — в обратном характере: являлось существо буйное, нападающее, не могу сказать бесстыдное, но беспорядочное и само ищущее смятения. Напрашивающееся на смятение. Кротость, однако же, мешала. Когда этакая забуйствует, то хотя бы и перескочила меру, а всё видно, что она сама себя только ломит, сама себя подгоняет и что с целомудрием и стыдом своим ей самой первой справиться невозможно. Оттого-то этакие и выскакивают порой слишком уж не в меру, так что не веришь собственному наблюдающему уму. Привычная же к разврату душа, напротив, всегда смягчит, сделает гаже, но в виде порядка и приличия, который над вами же имеет претензию превосходствовать.

— А правда, что вас из полка выгнали за то, что вы на дуэль выйти струсили? — вдруг спросила она, с дубу сорвав, и глаза ее засверкали.

— Правда; меня, по приговору офицеров, попросили из полка удалиться, хотя, впрочем, я сам уже перед тем подал в отставку.

— Выгнали как труса?

— Да, они присудили как труса. Но я отказался от дуэли не как трус, а потому, что не захотел подчиниться их тираническому приговору и вызывать на дуэль, когда не находил сам обиды. Знайте, — не удержался я тут, — что восстать действием против такой тирании и принять все последствия — значило выказать гораздо более мужества,

---

1 Свидание *(фр.)*.

чем в какой хотите дуэли.

Я не сдержался, я этой фразой как бы пустился в оправдание себя; а ей только этого и надо было, этого нового моего унижения. Она злобно рассмеялась.

— А правда, что вы три года потом по улицам в Петербурге как бродяга ходили, и по гривеннику просили, и под биллиардами ночевали?

— Я и на Сенной в доме Вяземского ночевывал. Да, правда; в моей жизни было потом, после полка, много позора и падения, но не нравственного падения, потому что я сам же первый ненавидел мои поступки даже тогда. Это было лишь падение воли моей и ума и было вызвано лишь отчаянием моего положения. Но это прошло...

— О, теперь вы лицо — финансист!

То есть это намек на кассу ссуд. Но я уже успел сдержать себя. Я видел, что она жаждет унизительных для меня объяснений и — не дал их. Кстати же позвонил закладчик, и я вышел к нему в залу. После, уже через час, когда она вдруг оделась, чтоб выйти, остановилась предо мной и сказала:

— Вы, однако ж, мне об этом ничего не сказали до свадьбы? Я не ответил, и она ушла.

Итак, назавтра я стоял в этой комнате за дверями и слушал, как решалась судьба моя, а в кармане моем был револьвер. Она была приодета, сидела за столом, а Ефимович перед нею ломался. И что ж: вышло то (я к чести моей говорю это), вышло точь-в-точь то, что я предчувствовал и предполагал, хоть и не сознавая, что я предчувствую и предполагаю это. Не знаю, понятно ли выражаюсь.

Вот что вышло. Я слушал целый час и целый час присутствовал при поединке женщины благороднейшей и возвышенной с светской развратной, тупой тварью, с пресмыкающеюся душой. И откуда, думал я, пораженный, откуда эта наивная, эта кроткая, эта малословесная знает всё это? Остроумнейший автор великосветской комедии не мог бы создать этой сцены насмешек, наивнейшего хохота и святого презрения добродетели к пороку. И сколько было блеска в ее словах и маленьких словечках; какая острота в быстрых ответах, какая правда в ее осуждении! И в то же время столько девического почти простодушия. Она смеялась ему в глаза над его объяснениями в любви, над его жестами, над его предложениями. Приехав с грубым приступом к делу и не предполагая сопротивления, он вдруг так и осел. Сначала я бы мог подумать, что тут у ней просто кокетство — «кокетство хоть и развратного, но остроумного существа, чтоб дороже себя выставить». Но нет, правда засияла как солнце, и сомневаться было нельзя. Из ненависти только ко мне, напускной и порывистой, она, неопытная, могла решиться затеять это свидание, но как дошло до дела — то у ней тотчас открылись глаза. Просто металось существо, чтобы оскорбить меня чем бы то ни было, но, решившись на такую грязь, не вынесло беспорядка. И ее ли, безгрешную и чистую, имеющую идеал, мог прельстить Ефимович или кто хотите из этих великосветских тварей? Напротив, он возбудил лишь смех. Вся правда поднялась из ее души, и негодование вызвало из сердца сарказм. Повторяю, этот шут под конец совсем осовел и сидел нахмурившись, едва отвечая, так что я даже стал бояться, чтоб не рискнул оскорбить ее из низкого мщения. И опять повторяю: к чести моей, эту сцену я выслушал почти без изумления. Я как будто встретил одно знакомое. Я как будто шел затем, чтоб это встретить. Я шел, ничему не веря, никакому обвинению, хотя и взял револьвер в карман, — вот правда! И мог разве я вообразить ее другою? Из-за чего ж я любил, из-за чего ж я ценил ее, из-за чего ж женился на ней? О, конечно, я слишком убедился в том, сколь она меня тогда ненавидела, но убедился и в том, сколь она непорочна. Я прекратил сцену вдруг, отворив двери. Ефимович вскочил, я взял ее за руку и пригласил со мной выйти. Ефимович нашелся и вдруг звонко и раскатисто расхохотался:

— О, против священных супружеских прав я не возражаю, уводите, уводите! И знаете, — крикнул он мне вслед, — хоть с вами и нельзя драться порядочному человеку, но, из уважения к вашей даме, я к вашим услугам... Если вы, впрочем, сами рискнете...

— Слышите! — остановил я ее на секунду на пороге.

Затем всю дорогу до дома ни слова. Я вел ее за руку, и она не сопротивлялась. Напротив, она была ужасно поражена, но только до дома. Придя домой, она села на стул и уперлась в меня взглядом. Она была чрезвычайно бледна; губы хоть и сложились тотчас же в насмешку, но смотрела она уже с торжественным и суровым вызовом и, кажется, серьезно убеждена была в первые минуты, что я убью ее из револьвера. Но я молча вынул револьвер из кармана и положил на стол. Она смотрела на меня и на револьвер. (Заметьте: револьвер этот был ей уже знаком. Заведен он был у меня и заряжен с самого открытия кассы. Открывая кассу, я порешил не держать ни огромных собак, ни сильного лакея, как, например, держит Мозер. У меня посетителям отворяет кухарка. Но занимающимся нашим ремеслом невозможно лишить себя, на всякий случай, самозащиты, и я завел заряженный револьвер. Она в первые дни, как вошла ко мне в дом, очень интересовалась этим револьвером, расспрашивала, и я объяснил даже ей устройство и систему, кроме того, убедил раз выстрелить в цель. Заметьте всё это.) Не обращая внимания на ее испуганный взгляд, я, полураздетый, лег на постель. Я был очень обессилен; было уже около одиннадцати часов. Она продолжала сидеть на том же месте, не шевелясь, еще около часа, затем потушила свечу и легла, тоже одетая, у стены, на диване. В первый раз не легла со мной, — это тоже заметьте...

VI
СТРАШНОЕ ВОСПОМИНАНИЕ

Теперь это страшное воспоминание...

Я проснулся утром, я думаю, в восьмом часу, и в комнате было уже почти совсем светло. Я проснулся разом с полным сознанием и вдруг открыл глаза. Она стояла у стола и держала в руках револьвер. Она не видела, что я проснулся и гляжу. И вдруг я вижу, что она стала надвигаться ко мне с револьвером в руках. Я быстро закрыл глаза и притворился крепко спящим.

Она дошла до постели и стала надо мной. Я слышал всё; хоть и настала мертвая тишина, но я слышал эту тишину. Тут произошло одно судорожное движение — и я вдруг, неудержимо, открыл глаза против воли. Она смотрела прямо на меня, мне в глаза, и револьвер уже был у моего виска. Глаза наши встретились. Но мы глядели друг на друга не более мгновения. Я с силой закрыл глаза опять и в то же мгновение решил изо всей силы моей души, что более уже не шевельнусь и не открою глаз, что бы ни ожидало меня.

В самом деле, бывает, что и глубоко спящий человек вдруг открывает глаза, даже приподымает на секунду голову и оглядывает комнату, затем, через мгновение, без сознания кладет опять голову на подушку и засыпает, ничего не помня. Когда я, встретившись с ее взглядом и ощутив револьвер у виска, вдруг закрыл опять глаза и не шевельнулся, как глубоко спящий, — она решительно могла предположить, что я в самом деле сплю и что ничего не видал, тем более что совсем невероятно, увидав то, что я увидел, закрыть в такое мгновение опять глаза.

Да, невероятно. Но она все-таки могла угадать и правду, — это-то и блеснуло в уме моем вдруг, всё в то же мгновение. О, какой вихрь мыслей, ощущений пронесся менее чем в мгновение в уме моем, и да здравствует электричество человеческой мысли! В таком случае (почувствовалось мне), если она угадала правду и знает, что я не сплю, то я уже раздавил ее моею готовностью принять смерть и у ней теперь может дрогнуть рука. Прежняя решимость может разбиться о новое чрезвычайное впечатление. Говорят, что стоящие на высоте как бы тянутся сами книзу, в бездну. Я думаю, много самоубийств и убийств совершилось потому только, что револьвер уже был взят в руки. Тут тоже бездна, тут покатость в сорок пять градусов, о которую нельзя не скользнуть, и вас что-то вызывает непобедимо спустить курок. Но сознание, что я всё видел, всё знаю и жду от нее смерти молча, — могло удержать ее на покатости.

Тишина продолжалась, и вдруг я ощутил у виска, у волос моих, холодное прикосновение железа. Вы спросите: твердо ли я надеялся, что спасусь? Отвечу вам, как перед богом: не имел никакой надежды, кроме разве одного шанса из ста. Для чего же принимал смерть? А я спрошу: на что мне была жизнь после револьвера, поднятого на меня обожаемым мною существом? Кроме того, я знал всей силой моего существа, что между нами в это самое мгновение идет борьба, страшный поединок на жизнь и смерть, поединок вот того самого вчерашнего труса, выгнанного за трусость товарищами. Я знал это, и она это знала, если только угадала правду, что я не сплю.

Может быть, этого и не было, может быть, я этого и не мыслил тогда, но это всё же должно было быть, хоть без мысли, потому что я только и делал, что об этом думал потом каждый час моей жизни.

Но вы зададите опять вопрос: зачем же ее не спас от

злодейства? О, я тысячу раз задавал себе потом этот вопрос — каждый раз, когда, с холодом в спине, припоминал ту секунду. Но душа моя была тогда в мрачном отчаянии: я погибал, я сам погибал, так кого ж бы я мог спасти? И почем вы знаете, хотел ли бы еще я тогда кого спасти? Почем знать, что я тогда мог чувствовать?

Сознание, однако ж, кипело; секунды шли, тишина была мертвая; она всё стояла надо мной, — и вдруг я вздрогнул от надежды! Я быстро открыл глаза. Ее уже не было в комнате. Я встал с постели: я победил, — и она была навеки побеждена!

Я вышел к самовару. Самовар подавался у нас всегда в первой комнате, и чай разливала всегда она. Я сел к столу молча и принял от нее стакан чая. Минут через пять я на нее взглянул. Она была страшно бледна, еще бледнее вчерашнего, и смотрела на меня. И вдруг — и вдруг, видя, что я смотрю на нее, она бледно усмехнулась бледными губами, с робким вопросом в глазах. «Стало быть, всё еще сомневается и спрашивает себя: знает он иль не знает, видел он иль не видел?» Я равнодушно отвел глаза. После чая запер кассу, пошел на рынок и купил железную кровать и ширмы. Возвратясь домой, я велел поставить кровать в зале, а ширмами огородить ее. Это была кровать для нее, но я ей не сказал ни слова. И без слов поняла, через эту кровать, что я «всё видел и всё знаю» и что сомнений уже более нет. На ночь я оставил револьвер как всегда на столе. Ночью она молча легла в эту новую свою постель: брак был расторгнут, «побеждена, но не прощена». Ночью с нею сделался бред, а наутро горячка. Она пролежала шесть недель.

ГЛАВА ВТОРАЯ

I
СОН ГОРДОСТИ

Лукерья сейчас объявила, что жить у меня не станет и, как похоронят барыню, — сойдет. Молился на коленях пять минут, а хотел молиться час, но всё думаю, думаю, и всё больные мысли, и больная голова, — чего ж тут молиться — один грех! Странно тоже, что мне спать не хочется: в большом, в слишком большом горе, после первых сильнейших взрывов, всегда спать хочется. Приговоренные к смертной казни чрезвычайно, говорят, крепко спят в последнюю ночь. Да так и надо, это по природе, а то силы бы не вынесли... Я лег на диван, но не заснул...

...Шесть недель болезни мы ходили тогда за ней день и ночь — я, Лукерья и ученая сиделка из больницы, которую я нанял. Денег я не жалел, и мне даже хотелось на нее тратить. Доктора я позвал Шредера и платил ему по десяти рублей за визит. Когда она пришла в сознание, я стал меньше являться на глаза. А впрочем, что ж я описываю. Когда она встала совсем, то тихо и молча села в моей комнате за особым столом, который я тоже купил для нее в это время... Да, это правда, мы совершенно молчали; то есть мы начали даже потом говорить, но — всё обычное. Я, конечно, нарочно не распространялся, но я очень хорошо заметил, что и она как бы рада была не сказать лишнего слова. Мне показалось это совершенно естественным с ее стороны: «Она слишком потрясена и слишком побеждена, — думал я, — и, уж конечно, ей надо дать позабыть и привыкнуть». Таким образом мы и молчали, но я каждую минуту приготовлялся про себя к будущему. Я думал, что и она тоже, и для меня было страшно занимательно угадывать: об чем именно она теперь про себя думает?

Еще скажу: о, конечно, никто не ведает, сколько я вынес, стеная над ней в ее болезни. Но я стенал про себя и стоны давил в груди даже от Лукерьи. Я не мог представить, предположить даже не мог, чтоб она умерла, не узнав всего. Когда же она вышла из опасности и здоровье стало возвращаться, я, помню это, быстро и очень успокоился. Мало того, я решил отложить наше будущее как можно на долгое время, а оставить пока всё в настоящем виде. Да, тогда случилось со мной нечто странное и особенное, иначе не умею назвать: я восторжествовал, и одного сознания о том оказалось совершенно для меня довольно. Вот так и прошла вся зима. О, я был доволен, как никогда не бывал, и это всю зиму.

Видите: в моей жизни было одно страшное внешнее обстоятельство, которое до тех пор, то есть до самой катастрофы с женой, каждый день и каждый час давило меня, а именно — потеря репутации и тот выход из полка. В двух словах: была тираническая несправедливость против меня. Правда, меня не любили товарищи за тяжелый характер и, может быть, за смешной характер, хотя часто бывает ведь так, что возвышенное для вас, сокровенное и чтимое вами в то же время смешит почему-то толпу ваших товарищей. О, меня не любили никогда даже в школе. Меня всегда и везде не любили. Меня и Лукерья не может любить. Случай же в полку был хоть и следствием нелюбви ко мне, но без сомнения носил случайный характер. Я к тому это, что нет ничего обиднее и несноснее, как погибнуть от случая, который мог быть и не быть, от несчастного скопления обстоятельств, которые могли пройти мимо, как облака. Для интеллигентного существа унизительно. Случай был следующий.

В антракте, в театре, я вышел в буфет. Гусар А-в, вдруг войдя, громко при всех бывших тут офицерах и публике заговорил с двумя своими же гусарами об том, что в коридоре капитан нашего полка Безумцев сейчас только наделал скандалу «и, кажется, пьяный». Разговор не завязался, да и была ошибка, потому что капитан Безумцев пьян не был и скандал был, собственно, не скандал. Гусары заговорили о другом, тем и кончилось, но назавтра анекдот проник в наш полк, и тотчас же у нас заговорили, что в буфете из нашего полка был только я один и когда гусар А-в дерзко отнесся о капитане Безумцеве, то я не подошел к А-ву и не остановил его замечанием. Но с какой же бы стати? Если он имел зуб на Безумцева, то дело это было их личное, и мне чего ж ввязываться? Между тем офицеры начали находить, что дело было не личное, а касалось и полка, а так как офицеров нашего полка тут был только я, то тем и доказал всем бывшим в буфете офицерам и публике, что в полку нашем могут быть офицеры, не столь щекотливые насчет чести своей и полка. Я не мог согласиться с таким определением. Мне дали знать, что я могу еще всё поправить, если даже и теперь, хотя и поздно, захочу формально объясниться с А-м. Я этого не захотел и так как был раздражен, то отказался с гордостью. Затем тотчас же подал в отставку, — вот вся история. Я вышел гордый, но разбитый духом. Я упал волей и умом. Тут как раз подошло, что сестрин муж в Москве промотал наше маленькое состояние и мою в нем часть, крошечную часть, но я остался без гроша на улице. Я бы мог взять частную службу, но я не взял: после блестящего мундира я не мог пойти куда-нибудь на железную дорогу. Итак — стыд так стыд, позор так позор, падение так падение, и чем хуже, тем лучше, — вот что я выбрал. Тут три года мрачных воспоминаний и даже дом Вяземского. Полтора года назад умерла в Москве богатая старуха, моя крестная мать, и неожиданно, в числе прочих, оставила и мне по завещанию три тысячи. Я подумал и тогда же решил судьбу свою. Я решился на кассу ссуд, не прося у людей прощения: деньги, затем угол и — новая жизнь вдали от прежних воспоминаний, — вот план. Тем не менее мрачное прошлое и навеки испорченная репутация моей чести томили меня каждый час, каждую минуту. Но тут я женился. Случайно или нет — не знаю. Но вводя ее в дом, я думал, что ввожу друга, мне же слишком был надобен друг. Но я видел ясно, что друга надо было приготовить, доделать и даже победить. И мог ли я что-нибудь объяснить так сразу этой шестнадцатилетней и предубежденной? Например, как мог бы я, без случайной помощи происшедшей страшной катастрофы с револьвером, уверить ее, что я не трус и что меня обвинили в полку как труса несправедливо? Но катастрофа подоспела кстати. Выдержав револьвер, я отмстил всему моему мрачному прошедшему. И хоть никто про то не узнал, но узнала она, а это было всё для меня, потому что она сама была всё для меня, вся надежда моего будущего в мечтах моих! Она была единственным человеком, которого я готовил себе, а другого и не надо было, — и вот она всё узнала; она узнала по крайней мере, что несправедливо поспешила присоединиться к врагам моим. Эта мысль восхищала меня. В глазах ее я уже не мог быть подлецом, а разве лишь странным человеком, но и эта мысль теперь, после всего, что произошло, мне вовсе не так не нравилась: странность не порок, напротив, иногда завлекает женский характер. Одним словом, я нарочно отдалил развязку: того, что произошло, было слишком пока довольно для моего спокойствия и заключало слишком много картин и матерьяла для мечтаний моих. В том-то и скверность, что я мечтатель: с меня хватило матерьяла, а об ней я думал, что подождет.

Так прошла вся зима, в каком-то ожидании чего-то. Я любил глядеть на нее украдкой, когда она сидит, бывало, за своим столиком. Она занималась работой, бельем, а по вечерам иногда читала книги, которые брала из моего шкафа. Выбор книг в шкафе тоже должен был свидетельствовать в мою пользу. Не выходила она почти никуда. Перед сумерками, после обеда, я выводил ее каждый день гулять, и мы делали моцион, но не совершенно молча, как прежде. Я именно старался делать вид, что мы не молчим и говорим согласно, но, как я сказал уже, сами мы оба так делали, что не распространялись. Я делал нарочно, а ей, думал я, необходимо «дать время». Конечно странно, что мне ни разу, почти до конца зимы, не пришло в голову, что я вот исподтишка люблю смотреть на нее, а ни одного-то ее взгляда за всю зиму я не поймал на себе! Я думал, что в ней это робость. К тому же она имела вид такой робкой кротости, такого бессилия после болезни. Нет, лучше выжди и — «и она вдруг сама подойдет к тебе...»

Эта мысль восхищала меня неотразимо. Прибавлю одно: иногда я как будто нарочно разжигал себя самого и действительно доводил свой дух и ум до того, что как будто впадал на нее в обиду. И так продолжалось по нескольку времени. Но ненависть моя никогда не могла созреть и укрепиться в душе моей. Да и сам я чувствовал, что как будто это только игра. Да и тогда, хоть и разорвал я брак, купив кровать и ширмы, но никогда, никогда не мог я видеть в ней преступницу. И не потому, что судил о преступлении ее легкомысленно, а потому, что имел смысл совершенно простить ее, с самого первого дня, еще прежде даже, чем купил кровать. Одним словом, это странность с моей стороны, ибо я нравственно строг. Напротив, в моих глазах она была так побеждена, была так унижена, так раздавлена, что я мучительно жалел ее иногда, хотя мне при всем этом решительно нравилась иногда идея об ее унижении. Идея этого неравенства нашего нравилась...

Мне случилось в эту зиму нарочно сделать несколько добрых поступков. Я простил два долга, я дал одной бедной женщине без всякого заклада. И жене я не сказал про это, и вовсе не для того, чтобы она узнала, сделал; но женщина сама пришла благодарить, и чуть не на коленях. Таким образом огласилось; мне показалось, что про женщину она действительно узнала с удовольствием.

Но надвигалась весна, был уже апрель в половине, вынули двойные рамы, и солнце стало яркими пучками освещать наши молчаливые комнаты. Но пелена висела передо мною и слепила мой ум. Роковая, страшная пелена! Как это случилось, что всё это вдруг упало с глаз и я вдруг прозрел и всё понял! Случай ли это был, день ли пришел такой срочный, солнечный ли луч зажег в отупевшем уме моем мысль и догадку? Нет, не мысль и не догадка были тут, а тут вдруг заиграла одна жилка, замертвевшая было жилка, затряслась и ожила и озарила всю отупевшую мою душу и бесовскую гордость мою. Я тогда точно вскочил вдруг с места. Да и случилось оно вдруг и внезапно. Это случилось перед вечером, часов в пять, после обеда...

II
ПЕЛЕНА ВДРУГ УПАЛА

Два слова прежде того. Еще за месяц я заметил в ней странную задумчивость, не то что молчание, а уже задумчивость. Это тоже я заметил вдруг. Она тогда сидела за работой, наклонив голову к шитью, и не видала, что я гляжу на нее. И вдруг меня тут же поразило, что она такая стала тоненькая, худенькая, лицо бледненькое, губы побелели, — меня всё это, в целом, вместе с задумчивостью, чрезвычайно и разом фраппировало. Я уже и прежде слышал маленький сухой кашель, по ночам особенно. Я тотчас встал и отправился просить ко мне Шредера, ей ничего не сказавши.

Шредер прибыл на другой день. Она была очень удивлена и смотрела то на Шредера, то на меня.

— Да я здорова, — сказала она, неопределенно усмехнувшись.

Шредер ее не очень осматривал (эти медики бывают иногда свысока небрежны), а только сказал мне в другой комнате, что это осталось после болезни и что с весной недурно куда-нибудь съездить к морю или, если нельзя, то просто переселиться на дачу. Одним словом, ничего не сказал, кроме того, что есть слабость или там что-то. Когда Шредер вышел, она вдруг сказала мне опять, ужасно серьезно смотря на меня:

— Я совсем, совсем здорова.

Но сказавши, тут же вдруг покраснела, видимо, от стыда. Видимо, это был стыд. О, теперь я понимаю: ей было стыдно, что я еще *муж ее*, забочусь об ней, всё еще будто бы настоящий муж. Но тогда я не понял и краску приписал смирению. (Пелена!)

И вот, месяц после того, в пятом часу, в апреле, в яркий солнечный день я сидел у кассы и вел расчет. Вдруг слышу, что она, в нашей комнате, за своим столом, за работой, тихо-тихо... запела. Эта новость произвела на меня потрясающее впечатление, да и до сих пор я не понимаю его. До тех пор я почти никогда не слыхал ее поющую, разве в самые первые дни, когда ввел ее в дом и когда еще могли резвиться, стреляя в цель из револьвера. Тогда еще голос ее был довольно сильный, звонкий, хотя неверный, но ужасно приятный и здоровый. Теперь же песенка была такая слабенькая — о, не то чтобы заунывная (это был какой-то романс), но как будто бы в голосе было что-то надтреснутое, сломанное, как будто голосок не мог справиться, как будто сама песенка была больная. Она пела вполголоса, и вдруг, поднявшись, голос оборвался, — такой бедненький голосок, так он оборвался жалко; она откашлялась и опять тихо-тихо, чуть-чуть, запела...

Моим волненьям засмеются, но никогда никто не поймет, почему я заволновался! Нет, мне еще не было ее жаль, а это было что-то совсем еще другое. Сначала, по крайней мере в первые минуты, явилось вдруг недоумение и страшное удивление, страшное и странное, болезненное и почти что мстительное: «Поет, и при мне! *Забыла она про меня, что ли?*»

Весь потрясенный, я оставался на месте, потом вдруг встал, взял шляпу и вышел, как бы не соображая. По крайней мере не знаю, зачем и куда. Лукерья стала подавать пальто.

— Она поет? — сказал я Лукерье невольно. Та не понимала и смотрела на меня, продолжая не понимать; впрочем, я был действительно непонятен.

— Это она в первый раз поет?

— Нет, без вас иногда поет, — ответила Лукерья.

Я помню всё. Я сошел лестницу, вышел на улицу и пошел было куда попало. Я прошел до угла и стал смотреть куда-то. Тут проходили, меня толкали, я не чувствовал. Я подозвал извозчика и нанял было его к Полицейскому мосту, не знаю зачем. Но потом вдруг бросил и дал ему двугривенный:

— Это за то, что тебя потревожил, — сказал я, бессмысленно смеясь ему, но в сердце вдруг начался какой-то восторг.

Я поворотил домой, учащая шаг. Надтреснутая, бедненькая, порвавшаяся нотка вдруг опять зазвенела в душе моей. Мне дух захватывало. Падала, падала с глаз пелена! Коль запела при мне, так про меня позабыла, — вот что было ясно и страшно. Это сердце чувствовало. Но восторг сиял в душе моей и пересиливал страх.

О ирония судьбы! Ведь ничего другого не было и быть не могло в моей душе всю зиму, кроме этого же восторга, но я сам-то где был всю зиму? был ли я-то при моей душе? Я взбежал по лестнице очень спеша, не знаю, робко ли я вошел. Помню только, что весь пол как бы волновался и я как бы плыл по реке. Я вошел в комнату, она сидела на прежнем месте, шила, наклонив голову, но уже не пела. Бегло и нелюбопытно глянула было на меня, но не взгляд это был, а так только жест, обычный и равнодушный, когда в комнату входит кто-нибудь.

Я прямо подошел и сел подле на стул, вплоть, как помешанный. Она быстро на меня посмотрела, как бы испугавшись: я взял ее за руку и не помню, что сказал ей, то есть хотел сказать, потому что я даже и не мог говорить правильно. Голос мой срывался и не слушался. Да я и не знал, что сказать, а только задыхался.

— Поговорим… знаешь… скажи что-нибудь! — вдруг пролепетал я что-то глупое, — о, до ума ли было? Она опять вздрогнула и отшатнулась в сильном испуге, глядя на мое лицо, но вдруг — строгое удивление выразилось в глазах ее. Да, удивление, и строгое. Она смотрела на меня большими глазами. Эта строгость, это строгое удивление разом так и размозжили меня: «Так тебе еще любви? любви?» — как будто спросилось вдруг в этом удивлении, хоть она и молчала. Но я всё прочел, всё. Всё во мне сотряслось, и я так и рухнул к ногам ее. Да, я свалился ей в ноги. Она быстро вскочила, но я с чрезвычайною силою удержал ее за обе руки.

И я понимал вполне мое отчаяние, о, понимал! Но, верите ли, восторг кипел в моем сердце до того неудержимо, что я думал, что я умру. Я целовал ее ноги в упоении и в счастье. Да, в счастье, безмерном и бесконечном, и это при понимании-то всего безвыходного моего отчаяния! Я плакал, говорил что-то, но не мог говорить. Испуг и удивление сменились в ней вдруг какою-то озабоченною мыслью, чрезвычайным вопросом, и она странно смотрела на меня, дико даже, она хотела что-то поскорее понять и улыбнулась. Ей было страшно стыдно, что я целую ее ноги, и она отнимала их, но я тут же целовал то место на полу, где стояла ее нога. Она видела это и стала вдруг смеяться от стыда (знаете это, когда смеются от стыда). Наступала истерика, я это видел, руки ее вздрагивали, — я об этом не думал и всё бормотал ей, что я ее люблю, что я не встану, «дай мне целовать твое платье... так всю жизнь на тебя молиться...» Не знаю, не помню, — и вдруг она зарыдала и затряслась; наступил страшный припадок истерики. Я испугал ее.

Я перенес ее на постель. Когда прошел припадок, то, присев на постели, она с страшно убитым видом схватила мои руки и просила меня успокоиться: «Полноте, не мучьте себя, успокойтесь!» — и опять начинала плакать. Весь этот вечер я не отходил от нее. Я всё ей говорил, что повезу ее в Булонь купаться в море, теперь, сейчас, через две недели, что у ней такой надтреснутый голосок, я слышал давеча, что я закрою кассу, продам Добронравову, что начнется всё новое, а главное, в Булонь, в Булонь! Она слушала и всё боялась. Всё больше и больше боялась. Но главное для меня было не в том, а в том, что мне всё более и неудержимее хотелось опять лежать у ее ног, и опять целовать, целовать землю, на которой стоят ее ноги, и молиться ей и — «больше я ничего, ничего не спрошу у тебя, — повторял я поминутно, — не отвечай мне ничего, не замечай меня вовсе, и только дай из угла смотреть на тебя, обрати меня в свою вещь, в собачонку...» Она плакала.

— *А я думала, что вы меня оставите так,* — вдруг вырвалось у ней невольно, так невольно, что, может быть, она совсем и не заметила, как сказала, а между тем — о, это было самое главное, самое роковое ее слово и самое понятное для меня в тот вечер, и как будто меня полоснуло от него ножом по сердцу! Всё оно объяснило мне, всё, но пока она была подле, перед моими глазами, я неудержимо надеялся и был страшно счастлив. О, я страшно утомил ее в тот вечер и понимал это, но беспрерывно думал, что всё сейчас же переделаю. Наконец к ночи она совсем обессилела, я уговорил ее заснуть, и она заснула тотчас, крепко. Я ждал бреда, бред был, но самый легкий. Я вставал ночью почти поминутно, тихонько в туфлях приходил смотреть на нее. Я ломал руки над ней, смотря на это больное существо на этой бедной коечке, железной кроватке, которую я ей купил тогда за три рубля. Я становился на колени, но не смел целовать ее ног у спящей (без ее-то воли!). Я становился молиться богу, но вскакивал опять. Лукерья присматривалась ко мне и всё выходила из кухни. Я вышел к ней и сказал, чтобы она ложилась и что завтра начнется «совсем другое».

И я в это слепо, безумно, ужасно верил. О, восторг, восторг заливал меня! Я ждал только завтрашнего дня. Главное, я не верил никакой беде, несмотря на симптомы. Смысл еще не возвратился весь, несмотря на упавшую пелену, и долго, долго не возвращался, — о, до сегодня, до самого сегодня!! Да и как, как он мог тогда возвратиться: ведь она тогда была еще жива, ведь она была тут же передо мной, а я перед ней. «Она завтра проснется, и я ей всё это скажу, и она всё увидит». Вот мое тогдашнее рассуждение, просто и ясно, потому и восторг! Главное, тут эта поездка в Булонь. Я почему-то всё думал, что Булонь — это всё, что в Булони что-то заключается окончательное. «В Булонь, в Булонь!..» Я с безумием ждал утра.

III
СЛИШКОМ ПОНИМАЮ

А ведь это было всего только несколько дней назад, пять дней, всего только пять дней, в прошлый вторник! Нет, нет, еще бы только немного времени, только бы капельку подождала и — и я бы развеял мрак! Да разве она не успокоилась? Она на другой же день слушала меня уже с улыбкою, несмотря на замешательство... Главное, всё это время, все пять дней, в ней было замешательство или стыд. Боялась тоже, очень боялась. Я не спорю, я не буду противуречить, подобно безумному: страх был, но ведь как же было ей не бояться? Ведь мы так давно стали друг другу чужды, так отучились один от другого, и вдруг всё это... Но я не смотрел на ее страх, сияло новое!.. Правда, несомненная правда, что я сделал ошибку. И даже было, может быть, много ошибок. Я, и как проснулись на другой день, еще с утра (это в среду было) тотчас вдруг сделал ошибку: я вдруг сделал ее моим другом. Я поспешил, слишком, слишком, но исповедь была нужна, необходима — куда, более чем исповедь! Я не скрыл даже того, что и от себя всю жизнь скрывал. Я прямо высказал, что целую зиму только и делал, что уверен был в ее любви. Я ей разъяснил, что касса ссуд была лишь падением моей воли и ума, личная идея самобичевания и самовосхваления. Я ей объяснил, что я тогда в буфете действительно струсил, от моего характера, от мнительности: поразила обстановка, буфет поразил; поразило то: как это я вдруг выйду, и не выйдет ли глупо? Струсил не дуэли, а того, что выйдет глупо... А потом уж не хотел сознаться, и мучил всех, и ее за то мучил, и на ней затем и женился, чтобы ее за то мучить. Вообще я говорил большею частью как в горячке. Она сама брала меня за руки и просила перестать: «Вы преувеличиваете... вы себя мучаете», — и опять начинались слезы, опять чуть не припадки! Она всё просила, чтобы я ничего этого не говорил и не вспоминал.

Я не смотрел на просьбы или мало смотрел: весна, Булонь! Там солнце, там новое наше солнце, я только это и говорил! Я запер кассу, дела передал Добронравову. Я предложил ей вдруг раздать всё бедным, кроме основных трех тысяч, полученных от крестной матери, на которые и съездили бы в Булонь, а потом воротимся и начнем новую трудовую жизнь. Так и положили, потому что она ничего не сказала... она только улыбнулась. И, кажется, более из деликатности улыбнулась, чтобы меня не огорчить. Я видел ведь, что я ей в тягость, не думайте, что я был так глуп и такой эгоист, что этого не видел. Я всё видел, всё до последней черты, видел и знал лучше всех; всё мое отчаяние стояло на виду!

Я ей всё про меня и про нее рассказывал. И про Лукерью. Я говорил, что я плакал... О, я ведь и переменял разговор, я тоже старался отнюдь не напоминать про некоторые вещи. И даже ведь она оживилась, раз или два, ведь я помню, помню! Зачем вы говорите, что я смотрел и ничего не видел? И если бы только это не случилось, то всё бы воскресло. Ведь рассказывала же она мне еще третьего дня, когда разговор зашел о чтении и о том, что она в эту зиму прочитала, — ведь рассказывала же она и смеялась, когда припомнила эту сцену Жиль Блаза с архиепископом Гренадским. И каким детским смехом, милым, точно как прежде в невестах (миг! миг!); как я был рад! Меня это ужасно поразило, впрочем, про архиепископа: ведь нашла же она, стало быть, столько спокойствия духа и счастья, чтобы смеяться шедевру, когда сидела зимой. Стало быть, уже вполне начала успокоиваться, вполне начала уже верить, что я оставлю ее так. «Я думала, что вы меня оставите так», — вот ведь что она произнесла тогда во вторник! О, десятилетней девочки мысль! И ведь верила, верила, что и в самом деле всё останется так: она за своим столом, а я за своим, и так мы оба, до шестидесяти лет. И вдруг — я тут подхожу, муж, и мужу надо любви! О недоразумение, о слепота моя!

Ошибка тоже была, что я на нее смотрел с восторгом; надо было скрепиться, а то восторг пугал. Но ведь и скрепился же я, я не целовал уже более ее ног. Я ни разу не показал виду, что… ну, что я муж, — о, и в уме моем этого не было, я только молился! Но ведь нельзя же было совсем молчать, ведь нельзя же было не говорить вовсе! Я ей вдруг высказал, что наслаждаюсь ее разговором и что считаю ее несравненно, несравненно образованнее и развитее меня. Она очень покраснела и конфузясь сказала, что я преувеличиваю. Тут я, сдуру-то, не сдержавшись, рассказал, в каком я был восторге, когда, стоя тогда за дверью, слушал ее поединок, поединок невинности с той тварью, и как наслаждался ее умом, блеском остроумия и при таком детском простодушии. Она как бы вся вздрогнула, пролепетала было опять, что я преувеличиваю, но вдруг всё лицо ее омрачилось, она закрылась руками и зарыдала… Тут уж и я не выдержал: опять упал перед нею, опять стал целовать ее ноги, и опять кончилось припадком, так же как во вторник. Это было вчера вечером, а наутро… Наутро?! Безумец, да ведь это утро было сегодня, еще давеча, только давеча!

Слушайте и вникните: ведь когда мы сошлись давеча у самовара (это после вчерашнего-то припадка), то она даже сама поразила меня своим спокойствием, вот ведь что было! А я-то всю ночь трепетал от страху за вчерашнее. Но вдруг она подходит ко мне, становится сама передо мной и, сложив руки (давеча, давеча!), начала говорить мне, что она преступница, что она это знает, что преступление ее мучило всю зиму, мучает и теперь… что она слишком ценит мое великодушие… «я буду вашей верной женой, я вас буду уважать…» Тут я вскочил и как безумный обнял ее! Я целовал ее, целовал ее лицо, в губы, как муж, в первый раз после долгой разлуки. И зачем только я давеча ушел, всего только на два часа... наши заграничные паспорты... О боже! Только бы пять минут, пять минут раньше воротиться!.. А тут эта толпа в наших воротах, эти взгляды на меня... о господи!

Лукерья говорит (о, я теперь Лукерью ни за что не отпущу, она всё знает, она всю зиму была, она мне всё рассказывать будет), она говорит, что, когда я вышел из дому, и всего-то минут за двадцать каких-нибудь до моего прихода, — она вдруг вошла к барыне в нашу комнату что-то спросить, не помню, и увидала, что образ ее (тот самый образ богородицы) у ней вынут, стоит перед нею на столе, а барыня как будто сейчас только перед ним молилась. «Что вы, барыня?» — «Ничего, Лукерья, ступай... Постой, Лукерья», — подошла к ней и поцеловала ее. «Счастливы вы, говорю, барыня?» — «Да, Лукерья» — «Давно, барыня, следовало бы барину к вам прийти прощения попросить... Слава богу, что вы помирились» — «Хорошо, говорит, Лукерья, уйди, Лукерья», — и улыбнулась этак, да странно так. Так странно, что Лукерья вдруг через десять минут воротилась посмотреть на нее: «Стоит она у стены, у самого окна, руку приложила к стене, а к руке прижала голову, стоит этак и думает. И так глубоко задумавшись стоит, что и не слыхала, как я стою и смотрю на нее из той комнаты. Вижу я, как будто она улыбается, стоит, думает и улыбается. Посмотрела я на нее, повернулась тихонько, вышла, а сама про себя думаю, только вдруг слышу, отворили окошко. Я тотчас пошла сказать, что „свежо, барыня, не простудились бы вы“, и вдруг вижу, она стала на окно и уж вся стоит, во весь рост, в отворенном окне, ко мне спиной, в руках образ держит. Сердце у меня тут же упало, кричу: „Барыня, барыня!“ Она услышала, двинулась было повернуться ко мне, да не повернулась, а шагнула, образ прижала к груди и — и бросилась из окошка!»

Я только помню, что, когда я в ворота вошел, она была еще теплая. Главное, они все глядят на меня. Сначала кричали, а тут вдруг замолчали и все передо мной расступаются и... и она лежит с образом. Я помню, как во мраке, что я подошел молча и долго глядел, и все обступили и что-то говорят мне. Лукерья тут была, а я не видал. Говорит, что говорила со мной. Помню только того мещанина: он всё кричал мне, что «с горстку крови изо рта вышло, с горстку, с горстку!», и указывал мне на кровь тут же на камне. Я, кажется, тронул кровь пальцем, запачкал палец, гляжу на палец (это помню), а он мне всё: «С горстку, с горстку!»

— Да что такое «с горстку»? — завопил я, говорят, изо всей силы, поднял руки и бросился на него... О, дико, дико! Недоразумение! Неправдоподобие! Невозможность!

IV
ВСЕГО ТОЛЬКО ПЯТЬ МИНУТ ОПОЗДАЛ

А разве нет? Разве это правдоподобно? Разве можно сказать, что это возможно? Для чего, зачем умерла эта женщина?

О, поверьте, понимаю; но для чего она умерла — все-таки вопрос. Испугалась любви моей, спросила себя серьезно: принять или не принять, и не вынесла вопроса, и лучше умерла. Знаю, знаю, нечего голову ломать: обещаний слишком много надавала, испугалась, что сдержать нельзя, — ясно. Тут есть несколько обстоятельств совершенно ужасных.

Потому что для чего она умерла? все-таки вопрос стоит. Вопрос стучит, у меня в мозгу стучит. Я бы и оставил ее только так, если б ей захотелось, чтоб осталось так. Она тому не поверила, вот что! Нет, нет, я вру, вовсе не это. Просто потому, что со мной надо было честно: любить так всецело любить, а не так, как любила бы купца. А так как она была слишком целомудренна, слишком чиста, чтоб согласиться на такую любовь, какой надо купцу, то и не захотела меня обманывать. Не захотела обманывать полулюбовью под видом любви или четвертьлюбовью. Честны уж очень, вот что-с! Широкость сердца-то хотел тогда привить, помните? Странная мысль.

Ужасно любопытно: уважала ли она меня? Я не знаю, презирала ли она меня или нет? Не думаю, чтоб презирала. Странно ужасно: почему мне ни разу не пришло в голову, во всю зиму, что она меня презирает? Я в высшей степени был уверен в противном до самой той минуты, когда она поглядела на меня тогда с строгим удивлением. С строгим именно. Тут-то я сразу и понял, что она презирает меня. Понял безвозвратно, навеки! Ах, пусть, пусть презирала бы, хоть всю жизнь, но — пусть бы она жила, жила! Давеча еще ходила, говорила. Совсем не понимаю, как она бросилась из окошка! И как бы мог я предположить даже за пять минут? Я позвал Лукерью. Я теперь Лукерью ни за что не отпущу, ни за что!

О, нам еще можно было сговориться. Мы только страшно отвыкли в зиму друг от друга, но разве нельзя было опять приучиться? Почему, почему мы бы не могли сойтиться и начать опять новую жизнь? Я великодушен, она тоже — вот и точка соединения! Еще бы несколько слов, два дня, не больше, и она бы всё поняла.

Главное, обидно то, что всё это случай — простой, варварский, косный случай. Вот обида! Пять минут, всего, всего только пять минут опоздал! Приди я за пять минут — и мгновение пронеслось бы мимо, как облако, и ей бы никогда потом не пришло в голову. И кончилось бы тем, что она бы всё поняла. А теперь опять пустые комнаты, опять я один. Вон маятник стучит, ему дела нет, ему ничего не жаль. Нет никого — вот беда!

Я хожу, я всё хожу. Знаю, знаю, не подсказывайте: вам смешно, что я жалуюсь на случай и на пять минут? Но ведь тут очевидность. Рассудите одно: она даже записки не оставила, что вот, дескать, «не вините никого в моей смерти», как все оставляют. Неужто она не могла рассудить, что могут потревожить даже Лукерью: «Одна, дескать, с ней была, так ты и толкнула ее». По крайней мере, затаскали бы без вины, если бы только на дворе четверо человек не видали из окошек из флигеля и со двора, как стояла с образом в руках и сама кинулась. Но ведь и это тоже случай, что люди стояли и видели. Нет, всё это — мгновение, одно лишь безотчетное мгновение. Внезапность и фантазия! Что ж такое, что перед образом молилась? Это не значит, что перед смертью. Всё мгновение продолжалось, может быть, всего только каких-нибудь десять минут, всё решение — именно когда у стены стояла, прислонившись головой к руке, и улыбалась. Влетела в голову мысль, закружилась и — и не могла устоять перед нею.

Тут явное недоразумение, как хотите. Со мной еще можно бы жить. А что если малокровие? Просто от малокровия, от истощения жизненной энергии? Устала она в зиму, вот что...

Опоздал!!!

Какая она тоненькая в гробу, как заострился носик!

Ресницы лежат стрелками. И ведь как упала — ничего не размозжила, не сломала! Только одна эта «горстка крови». Десертная ложка то есть. Внутреннее сотрясение. Странная мысль: если бы можно было не хоронить? Потому что если ее унесут, то... о нет, унести почти невозможно! О, я ведь знаю, что ее должны унести, я не безумный и не брежу вовсе, напротив, никогда еще так ум не сиял, — но как же так опять никого в доме, опять две комнаты, и опять я один с закладами. Бред, бред, вот где бред! Измучил я ее — вот что!

Что мне теперь ваши законы? К чему мне ваши обычаи, ваши нравы, ваша жизнь, ваше государство, ваша вера? Пусть судит меня ваш судья, пусть приведут меня в суд, в ваш гласный суд, и я скажу, что я не признаю ничего. Судья крикнет: «Молчите, офицер!» А я закричу ему: «Где у тебя теперь такая сила, чтобы я послушался? Зачем мрачная косность разбила то, что всего дороже? Зачем же мне теперь ваши законы? Я отделяюсь». О, мне всё равно!

Слепая, слепая! Мертвая, не слышит! Не знаешь ты, каким бы раем я оградил тебя. Рай был у меня в душе, я бы насадил его кругом тебя! Ну, ты бы меня не любила, — и пусть, ну что же? Всё и было бы так, всё бы и оставалось так. Рассказывала бы только мне как другу, — вот бы и радовались, и смеялись радостно, глядя друг другу в глаза. Так бы и жили. И если б и другого полюбила, — ну и пусть, пусть! Ты бы шла с ним и смеялась, а я бы смотрел с другой стороны улицы... О, пусть всё, только пусть бы она открыла хоть раз глаза! На одно мгновение, только на одно! взглянула бы на меня, вот как давеча, когда стояла передо мной и давала клятву, что будет верной женой! О, в одном бы взгляде всё поняла!

Косность! О, природа! Люди на земле одни — вот беда! «Есть ли в поле жив человек?» — кричит русский богатырь. Кричу и я, не богатырь, и никто не откликается. Говорят, солнце живит вселенную. Взойдет солнце и — посмотрите на него, разве оно не мертвец? Всё мертво, и всюду мертвецы. Одни только люди, а кругом них молчание — вот земля! «Люди, любите друг друга» — кто это сказал? чей это завет? Стучит маятник бесчувственно, противно. Два часа ночи. Ботиночки ее стоят у кроватки, точно ждут ее... Нет, серьезно, когда ее завтра унесут, что ж я буду?

Бобок

На этот раз помещаю "Записки одного лица". Это не я; это совсем другое лицо. Я думаю, более не надо никакого предисловия.

ЗАПИСКИ ОДНОГО ЛИЦА

Семен Ардальонович третьего дня мне как раз:

- Да будешь ли ты, Иван Иваныч, когда-нибудь трезв, скажи на милость?

Странное требование. Я не обижаюсь, я человек робкий; но, однако же, вот меня и сумасшедшим сделали. Списал с меня живописец портрет из случайности: "Все-таки ты, говорит, литератор". Я дался, он и выставил. Читаю: "Ступайте смотреть на это болезненное, близкое к помешательству лицо".

Оно пусть, но ведь как же, однако, так прямо в печати? В печати надо все благородное; идеалов надо, а тут...

Скажи по крайней мере косвенно, на то тебе слог. Нет, он косвенно уже не хочет. Ныне юмор и хороший слог исчезают и ругательства заместо остроты принимаются. Я не обижаюсь:

не бог знает какой литератор, чтобы с ума сойти. Написал повесть - не напечатали. Написал фельетон - отказали. Этих фельетонов я много по разным редакциям носил, везде отказывали: "Соли, говорят, у вас нет".

- Какой же тебе соли, - спрашиваю с насмешкою. - аттической?

Даже и не понимает. Перевожу больше книгопродавцам с французского. Пишу и объявления купцам: "Редкость! Красненький, дескать, чай, с собственных плантаций..." За панегирик его превосходительству покойному Петру Матвеевичу большой куш хватил. "Искусство нравиться дамам" по заказу книгопродавца составил. Вот этаких книжек я штук шесть в моей жизни пустил. Вольтеровы бонмо хочу собрать, да боюсь, не пресно ли нашим покажется. Какой теперь Вольтер; нынче дубина, а не Вольтер! Последние зубы друг другу повыбили! Ну вот и вся моя литературная деятельность. Разве что безмездно письма по редакциям рассылаю, за моего полною подписью. Все увещания и советы даю, критикую и путь указую. В одну редакцию на прошлой неделе сороковое письмо за два года послал; четыре рубля на одни почтовые марки истратил. Характер у меня скверен, вот что.

Думаю, что живописец списал меня не литературы ради, а ради двух моих симметрических бородавок на лбу: феномен, дескать. Идеи-то нет, так они теперь на феноменах выезжают. Ну и как же у него на портрете удались мои бородавки, - живые! Это они реализмом зовут.

А насчет помешательства, так у нас прошлого года многих в сумасшедшие записали. И каким слогом: "При таком, дескать, самобытном таланте... и вот что под самый конец оказалось... впрочем, давно уже надо было предвидеть..." Это еще довольно хитро; так что с точки чистого искусства даже и похвалить можно. Ну а те вдруг еще умней воротились. То-то, свести-то с ума у нас сведут, а умней-то еще никого не сделали.

Всех умней, по-моему, тот, кто хоть раз в месяц самого себя дураком назовет, - способность ныне неслыханная! Прежде, по крайности, дурак хоть раз в год знал про себя, что он дурак, ну а теперь ни-ни. И до того замешали дела, что дурака от умного не отличишь. Это они нарочно сделали.

Припоминается мне испанская острота, когда французы, два с половиною века назад, выстроили у себя первый сумасшедший дом: "Они заперли всех своих дураков в особенный дом, чтобы уверить, что сами они люди умные". Оно и впрямь, тем, что другого запрешь в сумасшедший, своего ума не докажешь. "К. с ума сошел, значит, теперь мы умные". Нет, еще не значит.

Впрочем, черт... и что я с своим умом развозился: брюзжу, брюзжу. Даже служанке надоел. Вчера заходил приятель: "У тебя, говорит, слог меняется, рубленый. Рубишь, рубишь - и вводное предложение, потом к вводному еще вводное, потом в скобках еще что-нибудь вставишь, а потом опять зарубишь, зарубишь..."

Приятель прав. Со мной что-то странное происходит. И характер меняется, и голова болит. Я начинаю видеть и слышать какие-то странные вещи. Не то чтобы голоса, а так как будто кто подле: "Бобок, бобок, бобок!"

Какой такой бобок? Надо развлечься.

———————

Ходил развлекаться, попал на похороны. Дальний родственник. Коллежский, однако, советник. Вдова, пять дочерей, вое девицы. Ведь это только по башмакам, так во что обойдется! Покойник добывал, ну а теперь пенсионишка. Подожмут хвосты. Меня принимали всегда нерадушно. Да и не пошел бы я и теперь, если бы не экстренный такой случай. Провожал до кладбища в числе других; сторонятся от меня и гордятся. Вицмундир мой действительно плоховат. Лет двадцать пять, я думаю, не бывал на кладбище; вот еще местечко!

Во-первых, дух. Мертвецов пятнадцать наехало. Покровы разных цен; даже было два катафалка: одному генералу и одной какой-то барыне. Много скорбных лиц, много и притворной скорби, а много и откровенной веселости. Причту нельзя пожаловаться: доходы. Но дух, дух. Не желал бы быть здешним духовным лицом.

В лица мертвецов заглядывал с осторожностью, не надеясь на мою впечатлительность. Есть выражения мягкие, есть и неприятные. Вообще улыбки не хороши, а у иных даже очень. Не люблю; снятся.

За обедней вышел из церкви на воздух; день был сероват, но сух. Тоже и холодно; ну да ведь и октябрь же. Походил по могилкам. Равные разряды. Третий разряд в тридцать рублей: и прилично и не так дорого. Первые два в церкви и под папертью;

ну, это кусается. В третьем разряде за этот раз хоронили человек шесть, в том числе генерала и барыню.

Заглянул в могилки - ужасно: вода, и какая вода! Совершенно зеленая и... ну да уж что! Поминутно могильщик выкачивал черпаком. Вышел, пока служба, побродить за врата. Тут сейчас богадельня, а немного подальше и ресторан. И так себе, недурной ресторанчик: и закусить и все. Набилось много и из провожатых. Много заметил веселости и одушевления искреннего. Закусил и выпил.

Затем участвовал собственноручно в отнесении гроба из церкви к могиле. Отчего это мертвецы в гробу делаются так тяжелы? Говорят, по какой-то инерции, что тело будто бы как-то уже не управляется самим... или какой-то вздор в этом роде;

противоречит механике и здравому смыслу. Не люблю, когда при одном лишь общем образовании суются у нас разрешать специальности; а у нас это сплошь. Штатские лица любят судить о предметах военных и даже фельдмаршальских, а люди с инженерным образованием судят больше о философии и политической экономии.

На литию не поехал. Я горд, я если меня принимают только по экстренной необходимости, то чего же таскаться по их обедам, хотя бы и похоронным? Не понимаю только, зачем остался на кладбище; сел на памятник и соответственно задумался.

Начал с московской выставки, а кончил об удивлении, говоря вообще как о теме. Об "удивлении" я вот что вывел:

"Всему удивляться, конечно, глупо, а ничему не удивляться гораздо красивее и почему-то признано за хороший тон. Но вряд ли так в сущности. По-моему, ничему не удивляться гораздо глупее, чем всему удивляться. Да и кроме того: ничему не удивляться почти то же, что ничего и не уважать. Да глупый человек и не может уважать".

- Да я прежде всего желаю уважать. Я жажду уважать, - сказал мне как-то раз на днях один мой знакомый.

Жаждет он уважать! И боже, подумал я, что бы с тобой было, если б ты это дерзнул теперь напечатать!

Тут-то я и забылся. Не люблю читать надгробных надписей; вечно то же. На плите подле меня лежал недоеденный бутерброд: глупо и не к месту. Скинул его на землю, так как это не хлеб, а лишь бутерброд. Впрочем, на землю хлеб крошить, кажется, не грешно; это на пол грешно. Справиться в календаре Суворина.

Надо полагать, что я долго сидел, даже слишком; то есть даже прилег на длинном камне в виде мраморного гроба. И как это так случилось, что вдруг начал слышать разные вещи? Не обратил сначала внимания и отнесся с презрением. Но, однако, разговор продолжался. Слышу - звуки глухие, как будто рты закрыты подушками; и при всем том внятные и очень близкие. Очнулся, присел и стал внимательно вслушиваться.

- Ваше превосходительство, это просто никак невозможно-с. Вы объявили в червях, я вистую, и вдруг у вас семь в бубнах. Надо было условиться заранее насчет бубен-с.

- Что же, значит, играть наизусть? Где же привлекательность?

- Нельзя, ваше превосходительство, без гарантии никак

нельзя. Надо непременно с болваном, и чтоб была одна темная сдача.

- Ну, болвана здесь не достанешь.

Какие заносчивые, однако, слова! И странно и неожиданно. Один такой веский и солидный голос, другой как бы мягко услащенный; не поверил бы, если б не слышал сам. На литии я, кажется, не был. И, однако, как же это здесь в преферанс, и какой такой генерал? Что раздавалось из-под могил, в том не было и сомнения. Я нагнулся и прочел надпись на памятнике:

"Здесь покоится тело генерал-майора Первоедова... таких-то и таких орденов кавалера". Гм. "Скончался в августе сего года... пятидесяти семи... Покойся, милый прах, до радостного утра!"

Гм, черт, в самом деле генерал! На другой могилке, откуда шел льстивый голос, еще не было памятника; была только плитка; должно быть, из новичков. По голосу надворный советник.

- Ох-хо-хо-хо! - послышался совсем уже новый голос, саженях в пяти от генеральского места и уже совсем из-под свежей могилки, - голос мужской и простонародный, но расслабленный на благоговейно-умиленный манер.

- Ох-хо-хо-хо!

- Ах, опять он икает! - раздался вдруг брезгливый и высокомерный голос раздраженной дамы, как бы высшего света. - Наказание мне подле этого лавочника!

- Ничего я не икал, да и пищи не принимал, а одно лишь это мое естество. И все-то вы, барыня, от ваших здешних капризов никак не можете успокоиться..

- Так зачем вы сюда легли?

- Положили меня, положили супруга и малые детки, а не сам я возлег. Смерти таинство! И не лег бы я подле вас ни за что, ни за какое злато; а лежу по собственному капиталу, судя по цене-с. Ибо это мы всегда можем, чтобы за могилку нашу по третьему разряду внести.

- Накопил; людей обсчитывал?

- Чем вас обсчитаешь-то, коли с января почитай никакой вашей уплаты к нам не было. Счетец на вас в лавке имеется.

- Ну уж это глупо; здесь, по-моему, долги разыскивать очень глупо! Ступайте наверх. Спрашивайте у племянницы;

она наследница.

- Да уж где теперь спрашивать и куда пойдешь. Оба достигли предела и пред судом божиим во гресех равны.

- Во гресех! - презрительно передразнила покойница. - И не смейте совсем со мной говорить!

- Ох-хо-хо-хо!

- Однако лавочник-то барыни слушается, ваше превосходительство.

- Почему же бы ему не слушаться?

- Ну да известно, ваше превосходительство, так как здесь новый порядок.

- Какой же это новый порядок?

- Да ведь мы, так сказать, умерли, ваше превосходительство.

- Ах, да! Ну все же порядок...

Ну, одолжили, нечего сказать, утешили! Если уж здесь до того дошло, то чего же спрашивать в верхнем-то этаже? Какие, однако же, штуки! Продолжал, однако, выслушивать, хотя и с чрезмерным негодованием.

- Нет, я бы пожил! Нет... я, знаете... я бы пожил! - раздался вдруг чей-то новый голос, где-то в промежутке между генералом и раздражительной барыней.

- Слышите, ваше превосходительство, наш опять за то же. По три дня молчит-молчит, и вдруг: "Я бы пожил, нет, я бы пожил!" И с таким, знаете, аппетитом, хи-хи!

- И с легкомыслием.

- Пронимает его, ваше превосходительство, и, знаете, засыпает, совсем уже засыпает, с апреля ведь здесь, и вдруг: "Я бы пожил!"

- Скучновато, однако, - заметил его превосходительство.

- Скучновато, ваше превосходительство, разве Авдотью Игнатьевну опять пораздразнить, хи-хи?

- Нет уж, прошу уволить. Терпеть не могу этой задорной криксы.

- А я, напротив, вас обоих терпеть не могу, - брезгливо откликнулась крикса. - Оба вы самые прескучные и ничего не умеете рассказать идеального. Я про вас, ваше превосходительство, - не чваньтесь, пожалуйста, - одну историйку знаю, как вас из-под одной супружеской кровати поутру лакей щеткой вымел.

- Скверная женщина! - сквозь зубы проворчал генерал.

- Матушка, Авдотья Игнатьевна, - возопил вдруг опять лавочник, барынька ты моя, скажи ты мне, зла не помня, что ж я по мытарствам это хожу, или что иное деется?..

- Ах, он опять за то же, так я и предчувствовала, потому слышу дух от него, дух, а это он ворочается!

- Не ворочаюсь я, матушка, и нет от меня никакого такого особого духу, потому еще в полном нашем теле как есть сохранил себя, а вот вы, барынька, так уж тронулись, - потому дух действительно нестерпимый, даже и по здешнему месту. Из вежливости только молчу.

- Ах, скверный обидчик! От самого так и разит, а он на меня.

- Ох-хо-хо-хо! Хоша бы сороковинки наши скорее пристигли: слезные гласы их над собою услышу, супруги вопль и детей тихий плач!..

- Ну, вот об чем плачет: нажрутся кутьи и уедут. Ах, хоть бы кто проснулся!

- Авдотья Игнатьевна, - заговорил льстивый чиновник - Подождите капельку, новенькие заговорят.

- А молодые люди есть между ними?

- И молодые есть, Авдотья Игнатьевна. Юноши даже есть.

- Ах, как бы кстати!

- А что, не начинали еще? - осведомился его превосходительство.

- Даже и третьеводнишние еще не очнулись, ваше превосходительство, сами изволите знать, иной раз по неделе молчат. Хорошо, что их вчера, третьего дня и сегодня как-то разом вдруг навезли. А то ведь кругом сажен на десять почти все у нас прошлогодние.

- Да, интересно.

- Вот, ваше превосходительство, сегодня действительного тайного советника Тарасовича схоронили. Я по голосам узнал. Племянник его мне знаком, давеча гроб опускал.

- Гм, где же он тут?

- Да шагах в пяти от вас, ваше превосходительство, влево Почти в самых ваших ногах с .. Вот бы вам, ваше превосходительство, познакомиться.

- Гм, нет уж... мне что же первому.

- Да он сам начнет, ваше превосходительство. Он будет

даже польщен, поручите мне, ваше превосходительство, и я...

- Ах, ах.., ах, что же это со мной? - закряхтел вдруг чей-то испуганный новенький голосок.

- Новенький, ваше превосходительство, новенький, слава богу, и как ведь скоро! Другой раз по неделе молчат.

- Ах, кажется, молодой человек! - взвизгнула Авдотья Игнатьевна.

- Я,.. я... я от осложнения, и так внезапно! - залепетал опять юноша. - Мне Шульц еще накануне: у вас, говорит, осложнение, а я вдруг к утру и помер. Ах! Ах!

- Ну, нечего делать, молодой человек, - милостиво и очевидно радуясь новичку заметил генерал, - надо утешиться! Милости просим в нашу, так сказать, долину Иосафатову. Люди мы добрые, узнаете и оцените. Генерал-майор Василий Васильев Первоедов, к вашим услугам.

- Ах, нет! нет, нет, это я никак! Я у Шульца; у меня, знаете, осложнение вышло, сначала грудь захватило и кашель, а потом простудился: грудь и грипп... и вот вдруг совсем неожиданно .. главное, совсем неожиданно.

- Вы говорите, сначала грудь, - мягко ввязался чиновник, как бы желая ободрить новичка.

- Да, грудь и мокрота, а потом вдруг нет мокроты и грудь, и дышать не могу... и знаете...

- Знаю, знаю. Но если грудь, вам бы скорее к Эку, а не к Шульпу.

- А я, знаете, все собирался к Боткину . и вдруг...

- Ну, Боткин кусается, - заметил генерал.

- Ах, нет, он совсем не кусается; я слышал, он такой внимательный и все предскажет вперед.

- Его превосходительство заметил насчет цены, - поправил чиновник.

- Ах, что вы, всего три целковых, и он так осматривает, и рецепт... и я непременно хотел, потому что мне говорили... Что же, господа, как же мне, к Эку или к Боткину?

- Что? Куда? - приятно хохоча, заколыхался труп генерала. Чиновник вторил ему фистулой.

- Милый мальчик, милый, радостный мальчик, как я тебя люблю! восторженно взвизгнула Авдотья Игнатьевна. - Вот если б этакого подле положили!

Нет, этого уж я не могу допустить! и это современный мертвец! Однако послушать еще и не спешить заключениями.

Этот сопляк новичок - я его давеча в гробу помню - выражение перепуганного цыпленка, наипротивнейшее в мире! Однако что далее.

_____

Но далее началась такая катавасия, что я всего и не удержал в памяти, ибо очень многие разом проснулись: проснулся чиновник, из статских советников, и начал с генералом тотчас же и немедленно о проекте новой подкомиссии в министерстве - дел и о вероятном, сопряженном с подкомиссией, перемещении должностных лиц, чем весьма и весьма развлек генерала. Признаюсь, я и сам узнал много нового, так что подивился путям, которыми можно иногда узнавать в сей столице административные новости. Затем полупроснулся один инженер, но долго еще бормотал совершенный вздор, так что наши и не приставали к нему, а оставили до времени вылежаться. Наконец, обнаружила признаки могильного воодушевления схороненная поутру под катафалком знатная барыня. Лебезятников (ибо льстивый и ненавидимый мною надворный советник, помещавшийся подле генерала Первоедова, по имени оказался Лебезятниковьм) очень суетился и удивлялся, что так скоро на этот раз все просыпаются. Признаюсь, удивился и я; впрочем, некоторые из проснувшихся были схоронены еще третьего дня, как, например, одна молоденькая очень девица, лет шестнадцати, но все хихикавшая... мерзко и плотоядно хихикавшая.

- Ваше превосходительство, тайный советник Тарасевич просыпаются! возвестил вдруг Лебезятников с чрезвычайною торопливостью.

- А? что? - брезгливо и сюсюкающим голосом прошамкал вдруг очнувшийся тайный советник. В звуках голоса было нечто капризно-повелительное. Я с любопытством прислушался, ибо в последние дни нечто слышал о сем Тарасевиче

- соблазнительное и тревожное в высшей степени.

- Это я-с, ваше превосходительство, покамест всего только я-с.

- Чего просите и что вам угодно?

- Единственно осведомиться о здоровье вашего превосходительства; с непривычки здесь каждый с первого разу чувствует себя как бы в тесноте-с... Генерал Первоедов желал бы иметь честь знакомства с вашим превосходительством и надеются...

- Не слыхал.

- Помилуйте, ваше превосходительство, генерал Первоедов, Василий Васильевич...

- Вы генерал Первоедов?

- Нет-с, ваше превосходительство, я всего только надворный советник Лебезятников-с к вашим услугам, а генерал Первоедов...

- Вздор! И прошу вас оставить меня в покое.

- Оставьте, - с достоинством остановил наконец сам генерал Первоедов гнусную торопливость могильного своего клиента.

- Не проснулись еще, ваше превосходительство, надо иметь в виду-с; это они с непривычки-с: проснутся и тогда примут иначе-с...

- Оставьте, - повторил генерал.

- Василий Васильевич! Эй вы, ваше превосходительство! - вдруг громко и азартно прокричал подле самой Авдотьи Игнатьевны один совсем новый голос - голос барский и дерзкий, с утомленным по моде выговором и с нахальною его скандировкою, - я вас всех уже два часа наблюдаю; я ведь три дня лежу; вы помните меня, Василий Васильевич? Клиневич, у Волоконских встречались, куда вас, не знаю почему, тоже пускали.

- Как, граф Петр Петрович... да неужели же вы... и в таких молодых годах.. Как сожалею!

- Да я и сам сожалею, но только мне все равно, и я хочу отсюду извлечь все возможное. И не граф, а барон, всего только барон. Мы какие-то шелудивые баронишки, из лакеев, да и не знаю почему, наплевать. Я только негодяй псевдовысшего света и считаюсь "милым полисоном". Отец мой какой-то генералишка, а мать была когда-то принята en haut lieu. Я с Зифелем-жидом на пятьдесят тысяч прошлого года фальшивых бумажек провел, да на него и донес, а деньги все с собой Юлька Charpentier de Lusignan увезла в Бордо. И, представьте, я уже совсем был помолвлен - Щевалевская, трех месяцев до шестнадцати недоставало, еще в институте, за ней тысяч девяносто дают. Авдотья Игнатьевна, помните, как вы меня, лет пятнадцать назад, когда я еще был четырнадцатилетним пажом, развратили?

- Ах, это ты, негодяй, ну хоть тебя бог послал, а то здесь.

- Вы напрасно вашего соседа негоцианта заподозрили в дурном запахе... Я только молчал да смеялся. Ведь это от меня; меня так в заколоченном гробе и хоронили.

- Ах, какой мерзкий! Только я все-таки рада; вы не поверите, Клиневич, не поверите, какое здесь отсутствие жизни и остроумия.

- Ну да, ну да, и я намерен завести здесь нечто оригинальное. Ваше превосходительство, - я не вас, Первоедов, -ваше превосходительство, другой, господин Тарасович, тайный советник! Откликнитесь! Клиневич, который вас к

m-lle Фюри постом возил, слышите?

- Я вас слышу, Клиневич, и очень рад, и поверь-те...

- Ни на грош не верю, и наплевать. Я вас, милый старец, просто расцеловать хочу, да, слава богу, не могу. Знаете вы, господа, что этот grand-pere сочинил? Он третьего дня аль четвертого помер и, можете себе представить, целых четыреста тысяч казенного недочету оставил? Сумма на вдов и сирот, и он один почему-то хозяйничал, так что его под конец лет восемь не ревизовали. Воображаю, какие там у всех теперь длинные лица и чем они его поминают? Не правда ли, сладострастная мысль! Я весь последний год удивлялся, как у такого семидесятилетнего старикашки, подагрика и хирагрика, уцелело еще столько сил на разврат, и - и вот теперь и разгадка! Эти вдовы и сироты - да одна уже мысль о них должна была раскалять его!.. Я про это давно уже знал, один только я и знал, мне Charpentier передала, и как я узнал, тут-то я на него, на святой, и налег по-приятельски: "Подавай двадцать пять тысяч, не то завтра обревизуют"; так, представьте, у него только тринадцать тысяч тогда нашлось, так что он, кажется, теперь очень кстати помер. Grand-pere, grand-pere, слышите?

- Cher Клиневич, я совершенно с вами согласен, и напрасно вы... пускались в такие подробности. В жизни столько страданий, истязаний и так мало возмездия... я пожелал наконец успокоиться и, сколько вижу, надеюсь извлечь и отсюда все...

- Бьюсь об заклад, что он уже пронюхал Катишь Берестову!

- Какую?.. Какую Катишь? - плотоядно задрожал голос

старца.

- А-а, какую Катишь? А вот здесь, налево, в пяти шагах от меня, от вас в десяти. Она уж здесь пятый день, и если б вы знали, grand-pere, что это за мерзавочка... хорошего дома, воспитанна и - монстр, монстр до последней степени! Я там ее никому не показывал, один я и знал... Катишь, откликнись!

- Хи-хи-хи! - откликнулся надтреснутый звук девичьего голоска, но в нем послышалось нечто вроде укола иголки. - Хи-хи-хи!

- И блон-ди-ночка? - обрывисто в три звука пролепетал grand-pere.

- Хи-хи-хи!

- Мне... мне давно уже, - залепетал, задыхаясь, старец, - нравилась мечта о блондиночке... лет пятнадцати... и именно при такой обстановке...

- Ах, чудовище! - воскликнула Авдотья Игнатьевна.

- Довольно! - порешил Клиневич, - я вижу, что материал превосходный. Мы здесь немедленно устроимся к лучшему. Главное, чтобы весело провести остальное время; но какое время? Эй, вы, чиновник какой-то, Лебезятников, что ли, я слышал, что вас так звали!

- Лебезятников, надворный советик, Семен Евсеич, к вашим услугам и очень-очень-очень рад.

- Наплевать, что вы рады, а только вы, кажется, здесь все знаете. Скажите, во-первых (я еще со вчерашнего дня удивляюсь), каким это образом мы здесь говорим? Ведь мы умерли, а между тем говорим; как будто и движемся, а между тем и не говорим и не движемся? Что за фокусы?

- Это, если б вы пожелали, барон, мог бы вам лучше меня Платон Николаевич объяснить.

- Какой такой Платон Николаевич? Не мямлите, к делу.

- Платон Николаевич, наш доморощенный здешний философ, естественник и магистр. Он несколько философских книжек пустил, но вот три месяца и совсем засыпает, так что уже здесь его невозможно теперь раскачать. Раз в неделю бормочет по нескольку слов, не идущих к долу.

- К делу, к делу!..

- Он объясняет все это самым простым фактом, именно тем, что наверху, когда еще мы жили, то считали ошибочно тамошнюю смерть за смерть. Тело здесь еще раз как будто оживает, остатки жизни сосредоточиваются, но только в сознании. Это - не умею вам выразить - продолжается жизнь как бы по инерции. Все сосредоточено, по мнению его, где-то в сознании и продолжается еще месяца два или три... иногда даже полгода... Есть, например, здесь один такой, который почти совсем разложился, но раз недель в шесть он все еще вдруг пробормочет одно словцо, конечно бессмысленное, про какой-то бобок: "Бобок, бобок", - но и в нем, значит, жизнь все еще теплится незаметною искрой...

- Довольно глупо. Ну а как же вот я не имею обоняния, а слышу вонь?

- Это... хе-хе... Ну уж тут наш философ пустился в туман. Он именно про обоняние заметил, что тут вонь слышится, так сказать, нравственная хе-хе! Вонь будто бы души, чтобы в два-три этих месяца успеть спохватиться... и что это, так сказать, последнее милосердие... Только мне кажется, барон, все это уже мистический бред, весьма извинительный в его положении. ..

- Довольно, и далее, я уверен, все вздор. Главное, два или три месяца жизни и в конце концов - бобок. Я предлагаю всем провести эти два месяца как можно приятнее и для того всем устроиться на иных основаниях. Господа! я предлагаю ничего не стыдиться!

- Ах, давайте, давайте ничего не стыдиться! - послышались многие голоса, и, странно, послышались даже совсем новые голоса, значит, тем временем вновь проснувшихся. С особенною готовностью прогремел басом свое согласие совсем уже очнувшийся инженер. Девочка Катишь радостно захихикала.

- Ах, как я хочу ничего не стыдиться! - с восторгом воскликнула Авдотья Игнатьевна.

- Слышите, уж коли Авдотья Игнатьевна хочет ничего не стыдиться...

- Нет-нет-нет, Клиневич, я стыдилась, я все-таки там стыдилась, а здесь я ужасно, ужасно хочу ничего не стыдиться!

- Я понимаю, Клиневич, - пробасил инженер, - что вы предлагаете устроить здешнюю, так сказать, жизнь на новых и уже разумных началах.

- Ну, это мне наплевать! На этот счет подождем Кудеярова, вчера принесли. Проснется и вам все объяснит. Это такое лицо, такое великанское лицо! Завтра, кажется, притащат еще одного естественника, одного офицера наверно и, если не ошибаюсь, дня через три-четыре одного фельетониста, и, кажется, вместе с редактором. Впрочем, черт с ними, но только нас соберется своя кучка и у нас все само собою устроится. Но пока я хочу, чтоб не лгать. Я только этого и хочу, потому что это главное. На земле жить и не лгать невозможно, ибо жизнь и ложь синонимы; ну а здесь мы для смеху будем не лгать. Черт возьми, ведь значит же что-нибудь могила! Мы все будем вслух рассказывать наши истории и уже ничего не стыдиться. Я прежде всех про себя расскажу. Я, знаете, из плотоядных. Все это там вверху было связано гнилыми веревками. Долой веревки, и проживем эти два месяца в самой бесстыдной правде! Заголимся и обнажимся!

- Обнажимся, обнажимся! - закричали во все голоса.

- Я ужасно, ужасно хочу обнажиться! - взвизгивала Авдотья Игнатьевна.

- Ах... ах... Ах, я вижу, что здесь будет весело; я не хочу к Эку!

- Нет, я бы пожил, нет, знаете, я бы пожил!

- Хи-хи-хи! - хихикала Катишь.

- Главное, что никто не может нам запретить, и хоть Первоедов, я вижу, и сердится, а рукой он меня все-таки не достанет. Grand-pere, вы согласны?

- Я совершенно, совершенно согласен и с величайшим моим удовольствием, но с тем, что Катишь начнет первая свою би-о-графию.

- Протестую! протестую изо всех сил, - с твердостию произнес генерал Первоедов.

- Ваше превосходительство!-в торопливом волнении и понизив голос лепетал и убеждал негодяй Лебезятников, - ваше превосходительство, ведь это нам даже выгоднее, если мы согласимся. Тут, знаете, эта девочка... и, наконец, все эти разные штучки...

- Положим, девочка, но...

- Выгоднее, ваше превосходительство, ей-богу бы выгоднее! Ну хоть для примерчика, ну хоть попробуем...

- Даже и в могиле не дадут успокоиться!

- Во-первых, генерал, вы в могиле в преферанс играете, а во-вторых, нам на вас на-пле-вать, - проскандировал Клиневич.

- Милостивый государь, прошу, однако, не забываться.

- Что? Да ведь вы меня не достанете, а я вас могу отсюда дразнить, как Юлькину болонку. И, во-первых, господа, какой он здесь генерал? Это там он был генерал, а здесь пшик!

- Нет, не пшик... я и здесь...

- Здесь вы сгниете в гробу, и от вас останется шесть медных пуговиц.

- Браво, Клиневич, ха-ха-ха! - заревели голоса.

- Я служил государю моему... я имею шпагу...

- Шпагой вашей мышей колоть, и к тому же вы ее никогда не вынимали.

- Все равно-с, я составлял часть целого.

- Мало ли какие есть части целого.

- Браво, Клиневич, браво, ха-ха-ха!

- Я не понимаю, что такое шпага, - провозгласил инженер.

- Мы от пруссаков убежим, как мыши, растреплют в пух! - прокричал отдаленный и неизвестный мне голос, но буквально захлебывавшийся от восторга.

- Шпага, сударь, есть честь! - крикнул было генерал, но только я его и слышал. Поднялся долгий и неистовый рев, бунт и гам, и лишь слышались нетерпеливые до истерики взвизги Авдотьи Игнатьевны.

- Да поскорей же, поскорей! Ах, когда же мы начнем ничего не стыдиться!

- Ох-хо-хо! воистину душа по мытарствам ходит! - раздался было голос простолюдина, и...

И тут я вдруг чихнул. Произошло внезапно и ненамеренно, но эффект вышел поразительный: все смолкло, точно на кладбище, исчезло, как сон. Настала истинно могильная тишина. Не думаю, чтобы они меня устыдились: решились же ничего не стыдиться! Я прождал минут с пять и - ни слова, ни звука. Нельзя тоже предположить, чтобы испугались доноса в полицию, ибо что может тут сделать полиция? Заключаю невольно, что все-таки у них должна быть какая-то тайна, неизвестная смертному и которую они тщательно скрывают от всякого смертного.

"Ну, подумал, миленькие, я еще вас навещу" - и с сим словом оставил кладбище.

Нет, этого я не могу допустить, нет, воистину нет! Бобок меня не смущает (вот он, бобок-то, и оказался!).

Разврат в таком месте, разврат последних упований, разврат дряблых и гниющих трупов и - даже не щадя последних мгновений сознания! Им даны, подарены эти мгновения и... А главное, главное, в таком месте! Нет, этого я не могу допустить...

Побываю в других разрядах, послушаю везде. То-то и есть что надо послушать везде, а не с одного лишь краю, чтобы составить понятие. Авось наткнусь и на утешительное.

А к тем непременно вернусь. Обещали свои биографии и разные анекдотцы. Тьфу! Но пойду, непременно пойду; дело совести!

Снесу в "Гражданин"; там одного редактора портрет тоже выставили. Авось напечатает.

Белые ночи

... Иль был он создан для того,
Чтобы побыть хотя мгновение
В соседстве сердца твоего?...
Ив. Тургеньев

НОЧЬ ПЕРВАЯ

Была чудная ночь, такая ночь, которая разве только и может быть тогда, когда мы молоды, любезный читатель. Небо было такое звездное, такое светлое небо, что, взглянув на него, невольно нужно было спросить себя: неужели же могут жить под таким небом разные сердитые и капризные люди? Это тоже молодой вопрос, любезный читатель, очень молодой, но пошли его вам господь чаще на душу!.. Говоря о капризных и разных сердитых господах, я не мог не припомнить и своего благонравного поведения во весь этот день. С самого утра меня стала мучить какая-то удивительная тоска. Мне вдруг показалось, что меня, одинокого, все покидают и что все от меня отступаются. Оно, конечно, всякий вправе спросить: кто ж эти все? потому что вот уже восемь лет, как я живу в Петербурге, и почти ни одного знакомства не умел завести. Но к чему мне знакомства? Мне и без того знаком весь Петербург; вот почему мне и показалось, что меня все покидают, когда весь Петербург поднялся и вдруг уехал на дачу. Мне страшно стало оставаться одному, и целых три дня я бродил по городу в глубокой тоске, решительно не понимая, что со мной делается. Пойду ли на Невский, пойду ли в сад, брожу ли по набережной — ни одного лица из тех, кого привык встречать в том же месте, в известный час, целый год. Они, конечно, не знают меня, да я-то их знаю. Я коротко их знаю; я почти изучил их физиономии — и любуюсь на них, когда они веселы, и хандрю, когда они затуманятся. Я почти свел дружбу с одним старичком, которого встречаю каждый божий день, в известный час, на Фонтанке. Физиономия такая важная, задумчивая; все шепчет под нос и махает левой рукой, а в правой у него длинная сучковатая трость с золотым набалдашником. Даже он заметил меня и принимает во мне душевное участие. Случись, что я не буду в известный час на том же месте Фонтанки, я уверен, что на него нападет хандра. Вот отчего мы иногда чуть не кланяемся друг с другом, особенно когда оба в хорошем расположении духа. Намедни, когда мы не видались целые два дня и на третий день встретились, мы уже было и схватились за шляпы, да благо опомнились вовремя, опустили руки и с участием прошли друг подле друга. Мне тоже и дома знакомы. Когда я иду, каждый как будто забегает вперед меня на улицу, глядит на меня во все окна и чуть не говорит: «Здравствуйте; как ваше здоровье? и я, слава богу, здоров, а ко мне в мае месяце прибавят этаж». Или: «Как ваше здоровье? а меня завтра в починку». Или: «Я чуть не сгорел и притом испугался» и т. д. Из них у меня есть любимцы, есть короткие приятели; один из них намерен лечиться это лето у архитектора. Нарочно буду заходить каждый день, чтоб не залепили как-нибудь, сохрани его господи!.. Но никогда не забуду истории с одним прехорошеньким светло-розовым домиком. Это был такой миленький каменный домик, так приветливо смотрел на меня, так горделиво смотрел на своих неуклюжих соседей, что мое сердце радовалось, когда мне случалось проходить мимо. Вдруг, на прошлой неделе, я прохожу по улице и, как посмотрел на приятеля — слышу жалобный крик: «А меня красят в желтую краску!» Злодеи! варвары! они не пощадили ничего: ни колонн, ни карнизов, и мой приятель пожелтел, как канарейка. У меня чуть не разлилась желчь по этому случаю, и я еще до сих пор не в силах был повидаться с изуродованным моим бедняком, которого раскрасили под цвет поднебесной империи.

Итак, вы понимаете, читатель, каким образом я знаком со всем Петербургом.

Я уже сказал, что меня целые три дня мучило беспокойство, покамест я догадался о причине его. И на улице мне было худо (того нет, этого нет, куда делся такой-то?) — да и дома я был сам не свой. Два вечера добивался я: чего недостает мне в моем углу? отчего так неловко было в нем оставаться? — и с недоумением осматривал я свои зеленые закоптелые стены, потолок, завешанный паутиной, которую с большим успехом разводила Матрена, пересматривал всю свою мебель, осматривал каждый стул, думая, не тут ли беда? (потому что коль у меня хоть один стул стоит не так, как вчера стоял, так я сам не свой) смотрел за окно, и все понапрасну... нисколько не было легче! Я даже вздумал было призвать Матрену и тут же сделал ей отеческий выговор за паутину и вообще за неряшество; но она только посмотрела на меня в удивлении и пошла прочь, не ответив ни слова, так что паутина еще до сих пор благополучно висит на месте. Наконец я только сегодня поутру догадался, в чем дело. Э! да ведь они от меня удирают на дачу! Простите за тривиальное словцо, но мне было не до высокого слога... потому что ведь все, что только ни было в Петербурге, или переехало, или переезжало на дачу; потому что каждый почтенный господин солидной наружности, нанимавший извозчика, на глаза мои тотчас же обращался в почтенного отца семейства, который после обыденных должностных занятий отправляется налегке в недра своей фамилии, на дачу; потому что у каждого прохожего был теперь уже совершенно особый вид, который чуть-чуть не говорил всякому встречному: «Мы, господа, здесь только так, мимоходом, а вот через два часа мы уедем на дачу». Отворялось ли окно, по которому побарабанили сначала тоненькие, белые, как сахар, пальчики, и высовывалась головка хорошенькой девушки, подзывавшей разносчика с горшками цветов, — мне тотчас же, тут же представлялось, что эти цветы только так покупаются, то есть вовсе не для того, чтоб наслаждаться весной и цветами в душной городской квартире, а что вот очень скоро все переедут на дачу и цветы с собою увезут. Мало того, я уже сделал такие успехи в своем новом, особенном роде открытий, что уже мог безошибочно, по одному виду, обозначить, на какой кто даче живет. Обитатели Каменного и Аптекарского островов или Петергофской дороги отличались изученным изяществом приемов, щегольскими летними костюмами и прекрасными экипажами, в которых они приехали в город. Жители Парголова и там, где подальше, с первого взгляда «внушали» своим благоразумием и солидностью; посетитель Крестовского острова отличался невозмутимо-веселым видом. Удавалось ли мне встретить длинную процессию ломовых извозчиков, лениво шедших с возжами в руках подле возов, нагруженных целыми горами всякой мебели, столов, стульев, диванов турецких и нетурецких и прочим домашним скарбом, на котором, сверх всего этого, зачастую восседала, на самой вершине воза, тщедушная кухарка, берегущая барское добро как зеницу ока; смотрел ли я на тяжело нагруженные домашнею утварью лодки, скользившие по Неве иль Фонтанке, до Черной речки иль островов, — воза и лодки удесятерялись, усотерялись в глазах моих; казалось, все поднялось и поехало, все переселялось целыми караванами на дачу; казалось, весь Петербург грозил обратиться в пустыню, так что наконец мне стало стыдно, обидно и грустно: мне решительно некуда и незачем было ехать на дачу. Я готов был уйти с каждым возом, уехать с каждым господином почтенной наружности, нанимавшим извозчика; но ни один, решительно никто не пригласил меня; словно забыли меня, словно я для них был и в самом деле чужой!

Я ходил много и долго, так что уже совсем успел, по своему обыкновению, забыть, где я, как вдруг очутился у заставы. Вмиг мне стало весело, и я шагнул за шлагбаум, пошел между засеянных полей и лугов, не слышал усталости, но чувствовал только всем составом своим, что какое-то бремя спадает с души моей. Все проезжие смотрели на меня так приветливо, что решительно чуть не кланялись; все были так рады чему-то, все до одного курили сигары. И я был рад, как еще никогда со мной не случалось. Точно я вдруг очутился в Италии, — так сильно поразила природа меня, полубольного горожанина, чуть не задохнувшегося в городских стенах.

Есть что-то неизъяснимо трогательное в нашей петербургской природе, когда она, с наступлением весны, вдруг выкажет всю мощь свою, все дарованные ей небом силы, опушится, разрядится, упестрится цветами... Как-то невольно напоминает она мне ту девушку, чахлую и хворую, на которую вы смотрите иногда с сожалением, иногда с какою-то сострадательною любовью, иногда же просто не замечаете ее, но которая вдруг, на один миг, как-то нечаянно сделается неизъяснимо, чудно прекрасною, а вы, пораженный, упоенный, невольно спрашиваете себя: какая сила заставила блистать таким огнем эти грустные, задумчивые глаза? что вызвало кровь на эти бледные, похудевшие щеки? что облило страстью эти нежные черты лица? отчего так вздымается эта грудь? что так внезапно вызвало силу, жизнь и красоту на лицо бедной девушки, заставило его заблистать такой улыбкой, оживиться таким сверкающим, искрометным смехом? Вы смотрите кругом вы кого-то ищете, вы догадываетесь... Но миг проходит, и, может быть, назавтра же вы встретите опять тот же задумчивый и рассеянный взгляд, как и прежде, то же бледное лицо, ту же покорность и робость в движениях и даже раскаяние, даже следы какой-то мертвящей тоски и досады за минутное увлечение... И жаль вам, что так скоро, так безвозвратно завяла мгновенная красота, что так обманчиво и напрасно блеснула она перед вами, — жаль оттого, что даже полюбить ее вам не было времени...

А все-таки моя ночь была лучше дня! Вот как это было.

Я пришел назад в город очень поздно, и уже пробило десять часов, когда я стал подходить к квартире. Дорога моя шла по набережной канала, на которой в этот час не встретишь живой души. Правда, я живу в отдаленнейшей части города. Я шел и пел, потому что, когда я счастлив, я непременно мурлыкаю что-нибудь про себя, как и всякий счастливый человек, у которого нет ни друзей, ни добрых знакомых и которому в радостную минуту не с кем разделить свою радость. Вдруг со мной случилось самое неожиданное приключение.

В сторонке, прислонившись к перилам канала, стояла женщина; облокотившись на решетку, она, по-видимому, очень внимательно смотрела на мутную воду канала. Она была одета в премиленькой желтой шляпке и в кокетливой черной мантильке. «Это девушка, и непременно брюнетка», — подумал я. Она, кажется, не слыхала шагов моих, даже не шевельнулась, когда я прошел мимо, затаив дыхание и с сильно забившимся сердцем. «Странно! — подумал я, — верно, она о чем-нибудь очень задумалась», и вдруг я остановился как вкопанный. Мне послышалось глухое рыдание. Да! я не обманулся: девушка плакала, и через минуту еще и еще всхлипывание. Боже мой! У меня сердце сжалось. И как я ни робок с женщинами, но ведь это была такая минута!.. Я воротился, шагнул к ней и непременно бы произнес: «Сударыня!» — если б только не знал, что это восклицание уже тысячу раз произносилось во всех русских великосветских романах. Это одно и остановило меня. Но покамест я приискивал слово, девушка очнулась, оглянулась, спохватилась, потупилась и скользнула мимо меня по набережной. Я тотчас же пошел вслед за ней, но она догадалась, оставила набережную, перешла через улицу и пошла по тротуару. Я не посмел перейти через улицу. Сердце мое трепетало, как у пойманной птички. Вдруг один случай пришел ко мне на помощь.

По той стороне тротуара, недалеко от моей незнакомки, вдруг появился господин во фраке, солидных лет, но нельзя сказать, чтоб солидной походки. Он шел, пошатываясь и осторожно опираясь об стенку. Девушка же шла, словно стрелка, торопливо и робко, как вообще ходят все девушки, которые не хотят, чтоб кто-нибудь вызвался провожать их ночью домой, и, конечно, качавшийся господин ни за что не догнал бы ее, если б судьба моя не надоумила его поискать искусственных средств. Вдруг, не сказав никому ни слова, мой господин срывается с места и летит со всех ног, бежит, догоняя мою незнакомку. Она шла как ветер, но колыхавшийся господин настигал, настиг, девушка вскрикнула — и... я благословляю судьбу за превосходную сучковатую палку, которая случилась на этот раз в моей правой руке. Я мигом очутился на той стороне тротуара, мигом незваный господин понял, в чем дело, принял в соображение неотразимый резон, замолчал, отстал и только, когда уже мы были очень далеко, протестовал против меня в довольно энергических терминах. Но до нас едва долетели слова его.

— Дайте мне руку, — сказал я моей незнакомке, — и он не посмеет больше к нам приставать.

Она молча подала мне свою руку, еще дрожавшую от волнения и испуга. О незваный господин! как я благословлял тебя в эту минуту! Я мельком взглянул на нее: она была премиленькая и брюнетка — я угадал; на ее черных ресницах еще блестели слезинки недавнего испуга или прежнего горя, — не знаю. Но на губах уже сверкала улыбка. Она тоже взглянула на меня украдкой, слегка покраснела и потупилась.

— Вот видите, зачем же вы тогда отогнали меня? Если б я был тут, ничего бы не случилось...

— Но я вас не знала: я думала, что вы тоже...

— А разве вы теперь меня знаете?

— Немножко. Вот, например, отчего вы дрожите?

— О, вы угадали с первого раза! — отвечал я в восторге, что моя девушка умница: это при красоте никогда не мешает. — Да, вы с первого взгляда угадали, с кем имеете дело. Точно, я робок с женщинами, я в волненье, не спорю, не меньше, как были вы минуту назад, когда этот господин испугал вас... Я в каком-то испуге теперь. Точно сон, а я даже и во сне не гадал, что когда-нибудь буду говорить хоть с какой-нибудь женщиной.

— Как? неужели?..

— Да, если рука моя дрожит, то это оттого, что никогда еще ее не обхватывала такая хорошенькая маленькая ручка, как ваша. Я совсем отвык от женщин; то есть я к ним и не привыкал никогда; я ведь один... Я даже не знаю, как говорить с ними. Вот и теперь не знаю — не сказал ли вам какой-нибудь глупости? Скажите мне прямо; предупреждаю вас, я не обидчив...

— Нет, ничего, ничего; напротив. И если уже вы требуете, чтоб я была откровенна, так я вам скажу, что женщинам нравится такая робость; а если вы хотите знать больше, то и мне она тоже нравится, и я не отгоню вас от себя до самого дома.

— Вы сделаете со мной, — начал я, задыхаясь от восторга, — что я тотчас же перестану робеть, и тогда — прощай все мои средства!..

— Средства? какие средства, к чему? вот это уж дурно.

— Виноват, не буду, у меня с языка сорвалось; но как же вы хотите, чтоб в такую минуту не было желания...

— Понравиться, что ли?

— Ну да; да будьте, ради бога, будьте добры. Посудите, кто я! Ведь вот уж мне двадцать шесть лет, а я никого никогда не видал. Ну, как же я могу хорошо говорить, ловко и кстати? Вам же будет выгоднее, когда все будет открыто, наружу... Я не умею молчать, когда сердце во мне говорит. Ну, да все равно... Поверите ли, ни одной женщины, никогда, никогда! Никакого знакомства! и только мечтаю каждый день, что наконец-то когда-нибудь я встречу кого-нибудь. Ах, если б вы знали, сколько раз я был влюблен таким образом!..

— Но как же, в кого же?

— Да ни в кого, в идеал, в ту, которая приснится во сне. Я создаю в мечтах целые романы. О, вы меня не знаете! Правда, нельзя же без того, я встречал двух-трех женщин, но какие они женщины? это все такие хозяйки, что... Но я вас насмешу, я расскажу вам, что несколько раз думал заговорить, так, запросто, с какой-нибудь аристократкой на улице, разумеется, когда она одна; заговорить, конечно, робко, почтительно, страстно; сказать, что погибаю один, чтоб она не отгоняла меня, что нет средства узнать хоть какую-нибудь женщину; внушить ей, что даже в обязанностях женщины не отвергнуть робкой мольбы такого несчастного человека, как я. Что, наконец, и все, чего я требую, состоит в том только, чтоб сказать мне какие-нибудь два слова братские, с участием, не отогнать меня с первого шага, поверить мне на слово, выслушать, что я буду говорить, посмеяться надо мной, если угодно, обнадежить меня, сказать мне два слова, только два слова, потом пусть хоть мы с ней никогда не встречаемся!.. Но вы смеетесь... Впрочем, я для того и говорю...

— Не досадуйте; я смеюсь тому, что вы сами себе враг, и если б вы попробовали, то вам бы и удалось, может быть, хоть бы и на улице дело было; чем проще, тем лучше... Ни одна добрая женщина, если только она не глупа или особенно не сердита на что-нибудь в ту минуту, не решилась бы отослать вас без этих двух слов, которых вы так робко вымаливаете... Впрочем, что я! конечно, приняла бы вас за сумасшедшего. Я ведь судила по себе. Сама-то я много знаю, как люди на свете живут!

— О, благодарю вас, — закричал я, — вы не знаете, что вы для меня теперь сделали!

— Хорошо, хорошо! Но скажите мне, почему вы узнали, что я такая женщина, с которой... ну, которую вы считали достойной... внимания и дружбы... одним словом, не хозяйка, как вы называете. Почему вы решились подойти ко мне?

— Почему? почему? Но вы были одни, тот господин был слишком смел, теперь ночь: согласитесь сами, что это обязанность...

— Нет, нет, еще прежде, там, на той стороне. Ведь вы хотели же подойти ко мне?

— Там, на той стороне? Но я, право, не знаю, как отвечать; я боюсь... Знаете ли, я сегодня был счастлив; я шел, пел; я был за городом; со мной еще никогда не бывало таких счастливых минут. Вы... мне, может быть, показалось... Ну, простите меня, если я напомню: мне показалось, что вы плакали, и я... я не мог слышать это... у меня стеснилось сердце... О, боже мой! Ну, да неужели же я не мог потосковать об вас? Неужели же был грех почувствовать к вам братское сострадание?.. Извините, я сказал сострадание... Ну, да, одним словом, неужели я мог вас обидеть тем, что невольно вздумалось мне к вам подойти?..

— Оставьте, довольно, не говорите... — сказала девушка, потупившись и сжав мою руку. — Я сама виновата, что заговорила об этом; но я рада, что не ошиблась в вас... но вот уже я дома; мне нужно сюда, в переулок; тут два шага... Прощайте, благодарю вас...

— Так неужели же, неужели мы больше никогда не увидимся?.. Неужели это так и останется?

— Видите ли, — сказала, смеясь, девушка, — вы хотели сначала только двух слов, а теперь... Но, впрочем, я вам ничего не скажу... Может быть, встретимся...

— Я приду сюда завтра, — сказал я. — О, простите меня, я уже требую...

— Да, вы нетерпеливы... вы почти требуете...

— Послушайте, послушайте! — прервал я ее. — Простите, если я вам скажу опять что-нибудь такое... Но вот что: я не могу не прийти сюда завтра. Я мечтатель; у меня так мало действительной жизни, что я такие минуты, как эту, как теперь, считаю так редко, что не могу не повторять этих минут в мечтаньях. Я промечтаю об вас целую ночь, целую неделю, весь год. Я непременно приду сюда завтра, именно сюда, на это же место, именно в этот час, и буду счастлив, припоминая вчерашнее. Уж это место мне мило. У меня уже есть такие два-три места в Петербурге. Я даже один раз заплакал от воспоминанья, как вы... Почем знать, может быть, и вы, тому назад десять минут, плакали от воспоминанья... Но простите меня, я опять забылся; вы, может быть, когда-нибудь были здесь особенно счастливы...

— Хорошо, — сказала девушка, — я, пожалуй, приду сюда завтра, тоже в десять часов. Вижу, что я уже не могу вам запретить... Вот в чем дело, мне нужно быть здесь; не подумайте, чтоб я вам назначала свидание; я предупреждаю вас, мне нужно быть здесь для себя. Но вот... ну, уж я вам прямо скажу: это будет ничего, если и вы придете; во-первых, могут быть опять неприятности, как сегодня, но это в сторону... одним словом, мне просто хотелось бы вас видеть... чтоб сказать вам два слова. Только, видите ли, вы не осудите меня теперь? не подумайте, что я так легко назначаю свидания... Я бы и назначила, если б... Но пусть это будет моя тайна! Только вперед уговор...

— Уговор! говорите, скажите, скажите все заране; я на все согласен, на все готов, — вскричал я в восторге, — я отвечаю за себя — буду послушен, почтителен... вы меня знаете...

— Именно оттого, что знаю вас, и приглашаю вас завтра, — сказала смеясь девушка. — Я вас совершенно знаю. Но, смотрите, приходите с условием; во-первых (только будьте добры, исполните, что я попрошу, — видите ли, я говорю откровенно), не влюбляйтесь в меня... Это нельзя, уверяю вас. На дружбу я готова, вот вам рука моя... А влюбиться нельзя, прошу вас!

— Клянусь вам, — закричал я, схватив ее ручку...

— Полноте, не клянитесь, я ведь знаю, вы способны вспыхнуть как порох. Не осуждайте меня, если я так говорю. Если б вы знали... У меня тоже никого нет, с кем бы мне можно было слово сказать, у кого бы совета спросить. Конечно, не на улице же искать советников, да вы исключение. Я вас так знаю, как будто уже мы двадцать лет были друзьями... Не правда ли, вы не измените?

— Увидите... только я не знаю, как уж я доживу хотя сутки.

— Спите покрепче; доброй ночи — и помните, что я вам уже вверилась. Но вы так хорошо воскликнули давеча: неужели ж давать отчет в каждом чувстве, даже в братском сочувствии! Знаете ли, это было так хорошо сказано, что у меня тотчас же мелькнула мысль довериться вам...

— Ради бога, но в чем? что?

— До завтра. Пусть это будет покамест тайной. Тем лучше для вас; хоть издали будет на роман похоже. Может быть, я вам завтра же скажу, а может быть, нет... Я еще с вами наперед поговорю мы познакомимся лучше...

— О, да я вам завтра же все расскажу про себя! Но что это? точно чудо со мной совершается... Где я, боже мой? Ну, скажите, неужели вы недовольны тем, что не рассердились, как бы сделала другая, не отогнали меня в самом начале? Две минуты, и вы сделали меня навсегда счастливым. Да! счастливым; почем знать, может быть, вы меня с собой помирили, разрешили мои сомнения... Может быть, на меня находят такие минуты... Ну, да я вам завтра все расскажу, вы все узнаете, все...

— Хорошо, принимаю; вы и начнете...

— Согласен.

— До свиданья!

— До свиданья!

И мы расстались. Я ходил всю ночь; я не мог решиться воротиться домой. Я был так счастлив... до завтра!

НОЧЬ ВТОРАЯ

— Ну, вот и дожили! — сказала она мне, смеясь и пожимая мне обе руки.

— Я здесь уже два часа; вы не знаете, что было со мной целый день!

— Знаю, знаю... но к делу. Знаете, зачем я пришла? Ведь не вздор болтать, как вчера. Вот что: нам нужно вперед умней поступать. Я обо всем этом вчера долго думала.

— В чем же, в чем быть умнее? С моей стороны, я готов; но, право, в жизнь не случалось со мною ничего умнее, как теперь.

— В самом деле? Во-первых, прошу вас, не жмите так моих рук; во-вторых, объявляю вам, что я об вас сегодня долго раздумывала.

— Ну, и чем же кончилось?

— Чем кончилось? Кончилось тем, что нужно все снова начать, потому что в заключение всего я решила сегодня, что вы еще мне совсем неизвестны, что я вчера поступила как ребенок, как девочка, и, разумеется, вышло так, что всему виновато мое доброе сердце, то есть я похвалила себя, как и всегда кончается, когда мы начнем свое разбирать. И потому, чтоб поправить ошибку, я решила разузнать об вас самым подробнейшим образом. Но так как разузнавать о вас не у кого, то вы и должны мне сами все рассказать, всю подноготную. Ну, что вы за человек? Поскорее — начинайте же, рассказывайте свою историю.

— Историю! — закричал я, испугавшись, — историю! Но кто вам сказал, что у меня есть моя история? у меня нет истории...

— Так как же вы жили, коль нет истории? — перебила она, смеясь.

— Совершенно без всяких историй! так, жил, как у нас говорится, сам по себе, то есть один совершенно, — один, один вполне, — понимаете, что такое один?

— Да как один? То есть вы никого никогда не видали?

— О нет, видеть-то вижу, — а все-таки я один.

— Что же, вы разве не говорите ни с кем?

— В строгом смысле, ни с кем.

— Да кто же вы такой, объяснитесь! Постойте, я догадываюсь: у вас, верно, есть бабушка, как и у меня. Она слепая и вот уже целую жизнь меня никуда не пускает, так что я почти разучилась совсем говорить. А когда я нашалила тому назад года два, так она видит, что меня не удержишь, взяла призвала меня, да и пришпилила булавкой мое платье к своему — и так мы с тех пор и сидим по целым дням; она чулок вяжет, хоть и слепая; а я подле нее сиди, шей или книжку вслух ей читай — такой странный обычай, что вот уже два года пришпиленная...

— Ах, боже мой, какое несчастье! Да нет же, у меня нет такой бабушки.

— А коль нет, так как это вы можете дома сидеть?..

— Послушайте, вы хотите знать, кто я таков?

— Ну, да, да!

— В строгом смысле слова?

— В самом строгом смысле слова!

— Извольте, я — тип.

— Тип, тип! какой тип? — закричала девушка, захохотав так, как будто ей целый год не удавалось смеяться. — Да с вами превесело! Смотрите: вот здесь есть скамейка; сядем! Здесь никто не ходит, нас никто не услышит, и — начинайте же вашу историю! потому что, уж вы меня не уверите, у вас есть история, а вы только скрываетесь. Во-первых, что это такое тип?

— Тип? тип — это оригинал, это такой смешной человек! — отвечал я, сам расхохотавшись вслед за ее детским смехом. — Это такой характер. Слушайте: знаете вы, что такое мечтатель?

— Мечтатель? позвольте, да как не знать? я сама мечтатель! Иной раз сидишь подле бабушки и чего-чего в голову не войдет. Ну, вот и начнешь мечтать, да так раздумаешься — ну, просто за китайского принца выхожу... А ведь это в другой раз и хорошо — мечтать! Нет, впрочем, бог знает! Особенно если есть и без этого о чем думать, — прибавила девушка на этот раз довольно серьезно.

— Превосходно! Уж коли раз вы выходили за богдыхана

китайского, так, стало быть, совершенно поймете меня. Ну, слушайте ... Но позвольте: ведь я еще не знаю, как вас зовут?

— Наконец-то! вот рано вспомнили!

— Ах, боже мой! да мне и на ум не пришло, мне было и так хорошо...

— Меня зовут — Настенька.

— Настенька! и только?

— Только! да неужели вам мало, ненасытный вы этакой!

— Мало ли? Много, много, напротив, очень много, Настенька, добренькая вы девушка, коли с первого разу вы для меня стали Настенькой!

— То-то же! ну!

— Ну, вот, Настенька, слушайте-ка, какая тут выходит смешная история.

Я уселся подле нее, принял педантски-серьезную позу и начал словно по-писаному:

— Есть, Настенька, если вы того не знаете, есть в Петербурге довольно странные уголки. В эти места как будто не заглядывает то же солнце, которое светит для всех петербургских людей, а заглядывает какое-то другое, новое, как будто нарочно заказанное для этих углов, и светит на все иным, особенным светом. В этих углах, милая Настенька, выживается как будто совсем другая жизнь, не похожая на ту, которая возле нас кипит, а такая, которая может быть в тридесятом неведомом царстве, а не у нас, в наше серьезное-пресерьезное время. Вот эта-то жизнь и есть смесь чего-то чисто фантастического, горячо-идеального и вместе с тем (увы, Настенька!) тускло-прозаичного и обыкновенного, чтоб не сказать: до невероятности пошлого.

— Фу! господи боже мой! какое предисловие! Что же это я такое услышу?

— Услышите вы, Настенька (мне кажется, я никогда не устану называть вас Настенькой), услышите вы, что в этих углах проживают странные люди — мечтатели. Мечтатель — если нужно его подробное определение — не человек, а, знаете, какое-то существо среднего рода. Селится он большею частию где-нибудь в неприступном углу, как будто таится в нем даже от дневного света, и уж если заберется к себе, то так и прирастет к своему углу, как улитка, или, по крайней мере, он очень похож в этом отношении на то занимательное животное, которое и животное и дом вместе, которое называется черепахой. Как вы думаете, отчего он так любит свои четыре стены, выкрашенные непременно зеленою краскою, закоптелые, унылые и непозволительно обкуренные? Зачем этот смешной господин, когда его приходит навестить кто-нибудь из его редких знакомых (а кончает он тем, что знакомые у него все переводятся), зачем этот смешной человек встречает его, так сконфузившись, так изменившись в лице и в таком замешательстве, как будто он только что сделал в своих четырех стенах преступление, как будто он фабриковал фальшивые бумажки или какие-нибудь стишки для отсылки в журнал при анонимном письме, в котором обозначается, что настоящий поэт уже умер и что друг его считает священным долгом опубликовать его вирши? Отчего, скажите мне, Настенька, разговор так не вяжется у этих двух собеседников? отчего ни смех, ни какое-нибудь бойкое словцо не слетает с языка внезапно вошедшего и озадаченного приятеля, который в другом случае очень любит и смех, и бойкое словцо, и разговоры о прекрасном поле, и другие веселые темы? Отчего же, наконец, этот приятель, вероятно недавний знакомый, и при первом визите, — потому что второго в таком случае уже не будет и приятель другой раз не придет, — отчего сам приятель так конфузится, так костенеет, при всем своем остроумии (если только оно есть у него), глядя на опрокинутое лицо хозяина, который в свою очередь уже совсем успел потеряться и сбиться с последнего толка после исполинских, но тщетных усилий разгладить и упестрить разговор, показать и с своей стороны знание светскости, тоже заговорить о прекрасном поле и хоть такою покорностию понравится бедному, не туда попавшему человеку, который ошибкою пришел к нему в гости? Отчего, наконец, гость вдруг хватается за шляпу и быстро уходит, внезапно вспомнив о самонужнейшем деле, которого никогда не бывало, и кое-как высвобождает свою руку из жарких пожатий хозяина, всячески старающегося показать свое раскаяние и поправить потерянное? Отчего уходящий приятель хохочет, выйдя за дверь, тут же дает самому себе слово никогда не приходить к этому чудаку, хотя этот чудак в сущности и превосходнейший малый, и в то же время никак не может отказать своему воображению в маленькой прихоти: сравнить, хоть отдаленным образом, физиономию своего недавнего собеседника во все время свидания с видом того несчастного котеночка, которого измяли, застращали и всячески обидели дети, вероломно захватив его в плен, сконфузили в прах, который забился наконец от них под стул, в темноту, и там целый час на досуге принужден ощетиниваться, отфыркиваться и мыть свое обиженное рыльце обеими лапами и долго еще после того враждебно взирать на природу и жизнь и даже на подачку с господского обеда, припасенную для него сострадательною ключницею?

— Послушайте, — перебила Настенька, которая все время слушала меня в удивлении, открыв глаза и ротик, — послушайте: я совершенно не знаю, отчего все это произошло и почему именно вы мне предлагаете такие смешные вопросы; но что я знаю наверное, так то, что все эти приключения случились непременно с вами, от слова до слова.

— Без сомнения, — отвечал я с самою серьезной миной.

— Ну, коли без сомнения, так продолжайте, — ответила Настенька, — потому что мне очень хочется знать, чем это кончится.

— Вы хотите знать, Настенька, что такое делал в своем углу наш герой, или, лучше сказать, я, потому что герой всего дела — я, своей собственной скромной особой; вы хотите знать, отчего я так переполошился и потерялся на целый день от неожиданного визита приятеля? Вы хотите знать, отчего я так вспорхнулся, так покраснел, когда отворили дверь в мою комнату, почему я не умел принять гостя и так постыдно погиб под тяжестью собственного гостеприимства?

— Ну да, да! — отвечала Настенька, — в этом и дело. Послушайте: вы прекрасно рассказываете, но нельзя ли рассказывать как-нибудь не так прекрасно? А то вы говорите, точно книгу читаете.

— Настенька! — отвечал я важным и строгим голосом, едва удерживаясь от смеха, — милая Настенька, я знаю, что я рассказываю прекрасно, но — виноват, иначе я рассказывать не умею. Теперь, милая Настенька, теперь я похож на дух царя Соломона, который был тысячу лет в кубышке, под семью печатями, и с которого наконец сняли все эти семь печатей. Теперь, милая Настенька, когда мы сошлись опять после такой долгой разлуки, — потому что я вас давно уже знал, Настенька, потому что я уже давно кого-то искал, а это знак, что я искал именно вас и что нам было суждено теперь свидеться, — теперь в моей голове открылись тысячи клапанов, и я должен пролиться рекою слов, не то я задохнусь. Итак, прошу не перебивать меня, Настенька, а слушать покорно и послушно; иначе — я замолчу.

— Ни-ни-ни! никак! говорите! Теперь я не скажу ни слова.

— Продолжаю: есть, друг мой Настенька, в моем дне один час, который я чрезвычайно люблю. Это тот самый час, когда кончаются почти всякие дела, должности и обязательства и все спешат по домам пообедать, прилечь отдохнуть и тут же, в дороге, изобретают и другие веселые темы, касающиеся вечера, ночи и всего остающегося свободного времени. В этот час и наш герой, — потому что уж позвольте мне, Настенька, рассказывать в третьем лице, затем что в первом лице все это ужасно стыдно рассказывать, — итак, в этот час и наш герой, который тоже был не без дела, шагает за прочими. Но странное чувство удовольствия играет на его бледном, как будто несколько измятом лице. Неравнодушно смотрит он на вечернюю зарю, которая медленно гаснет на холодном петербургском небе. Когда я говорю — смотрит, так я лгу: он не смотрит, но созерцает как-то безотчетно, как будто усталый или занятый в то же время каким-нибудь другим, более интересным предметом, так что разве только мельком, почти невольно, может уделить время на все окружающее. Он доволен, потому что покончил до завтра с досадными для него *делами* , и рад, как школьник, которого выпустили с классной скамьи к любимым играм и шалостям. Посмотрите на него сбоку, Настенька: вы тотчас увидите, что радостное чувство уже счастливо подействовало на его слабые нервы и болезненно раздраженную фантазию. Вот он о чем-то задумался… Вы думаете, об обеде? о сегодняшнем вечере? На что он так смотрит? На этого ли господина солидной наружности, который так картинно поклонился даме, прокатившейся мимо него на резвоногих конях в блестящей карете? Нет, Настенька, что ему теперь до всей этой мелочи! Он теперь уже богат *своею особенною* жизнью; он как-то вдруг стал богатым, и прощальный луч потухающего солнца не напрасно так весело сверкнул перед ним и вызвал из согретого сердца целый рой впечатлений. Теперь он едва замечает ту дорогу, на которой прежде самая мелкая мелочь могла поразить его. Теперь «богиня фантазия» (если вы читали Жуковского, милая Настенька) уже заткала прихотливою рукою свою золотую основу и пошла развивать перед ним узоры небывалой, причудливой жизни — и, кто знает, может, перенесла его прихотливой рукою на седьмое хрустальное небо с превосходного гранитного тротуара, по которому он идет восвояси. Попробуйте остановить его теперь, спросите его вдруг: где он теперь стоит, по каким улицам шел? — он наверно бы ничего не припомнил, ни того, где ходил, ни того, где стоял теперь, и, покраснев с досады, непременно солгал бы что-нибудь для спасения приличий. Вот почему он так вздрогнул, чуть не закричал и с испугом огляделся кругом, когда одна очень почтенная старушка учтиво остановила его посреди тротуара и стала расспрашивать его о дороге, которую она потеряла. Нахмурясь с досады, шагает он дальше, едва замечая, что не один прохожий улыбнулся, на него глядя, и обратился ему вслед и что какая-нибудь маленькая девочка, боязливо уступившая ему дорогу, громко засмеялась, посмотрев во все глаза на его широкую созерцательную улыбку и жесты руками. Но все та же фантазия подхватила на своем игривом полете и старушку, и любопытных прохожих, и смеющуюся девочку, и мужичков, которые тут же вечеряют на своих барках, запрудивших Фонтанку (положим, в это время по ней проходил наш герой), заткала шаловливо всех и все в свою канву, как мух в паутину, и с новым приобретением чудак уже вошел к себе в отрадную норку, уже сел за обед, уже давно отобедал и очнулся только тогда, когда задумчивая и вечно печальная Матрена, которая ему прислуживает, уже все прибрала со стола и подала ему трубку, очнулся и с удивлением вспомнил, что он уже совсем пообедал, решительно проглядев, как это сделалось. В комнате потемнело; на душе его пусто и грустно; целое царство мечтаний рушилось вокруг него, рушилось без следа, без шума и треска, пронеслось, как сновидение, а он и сам не помнит, что ему грезилось. Но какое-то темное ощущение, от которого слегка заныла и волнуется грудь его, какое-то новое желание соблазнительно щекочет и раздражает его фантазию и незаметно сзывает целый рой новых призраков. В маленькой комнате царствует тишина; уединение и лень нежат воображение; оно воспламеняется слегка, слегка закипает, как вода в кофейнике старой Матрены, которая безмятежно возится рядом, в кухне, стряпая свой кухарочный кофе. Вот оно уже слегка прорывается вспышками, вот уже и книга, взятая без цели и наудачу, выпадает из рук моего мечтателя, не дошедшего и до третьей страницы. Воображение его снова настроено, возбуждено, и вдруг опять новый мир, новая, очаровательная жизнь блеснула перед ним в блестящей своей перспективе. Новый сон — новое счастие! Новый прием утонченного, сладострастного яда! О, что ему в нашей действительной жизни! На его подкупленный взгляд, мы с вами, Настенька, живем так лениво, медленно, вяло; на его взгляд, мы все так недовольны нашею судьбою, так томимся нашею жизнью! Да и вправду, смотрите, в самом деле, как на первый взгляд все между нами холодно, угрюмо, точно сердито... «Бедные!» — думает мой мечтатель. Да и не диво, что думает! Посмотрите на эти волшебные призраки, которые так очаровательно, так прихотливо, так безбрежно и широко слагаются перед ним в такой волшебной, одушевленной картине, где на первом плане, первым лицом, уж конечно, он сам, наш мечтатель, своею дорогою особою. Посмотрите, какие разнообразные приключения, какой бесконечный рой восторженных грез. Вы спросите, может быть, о чем он мечтает? К чему это спрашивать! да обо всем... об роли поэта, сначала не признанного, а потом увенчанного; о дружбе с Гофманом; Варфоломеевская ночь, Диана Вернон, геройская роль при взятии Казани Иваном Васильевичем, Клара Мовбрай, Евфия Денс, собор прелатов и Гус перед ними, восстание мертвецов в Роберте (помните музыку? кладбищем пахнет!), Минна и Бренда, сражение при Березине, чтение поэмы у графини В-й-Д-й, Дантон, Клеопатра e i suoi amanti,[1] домик в Коломне, свой уголок, а подле милое создание, которое слушает вас в зимний вечер, раскрыв ротик и глазки, как слушаете вы теперь меня, мой маленький ангельчик... Нет, Настенька, что ему, что ему, сладострастному ленивцу, в той жизни, в которую нам так хочется с вами? он думает, что это бедная, жалкая жизнь, не предугадывая, что и для него, может быть, когда-нибудь пробьет грустный час, когда он за один день этой жалкой жизни отдаст все свои фантастические годы, и еще не за радость, не за счастие отдаст, и выбирать не захочет в тот час грусти, раскаяния и невозбранного горя. Но

---

1 ...и ее любовники (итал.)

покамест еще не настало оно, это грозное время, — он ничего не желает, потому что он выше желаний, потому что с ним все, потому что он пресыщен, потому что он сам художник своей жизни и творит ее себе каждый час по новому произволу. И ведь так легко, так натурально создается этот сказочный, фантастический мир! Как будто и впрямь все это не призрак! Право, верить готов в иную минуту, что вся эта жизнь не возбуждения чувства, не мираж, не обман воображения, а что это и впрямь действительное, настоящее, сущее! Отчего ж, скажите, Настенька, отчего же в такие минуты стесняется дух? отчего же каким-то волшебством, по какому-то неведомому произволу ускоряется пульс, брызжут слезы из глаз мечтателя, горят его бледные, увлаженные щеки и такой неотразимой отрадой наполняется все существование его? Отчего же целые бессонные ночи проходят как один миг, в неистощимом веселии и счастии, и когда заря блеснет розовым лучом в окна и рассвет осветит угрюмую комнату своим сомнительным фантастическим светом, как у нас, в Петербурге, наш мечтатель, утомленный, измученный, бросается на постель и засыпает в замираниях от восторга своего болезненно-потрясенного духа и с такою томительно-сладкою болью в сердце? Да, Настенька, обманешься и невольно вчуже поверишь, что страсть настоящая, истинная волнует душу его, невольно поверишь, что есть живое, осязаемое в его бесплотных грезах! И ведь какой обман — вот, например, любовь сошла в его грудь со всею неистощимою радостью, со всеми томительными мучениями... Только взгляните на него и убедитесь! Верите ли вы, на него глядя, милая Настенька, что действительно он никогда не знал той, которую он так любил в своем исступленном мечтании? Неужели он только и видел ее в одних обольстительных призраках и только лишь снилась ему эта страсть? Неужели и впрямь не прошли они рука в руку столько годов своей жизни — одни, вдвоем, отбросив весь мир и соединив каждый свой мир, свою жизнь с жизнью друга? Неужели не она, в поздний час, когда настала разлука, не она лежала, рыдая и тоскуя, на груди его, не слыша бури, разыгравшейся под суровым небом, не слыша ветра, который срывал и уносил слезы с черных ресниц ее? Неужели все это была мечта — и этот сад, унылый, заброшенный и дикий, с дорожками, заросшими мхом, уединенный, угрюмый, где они так часто ходили вдвоем, надеялись, тосковали, любили, любили друг друга так долго, «так долго и нежно»! И этот странный, прадедовский дом, в котором жила она столько времени уединенно и грустно с старым, угрюмым мужем, вечно молчаливым и желчным, пугавшим их, робких, как детей, уныло и боязливо таивших друг от друга любовь свою? Как они мучились, как боялись они, как невинна, чиста была их любовь и как (уж разумеется, Настенька) злы были люди! И, боже мой, неужели не ее встретил он потом, далеко от берегов своей родины, под чужим небом, полуденным, жарким, в дивном вечном городе, в блеске бала, при громе музыки, в палаццо (непременно в палаццо), потонувшем в море огней, на этом балконе, увитом миртом и розами, где она, узнав его, так поспешно сняла свою маску и, прошептав: «Я свободна», задрожав, бросилась в его объятия, и вскрикнув от восторга, прижавшись друг к другу, они в один миг забыли и горе, и разлуку, и все мучения, и угрюмый дом, и старика, и мрачный сад в далекой родине, и скамейку, на которой, с последним страстным поцелуем, она вырывалась из занемевших в отчаянной муке объятий его... О, согласитесь, Настенька, что вспорхнешься, смутишься и покраснеешь, как школьник, только что запихавший в карман украденное из соседнего сада яблоко, когда какой-нибудь длинный, здоровый парень, весельчак и балагур, ваш незваный приятель, отворит вашу дверь и крикнет, как будто ничего не бывало: «А я, брат, сию минуту из Павловска!» Боже мой! старый граф умер, настает неизреченное счастие, — тут люди приезжают из Павловска!

Я патетически замолчал, кончив мои патетические возгласы. Помню, что мне ужасно хотелось как-нибудь через силу захохотать, потому что я уже чувствовал, что во мне зашевелился какой-то враждебный бесенок, что мне уже начинало захватывать горло, подергивать подбородок и что все более и более влажнели глаза мои... Я ожидал, что Настенька, которая слушала меня, открыв свои умные глазки, захохочет всем своим детским, неудержимо веселым смехом, и уже раскаивался, что зашел далеко, что напрасно рассказал то, что уже давно накипело в моем сердце, о чем я мог говорить как по-писаному, потому что уже давно приготовил я над самим собой приговор, и теперь не удержался, чтоб не прочесть его, признаться, не ожидая, что меня поймут; но, к удивлению моему, она промолчала, погодя немного слегка пожала мне руку и с каким-то робким участием спросила:

— Неужели и в самом деле вы так прожили всю свою жизнь?

— Всю жизнь, Настенька, — отвечал я, — всю жизнь, и, кажется, так и окончу!

— Нет, этого нельзя, — сказала она беспокойно, — этого не будет; этак, пожалуй, и я проживу всю жизнь подле бабушки. Послушайте, знаете ли, что это вовсе нехорошо так жить?

— Знаю, Настенька, знаю! — вскричал я, не удерживая более своего чувства. — И теперь знаю больше, чем когда-нибудь, что я даром потерял все свои лучшие годы! Теперь это я знаю, и чувствую больнее от такого сознания, потому что сам бог послал мне вас, моего доброго ангела, чтоб сказать мне это и доказать. Теперь, когда я сижу подле вас и говорю с вами, мне уж и страшно подумать о будущем, потому что в будущем — опять одиночество, опять эта затхлая, ненужная жизнь; и о чем мечтать будет мне, когда я уже наяву подле вас был так счастлив! О, будьте благословенны, вы, милая девушка, за то, что не отвергли меня с первого раза, за то, что уже я могу сказать, что я жил хоть два вечера в моей жизни!

— Ох, нет, нет! — закричала Настенька, и слезинки заблистали на глазах ее, — нет, так не будет больше; мы так не расстанемся! Что такое два вечера!

— Ох, Настенька, Настенька! знаете ли, как надолго вы помирили меня с самим собою? знаете ли, что уже я теперь не буду о себе думать так худо, как думал в иные минуты? Знаете ли, что уже я, может быть, не буду более тосковать о том, что сделал преступление и грех в моей жизни, потому что такая жизнь есть преступление и грех? И не думайте, чтоб я вам преувеличивал что-нибудь, ради бога, не думайте этого, Настенька, потому что на меня иногда находят минуты такой тоски, такой тоски... Потому что мне уже начинает казаться в эти минуты, что я никогда не способен начать жить настоящею жизнию; потому что мне уже казалось, что я потерял всякий такт, всякое чутье в настоящем, действительном; потому что, наконец, я проклинал сам себя; потому что после моих фантастических ночей на меня уже находят минуты отрезвления, которые ужасны! Между тем слышишь, как кругом тебя гремит и кружится в жизненном вихре людская толпа, слышишь, видишь, как живут люди, —

живут наяву, видишь, что жизнь для них не заказана, что их жизнь не разлетится, как сон, как видение, что их жизнь вечно обновляющаяся, вечно юная и ни один час ее непохож на другой, тогда как уныла и до пошлости однообразна пугливая фантазия, раба тени, идеи, раба первого облака, которое внезапно застелет солнце и сожмет тоскою настоящее петербургское сердце, которое так дорожит своим солнцем, — а уж в тоске какая фантазия! Чувствуешь, что она наконец устает, истощается в вечном напряжении, эта *неистощимая* фантазия, потому что ведь мужаешь, выживаешь из прежних своих идеалов: они разбиваются в пыль, в обломки; если ж нет другой жизни, так приходится строить ее из этих же обломков. А между тем чего-то другого просит и хочет душа! И напрасно мечтатель роется, как в золе, в своих старых мечтаниях, ища в этой золе хоть какой-нибудь искорки, чтоб раздуть ее, возобновленным огнем пригреть похолодевшее сердце и воскресить в нем снова все, что было прежде так мило, что трогало душу, что кипятило кровь, что вырывало слезы из глаз и так роскошно обманывало! Знаете ли, Настенька, до чего я дошел? знаете ли, что я уже принужден справлять годовщину своих ощущений, годовщину того, что было прежде так мило, чего в сущности никогда не бывало, — потому что эта годовщина справляется все по тем же глупым, бесплотным мечтаниям, — и делать это, потому что и этих-то глупых мечтаний нет, затем, что нечем их выжить: ведь и мечты выживаются! Знаете ли, что я люблю теперь припомнить и посетить в известный срок те места, где был счастлив когда-то по-своему, люблю построить свое настоящее под лад уже безвозвратно прошедшему и часто брожу как тень, без нужды и без цели, уныло и грустно по петербургским закоулкам и улицам. Какие все воспоминания! Припоминается, например, что вот здесь ровно год тому назад, ровно в это же время, в этот же час, по этому же тротуару бродил так же одиноко, так же уныло, как и теперь! И припоминаешь, что и тогда мечты были грустны, и хоть и прежде было не лучше, но все как-то чувствуешь, что как будто и легче, и покойнее было жить, что не было этой черной думы, которая теперь привязалась ко мне; что не было этих угрызений совести, угрызений мрачных, угрюмых, которые ни днем, ни ночью теперь не дают покоя. И спрашиваешь себя: где же мечты твои? и покачиваешь головою, говоришь: как быстро летят годы! И опять спрашиваешь себя: что же ты сделал с своими годами? куда ты схоронил свое лучшее время? Ты жил или нет? Смотри, говоришь себе, смотри, как на свете становится холодно. Еще пройдут годы, и за ними придет угрюмое одиночество, придет с клюкой трясучая старость, а за ними тоска и уныние. Побледнеет твой фантастический мир, замрут, утонут мечты твои и осыплются, как желтые листья с деревьев... О, Настенька! ведь грустно будет оставаться одному, одному совершенно, и даже не иметь чего пожалеть — ничего, ровно ничего... потому что все, что потерял-то, все это, все было ничто, глупый, круглый нуль, было одно лишь мечтанье!

— Ну, не разжалобливайте меня больше! — проговорила Настенька, утирая слезинку, которая выкатилась из глаз ее. — Теперь кончено! Теперь мы будем вдвоем; теперь, что ни случись со мной, уж мы никогда не расстанемся. Послушайте. Я простая девушка, я мало училась, хотя мне бабушка и нанимала учителя; но, право, я вас понимаю, потому что все, что вы мне пересказали теперь, я уж сама прожила, когда бабушка меня пришпилила к платью. Конечно, я бы так не рассказала хорошо, как вы рассказали, я не училась, — робко прибавила она, потому что все еще чувствовала какое-то уважение к моей патетической речи и к моему высокому слогу, — но я очень рада, что вы совершенно открылись мне. Теперь я вас знаю, совсем, всего знаю. И знаете что? я вам хочу рассказать и свою историю, всю без утайки, а вы мне после за то дадите совет. Вы очень умный человек; обещаетесь ли вы, что вы дадите мне этот совет?

— Ах, Настенька, — отвечал я, — я хоть и никогда не был советником, и тем более умным советником, но теперь вижу, что если мы всегда будем так жить, то это будет как-то очень умно, и каждый друг другу надает премного умных советов! Ну, хорошенькая моя Настенька, какой же вам совет? Говорите мне прямо; я теперь так весел, счастлив, смел и умен, что за словом не полезу в карман.

— Нет, нет! — перебила Настенька, засмеявшись, — мне нужен не один умный совет, мне нужен совет сердечный, братский, так, как бы вы уже век свой любили меня!

— Идет, Настенька, идет! — закричал я в восторге, — и если б я уже двадцать лет вас любил, то все-таки не любил бы сильнее теперешнего!

— Руку вашу! — сказала Настенька.

— Вот она! — отвечал я, подавая ей руку.

— Итак, начнемте мою историю!

ИСТОРИЯ НАСТЕНЬКИ

— Половину истории вы уже знаете, то есть вы знаете, что у меня есть старая бабушка...

— Если другая половина так же недолга, как и эта... — перебил было я засмеявшись.

— Молчите и слушайте. Прежде всего уговор: не перебивать меня, а не то я, пожалуй, собьюсь. Ну, слушайте же смирно.

Есть у меня старая бабушка. Я к ней попала еще очень маленькой девочкой, потому что у меня умерли и мать и отец. Надо думать, что бабушка была прежде богаче, потому что и теперь вспоминает о лучших днях. Она же меня выучила по-французски и потом наняла мне учителя. Когда мне было пятнадцать лет (а теперь мне семнадцать), учиться мы кончили. Вот в это время я и нашалила; уж что я сделала — я вам не скажу; довольно того, что проступок был небольшой. Только бабушка подозвала меня к себе в одно утро и сказала, что так как она слепа, то за мной не усмотрит, взяла булавку и пришпилила мое платье к своему, да тут и сказала, что так мы будем всю жизнь сидеть, если, разумеется, я не сделаюсь лучше. Одним словом, в первое время отойти никак нельзя было: и работай, и читай, и учись — все подле бабушки. Я было попробовала схитрить один раз и уговорила сесть на мое место Феклу. Фекла — наша работница, она глуха. Фекла села вместо меня; бабушка в это время заснула в креслах, а я отправилась недалеко к подруге. Ну, худо и кончилось. Бабушка без меня проснулась и о чем-то спросила, думая, что я все еще сижу смирно на месте. Фекла-то видит, что бабушка спрашивает, а сама не слышит про что, думала, думала, что ей делать, отстегнула булавку да и пустилась бежать...

Тут Настенька остановилась и начала хохотать. Я засмеялся вместе с нею. Она тотчас же перестала.

— Послушайте, вы не смейтесь над бабушкой. Это я смеюсь, оттого что смешно... Что же делать, когда бабушка, право, такая, а только я ее все-таки немножко люблю. Ну, да тогда и досталось мне: тотчас меня опять посадили на место и уж ни-ни, шевельнуться было нельзя.

Ну-с, я вам еще позабыла сказать, что у нас, то есть у бабушкин свой дом, то есть маленький домик, всего три окна, совсем деревянный и такой же старый, как бабушка; а наверху мезонин; вот и переехал к нам в мезонин новый жилец...

— Стало быть, был и старый жилец? — заметил я мимоходом.

— Уж конечно, был, — отвечала Настенька, — и который умел молчать лучше вас. Правда, уж он едва языком ворочал. Это был старичок, сухой, немой, слепой, хромой, так что наконец ему стало нельзя жить на свете, он и умер; а затем и понадобился новый жилец, потому что нам без жильца жить нельзя: это с бабушкиным пенсионом почти весь наш доход. Новый жилец как нарочно был молодой человек, нездешний, заезжий. Так как он не торговался, то бабушка и пустила его, а потом и спрашивает «Что, Настенька, наш жилец молодой или нет?» Я солгать не хотела: «Так, говорю, бабушка, не то чтоб совсем молодой, а так, не старик». «Ну, и приятной наружности?» — спрашивает бабушка

Я опять лгать не хочу. «Да, приятной, говорю, наружности бабушка!» А бабушка говорит: «Ах! наказанье, наказанье! Я это внучка, тебе для того говорю, чтоб ты на него не засматривалась. Экой век какой! поди, такой мелкий жилец, а ведь тоже приятной наружности: не то в старину!»

А бабушке все бы в старину! И моложе-то она была в старину, и солнце-то было в старину теплее, и сливки в старину не так скоро кисли, — все в старину! Вот я сижу и молчу, а про себя думаю: что же это бабушка сама меня надоумливает, спрашивает, хорош ли, молод ли жилец? Да только так, только подумала, и тут же стала опять петли считать, чулок вязать, а потом совсем позабыла.

Вот раз поутру к нам и приходит жилец, спросить о том, что ему комнату обещали обоями оклеить. Слово за слово, бабушка же болтлива, и говорит: "Сходи, Настенька, ко мне в спальню, принеси счеты. Я тотчас же вскочила, вся, не знаю отчего, покраснела, да и позабыла, что сижу пришпиленная; нет, чтоб тихонько отшпилить, чтобы жилец не видал, — рванулась так, что бабушкино кресло поехало. Как я увидела, что жилец все теперь узнал про меня, покраснела, стала на месте как вкопанная да вдруг и заплакала, — так стыдно и горько стало в эту минуту, что хоть на свет не глядеть! Бабушка кричит: «Что ж ты стоишь?» — а я еще пуще... Жилец, как увидел, увидел, что мне его стыдно стало, откланялся и тотчас ушел!

С тех пор я, чуть шум в сенях, как мертвая. Вот, думаю, жилец идет, да потихоньку на всякий случай и отшпилю булавку. Только все был не он, не приходил. Прошло две недели; жилец и присылает сказать с Феклой, что у него книг много французских и что все хорошие книги, так что можно читать; так не хочет ли бабушка, чтоб я их ей почитала, чтоб не было скучно? Бабушка согласилась с благодарностью, только все спрашивала, нравственные книги или нет, потому что если книги безнравственные, так тебе, говорит, Настенька, читать никак нельзя, ты дурному научишься.

— А чему ж научусь, бабушка? Что там написано?

— А! говорит, описано в них, как молодые люди соблазняют благонравных девиц, как они, под предлогом того, что хотят их взять за себя, увозят их из дому родительского, как потом оставляют этих несчастных девиц на волю судьбы и они погибают самым плачевным образом. Я, — говорит бабушка, — много таких книжек читала, и все, говорит, так прекрасно описано, что ночь сидишь, тихонько читаешь. Так ты, говорит, Настенька, смотри, их не прочти. Каких это, говорит, он книг прислал?

— А все Вальтера Скотта романы, бабушка.

— Вальтера Скотта романы! А полно, нет ли тут каких-нибудь шашней? Посмотри-ка, не положил ли он в них какой-нибудь любовной записочки?

— Нет, говорю, бабушка, нет записки.

— Да ты под переплетом посмотри; они иногда в переплет запихают, разбойники!..

— Нет, бабушка, и под переплетом нет ничего.

— Ну то-то же!

Вот мы и начали читать Вальтер-Скотта и в какой-нибудь месяц почти половину прочли. Потом он еще и еще присылал, Пушкина присылал, так что наконец я без книг и быть не могла и перестала думать, как бы выйти за китайского принца.

Так было дело, когда один раз мне случилось повстречаться с нашим жильцом на лестнице. Бабушка за чем-то послала меня. Он остановился, я покраснела, и он покраснел; однако засмеялся, поздоровался, о бабушкином здоровье спросил и говорит: «Что, вы книги прочли?» Я отвечала: «Прочла». «Что же, говорит, вам больше понравилось?» Я и говорю: «Ивангое да Пушкин больше всех понравились». На этот раз тем и кончилось.

Через неделю я ему опять попалась на лестнице. В этот раз бабушка не посылала, а мне самой надо было за чем-то. Был третий час, а жилец в это время домой приходил.

«Здравствуйте!» — говорит. Я ему: «Здравствуйте!»

— А что, говорит, вам не скучно целый день сидеть вместе с бабушкой?

Как он это у меня спросил, я, уж не знаю отчего, покраснела, застыдилась, и опять мне стало обидно, видно оттого, что уж другие про это дело расспрашивать стали. Я уж было хотела не отвечать и уйти, да сил не было.

— Послушайте, говорит, вы добрая девушка! Извините, что я с вами так говорю, но, уверяю вас, я вам лучше бабушки вашей желаю добра. У вас подруг нет никаких, к которым бы можно было в гости пойти?

Я говорю, что никаких, что была одна, Машенька, да и та в Псков уехала.

— Послушайте, говорит, хотите со мною в театр поехать?

— В театр? как же бабушка-то?

— Да вы, говорит, тихонько от бабушки…

— Нет, говорю, я бабушку обманывать не хочу. Прощайте-с!

— Ну, прощайте, говорит, а сам ничего не сказал.

Только после обеда и приходит он к нам; сел, долго говорил с бабушкой, расспрашивал, что она, выезжает ли куда-нибудь, есть ли знакомые, — да вдруг и говорит: «А сегодня я было ложу взял в оперу; „Севильского цирюльника" дают, знакомые ехать хотели, да потом отказались, у меня и остался билет на руках».

— «Севильского цирюльника»! — закричала бабушка, — да это тот самый «Цирюльник», которого в старину давали?

— Да, говорит, это тот самый «Цирюльник», — да и взглянул на меня. А я уж все поняла, покраснела, и у меня сердце от ожидания запрыгало!

— Да как же, говорит бабушка, как не знать. Я сама в

старину на домашнем театре Розину играла!

— Так не хотите ли ехать сегодня? — сказал жилец. — У меня билет пропадает же даром

— Да, пожалуй, поедем, говорит бабушка, отчего ж не поехать? А вот у меня Настенька в театре никогда не была

Боже мой, какая радость! Тотчас же мы собрались, снарядились и поехали. Бабушка хоть и слепа, а все-таки ей хотелось музыку слушать, да, кроме того, она старушка добрая: больше меня потешить хотела, сами-то мы никогда бы не собрались. Уж какое было впечатление от «Севильского цирюльника», я вам не скажу, только во весь этот вечер жилец наш так хорошо смотрел на меня, так хорошо говорил, что я тотчас увидела, что он меня хотел испытать поутру, предложив, чтоб я одна с ним поехала. Ну, радость какая! Спать я легла такая гордая, такая веселая, так сердце билось, что сделалась маленькая лихорадка и я всю ночь бредила о «Севильском цирюльнике»

Я думала, что после этого он все будет заходить чаше и чаще, — не тут-то было. Он почти совсем перестал. Так, один раз в месяц, бывало, зайдет, и то только с тем, чтоб в театр пригласить. Раза два мы опять потом съездили. Только уж этим я была совсем недовольна. Я видела, что ему просто жалко было меня за то, что я у бабушки в таком загоне, а больше-то и ничего. Дальше и дальше, и нашло на меня: и сидеть-то я не сижу, и читать-то я не читаю, и работать не работаю, иногда смеюсь и бабушке что-нибудь назло делаю, другой раз просто плачу. Наконец, я похудела и чуть было не стала больна. Оперный сезон прошел, и жилец к нам совсем перестал заходить; когда же мы встречались — все на той же лестнице, разумеется, — он так молча поклонится, так серьезно, как будто и говорить не хочет, и уж сойдет совсем на крыльцо, а я все еще стою на половине лестницы, красная как вишня, потому что у меня вся кровь начала бросаться в голову, когда я с ним повстречаюсь.

Теперь сейчас и конец. Ровно год тому, в мае месяце, жилец к нам приходит и говорит бабушке, что он выхлопотал здесь совсем свое дело и что должно ему опять уехать на год в Москву. Я, как услышала, побледнела и упала на стул как мертвая. Бабушка ничего не заметила, а он, объявив, что уезжает от нас, откланялся нам и ушел.

Что мне делать? Я думала-думала, тосковала-тосковала,

да наконец и решилась. Завтра ему уезжать, а я порешила, что все кончу вечером, когда бабушка уйдет спать. Так и случилось. Я навязала в узелок все, что было платьев, сколько нужно белья, и с узелком в руках, ни жива ни мертва, пошла в мезонин к нашему жильцу. Думаю, я шла целый час по лестнице. Когда же отворила к нему дверь, он так и вскрикнул, на меня глядя. Он думал, что я привидение, и бросился мне воды подать, потому что я едва стояла на ногах. Сердце так билось, что в голове больно было, и разум мой помутился. Когда же я очнулась, то начала прямо тем, что положила свой узелок к нему на постель, сама села подле, закрылась руками и заплакала в три ручья. Он, кажется, мигом все понял и стоял передо мной бледный и так грустно глядел на меня, что во мне сердце надорвало.

— Послушайте, — начал он, — послушайте, Настенька, я ничего не могу; я человек бедный; у меня покамест нет ничего, даже места порядочного; как же мы будем жить, если б я и женился на вас?

Мы долго говорили, но я наконец пришла в исступление, сказала, что не могу жить у бабушки, что убегу от нее, что не хочу, чтоб меня булавкой пришпиливали, и что я, как он хочет, поеду с ним в Москву, потому что без него жить не могу. И стыд, и любовь, и гордость — все разом говорило во мне, и я чуть не в судорогах упала на постель. Я так боялась отказа!

Он несколько минут сидел молча, потом встал, подошел ко мне и взял меня за руку.

— Послушайте, моя добрая, моя милая Настенька! — начал он тоже сквозь слезы, — послушайте. Клянусь вам, что если когда-нибудь я буду в состоянии жениться, то непременно вы составите мое счастие; уверяю, теперь только одни вы можете составить мое счастье. Слушайте: я еду в Москву и пробуду там ровно год. Я надеюсь устроить дела свои. Когда ворочусь, и если вы меня не разлюбите, клянусь вам, мы будем счастливы. Теперь же невозможно, я не могу, я не вправе хоть что-нибудь обещать. Но, повторяю, если через год это не сделается, то хоть когда-нибудь непременно будет; разумеется — в том случае, если вы не предпочтете мне другого, потому что связывать вас каким-нибудь словом я не могу и не смею.

Вот что он сказал мне и назавтра уехал. Положено было

сообща бабушке не говорить об этом ни слова. Так он захотел. Ну, вот теперь почти и кончена вся моя история. Прошел ровно год. Он приехал, он уж здесь целые три дня и, и...

— И что же? — закричал я в нетерпении услышать конец.

— И до сих пор не являлся! — отвечала Настенька, как будто собираясь с силами, — ни слуху ни духу...

Тут она остановилась, помолчала немного, опустила голову и вдруг, закрывшись руками, зарыдала так, что во мне сердце перевернулось от этих рыданий.

Я никак не ожидал подобной развязки.

— Настенька! — начал я робким и вкрадчивым голосом, — Настенька! ради бога, не плачьте! Почему вы знаете? может быть, его еще нет ...

— Здесь, здесь! — подхватила Настенька. — Он здесь, я это знаю. У нас было условие, тогда еще, В тот вечер, накануне отъезда: когда уже мы сказали все, что я вам пересказала, и условились, мы вышли сюда гулять, именно на эту набережную. Было десять часов; мы сидели на этой скамейке; я уже не плакала, мне было сладко слушать то, что он говорил... Он сказал, что тотчас же по приезде придет к нам и если я не откажусь от него, то мы скажем обо всем бабушке. Теперь он приехал, я это знаю, и его нет, нет!

И она снова ударилась в слезы.

— Боже мой! Да разве никак нельзя помочь горю? — закричал я, вскочив со скамейки в совершенном отчаянии. — Скажите, Настенька, нельзя ли будет хоть мне сходить к нему?..

— Разве это возможно? — сказала она, вдруг подняв голову.

— Нет, разумеется, нет! — заметил я, спохватившись. — А вот что: напишите письмо.

— Нет, это невозможно, это нельзя! — отвечала она решительно, но уже потупив голову и не смотря на меня.

— Как нельзя? отчего ж нельзя? — продолжал я, ухватившись за свою идею. — Но, знаете, Настенька, какое письмо! Письмо письму рознь и...Ах, Настенька, это так! Вверьтесь мне, вверьтесь! Я вам не дам дурного совета. Все это можно устроить! Вы же начали первый шаг — отчего же теперь...

— Нельзя, нельзя! Тогда я как будто навязываюсь...

— Ах, добренькая моя Настенька! — перебил я, не скрывая улыбки, — нет же, нет; вы, наконец, вправе, потому что он вам обещал. Да и по всему я вижу, что он человек деликатный, что он поступил хорошо, — продолжал я, все более и более восторгаясь от логичности собственных доводов и убеждений, — он как поступил? Он себя связал обещанием. Он сказал, что ни на ком не женится, кроме вас, если только женится; вам же он оставил полную свободу хоть сейчас от него отказаться... В таком случае вы можете сделать первый шаг, вы имеете право, вы имеете перед ним преимущество, хотя бы, например, если б захотели развязать его от данного слова...

— Послушайте, вы как бы написали?

— Что?

— Да это письмо.

— Я бы вот как написал: «Милостивый государь...»

— Это так непременно нужно — милостивый государь?

— Непременно! Впрочем, отчего ж? я думаю...

— Ну, ну! дальше!

— "Милостивый государь!

Извините, что я..." Впрочем, нет, не нужно никаких извинений! Тут самый факт все оправдывает, пишите просто:

"Я пишу к вам. Простите мне мое нетерпение; но я целый год была счастлива надеждой; виновата ли я, что не могу теперь вынести и дня сомнения? Теперь, когда уже вы приехали, может быть, вы уже изменили свои намерения. Тогда это письмо скажет вам, что я не ропщу и не обвиняю вас. Я не обвиняю вас за то, что не властна над вашим сердцем; такова уж судьба моя!

Вы благородный человек. Вы не улыбнетесь и не подосадуете на мои нетерпеливые строки. Вспомните, что их пишет бедная девушка, что она одна, что некому ни научить ее, ни посоветовать ей и что она никогда не умела сама совладеть с своим сердцем. Но простите меня, что в мою душу хотя на один миг закралось сомнение. Вы не способны даже и мысленно обидеть ту, которая вас так любила и любит".

— Да, да! это точно так, как я думала! — закричала Настенька, и радость засияла в глазах ее. — О! вы разрешили мои сомнения, вас мне сам бог послал! Благодарю, благодарю вас!

— За что? за то, что меня бог послал? — отвечал я, глядя

236

в восторге на ее радостное личико.

— Да, хоть за то.

— Ах, Настенька! Ведь благодарим же мы иных людей хоть за то, что они живут вместе с нами. Я благодарю вас за то, что вы мне встретились, за то, что целый век мой буду вас помнить!

— Ну, довольно, довольно! А теперь вот что, слушайте-ка: тогда было условие, что как только приедет он, так тотчас даст знать о себе тем, что оставит мне письмо в одном месте, у одних моих знакомых, добрых и простых людей, которые ничего об этом не знают; или если нельзя будет написать ко мне письма, затем что в письме не всегда все расскажешь, то он в тот же день, как приедет, будет сюда ровно в десять часов, где мы и положили с ним встретиться. О приезде его я уже знаю; но вот уже третий день нет ни письма, ни его. Уйти мне от бабушки поутру никак нельзя. Отдайте письмо мое завтра вы сами тем добрым людям, о которых я вам говорила: они уже перешлют; а если будет ответ, то сами вы принесете его вечером в десять часов.

— Но письмо, письмо! Ведь прежде нужно письмо написать! Так разве послезавтра все это будет.

— Письмо... — отвечала Настенька, немного смешавшись, — письмо... но...

Но она не договорила. Она сначала отвернула от меня свое личико, покраснела, как роза, и вдруг я почувствовал в моей руке письмо, по-видимому уже давно написанное, совсем приготовленное и запечатанное. Какое-то знакомое, милое, грациозное воспоминание пронеслось в моей голове!

— R, o — Ro, s, i — si, n, a — na, — начал я.

— Rosina! — запели мы оба, я, чуть не обнимая ее от восторга, она, покраснев, как только могла покраснеть, и смеясь сквозь слезы, которые, как жемчужинки, дрожали на ее черных ресницах.

— Ну, довольно, довольно! Прощайте теперь! — сказала она скороговоркой. — Вот вам письмо, вот и адрес, куда снести его. Прощайте! до свидания! до завтра!

Она крепко сжала мне обе руки, кивнула головой и мелькнула как стрела, в свой переулок. Я долго стоял на месте, провожая ее глазами.

«До завтра! до завтра!» — пронеслось в моей голове, когда она скрылась из глаз моих

НОЧЬ ТРЕТЬЯ

Сегодня был день печальный, дождливый, без просвета, точно будущая старость моя. Меня теснят такие странные мысли, такие темные ощущения, такие еще неясные для меня вопросы толпятся в моей голове, — а как-то нет ни силы, ни хотения их разрешить. Не мне разрешить все это!

Сегодня мы не увидимся. Вчера, когда мы прощались, облака стали заволакивать небо и подымался туман. Я сказал, что завтра будет дурной день; она не отвечала, она не хотела против себя говорить; для нее этот день и светел и ясен, и ни одна тучка не застелет ее счастия.

— Коли будет дождь, мы не увидимся! — сказала она. — Я не приду.

Я думал, что она и не заметила сегодняшнего дождя, а между тем не пришла.

Вчера было наше третье свиданье, наша третья белая ночь...

Однако, как радость и счастие делают человека прекрасным! как кипит сердце любовью! Кажется, хочешь излить все свое сердце в другое сердце, хочешь, чтоб все было весело, все смеялось. И как заразительна эта радость! Вчера в ее словах было столько неги, столько доброты ко мне в сердце... Как она ухаживала за мной, как ласкалась во мне, как ободряла и нежила мое сердце! О, сколько кокетства от счастия! А я... Я принимал все за чистую монету; я думал, что она...

Но, боже мой, как же мог я это думать? как же мог я быть так слеп, когда уже все взято другим, все не мое; когда, наконец, даже эта самая нежность ее, ее забота, ее любовь... да, любовь ко мне, — была не что иное, как радость о скором свидании с другим, желание навязать и мне свое счастие?.. Когда он не пришел, когда мы прождали напрасно, она же нахмурилась, она же заробела и струсила. Все движения ее, все слова ее уже стали не так легки, игривы и веселы. И, странное дело, — она удвоила ко мне свое внимание, как будто инстинктивно желая на меня излить то, чего сама желала себе, за что сама боялась; если б оно не сбылось. Моя Настенька так оробела, так перепугалась, что, кажется, поняла, наконец, что я люблю ее, и сжалилась над моей бедной любовью. Так, когда мы несчастны, мы сильнее чувствуем несчастие других; чувство не разбивается, а сосредоточивается...

Я пришел к ней с полным сердцем и едва дождался свидания. Я не предчувствовал того, что буду теперь ощущать, не предчувствовал, что все это не так кончится. Она сияла радостью, она ожидала ответа. Ответ был он сам. Он должен был прийти, прибежать на ее зов. Она пришла раньше меня целым часом. Сначала она всему хохотала, всякому слову моему смеялась. Я начал было говорить и умолк.

— Знаете ли, отчего я так рада? — сказала она, — так рада на вас смотреть? так люблю вас сегодня?

— Ну? — спросил я, и сердце мое задрожало.

— Я оттого люблю вас, что вы не влюбились в меня. Ведь вот иной, на вашем месте, стал бы беспокоить, приставать, разохался бы, разболелся, а вы такой милый!

Тут она так сжала мою руку, что я чуть не закричал. Она засмеялась.

— Боже! какой вы друг! — начала она через минуту очень серьезно. — Да вас бог мне послал! Ну, что бы со мной было, если б вас со мной теперь не было? Какой вы бескорыстный! Как хорошо вы меня любите! Когда я выйду замуж, мы будем очень дружны, больше чем как братья. Я буду вас любить почти так, как его...

Мне стало как-то ужасно грустно в это мгновение; однако ж что-то похожее на смех зашевелилось в душе моей.

— Вы в припадке, — сказал я, — вы трусите; вы думаете, что он не придет.

— Бог с вами! — отвечала она, — если б я была меньше счастлива, я бы, кажется, заплакала от вашего неверия, от ваших упреков. Впрочем, вы меня навели на мысль и задали мне долгую думу; но я подумаю после, а теперь признаюсь вам, что правду вы говорите. Да! я как-то сама не своя; я как-то вся в ожидании и чувствую все как-то слишком легко. Да полноте, оставим про чувства!..

В это время послышались шаги, и в темноте показался прохожий, который шел к нам навстречу. Мы оба задрожали; она чуть не вскрикнула. Я опустил ее руку и сделал жест, как будто хотел отойти. Но мы обманулись: это был не он.

— Чего вы боитесь? Зачем вы бросили мою руку? — сказала она, подавая мне ее опять. — Ну, что же? мы встретим его вместе. Я хочу, чтоб он видел, как мы любим друг друга.

— Как мы любим друг друга! — закричал я.

"О Настенька, Настенька! — подумал я, — как этим словом ты много сказала! От этакой любви, Настенька, в *иной* час холодеет на сердце и становится тяжело на душе. Твоя рука холодная, моя горячая как огонь. Какая слепая ты, Настенька!.. О! как несносен счастливый человек в иную минуту! Но я не мог на тебя рассердиться!.."

Наконец сердце мое переполнилось.

— Послушайте, Настенька! — закричал я, — знаете ли, что со мной было весь день?

— Ну что, что такое? рассказывайте скорее! Что ж вы до сих пор все молчали!

— Во-первых, Настенька, когда я исполнил все ваши комиссии, отдал письмо, был у ваших добрых людей, потом... потом я пришел домой и лег спать.

— Только-то? — перебила она засмеявшись.

— Да, почти только-то, — отвечал я скрепя сердце, потому что в глазах моих уже накипали глупые слезы. — Я проснулся за час до нашего свидания, но как будто и не спал. Не знаю, что было со мною. Я шел, чтоб вам это все рассказать, как будто время для меня остановилось, как будто одно ощущение, одно чувство должно было остаться с этого времени во мне навечно, как будто одна минута должна была продолжаться целую вечность и словно вся жизнь остановилась для меня... Когда я проснулся, мне казалось, что какой-то музыкальный мотив, давно знакомый, где-то прежде слышанный, забытый и сладостный, теперь вспоминался мне. Мне казалось, что он всю жизнь просился из души моей, и только теперь...

— Ах, боже мой, боже мой! — перебила Настенька, — как же это все так? Я не понимаю ни слова.

— Ах, Настенька! мне хотелось как-нибудь передать вам это странное впечатление... — начал я жалобным голосом, в котором скрывалась еще надежда, хотя весьма отдаленная.

— Полноте, перестаньте, полноте! — заговорила она, и в один миг она догадалась, плутовка!

Вдруг она сделалась как-то необыкновенно говорлива, весела, шаловлива. Она взяла меня под руку, смеялась, хотела, чтоб и я тоже смеялся, и каждое смущенное слово мое отзывалось в ней таким звонким, таким долгим смехом... Я начинал сердиться, она вдруг пустилась кокетничать.

— Послушайте, — начала она, — а ведь мне немножко досадно, что вы не влюбились в меня. Разберите-ка после этого человека! Но все-таки, господин непреклонный, вы не можете не похвалить меня за то, что я такая простая. Я вам все говорю, все говорю, какая бы глупость ни промелькнула у меня в голове.

— Слушайте! Это одиннадцать часов, кажется? — сказал я, когда мерный звук колокола загудел с отдаленной городской башни. Она вдруг остановилась, перестала смеяться и начала считать.

— Да, одиннадцать, — сказала она наконец робким, нерешительным голосом.

Я тотчас же раскаялся, что напугал ее, заставил считать часы, и проклял себя за припадок злости. Мне стало за нее грустно, и я не знал, как искупить свое прегрешение. Я начал ее утешать, выискивать причины его отсутствия, подводить разные доводы, доказательства. Никого нельзя было легче обмануть, как ее в эту минуту, да и всякий в эту минуту как-то радостно выслушивает хоть какое бы то ни было утешение и рад-рад, коли есть хоть тень оправдания.

— Да и смешное дело, — начал я, все более и более горячась и любуясь на необыкновенную ясность своих доказательств, — да и не мог он прийти; вы и меня обманули и завлекли, Настенька, так что я и времени счет потерял... Вы только подумайте: он едва мог получить письмо; положим, ему нельзя прийти, положим, он будет отвечать, так письмо придет не раньше как завтра. Я за ним завтра чем свет схожу и тотчас же дам знать. Предположите, наконец, тысячу вероятностей: ну, его не было дома, когда пришло письмо, и он, может быть, его и до сих пор не читал? Ведь все может случиться.

— Да, да! — отвечала Настенька, — я и не подумала; конечно, все может случиться, — продолжала она самым сговорчивым голосом, но в котором, как досадный диссонанс, слышалась какая-то другая, отдаленная мысль. — Вот что вы сделайте, — продолжала она, — вы идите завтра как можно раньше и, если получите что-нибудь, тотчас же дайте мне знать. Вы ведь знаете, где я живу? — И она начала повторять мне свой адрес.

Потом она вдруг стала так нежна, так робка со мною... Она, казалось, слушала внимательно, что я ей говорил; но когда я обратился к ней с каким-то вопросом, она смолчала, смешалась и отворотила от меня головку. Я заглянул ей в глаза — так и есть: она плакала.

— Ну, можно ли, можно ли? Ах, какое вы дитя! Какое ребячество!.. Полноте!

Она попробовала улыбнуться, успокоиться, но подбородок ее дрожал и грудь все еще колыхалась.

— Я думаю об вас, — сказала она мне после минутного молчания, — вы так добры, что я была бы каменная, если б не чувствовала этого. Знаете ли, что мне пришло теперь в голову? Я вас обоих сравнила. Зачем он — не вы? Зачем он не такой, как вы? Он хуже вас, хоть я и люблю его больше вас.

Я не отвечал ничего. Она, казалось, ждала, чтоб я сказал что-нибудь.

— Конечно, я, может быть, не совсем еще его понимаю, не совсем его знаю. Знаете, я как будто всегда боялась его; он всегда был такой серьезный, такой как будто гордый. Конечно, я знаю, что это он только смотрит так, что в сердце его больше, чем в моем, нежности... Я помню, как он посмотрел на меня тогда, как я, помните, пришла к нему с узелком; но все-таки я его как-то слишком уважаю, а ведь это как будто бы мы и неровня?

— Нет, Настенька, нет, — отвечал я, — это значит, что вы его больше всего на свете любите, и гораздо больше себя самой любите.

— Да, положим, что это так, — отвечала наивная Настенька, — но знаете ли, что мне пришло теперь в голову? Только я теперь не про него буду говорить, а так, вообще; мне уже давно все это приходило в голову. Послушайте, зачем мы все не так, как бы братья с братьями? Зачем самый лучший человек всегда как будто что-то таит от другого и молчит от него? Зачем прямо, сейчас, не сказать, что есть на сердце, коли знаешь, что не на ветер свое слово скажешь? А то всякий так смотрит, как будто он суровее, чем он есть на самом деле, как будто все боятся оскорбить свои чувства, коли очень скоро выкажут их...

— Ах, Настенька! правду вы говорите; да ведь это происходит от многих причин, — перебил я, сам более чем когда-нибудь в эту минуту стеснявший свои чувства.

— Нет, нет! — отвечала она с глубоким чувством. — Вот вы, например, не таков, как другие! Я, право, не знаю, как бы вам это рассказать, что я чувствую; но мне кажется, вы вот, например... хоть бы теперь... мне кажется, вы чем-то для меня жертвуете, — прибавила она робко, мельком взглянув на меня. — Вы меня простите, если я вам так говорю: я ведь простая девушка; я ведь мало еще видела на свете и, право, не умею иногда говорить, — прибавила она голосом, дрожащим от какого-то затаенного чувства, и стараясь между тем улыбнуться, — но мне только хотелось сказать вам, что я благодарна, что я тоже все это чувствую ... О, дай вам бог за это счастия! Вот то, что вы мне насказали тогда о вашем мечтателе, совершенно неправда, то есть, я хочу сказать, совсем до вас не касается. Вы выздоравливаете, вы, право, совсем другой человек, чем как сами себя описали. Если вы когда-нибудь полюбите, то дай вам бог счастия с нею! А ей я ничего не желаю, потому что она будет счастлива с вами. Я знаю, я сама женщина, и вы должны мне верить, если я вам так говорю...

Она замолкла и крепко пожала руку мне. Я тоже не мог ничего говорить от волнения. Прошло несколько минут.

— Да, видно, что он не придет сегодня! — сказала она наконец, подняв голову. — Поздно!..

— Он придет завтра, — сказал я самым уверительным и твердым голосом.

— Да, — прибавила она, развеселившись, — я сама теперь вижу, что он придет только завтра. Ну, так до свиданья! до завтра! Если будет дождь, я, может быть, не приду. Но послезавтра я приду, непременно приду, что бы со мной ни было; будьте здесь непременно; я хочу вас видеть, я вам все расскажу.

И потом, когда мы прощались, она подала мне руку и сказала, ясно взглянув на меня:

— Ведь мы теперь навсегда вместе, не правда ли?

О! Настенька, Настенька! Если б ты знала, в каком я теперь одиночестве!

Когда пробило девять часов, я не мог усидеть в комнате, оделся и вышел, несмотря на ненастное время. Я был там, сидел на нашей скамейке. Я было пошел в их переулок, но мне стало стыдно, и я воротился, не взглянув на их окна, не дойдя двух шагов до их дома. Я пришел домой в такой тоске, в какой никогда не бывал. Какое сырое, скучное время! Если б была хорошая погода, я бы прогулял там всю ночь...

Но до завтра, до завтра! Завтра она мне все расскажет.

Однако письма сегодня не было. Но, впрочем, так и должно было быть. Они уже вместе...

НОЧЬ ЧЕТВЕРТАЯ

Боже, как все это кончилось! Чем все это кончилось!

Я пришел в девять часов. Она была уже там. Я еще издали заметил ее; она стояла, как тогда, в первый раз, облокотясь на перила набережной, и не слыхала, как я подошел к ней.

— Настенька! — окликнул я ее, через силу подавляя свое волнение.

Она быстро обернулась ко мне.

— Ну! — сказала она, — ну! поскорее!

Я смотрел на нее в недоумении.

— Ну, где же письмо? Вы принесли письмо? — повторила она, схватившись рукой за перила.

— Нет, у меня нет письма, — сказал я наконец, — разве он еще не был?

Она страшно побледнела и долгое время смотрела на меня неподвижно. Я разбил последнюю ее надежду.

— Ну, бог с ним! — проговорила она наконец прерывающимся голосом, — бог с ним, — если он так оставляет меня.

Она опустила глаза, потом хотела взглянуть на меня, но не могла. Еще несколько минут она пересиливала свое волнение, но вдруг отворотилась, облокотясь на балюстраду набережной, и залилась слезами.

— Полноте, полноте! — заговорил было я, но у меня сил недостало продолжать, на нее глядя, да и что бы я стал говорить?

— Не утешайте меня, — говорила она плача, — не говорите про него, не говорите, что он придет, что он не бросил меня так жестоко, так бесчеловечно, как он это сделал. За что, за что? Неужели что-нибудь было в моем письме, в этом несчастном письме?..

Тут рыдания пресекли ее голос; у меня сердце разрывалось, на нее глядя.

— О, как это бесчеловечно-жестоко! — начала она снова. — И ни строчки, ни строчки! Хоть бы отвечал, что я не нужна ему, что он отвергает меня; а то ни одной строчки в целые три дня! Как легко ему оскорбить, обидеть бедную, беззащитную девушку, которая тем и виновата, что любит его! О, сколько я вытерпела в эти три дня! Боже мой! Боже мой! Как вспомню, что я пришла к нему в первый раз сама, что я перед ним унижалась, плакала, что я вымаливала у него хоть каплю любви... И после этого!.. Послушайте, — заговорила она, обращаясь ко мне, и черные глазки ее засверкали, — да это не так! Это не может быть так; это ненатурально! Или вы, или я обманулись; может быть, он письма не получал? Может быть, он до сих пор ничего не знает? Как же можно, судите сами, скажите мне, ради бога, объясните мне, — я этого не могу понять, — как можно так варварски-грубо поступить, как он поступил со мною! Ни одного слова! Но к последнему человеку на свете бывают сострадательнее. Может быть, он что-нибудь слышал, может быть, кто-нибудь ему насказал обо мне? — закричала она, обратившись ко мне с вопросом. — Как вы думаете?

— Слушайте, Настенька, я пойду завтра к нему от вашего имени.

— Ну!

— Я спрошу его обо всем, расскажу ему все.

— Ну, ну!

— Вы напишете письмо. Не говорите нет, Настенька, не говорите нет! Я заставлю его уважать ваш поступок, он все узнает и если...

— Нет, мой друг, нет, — перебила она. — Довольно! Больше ни слова, ни одного слова от меня, ни строчки — довольно! Я его не знаю, я не люблю его больше, я его по...за...буду...

Она не договорила.

— Успокойтесь, успокойтесь! Сядьте здесь, Настенька, — сказал я, усаживая ее на скамейку.

— Да я спокойна. Полноте! Это так! Это слезы, это просохнет! Что вы думаете, что я сгублю себя, что я утоплюсь?..

Сердце мое было полно; я хотел было заговорить, но не мог.

— Слушайте! — продолжала она, взяв меня за руку, — скажите: вы бы не так поступили? вы бы не бросили той, которая бы сама к вам пришла, вы бы не бросили ей в глаза бесстыдной насмешки над ее слабым, глупым сердцем? Вы поберегли бы ее? Вы бы представили себе, что она была одна, что она не умела усмотреть за собой, что она не умела себя уберечь от любви к вам, что она не виновата, что она, наконец, не виновата... что она ничего не сделала!.. О, боже мой, боже мой!..

— Настенька! — закричал я наконец, не будучи в силах преодолеть свое волнение, — Настенька! вы терзаете меня! Вы язвите сердце мое, вы убиваете меня, Настенька! Я не могу молчать! Я должен наконец говорить, высказать, что у меня накипело тут, в сердце...

Говоря это, я привстал со скамейки. Она взяла меня за руку и смотрела на меня в удивлении.

— Что с вами? — проговорила она наконец.

— Слушайте! — сказал я решительно. — Слушайте меня, Настенька! Что я буду теперь говорить, все вздор, все несбыточно, все глупо! Я знаю, что этого никогда не может случиться, но не могу же я молчать. Именем того, чем вы теперь страдаете, заранее молю вас, простите меня!..

— Ну, что, что? — говорила она, перестав плакать и пристально смотря на меня, тогда как странное любопытство блистало в ее удивленных глазках, — что с вами?

— Это несбыточно, но я вас люблю, Настенька! вот что! Ну, теперь все сказано! — сказал я, махнув рукой. — Теперь вы увидите, можете ли вы так говорить со мной, как сейчас говорили, можете ли вы, наконец, слушать то, что я буду вам говорить...

— Ну, что ж, что же? — перебила Настенька, — что ж из этого? Ну, я давно знала, что вы меня любите, но только мне все казалось, что вы меня так, просто, как-нибудь любите... Ах, боже мой, боже мой!

— Сначала было просто, Настенька, а теперь, теперь... я точно так же, как вы, когда вы пришли к нему тогда с вашим узелком. Хуже, чем как вы, Настенька, потому что он тогда никого не любил, а вы любите.

— Что это вы мне говорите! Я, наконец, вас совсем не понимаю. Но послушайте, зачем же это, то есть не зачем, а почему же это вы так, и так вдруг... Боже! я говорю глупости! Но вы...

И Настенька совершенно смешалась. Щеки ее вспыхнули; она опустила глаза.

— Что ж делать, Настенька, что ж мне делать? я виноват, я употребил во зло... Но нет же, нет, не виноват я, Настенька; я это слышу, чувствую, потому что мое сердце мне говорит, что я прав, потому что я вас ничем не могу обидеть, ничем оскорбить! Я был друг ваш; ну, вот я и теперь друг; я ничему не изменял. Вот у меня теперь слезы текут, Настенька. Пусть их текут, пусть текут — они никому не мешают. Они высохнут, Настенька...

— Да сядьте же, сядьте, — сказала она, сажая меня на скамейку, — ох, боже мой!

— Нет! Настенька, я не сяду; я уже более не могу быть здесь, вы уже меня более не можете видеть; я все скажу и уйду. Я только хочу сказать, что вы бы никогда не узнали, что я вас люблю. Я бы сохранил свою тайну. Я бы не стал вас терзать теперь, в эту минуту, моим эгоизмом. Нет! но я не мог теперь вытерпеть; вы сами заговорили об этом, вы виноваты.. вы во всем виноваты, а я не виноват. Вы не можете прогнать меня от себя...

— Да нет же, нет, я не отгоняю вас, нет! — говорила Настенька, скрывая, как только могла, свое смущение, бедненькая.

— Вы меня не гоните? нет! а я было сам хотел бежать от вас. Я и уйду, только я все скажу сначала, потому что, когда вы здесь говорили, я не мог усидеть, когда вы здесь плакали, когда вы терзались оттого, ну, оттого (уж я назову это, Настенька), оттого, что вас отвергают, оттого, что оттолкнули вашу любовь, я почувствовал, я услышал, что в моем сердце столько любви для вас, Настенька, столько любви!.. И мне стало так горько, что я не могу помочь вам этой любовью... что сердце разорвалось, и я, я — не мог молчать, я должен был говорить, Настенька, я должен был говорить!..

— Да, да! говорите мне, говорите со мною так! — сказала Настенька с неизъяснимым движением. — Вам, может быть, странно, что я с вами так говорю, но... говорите! я вам после скажу! я вам все расскажу!

— Вам жаль меня, Настенька; вам просто жаль меня, дружочек мой! Уж что пропало, то пропало! уж что сказано, того не воротишь! Не так ли? Ну, так вы теперь знаете все. Ну, вот это точка отправления. Ну, хорошо! теперь все это прекрасно; только послушайте. Когда вы сидели и плакали, я про себя думал (ох, дайте мне сказать, что я думал!), я думал, что (ну, уж конечно, этого не может быть, Настенька), я думал, что вы... я думал, что вы как-нибудь там... ну, совершенно посторонним каким-нибудь образом, уж больше его не любите. Тогда, — я это и вчера и третьего дня уже думал, Настенька, — тогда я бы сделал так, я бы непременно сделал так, что вы бы меня полюбили: ведь вы сказали, ведь вы сами говорили, Настенька, что вы меня уже почти совсем полюбили. Ну, что ж дальше? Ну, вот почти и все, что я хотел сказать; остается только сказать, что бы тогда было, если б вы меня полюбили, только это, больше ничего! Послушайте же, друг мой, — потому что вы все-таки мой друг, — я, конечно, человек простой, бедный, такой незначительный, только не в том дело (я как-то все не про то говорю, это от смущения, Настенька), а только я бы вас так любил, так любил, что если б вы еще и любили его и продолжали любить того, которого я не знаю, то все-таки не заметили бы, что моя любовь как-нибудь там для вас тяжела. Вы бы только слышали, вы бы только чувствовали каждую минуту, что подле вас бьется благодарное, благодарное сердце, горячее сердце, которое за вас... Ох, Настенька, Настенька! что вы со мной сделали!..

— Не плачьте же, я не хочу, чтоб вы плакали, — сказала Настенька, быстро вставая со скамейки, — пойдемте, встаньте, пойдемте со мной, не плачьте же, не плачьте, — говорила она, утирая мои слезы своим платком, — ну, пойдемте теперь; я вам, может быть, скажу что-нибудь... Да, уж коли теперь он оставил меня, коль он позабыл меня, хотя я еще и люблю его (не хочу вас обманывать)... но, послушайте, отвечайте мне. Если б я, например, вас полюбила, то есть если б я только... Ох, друг мой, друг мой! как я подумаю, как подумаю, что я вас оскорбляла тогда, что смеялась над вашей любовью, когда вас хвалила за то, что вы не влюбились!.. О, боже! да как же я этого не предвидела, как я не предвидела, как я была так глупа, но... ну, ну, я решилась, я все скажу...

— Послушайте, Настенька, знаете что? я уйду от вас, вот что! Просто я вас только мучаю. Вот у вас теперь угрызения совести за то, что вы насмехались, а я не хочу, да, не хочу, чтоб вы, кроме вашего горя... я, конечно, виноват, Настенька, но прощайте!

— Стойте, выслушайте меня: вы можете ждать?

— Чего ждать, как?

— Я его люблю; но это пройдет, это должно пройти, это

не может не пройти; уж проходит, я слышу... Почем знать, может быть, сегодня же кончится, потому что я его ненавижу, потому что он надо мной насмеялся, тогда как вы плакали здесь вместе со мною, потому что вы не отвергли бы меня, как он, потому что вы любите, а он не любил меня, потому что я вас, наконец, люблю сама... да, люблю! люблю, как вы меня любите; я же ведь сама еще прежде вам это сказала, вы сами слыхали, — потому люблю, что вы лучше его, потому, что вы благороднее его, потому, потому, что он...

Волнение бедняжки было так сильно, что она не докончила, положила свою голову мне на плечо, потом на грудь и горько заплакала. Я утешал, уговаривал ее, но она не могла перестать; она все жала мне руку и говорила между рыданьями: «Подождите, подождите; вот я сейчас перестану! Я вам хочу сказать... вы не думайте, чтоб эти слезы, — это так, от слабости, подождите, пока пройдет...» Наконец она перестала, отерла слезы, и мы снова пошли. Я было хотел говорить, но она долго еще все просила меня подождать. Мы замолчали... Наконец она собралась с духом и начала говорить...

— Вот что, — начала она слабым и дрожащим голосом, но в котором вдруг зазвенело что-то такое, что вонзилось мне прямо в сердце и сладко заныло в нем, — не думайте, что я так непостоянна и ветрена, не думайте, что я могу так легко и скоро позабыть и изменить... Я целый год его любила и богом клянусь, что никогда, никогда даже мыслью не была ему неверна. Он презрел это; он насмеялся надо мною, — бог с ним! Но он уязвил меня и оскорбил мое сердце. Я — я не люблю его, потому что я могу любить только то, что великодушно, что понимает меня, что благородно; потому что я сама такова, и он недостоин меня, — ну, бог с ним! Он лучше сделал, чем когда бы я потом обманулась в своих ожиданиях и узнала, кто он таков... Ну, кончено! Но почем знать, добрый друг мой, — продолжала она, пожимая мне руку, — почем знать, может быть, и вся любовь моя была обман чувств, воображения, может быть, началась она шалостью, пустяками, оттого, что я была под надзором у бабушки? Может быть, я должна любить другого, а не его, не такого человека, другого, который пожалел бы меня и, и... Ну, оставим, оставим это, — перебила Настенька, задыхаясь от волнения, — я вам только хотела сказать... я вам хотела сказать, что если, несмотря на то что я люблю его (нет, любила его), если, несмотря на то, вы еще скажете… если вы чувствуете, что ваша любовь так велика, что может, наконец, вытеснить из моего сердца прежнюю… если вы захотите сжалиться надо мною, если вы не захотите меня оставить одну в моей судьбе, без утешения, без надежды, если вы захотите любить меня всегда, как теперь меня любите, то клянусь, что благодарность… что любовь моя будет наконец достойна вашей любви… Возьмете ли вы теперь мою руку?

— Настенька, — закричал я, задыхаясь от рыданий, — Настенька!.. О Настенька!

— Ну, довольно, довольно! ну, теперь совершенно довольно! заговорила она, едва пересиливая себя, — ну, теперь уже все сказано; не правда ли? так? Ну, и вы счастливы, и я счастлива; ни слова же об этом больше; подождите; пощадите меня… Говорите о чем-нибудь другом, ради бога!..

— Да, Настенька, да! довольно об этом, теперь я счастлив я… Ну, Настенька, ну, заговорим о другом, поскорее, поскорее заговорим; да! я готов…

И мы не знали, что говорить, мы смеялись, мы плакали, мы говорили тысячи слов без связи и мысли; мы то ходили по тротуару, то вдруг возвращались назад и пускались переходить через улицу; потом останавливались и опять переходили на набережную; мы были как дети…

— Я теперь живу один, Настенька, — заговорил я, — а завтра… Ну, конечно, я, знаете, Настенька, беден, у меня всего тысяча двести, но это ничего…

— Разумеется, нет, а у бабушки пенсион; так она нас не стеснит. Нужно взять бабушку.

— Конечно, нужно взять бабушку… Только вот Матрена…

— Ах, да и у нас тоже Фекла!

— Матрена добрая, только один недостаток: у ней нет воображения, Настенька, совершенно никакого воображения; но это ничего!..

— Все равно; они обе могут быть вместе; только вы завтра к нам переезжайте.

— Как это? к вам! Хорошо, я готов…

— Да, вы наймите у нас. У нас там, наверху, мезонин; он пустой; жилица была, старушка, дворянка, она съехала, и бабушка, я знаю, хочет молодого человека пустить; я говорю:

«Зачем же молодого человека?» А она говорит: «Да так, я уже стара, а только ты не подумай, Настенька, что я за него тебя хочу замуж сосватать». Я и догадалась, что это для того...

— Ах, Настенька!..

И оба мы засмеялись.

— Ну, полноте же, полноте. А где же вы живете? я и забыла.

— Там, у -ского моста, в доме Баранникова.

— Это такой большой дом?

— Да, такой большой дом.

— Ах, знаю, хороший дом; только вы, знаете, бросьте его и переезжайте к нам поскорее...

— Завтра же, Настенька, завтра же; я там немножко должен за квартиру, да это ничего... Я получу скоро жалованье...

— А знаете, я, может быть, буду уроки давать; сама выучусь и буду давать уроки...

— Ну вот и прекрасно... а я скоро награждение получу, Настенька...

— Так вот вы завтра и будете мой жилец...

— Да, и мы поедем в «Севильского цирюльника», потому что его теперь опять дадут скоро.

— Да, поедем, — сказала смеясь Настенька, — нет, лучше мы будем слушать не «Цирюльника», а что-нибудь другое...

— Ну хорошо, что-нибудь другое; конечно, это будет лучше, а то я не подумал...

Говоря это, мы ходили оба как будто в чаду, в тумане, как будто сами не знали, что с нами делается. То останавливались и долго разговаривали на одном месте, то опять пускались ходить и заходили бог знает куда, и опять смех, опять слезы... То Настенька вдруг захочет домой, я не смею удерживать и захочу проводить ее до самого дома; мы пускаемся в путь и вдруг через четверть часа находим себя на набережной у нашей скамейки. То она вздохнет, и снова слезинка набежит на глаза; я оробею, похолодею... Но она тут же жмет мою руку и тащит меня снова ходить, болтать, говорить...

— Пора теперь, пора мне домой; я думаю, очень поздно, — сказала наконец Настенька, — полно нам так ребячиться!

— Да, Настенька, только уж я теперь не засну; я домой не пойду.

— Я тоже, кажется, не засну; только вы проводите меня...

— Непременно.

— Но уж теперь мы непременно дойдем до квартиры.

— Непременно, непременно...

— Честное слово?.. потому что ведь нужно же когда-нибудь воротиться домой!

— Честное слово, — отвечал я смеясь...

— Ну, пойдемте!

— Пойдемте.

— Посмотрите на небо, Настенька, посмотрите! Завтра будет чудесный день; какое голубое небо, какая луна! Посмотрите: вот это желтое облако теперь застилает ее, смотрите, смотрите!.. Нет, оно прошло мимо. Смотрите же, смотрите!..

Но Настенька не смотрела на облако, она стояла молча, как вкопанная; через минуту она стала как-то робко, тесно прижиматься ко мне. Рука ее задрожала в моей руке; я поглядел на нее...Она оперлась на меня еще сильнее.

В эту минуту мимо нас прошел молодой человек. Он вдруг остановился, пристально посмотрел на нас и потом опять сделал несколько шагов. Сердце во мне задрожало...

— Настенька, — сказал я вполголоса, — кто это, Настенька?

— Это он! — отвечала она шепотом, еще ближе, еще трепетнее прижимаясь ко мне... Я едва устоял на ногах.

— Настенька! Настенька! это ты! — послышался голос за нами, и в ту же минуту молодой человек сделал к нам несколько шагов.

Боже, какой крик! как она вздрогнула! как она вырвалась из рук моих и порхнула к нему навстречу!.. Я стоял и смотрел на них как убитый. Но она едва подала ему руку, едва бросилась в его объятия, как вдруг снова обернулась ко мне, очутилась подле меня, как ветер, как молния, и, прежде чем успел я опомниться, обхватила мою шею обеими руками и крепко, горячо поцеловала меня. Потом, не сказав мне ни слова, бросилась снова к нему, взяла его за руки и повлекла его за собою.

Я долго стоял и глядел им вслед... Наконец оба они

исчезли из глаз моих.

УТРО

Мои ночи кончились утром. День был нехороший. Шел дождь и уныло стучал в мои стекла; в комнатке было темно, на дворе пасмурно. Голова у меня болела и кружилась; лихорадка прокрадывалась по моим членам.

— Письмо к тебе, батюшка, по городской почте, почтарь принес, — проговорила надо мною Матрена.

— Письмо! от кого? — закричал я, вскакивая со стула.

— А не ведаю, батюшка, посмотри, может, там и написано от кого.

Я сломал печать. Это от нее!

"О, простите, простите меня! — писала мне Настенька, — на коленях умоляю вас, простите меня! Я обманула и вас и себя. Это был сон, призрак... Я изныла за вас сегодня; простите, простите меня!..

Не обвиняйте меня, потому что я ни в чем не изменилась пред вами; я сказала, что буду любить вас, я и теперь вас люблю, больше чем люблю. О боже! если б я могла любить вас обоих разом! О, если б вы были он!"

«О, если б он были вы!» — пролетело в моей голове. Я вспомнил твои же слова, Настенька!

"Бог видит, что бы я теперь для вас сделала! Я знаю, что вам тяжело и грустно. Я оскорбила вас, но вы знаете — коли любишь, долго ли помнишь обиду. А вы меня любите!

Благодарю! да! благодарю вас за эту любовь. Потому что в памяти моей она напечатлелась, как сладкий сон, который долго помнишь после пробуждения; потому что я вечно буду помнить тот миг, когда вы так братски открыли мне свое сердце и так великодушно приняли в дар мое, убитое, чтоб его беречь, лелеять, вылечить его... Если вы простите меня, то память об вас будет возвышена во мне вечным, благодарным чувством к вам, которое никогда не изгладится из души моей... Я буду хранить эту память, буду ей верна, не изменю ей, не изменю своему сердцу: оно слишком постоянно. Оно еще вчера так скоро воротилось к тому, которому принадлежало навеки.

Мы встретимся, вы придете к нам, вы нас не оставите, вы будете вечно другом, братом моим... И когда вы увидите меня, вы подадите мне руку... да? вы подадите мне ее, вы простили меня, не правда ли? Вы меня любите *попрежнему* ?

О, любите меня, не оставляйте меня, потому что я вас так люблю в эту минуту, потому что я достойна любви вашей, потому что я заслужу ее... друг мой милый! На будущей неделе я выхожу за него. Он воротился влюбленный, он никогда не забывал обо мне... Вы не рассердитесь за то, что я об нем написала. Но я хочу прийти к вам вместе с ним; вы его полюбите, не правда ли?..

Простите же, помните и любите вашу

Настеньку ".

Я долго перечитывал это письмо; слезы просились из глаз моих. Наконец оно выпало у меня из рук, и я закрыл лицо.

— Касатик! а касатик! — начала Матрена.

— Что, старуха?

— А паутину-то я всю с потолка сняла; теперь хоть женись, гостей созывай, так в ту ж пору...

Я посмотрел на Матрену... Это была еще бодрая, *молодая* старуха, но, не знаю отчего, вдруг она представилась мне с потухшим взглядом, с морщинами на лице, согбенная, дряхлая... Не знаю отчего, мне вдруг представилось, что комната моя постарела так же, как и старуха. Стены и полы облиняли, все потускнело; паутины развелось еще больше. Не знаю отчего, когда я взглянул в окно, мне показалось, что дом, стоявший напротив, тоже одряхлел и потускнел в свою очередь, что штукатурка на колоннах облупилась и осыпалась, что карнизы почернели и растрескались и стены из темно-желтого яркого цвета стали пегие...

Или луч солнца, внезапно выглянув из-за тучи, опять спрятался под дождевое облако, и все опять потускнело в глазах моих; или, может быть, передо мною мелькнула так неприветно и грустно вся перспектива моего будущего, и я увидел себя таким, как я теперь, ровно через пятнадцать лет, постаревшим, в той же комнате, так же одиноким, с той же Матреной, которая нисколько не поумнела за все эти годы.

Но чтоб я помнил обиду мою, Настенька! Чтоб я нагнал темное облако на твое ясное, безмятежное счастие, чтоб я, горько упрекнув, нагнал тоску на твое сердце, уязвил его тайным угрызением и заставил его тоскливо биться в минуту блаженства, чтоб я измял хоть один из этих нежных цветков, которые ты вплела в свои черные кудри, когда пошла вместе с ним к алтарю... О, никогда, никогда! Да будет ясно твое небо, да будет светла и безмятежна милая улыбка твоя, да будешь ты благословенна за минуту блаженства и счастия, которое ты дала другому, одинокому, благодарному сердцу!

Боже мой! Целая минута блаженства! Да разве этого мало хоть бы и на всю жизнь человеческую?..

Честный Вор

Из записок неизвестного

Однажды утром, когда я уже совсем собрался идти в должность, вошла ко мне Аграфена, моя кухарка, прачка и домоводка, и, к удивлению моему, вступила со мной в разговор.

До сих пор это была такая молчаливая, простая баба, что, кроме ежедневных двух слов о том, чего приготовить к обеду, не сказала лет в шесть почти ни слова. По крайней мере я более ничего не слыхал от нее.

— Вот я, сударь, к вам, — начала она вдруг, — вы бы отдали внаем каморку.

— Какую каморку?

— Да вот что подле кухни. Известно какую.

— Зачем?

— Зачем! затем, что пускают же люди жильцов. Известно зачем.

— Да кто ее наймет?

— Кто наймет! Жилец наймет. Известно кто.

— Да там, мать моя, и кровати поставить нельзя; тесно будет. Кому ж там жить?

— Зачем там жить! Только бы спать где было; а он на окне будет жить.

— На каком окне?

— Известно на каком, будто не знаете! На том, что в передней. Он там будет сидеть, шить или что-нибудь делать. Пожалуй, и на стуле сядет. У него есть стул; да и стол есть; все есть.

— Кто ж он такой?

— Да хороший, бывалый человек. Я ему буду кушанье готовить. И за квартиру, за стол буду всего три рубля серебром в месяц брать...

Наконец я, после долгих усилий, узнал, что какой-то пожилой человек уговорил или как-то склонил Аграфену пустить его в кухню, в жильцы и в нахлебники. Что Аграфене пришло в голову, тому должно было сделаться; иначе, я знал, что она мне покоя не даст. В тех случаях, когда что-нибудь было не по ней, она тотчас же начинала задумываться, впадала в глубокую меланхолию, и такое состояние продолжалось недели две или три. В это время портилось кушанье, не досчитывалось белье, полы не были вымыты, — одним словом, происходило много неприятностей. Я давно заметил, что эта бессловесная женщина не в состоянии была составить решения, установиться на какой-нибудь собственно ей принадлежащей мысли. Но уж если в слабом мозгу ее каким-нибудь случайным образом складывалось что-нибудь похожее на идею, на предприятие, то отказать ей в исполнении значило на несколько времени морально убить ее. И потому, более всего любя собственное спокойствие, я тотчас же согласился.

— Есть ли по крайней мере у него вид какой-нибудь, паспорт или что-нибудь?

— Как же! известно есть. Хороший, бывалый человек; три рубля обещался давать.

На другой же день в моей скромной, холостой квартире появился новый жилец; но я не досадовал, даже про себя был рад. Я вообще живу уединенно, совсем затворником. Знакомых у меня почти никого; выхожу я редко. Десять лет прожив глухарем, я, конечно, привык к уединению. Но десять, пятнадцать лет, а может быть, и более такого же уединения, с такой же Аграфеной, в той же холостой квартире, — конечно, довольно бесцветная перспектива! И потому лишний смирный человек при таком порядке вещей — благодать небесная!

Аграфена не солгала: жилец мой был из бывалых людей. По паспорту оказалось, что он из отставных солдат, о чем я узнал, и не глядя на паспорт, с первого взгляда по лицу. Это легко узнать. Астафий Иванович, мой жилец, был из хороших между своими. Зажили мы хорошо. Но всего лучше было, что Астафий Иванович подчас умел рассказывать истории, случаи из собственной жизни. При всегдашней скуке моего житья-бытья такой рассказчик был просто клад. Раз он мне рассказал одну из таких историй. Она произвела на меня некоторое впечатление. Но вот по какому случаю произошел этот рассказ.

Однажды я остался в квартире один: и Астафий и

Аграфена разошлись по делам. Вдруг я услышал из второй комнаты, что кто-то вошел, и, показалось мне, чужой; я вышел: действительно в передней стоял чужой человек, малый невысокого роста, в одном сюртуке, несмотря на холодное, осеннее время.

— Чего тебе?

— Чиновника Александрова; здесь живет?

— Такого нет, братец; прощай.

— Как же дворник сказал, что здесь, — проговорил посетитель, осторожно ретируясь к дверям.

— Убирайся, убирайся, братец; пошел.

На другой день после обеда, когда Астафий Иванович примерял мне сюртук, который был у него в переделке, опять кто-то вошел в переднюю. Я приотворил дверь.

Вчерашний господин, на моих же глазах, преспокойно снял с вешалки мою бекешь, сунул ее под мышку и пустился вон из квартиры. Аграфена все время смотрела на него, разинув рот от удивления, и больше ничего не сделала для защиты бекеши. Астафий Иванович пустился вслед за мошенником и через десять минут воротился, весь запыхавшись, с пустыми руками. Сгинул да пропал человек!

— Ну, неудача, Астафий Иванович. Хорошо еще, что шинель нам осталась! А то бы совсем посадил на мель, мошенник!

Но Астафия Ивановича все это так поразило, что я даже позабыл о покраже, на него глядя. Он опомниться не мог. Поминутно бросал работу, которою был занят, поминутно начинал сызнова рассказывать дело, каким это образом все случилось, как он стоял, как вот в глазах, в двух шагах, сняли бекешь и как это все устроилось, что и поймать нельзя было. Потом опять садился за работу; потом опять бросал все, и я видел, как, наконец, пошел он к дворнику рассказать и попрекнуть его, что на своем дворе таким делам быть попускает. Потом воротился и Аграфену начал бранить. Потом опять сел за работу и долго еще бормотал про себя, что вот как это все дело случилось, как он тут стоял, а я там и как вот в глазах, в двух шагах, сняли бекешь и т. д. Одним словом, Астафий Иванович, хотя дело сделать умел, однако был большой кропотун и хлопотун.

— Одурачили нас с тобой, Астафий Иваныч! — сказал я ему вечером, подавая ему стакан чая и желая от скуки опять вызвать рассказ о пропавшей бекеше, который от частого повторения и от глубокой искренности рассказчика начинал становиться очень комическим.

— Одурачили, сударь! Да просто вчуже досадно, зло пробирает, хоть и не моя одежа пропала. И по-моему, нет гадины хуже вора на свете. Иной хоть задаром берет, а этот твой труд, пот, за него пролитой, время твое у тебя крадет... Гадость, тьфу! говорить не хочется, зло берет. Как это вам, сударь, своего добра не жалко?

— Да, оно правда, Астафий Иваныч; уж лучше сгори вещь, а вору уступить досадно, не хочется.

— Да уж чего тут хочется! Конечно, вор вору розь... А был, сударь, со мной один случай, что попал я и на честного вора.

— Как на честного! Да какой же вор честный, Астафий Иваныч?

— Оно, сударь, правда! Какой же вор честный, и не бывает такого. Я только хотел сказать, что честный, кажется, был человек, а украл. Просто жалко было его.

— А как это было, Астафий Иваныч?

— Да было, сударь, тому назад года два. Пришлось мне тогда без малого год быть без места, а когда еще доживал я на месте, сошелся со мной один пропащий совсем человек. Так, в харчевне сошлись. Пьянчужка такой, потаскун, тунеядец, служил прежде где-то, да его за пьяную жизнь уж давно из службы выключили. Такой недостойный! ходил он уж бог знает в чем! Иной раз так думаешь, есть ли рубашка у него под шинелью; все, что ни заведется, пропьет. Да не буян; характером смирен, такой ласковый, добрый, и не просит, все совестится: ну, сам видишь, что хочется выпить бедняге, и поднесешь. Ну, так-то я с ним и сошелся, то есть он ко мне привязался... мне-то все равно. И какой был человек! Как собачонка привяжется, ты туда — и он за тобой; а всего один раз только виделись, мозгляк такой! Сначала пусти его переночевать — ну, пустил; вижу, и паспорт в порядке, человек ничего! Потом, на другой день, тоже пусти его ночевать, а там и на третий пришел, целый день на окне просидел; тоже ночевать остался. Ну, думаю, навязался ж он на меня: и пой и корми его, да еще ночевать пускай — вот бедному человеку, да еще нахлебник на шею садится. А прежде он тоже, как и ко мне, к одному служащему хаживал, привязался к нему, вместе всё пили; да тот спился и умер с какого-то горя. А этого звали Емелей, Емельяном Ильичом. Думаю, думаю: как мне с ним быть? прогнать его — совестно, жалко: такой жалкий, пропащий человек, что и господи! И бессловесный такой, не просит, сидит себе, только как собачонка в глаза тебе смотрит. То есть вот как пьянство человека испортит! Думаю про себя: как скажу я ему: ступай-ка ты, Емельянушка, вон; нечего тебе делать у меня; не к тому попал; самому скоро перекусить будет нечем, как же мне держать тебя на своих харчах? Думаю, сижу, что он сделает, как я такое скажу ему? Ну, и вижу сам про себя, как бы долго он глядел на меня, когда бы услыхал мою речь, как бы долго сидел и не понимал ни слова, как бы потом, когда вдомек бы взял, встал бы с окна, взял бы свой узелок, как теперь вижу, клетчатый, красный, дырявый, в который бог знает что завертывал и всюду с собой носил, как бы оправил свою шинелишку, так, чтоб и прилично было, и тепло, да и дырьев было бы не видать, — деликатный был человек! как бы отворил потом дверь да и вышел бы с слезинкой на лестницу. Ну, не пропадать же совсем человеку... жалко стало! А тут потом, думаю, мне-то самому каково! Постой же, смекаю про себя, Емельянушка, недолго тебе у меня пировать; вот скоро съеду, тогда не найдешь. Ну-с, сударь, съехали мы; тогда еще Александр Филимонович, барин (теперь покойник, царство ему небесное), говорят: очень остаюсь тобою доволен, Астафий, воротимся все из деревни, не забудем тебя, опять возьмем. А я у них в дворецких проживал, — добрый был барин, да умер в том же году. Ну, как проводили мы их, взял я свое добро, деньжонок кой-какие было, думаю, попокоюсь себе, да и съехал я к одной старушоночке, угол занял у ней. А у ней и всего-то один угол свободный был. Тоже в нянюшках где-то была, так теперь особо жила, пансион получала. Ну, думаю, прощай теперь, Емельянушка, родной человек, не найдешь ты меня! Что ж, сударь, думаете? Воротился я повечеру (к знакомому человеку повидаться ходил) и первого вижу Емелю, сидит себе у меня на сундуке, и клетчатый узелок подле него, сидит в шинелишке, меня поджидает... да от скуки еще книжку церковную у старухи взял, вверх ногами держит. Нашел-таки! И руки у меня опустились. Ну, думаю, нечего делать, — зачем сначала не гнал? Да прямо и спрашиваю: «Принес ли паспорт, Емеля?»

Я тут, сударь, сел да начал раздумывать: что ж он, скитающийся человек, много ль помехи мне сделает? И вышло, по раздумье, что немногого будет стоить помеха. Кушать ему надо, думаю. Ну, хлебца кусочек утром, да чтоб приправа посмачнее была, так лучку купить. Да в полдень ему тоже хлебца да лучку дать; да повечерять тоже лучку с квасом да хлебца, если хлебца захочет. А навернутся щи какие-нибудь, так мы уж оба по горлышко сыты. Я-то есть много не ем, а пьющий человек, известно, ничего не ест: ему бы только настоечки да зелена винца. Доконает он меня на питейном, подумал я, да тут же, сударь, и другое в голову пришло, и ведь как забрало меня. Да так, что вот если б Емеля ушел, так я бы жизни не рад был... Порешил же я тогда быть ему отцом-благодетелем. Воздержу, думаю, его от злой гибели, отучу его чарочку знать! Постой же ты, думаю: ну, хорошо, Емеля, оставайся, да только держись теперь у меня, слушай команду!

Вот и думаю себе: начну-ка я его теперь к работе какой приучать, да не вдруг; пусть сперва погуляет маленько, а я меж тем приглянусь, поищу, к чему бы такому, Емеля, способность найти в тебе. Потому что на всякое дело, сударь, наперед всего человеческая способность нужна. И стал я к нему втихомолку приглядываться. Вижу: отчаянный ты человек, Емельянушка! Начал я, сударь, сперва с доброго слова: так и сяк, говорю, Емельян Ильич, ты бы на себя посмотрел да как-нибудь там поооправился.

— Полно гулять! Смотри-ка, в отрепье весь ходишь, шинелишка-то твоя, простительно сказать, на решето годится; нехорошо! Пора бы, кажется, честь знать. — Сидит, слушает меня, понуря голову, мой Емельянушка. Чего, сударь! Уж до того дошел, что язык пропил, слова путного сказать не умеет. Начнешь ему про огурцы, а он тебе на бобах откликается! слушает меня, долго слушает, а потом и вздохнет.

— Чего ж ты вздыхаешь, спрашиваю, Емельян Ильич?

— Да так-с, ничего, Астафий Иваныч, не беспокойтесь. А вот сегодня две бабы, Астафий Иваныч, подрались на улице, одна у другой лукошко с клюквой невзначай рассыпала.

— Ну, так что ж?

— А другая за то ей нарочно ее же лукошко с клюквой рассыпала, да еще ногой давить начала.

— Ну, так что ж, Емельян Ильич?

— Да ничего-с, Астафий Иваныч, я только так.

«Ничего-с, только так. Э-эх! думаю, Емеля, Емелюшка! пропил-прогулял ты головушку!..»

— А то барин ассигнацию обронил на панели в Гороховой, то бишь в Садовой. А мужик увидал, говорит: мое счастье; а тут

— другой увидал, говорит: нет, мое счастье! Я прежде твоего увидал...

— Ну, Емельян Ильич.

— И задрались мужики, Астафий Иваныч. А городовой подошел, поднял ассигнацию и отдал барину, а мужиков обоих в будку грозил посадить.

— Ну, так что ж? что же тут такого назидательного есть, Емельянушка?

— Да я ничего-с. Народ смеялся, Астафий Иваныч.

— Э-эх, Емельянушка! что народ! Продал ты за медный алтын свою душеньку. А знаешь ли что, Емельян Ильич, я скажу-то тебе?

— Чего-с, Астафий Иваныч?

— Возьми-ка работу какую-нибудь, право, возьми. В сотый говорю, возьми, пожалей себя!

— Что же мне взять такое, Астафий Иваныч? я уж и не знаю, что я такое возьму; и меня-то никто не возьмет, Астафий Иваныч.

— За то ж тебя и из службы изгнали, Емеля, пьющий ты человек!

— А то вот Власа-буфетчика в контору позвали сегодня, Астафий Иваныч.

— Зачем же, говорю, позвали его, Емельянушка?

— А вот уж и не знаю зачем, Астафий Иваныч. Значит, уж оно там нужно так было, так и потребовали...

«Э-эх! думаю, пропали мы оба с тобой, Емельянушка! За грехи наши нас господь наказует!» Ну, что с таким человеком делать прикажете, сударь!

Только хитрый был парень, куды! Слушал он, слушал меня, да потом, знать, ему надоело, чуть увидит, что я осерчал, возьмет шинелишку да и улизнет — поминай как звали! день прошатается, придет под вечер пьяненький. Кто его поил, откуда он деньги брал, уж господь его ведает, не моя в том вина виновата!..

— Нет, говорю, Емельян Ильич, не сносить тебе головы!

Полно пить, слышишь ты, полно! Другой раз, коли пьяный воротишься, на лестнице будешь у меня ночевать. Не пущу!..

Выслушав наказ, сидит мой Емеля день, другой; на третий опять улизнул. Жду-пожду, не приходит! Уж я, признаться сказать, перетрусил, да и жалко мне стало. Что я сделал над ним! думаю. Запугал я его. Ну, куда он пошел теперь, горемыка? пропадет, пожалуй, господи бог мой! Ночь пришла, не идет. Наутро вышел я в сени, смотрю, а он в сенях почивать изволит. На приступочку голову положил и лежит; окостенел от стужи совсем.

— Что ты, Емеля? Господь с тобой! Куда ты попал?

— Да вы, энтого, Астафий Иваныч, сердились намедни, огорчаться изволили и обещались в сенях меня спать положить, так я, энтого, и не посмел войти, Астафий Иваныч, да и лег тут...

И злость и жалость взяли меня!

— Да ты б, Емельян, хоть бы другую какую-нибудь должность взял, говорю. Чего лестницу-то стеречь!..

— Да какую ж бы другую должность, Астафий Иваныч?

— Да хоть бы ты, пропащая ты душа, говорю (зло меня такое взяло!), хоть бы ты портняжному-то искусству повыучился. Ишь у тебя шинель-то какая! Мало что в дырьях, так ты лестницу ею метешь! взял бы хоть иголку да дырья-то свои законопатил, как честь велит. Э-эх, пьяный ты человек!

Что ж, сударь! и взял он иглу; ведь я ему на смех сказал, а он оробел да и возьми. Скинул шинелишку и начал нитку в иглу вдевать. Я гляжу на него; ну, дело известное, глаза нагноились, покраснели; руки трепещут, хоть ты што! совал, совал — не вдевается нитка; уж он как примигивался: и помусолит-то, и посучит в руках — нет! бросил, смотрит на меня...

— Ну, Емеля, одолжил ты меня! было б при людях, так голову срезал бы! Да ведь я тебе, простому такому человеку, на смех, в укору сказал... Уж ступай, бог с тобой, от греха! сиди так, да срамного дела не делай, по лестницам не ночуй, меня не срами!..

— Да что же мне делать-то, Астафий Иваныч; я ведь и сам знаю, что всегда пьяненький и никуда не гожусь!.. Только вас, моего бла... благо-детеля, в сердце ввожу понапрасну...

Да тут как затрясутся у него вдруг его синие губы, как покатилась слезинка по белой щеке, как задрожала эта слезинка на его бороденке небритой, да как зальется, треснет вдруг целой пригоршней слез мой Емельян... Батюшки! словно ножом мне полоснуло по сердцу.

«Эх ты, чувствительный человек, совсем и не думал я! Кто бы знал, кто гадал про то?.. Нет, думаю, Емеля, отступлюсь от тебя совсем; пропадай как ветошка!..»

Ну, сударь, что тут еще долго рассказывать! Да и вся-то вещь такая пустая, мизерная, слов не стоит, то есть вы, сударь, примерно сказать, за нее двух сломанных грошей не дадите, а я-то бы много дал, если б у меня много было, чтоб только всего того не случилось! Были у меня, сударь, рейтузы, прах их возьми, хорошие, славные ретузы, синие с клетками, а заказывал мне их помещик, который сюда приезжал, да отступился потом, говорит: узки; так они у меня на руках и остались. Думаю: ценная вещь! в Толкучем целковых пять, может, дадут, а нет, так я из них двое панталон петербургским господам выгадаю, да еще хвостик мне на жилетку останется. Оно бедному человеку, нашему брату, знаете, все хорошо! А у Емельянушки на ту пору прилучись время суровое, грустное. Смотрю: день не пьет, другой не пьет, третий — хмельного в рот не берет, осовел совсем, индо жалко, сидит подгорюнившись. Ну, думаю: али куплева, парень, нет у тебя, аль уж ты сам на путь божий вошел да баста сказал, резону послушался. Вот, сударь, так это все и было; а на ту пору случись праздник большой. Я пошел ко всенощной; прихожу — сидит мой Емеля на окошечке, пьяненький, покачивается. Э-гм! думаю, так-то ты, парень! да и пошел зачем-то в сундук. Глядь! а ретуз-то и нету!.. Я туда и сюда: сгинули! Ну, как перерыл я все, вижу, что нет, — так меня по сердцу как будто скребнуло! Бросился я к старушоночке, сначала ее поклепал, согрешил, а на Емелю, хоть и улика была, что пьяным сидит человек, и домека не было! «Нет, — говорит моя старушонка, — господь с тобой, кавалер, на что мне ретузы, носить, что ли, стать? у меня у самой намедни юбка на добром человеке из вашего брата пропала... Ну, то есть, не знаю, не ведаю», — говорит. «Кто здесь был, говорю, кто приходил?» — «Да никто, говорит, кавалер, не приходил; я все здесь была. Емельян Ильич выходил, да потом и пришел; вон сидит! Его допроси». — «Не брал ли, Емеля, говорю, по какой-нибудь надобности, ретуз моих новых, помнишь, еще на помещика строили?» — «Нет, говорит, Астафий Иваныч, я, то есть, энтого, их не брал-с».

Что за оказия! опять искать начал, искал-искал — нет! А Емеля сидит да покачивается. Сидел я вот, сударь, так перед ним, над сундуком, на корточках, да вдруг и накосился на него глазом... Эх-ма! думаю: да так вот у меня и зажгло сердце в груди; даже в краску бросило. Вдруг и Емеля посмотрел на меня.

— Нет, говорит, Астафий Иваныч, я ретуз-то ваших, энтого... вы, может, думаете, что, того, а я их не брал-с.

— Да куда же бы пропасть им, Емельян Ильич?

— Нет, говорит, Астафий Иваныч; не видал совсем.

— Что же, Емельян Ильич, знать, уж они, как там ни есть, взяли да сами пропали?

— Может, что и сами пропали, Астафий Иваныч.

Я как выслушал его, как был — встал, подошел к окну, засветил светильню да и сел работу тачать. Жилетку чиновнику, что под нами жил, переделывал. А у самого так вот и горит, так и воет в груди. То есть легче б, если б я всем гардеробом печь затопил. Вот и почуял, знать, Емеля, что меня зло схватило за сердце. Оно, сударь, коли злу человек причастен, так еще издали чует беду, словно перед грозой птица небесная.

— А вот, Астафий Иванович, — начал Емелюшка (а у самого дрожит голосенок), — сегодня Антип Прохорыч, фельдшер, на кучеровой жене, что помер намедни, женился...

Я, то есть, так поглядел на него, да уж злостно, знать, поглядел... Понял Емеля. Вижу: встает, подошел к кровати и начал около нее что-то пошаривать. Жду — долго возится, а сам все приговаривает: «Нет как нет, куда бы им, шельмам, сгинуть!» Жду, что будет; вижу, полез Емеля под кровать на корточках. Я и не вытерпел.

— Чего вы, говорю, Емельян Ильич, на корточках-то ползаете?

— А вот нет ли ретуз, Астафий Иваныч. Посмотреть, не завалились ли туда куда-нибудь.

— Да что вам, сударь, говорю (с досады величать его начал), что вам, сударь, за бедного, простого человека, как я, заступаться; коленки-то попусту ерзать!

— Да что ж, Астафий Иваныч, я ничего-с... Оно, может, как-нибудь и найдутся, как поискать.

— Гм... говорю; послушай-ка, Емельян Ильич!

— Что, говорит, Астафий Иваныч?

— Да не ты ли, говорю, их просто украл у меня, как вор и мошенник, за мою хлеб-соль услужил? — То есть вот как, сударь, меня разобрало тем, что он на коленках передо мной начал по полу ерзать.

— Нет-с… Астафий Иванович…

А сам, как был, так и остался под кроватью ничком. Долго лежал; потом выполз. Смотрю: бледный совсем человек, словно простыня. Привстал, сел подле меня на окно, этак минут с десять сидел.

— Нет, говорит, Астафий Иваныч, — да вдруг и встал и подступил ко мне, как теперь смотрю, страшный как грех.

— Нет, говорит, Астафий Иваныч, я ваших ретуз, того, не изволил брать…

Сам весь дрожит, себя в грудь пальцем трясущим тыкает, а голосенок-то дрожит у него так, что я, сударь, сам оробел и словно прирос к окну.

— Ну, говорю, Емельян Ильич, как хотите, простите, коли я, глупый человек, вас попрекнул понапраслиной. А ретузы пусть их, знать, пропадают; не пропадем без ретуз. Руки есть, слава богу, воровать не пойдем… и побираться у чужого бедного человека не будем; заработаем хлеба…

Выслушал меня Емеля, постоял-постоял предо мной, смотрю — сел. Так и весь вечер просидел, не шелохнулся; уж я и ко сну отошел, все на том же месте Емеля сидит. Наутро только, смотрю, лежит себе на голом полу, скрючившись в своей шинелишке; унизился больно, так и на кровать лечь не пришел. Ну, сударь, невзлюбил я его с этой поры, то есть на первых днях возненавидел. Точно это, примерно сказать, сын родной меня обокрал да обиду кровную мне причинил. Ах, думаю: Емеля, Емеля! А Емеля, сударь, недели с две без просыпу пьет. То есть остервенился совсем, опился. С утра уйдет, придет поздней ночью, и в две недели хоть бы слово какое я от него услыхал. То есть, верно, это его самого тогда горе загрызло, или извести себя как-нибудь хотел. Наконец, баста, прекратил, знать, все пропил и сел опять на окно. Помню, сидел, молчал трое суток; вдруг, смотрю: плачет человек. То есть сидит, сударь, и плачет, да как! то есть просто колодезь, словно не слышит сам, как слезы роняет. А тяжело, сударь, видеть, когда взрослый человек, да еще старик-человек, как Емеля, с беды-грусти плакать начнет.

— Что ты, Емеля? — говорю.

И всего его затрясло. Так и вздрогнул. Я, то есть, первый раз с того времени к нему речь обратил.

— Ничего... Астафий Иваныч.

— Господь с тобой, Емеля, пусть его все пропадает. Чего ты такой совой сидишь? — Жалко мне стало его.

— Так-с, Астафий Иваныч, я не того-с. Работу какую-нибудь хочу взять, Астафий Иваныч.

— Какую же бы такую работу, Емельян Ильич?

— Так, какую-нибудь-с. Может, должность какую найду-с, как и прежде; я уж ходил просить к Федосею Иванычу... Нехорошо мне вас обижать-с, Астафий Иваныч. Я, Астафий Иваныч, как, может быть, должность-то найду, так вам все отдам и за все харчи ваши вам вознаграждение представлю

— Полно, Емеля, полно; ну, был грех такой, ну — и прошел! Прах его побери! Давай жить по-старому.

— Нет-с, Астафий Иваныч, вы, может быть, все, того... а я ваших ретуз не изволил брать...

— Ну, как хочешь; господь с тобой, Емельянушка!

— Нет-с, Астафий Иваныч. Я, видно, больше у вас не жилец. Уж вы меня извините, Астафий Иваныч.

— Да господь с тобой, говорю: кто тебя, Емельян Ильич, обижает, с двора гонит, я, что ли?

— Нет-с, неприлично мне так жить у вас, Астафий Иваныч... Я лучше уж пойду-с...

То есть разобиделся, наладил одно человек. Смотрю я на него, и вправду встал, тащит на плеча шинелишку.

— Да куда ж ты, этово, Емельян Ильич? послушай ума-разума: что ты? куда ты пойдешь?

— Нет, уж вы прощайте, Астафий Иваныч, уж не держите меня (сам опять хнычет); я уж пойду от греха, Астафий Иванович. Вы уж не такие стали теперь.

— Да какой не такой? такой! Да ты как дитя малое, неразумное, пропадешь один, Емельян Ильич

— Нет, Астафий Иваныч, вы вот, как уходите, сундук теперь запираете, а я, Астафий Иваныч, вижу и плачу... Нет, уж вы лучше пустите меня, Астафий Иваныч, и простите мне все, чем я в нашем сожительстве вам обиду нанес.

Что ж, сударь? и ушел человек. День жду, вот, думаю, воротится к вечеру — нет! Другой день нет, третий — нет. Испугался я, тоска меня ворочает; не пью, не ем, не сплю.

Обезоружил меня совсем человек! Пошел я на четвертый день ходить, во все кабачки заглядывал, спрашивал — нет, пропал Емельянушка!

«Уж сносил ли ты свою голову победную? — думаю. — Может, издох где у забора пьяненький и теперь, как бревно гнилое, лежишь». Ни жив ни мертв я домой воротился. На другой день тоже идти искать положил. И сам себя проклинаю, зачем я тому попустил, чтоб глупый человек на свою волю ушел от меня. Только смотрю: чем свет, на пятый день (праздник был), скрипит дверь. Вижу, входит Емеля: синий такой и волосы все в грязи, словно спал на улице; исхудал весь, как лучина; снял шинелишку, сел ко мне на сундук, глядит на меня. Обрадовался я, да пуще прежнего тоска к моей душе припаялась. Оно вот как, сударь, выходит: случись, то есть, надо мной такой грех человеческий, так я, право слово, говорю: скорей, как собака, издох бы, а не пришел. А Емеля пришел! Ну, натурально, тяжело человека в таком положении видеть. Начал я его лелеять, ласкать, утешать. «Ну, говорю, Емельянушка, рад, что ты воротился. Опоздал бы маленько прийти, я б и сегодня пошел по кабачкам тебя промышлять. Кушал ли ты?»

— Кушал-с, Астафий Иваныч.

— Полно, кушал ли? Вот, братец, щец вчерашних маленько осталось; на говядине были, не пустые; а вот и лучку с хлебом. Покушай, говорю: оно на здоровье не лишнее.

Подал я ему; ну, тут и увидал, что, может, три дня целых не ел человек, — такой аппетит оказался. Это, значит, его голод ко мне пригнал. Разголубился я, на него глядя, сердечного. Сем-ка, я думаю, в штофную сбегаю. Принесу ему отвести душу, да и покончим, полно! Нет у меня больше на тебя злобы, Емельянушка! Принес винца. Вот, говорю, Емельян Ильич, выпьем для праздника. Хочешь выпить? оно здорово.

Протянул было он руку, этак жадно протянул, уж взял было, да и остановился; подождал маленько; смотрю: взял, несет ко рту, плескает у него винцо на рукав. Нет, донес ко рту, да тотчас и поставил на стол.

— Что ж, Емельянушка?

— Да нет; я, того... Астафий Иваныч.

— Не выпьешь, что ли?

— Да я, Астафий Иваныч, так уж... не буду больше пить,

Астафий Иваныч.

— Что ж, ты совсем перестать собрался, Емелюшка, или только сегодня не будешь?

Промолчал. Смотрю: через минуту положил на руку голову.

— Что ты, уж не заболел ли, Емеля?

— Да так, нездоровится, Астафий Иваныч.

Взял я его и положил на постель. Смотрю, и вправду худо: голова горит, а самого трясет лихорадкой. Посидел я день над ним; к ночи хуже. Я ему квасу с маслом и с луком смешал, хлебца подсыпал. Ну, говорю: тюри покушай, авось будет лучше! Мотает головой. «Нет, говорит, я уж сегодня обедать не буду, Астафий Иваныч». Чаю ему приготовил, старушоночку замотал совсем, — нет ничего лучше. Ну, думаю, плохо! Пошел я на третье утро к врачу. У меня тут медик Костоправов знакомый жил. Еще прежде, когда я у Босомягиных господ находился, познакомились: лечил он меня. Пришел медик, посмотрел. «Да нет, говорит, оно плохо. Нечего было, говорит, и посылать за мной. А пожалуй, дать ему порошков». Ну, порошков-то я не дал; так, думаю, балуется медик: а между тем наступил пятый день.

Лежал он, сударь, передо мной, кончался. Я сидел на окне, работу в руках держал. Старушоночка печку топила. Все молчим. У меня, сударь, сердце по нем, забулдыге, разрывается: точно это я сына родного хороню. Знаю, что Емеля теперь на меня смотрит, еще с утра видел, что крепится человек, сказать что-то хочет, да, как видно, не смеет. Наконец, взглянул на него; вижу, тоска такая в глазах у бедняги, с меня глаз не сводит; а увидал, что я гляжу на него, тотчас потупился.

— Астафий Иванович!

— Что, Емелюшка?

— А вот если б, примером, мою шинелёночку в Толкучий снесть, так много ль за нее дали бы, Астафий Иваныч?

— Ну, говорю, неведомо, много ли дали бы. Может, и трехрублевый бы дали, Емельян Ильич.

А поди-ка понеси в самом деле, так и ничего бы не дали, кроме того что насмеялись бы тебе в глаза, что такую злосчастную вещь продаешь. Так только ему, человеку божию, зная норов его простоватый, в утеху сказал.

— А я-то думал, Астафий Иваныч, что три рубля серебром за нее положили бы; она вещь суконная, Астафий Иваныч. Как же трехрублевый, коли суконная вещь?

— Не знаю, говорю, Емельян Ильич; коль нести хочешь, так конечно, три рубля нужно будет с первого слова просить.

Помолчал немного Емеля; потом опять окликает:

— Астафий Иваныч!

— Что, спрашиваю, Емельянушка?

— Вы продайте шинелёночку-то, как я помру, а меня в ней не хороните. Я и так полежу; а она вещь ценная; вам пригодиться может.

Тут у меня так, сударь, защемило сердце, что и сказать нельзя. Вижу, что тоска предсмертная к человеку подступает. Опять замолчали. Этак час прошло времени. Посмотрел я на него сызнова: все на меня смотрит, а как встретился взглядом со мной, опять потупился.

— Не хотите ли, говорю, водицы испить, Емельян Ильич?

— Дайте, господь с вами, Астафий Иваныч

Подал я ему испить. Отпил.

— Благодарствую, говорит, Астафий Иваныч.

— Не надо ль еще чего, Емельянушка?

— Нет, Астафий Иваныч; ничего не надо; а я, того...

— Что?

— Энтого...

— Чего такого, Емелюшка?

— Ретузы-то... энтого... это я их взял у вас тогда... Астафий Иваныч...

— Ну, господь, говорю, тебя простит, Емельянушка, горемыка ты такой, сякой, этакой! отходи с миром... А у самого, сударь, дух захватило и слезы из глаз посыпались; отвернулся было я на минуту.

— Астафий Иваныч...

Смотрю: хочет Емеля мне что-то сказать; сам приподнимается, силится, губами шевелит... Весь вдруг покраснел, смотрит на меня... Вдруг вижу: опять бледнеет, бледнеет, опал совсем во мгновенье; голову назад закинул, дохнул раз да тут и богу душу отдал ....

Also available from JiaHu Books:

Русланъ и Людмила — А. С. Пушкин - 9781909669000

Евгеній Онѣгинъ — А. С. Пушкин — 9781909669017

Пиковая дама, Медный всадник, Цыганы — А. С. Пушкин — 9781784350116

Капитанская дочка — А. С. Пушкин — 9781784350260

Борис Годунов — А. С. Пушкин — 9781784350291

Стихотворения: 1813-1820 — А. С. Пушкин — 9781784350864

Анна Каренина — Л. Н. Толстой — 9781909669154

Дядя Ваня — А. П. Чехов — 9781784350000

Три сестры — А. П. Чехов — 9781784350017

Вишнёвый сад — А. П. Чехов - 9781909669819

Чайка — А. П. Чехов — 9781909669642

Дуэль — А. П. Чехов — 9781784350024

Иванов — А. П. Чехов — 9781784350093

Шутки - А. П. Чехов — 9781784350109

Записки из подполья — Ф. Достоевский — 9781784350472

Бедные люди — Ф. Достоевский - 9781784350895

Рудин — И. С. Тургенев — 9781784350222

Записки охотника - И. С. Тургенев — 9781784350390

Нахлебник - И. С. Тургенев — 9781784350246

Отцы и дети — И. С. Тургенев - 978178435123

Ася — И. С. Тургенев — 9781784350079

Первая любовь — И. С. Тургенев — 9781784350086

Вешние воды — И. С. Тургенев — 9781784350253

Накануне — И. С. Тургенев — 9781784350512

Мать — Максим Горький — 9781909669628

Конармия — Исаак Бабель — 9781784350062

Человек-амфибия — А. Беляев - 9781784350369

Рассказ о семи повешенных и другие повести — Л. Н. Андреев — 9781909669659

Леди Макбет Мценского уезда и Запечатленный ангел - Н. С. Лесков - 9781909669666

Очарованный странник — Н. С. Лесков — 9781909669727

Некуда — Н. С. Лесков -9781909669673

Мы - Евгений Замятин- 9781909669758

Санин — М. П. Арцыбашев — 9781909669949

Двенадцать стульев — Ильф и Петров - 9781784350239

Золотой теленок — Ильф и Петров - 9781784350468

Мастер и Маргарита — М.А. Булгаков - 9781909669895

Собачье сердце — М.А. Булгаков — 9781909669536

Записки юного врача — М.А. Булгаков — 9781909669680

Роковые яйца — М.А. Булгаков — 9781909669840

Горе от ума — А. С. Грибоедов - 9781784350376

Рассказы для детей - Д. Хармс - 9781784350529

Евгений Онегин (Либретто) — 9781909669741

Пиковая Дама (Либретто) — 9781909669918

Борис Годунов (Либретто) — 9781909669376

Руслан и Людмила (Либретто) - 9781784350666

Раскіданае гняздо/Тутэйшыя - Янка Купала – 9781909669901

Чорна рада — Пантелеймон Куліш – 9781909669529